CABALLOS LENTOS

MICK HERRON

CABALLOS
LENTOS

Traducción del inglés de
Enrique de Hériz

black
salamandra

Título original: *Slow Horses*

Ilustración de la cubierta: Christie Goodwin / Arcangel Images

Copyright © Mick Herron, 2010
Copyright de la edición en castellano © Ediciones Salamandra, 2018

Publicaciones y Ediciones Salamandra, S.A.
Almogàvers, 56, 7º 2ª - 08018 Barcelona - Tel. 93 215 11 99
www.salamandra.info

ISBN: 978-84-16237-28-9
Depósito legal: B-17.112-2018

1ª edición, septiembre de 2018
Printed in Spain

Impresión: Romanyà-Valls, Pl. Verdaguer, 1
Capellades, Barcelona

i.m.
DA, SC, AJ & RL
una fuente que mi vela perdida
adora como las luciérnagas

JOHN BERRYMAN

1

Así fue como River Cartwright se salió de la pista rápida y se integró entre los caballos lentos.

Ocho y veinte de la mañana del martes en la estación de King's Cross, abarrotada de lo que el Director de Operaciones llamaba «otra gente».

—Pacíficos civiles, River. Una dedicación perfectamente honrosa en tiempos de paz. —Pero faltaba el epílogo—: No estamos en tiempos de paz desde septiembre del catorce.

El D. O. lo pronunciaba de tal manera que en la mente de River el año aparecía con números romanos: MCMXIV.

Se detuvo y fingió mirar la hora en el reloj; una maniobra idéntica a cuando se mira la hora de verdad. Los viajeros lo esquivaban como el agua esquiva las rocas y chasqueaban la lengua y exhalaban aire bruscamente para hacer patente su irritación. En la salida más cercana —un espacio brillante por el que se derramaba la débil luz diurna de enero— había dos Conseguidores vestidos de negro, plantados como estatuas, cargados de armas pesadas en las que los pacíficos civiles ni siquiera reparaban porque para ellos sí había pasado mucho tiempo desde 1914.

Los Conseguidores —así llamados porque su tarea consistía en conseguir que las cosas funcionaran— se mantenían apartados, cumpliendo sus instrucciones.

El objetivo estaba veinte metros más adelante.

—Corbata blanca con camisa azul —repitió River, en un susurro.

Detalles añadidos al esbozo mínimo que le había adelantado Spider: joven, varón, aspecto de Oriente Próximo; camisa azul remangada; vaqueros negros, nuevos y rígidos. ¿Alguien se compraría unos pantalones nuevos para una excursión como ésa? Guardó ese dato en un rincón: una pregunta para más adelante.

La mochila colgada del hombro derecho transmitía, por la manera de inclinarse, la sensación de que llevaba peso. El cable del auricular enroscado en torno a su oreja, igual que el de River, bien podría ser de un iPod.

—Confirma visual.

River se llevó la mano izquierda a la oreja y habló en voz muy baja por lo que parecía un botón del puño de la camisa:

—Confirmada.

Una manada de turistas abarrotó el vestíbulo y, a juzgar por la distribución de sus maletas, parecía que se disponían a formar un corro. River los esquivó sin apartar la mirada de su objetivo, que se encaminaba a los andenes contiguos, de los que partían los trenes en dirección a Cambridge y al este.

Trenes con menos pasajeros, por lo general, que los de alta velocidad que viajaban al norte.

Lo asaltó por sorpresa una sucesión de imágenes: metales retorcidos, desparramados a lo largo de kilómetros de raíles destrozados; matorrales iluminados por las llamas, junto a las vías, con trozos de carne colgando de las ramas.

«Lo que debes tener siempre en cuenta —en palabras del D. O.— es que a veces sí ocurre lo peor que podría ocurrir.» La noción de qué era «lo peor» había ido creciendo de modo exponencial a lo largo de los últimos años.

10

Junto a uno de los tornos había dos policías del cuerpo de ferrocarriles que se fijaron en River, sin prestar atención a su objetivo. No vengáis hacia mí, advirtió en silencio. Ni se os ocurra acercaros. Las grandes iniciativas fracasaban por los pequeños detalles. Lo último que deseaba era un alboroto; cualquier cosa que asustara a su objetivo.

Los policías reanudaron su conversación.

River se detuvo y se recompuso mentalmente.

River Cartwright era un joven de estatura media; tenía el pelo rubio y la piel clara, con unos ojos grises que a menudo parecían mirar hacia dentro, una nariz más bien afilada y un lunar pequeño encima del labio superior. Cuando se concentraba, fruncía el ceño de tal modo que algunos lo confundían con una muestra de perplejidad. Ese día llevaba vaqueros y una chaqueta oscura. Sin embargo, si alguien le hubiera preguntado esa mañana por su aspecto, él habría mencionado el cabello. Últimamente le había tomado gusto a una barbería turca en la que apuraban el rapado con tijera y luego aplicaban una llama a los pelillos de las orejas. Todo ello sin previo aviso. River había salido de la silla del barbero restregado y chamuscado como un felpudo. Incluso en aquel momento, la corriente de aire le provocaba todavía un hormigueo en el cuero cabelludo.

Sin apartar la mirada del objetivo, que ya se hallaba a cuarenta metros —en concreto, sin apartar la mirada de su mochila—, River habló de nuevo por el botón:

—Seguidlo. Pero dejadle espacio.

Si lo peor que podía ocurrir era una explosión en un tren, lo siguiente era en un andén. La historia reciente demostraba que los usuarios del metro son especialmente vulnerables cuando se dirigen al trabajo. No porque sean más débiles en ese momento. Sino porque son muchos, atestados en espacios cerrados.

No miró a su alrededor; confiaba en que los Conseguidores de negro estarían detrás de él, no demasiado lejos.

A la izquierda de River había puestos de sándwiches y cafeterías; un pub, una caseta que vendía pasteles. A su derecha esperaba un tren largo. Los viajeros, repartidos a intervalos por el andén, se afanaban por meter las maletas en los vagones, mientras las palomas pasaban ruidosamente de una viga a otra. Un altavoz daba instrucciones y, por detrás de River, la muchedumbre del vestíbulo se iba extendiendo a medida que se iban desperdigando sus componentes.

En las estaciones siempre se producía aquella sensación de movimiento contenido. Una muchedumbre era una explosión a punto de producirse. Las personas eran fragmentos. Lo que pasaba era que aún no lo sabían.

Su objetivo desapareció detrás de un grupo de pasajeros.

River se desvió hacia la izquierda y el objetivo apareció de nuevo.

Al pasar por delante de una de las cafeterías, una pareja allí sentada le despertó un recuerdo. El día anterior, a la misma hora, River había estado en Islington. Para su evaluación de ascenso tenía que elaborar un informe sobre alguna figura pública. Le habían adjudicado el jefe de Cultura de la oposición, que poco antes había tenido dos infartos menores y estaba en un hospital privado de Hertfordshire. Como por lo visto no había ningún proceso designado para escoger un sustituto, River había elegido por su cuenta y se había pasado dos días enteros siguiendo a Lady Di sin que nadie lo detectara: oficina / gimnasio / oficina / bar (unos vinos) / oficina / casa / bar (café) / oficina / gimnasio... El logotipo de aquel negocio le evocó ese recuerdo. Mentalmente el D. O. ladró una reprimenda:

—Céntrate. Curro. Mismo sitio, ¿buena idea?

Buena idea.

El objetivo se desplazó hacia la izquierda.

—Se va con Harry Potter —murmuró River.

Pasó por debajo del puente y luego torció también a la izquierda.

Tras atisbar brevemente el cielo en lo alto —húmedo y gris, como un trapo de cocina—, River entró en el pequeño vestíbulo que albergaba los andenes 9, 10 y 11. En el muro exterior asomaba medio carrito de las maletas: el Hogwarts Express tenía su parada en el andén nueve y tres cuartos. River se adentró por el pasillo. El objetivo se dirigía ya al andén 10.

Todo se aceleró.

No había demasiada gente alrededor: aún faltaban más de quince minutos para que partiera el siguiente tren. Había un hombre leyendo el periódico en un banco, y poco más. River aceleró el paso y empezó a acercarse. Percibió a su espalda un cambio cualitativo en el sonido ambiental —de la cháchara general a un murmullo particular— y entendió que la presencia de los Conseguidores empezaba a provocar comentarios.

En cambio, el objetivo ni lo miró. El objetivo siguió desplazándose como si tuviera la intención de montar en el último vagón: con su corbata blanca, su camisa azul, su mochila y todo.

River habló una vez más por el botón. Pronunció las palabras «a por él» y echó a correr.

—¡Todo el mundo al suelo!

El hombre del banco se puso en pie y una figura de negro lo tumbó.

—¡Al suelo!

Desde el techo del tren saltaron otros dos hombres para interponerse en el camino del objetivo. Éste, al volverse, vio que River se dirigía a él con el brazo estirado y le indicaba, agitando la palma de la mano, que se dejara caer al suelo.

Los Conseguidores daban órdenes a gritos:

—¡La mochila!

—¡Suelta la mochila!

—Deja la mochila en el suelo —dijo River—. Y ponte de rodillas.

—Pero si yo...

—¡Que sueltes la mochila!

El objetivo soltó la mochila. Una mano la recogió. Otras le agarraron las piernas: el objetivo quedó tumbado con las piernas abiertas, aplastado contra las baldosas, mientras le pasaban la mochila a River. Éste la posó con cautela en el banco, vacío ya, y abrió la cremallera.

En lo alto, un mensaje automático se enredaba entre las vigas: «Inspector Samms, por favor, preséntese en la sala de operaciones.»

Libros, un cuaderno DinA4, un plumier metálico.

«Inspector Samms...»

Una fiambrera con un sándwich de queso y una manzana.

«... por favor, preséntese...»

River alzó la mirada. Le temblaba un labio. Con cierta calma, alcanzó a decir:

«... en la sala de operaciones...»

—Registradlo.

—¡No me hagan daño!

La voz del chico sonaba apagada: tenía la cara pegada al suelo y unas cuantas armas apuntándolo a la cabeza.

Objetivo, se recordó River. Nada de «chico». Objetivo.

«Inspector Samms...»

—¡Registradlo!

Dio la espalda a la mochila. El plumier contenía tres bolígrafos y un clip.

«... por favor, preséntese...»

—Está limpio.

River soltó el plumier en el banco y volcó la mochila. Libros, cuaderno, un lápiz suelto, un paquetito de pañuelos de papel.

«... en la sala de operaciones.»

Quedó todo esparcido por el suelo. River sacudió la mochila. Nada en los bolsillos laterales.

—Volved a registrarlo.

—Está limpio.

«Inspector Samms...»

—¿Puede alguien apagar eso de una maldita vez?

Se dio cuenta de que su voz transmitía el pánico que sentía y cerró la boca.

—Está limpio, señor.

«... por favor, preséntese...»

River sacudió la mochila una vez más como si fuera una rata y luego la soltó.

«... en la sala de operaciones.»

Uno de los Conseguidores empezó a hablar en voz queda, pero con tono urgente, por un micrófono que llevaba en el cuello.

River se dio cuenta de que una mujer lo miraba desde el otro lado de una ventanilla del tren. No le prestó atención y echó a trotar por el andén.

—¿Señor?

Había un cierto sarcasmo en la llamada.

«Inspector Samms, por favor, preséntese en la sala de operaciones.»

Camisa azul, corbata blanca, pensó River.

¿Camisa blanca, corbata azul?

Empezó a correr más deprisa. Un policía dio un paso hacia él cuando llegaba al torno, pero River lo esquivó, gritó alguna instrucción incoherente y corrió a toda velocidad, de vuelta al vestíbulo principal.

«Inspector Samms...» La grabación, un mensaje codificado para advertir al personal que se estaba produciendo una alerta de seguridad, se apagó. La sustituyó una voz: «Debido a un incidente relativo a la seguridad, esta estación será evacuada. Por favor, diríjanse a la salida más cercana.»

Como mucho, tenía tres minutos antes de que llegaran los Perros.

Los pies de River, dotados de dirección propia, lo empujaron hacia el vestíbulo mientras dispuso de espacio para moverse. Sin embargo, de pronto empezó a salir gente de los vagones, porque acababan de anunciarles el fin repentino de unos trayectos que ni siquiera se habían iniciado, y todos estaban apenas a un latido del pánico: el pánico colectivo nunca se alojaba en lo más profundo, lejos de la superficie, al menos en estaciones y aeropuertos. La flema de las masas británicas, tan a menudo mencionada y tan a menudo inexistente.

Le estalló en el oído la crepitación de los auriculares.

El altavoz dijo: «Por favor, avancen con calma hacia la salida más cercana. Esta estación permanecerá cerrada.»

—¿River?

River gritó por el botón:

—¡¿Spider?! ¡Idiota, te has equivocado de colores!

—¿Qué coño está pasando? Están saliendo multitudes de todos los...

—Corbata blanca con camisa azul. Eso es lo que has dicho.

—No, he dicho corbata azul con...

—Vete a la mierda, Spider. —River se quitó el auricular de un tirón.

Llegó a las escaleras que aspiran a la gente hacia los subterráneos. En ese momento se derramaban al revés, hacia fuera. Había un sentimiento generalizado de irritación, pero también se insinuaban otros en un susurro: miedo, pánico reprimido. La mayoría de nosotros sostiene que ciertas cosas sólo les ocurren a los demás. La mayoría de nosotros sostiene que una de esas cosas es la muerte. Las palabras del altavoz estaban desmontando esa creencia a pedacitos.

«Por favor, avancen con calma hacia la salida más cercana. Esta estación permanecerá cerrada.»

El metro era el latido del corazón de la ciudad, pensó River. No era un andén hacia el este. Era el metro.

Se abrió paso a empujones entre la muchedumbre que salía, haciendo caso omiso de su agresividad. «Abran paso.» No surtía demasiado efecto. «Seguridad. Abran paso.» Un poco mejor. No es que le despejaran el camino, pero al menos el gentío dejaba de empujarlo hacia atrás.

Dos minutos para los Perros. Menos.

El pasillo se ensanchaba al llegar al pie de la escalera. River dobló la esquina a todo correr y se encontró con un espacio aún más ancho: máquinas expendedoras de billetes en las paredes; ventanillas de venta con las cortinas corridas; la masa que se alejaba de allí había absorbido las colas. La multitud empezaba a dispersarse. Alguien había parado las escaleras automáticas y cortado el paso con cinta para impedir que se colara algún loco. Cada vez quedaban menos pasajeros en los andenes.

Un policía de ferrocarriles detuvo a River.

—Estamos evacuando la estación. ¿Es que no ha oído los malditos altavoces?

—Soy de la secreta. ¿Están vacíos los andenes?

—¿Secre...?

—¿Están vacíos los andenes?

—Los estamos evacuando.

—¿Está seguro?

—Es lo que me han...

—¿Hay circuito cerrado?

—Hombre, claro que...

—Enséñemelo.

Alrededor, el ruido se volvía más redondo: el eco de los pasajeros que salían rebotaba en el techo. En cambio, otros sonidos se aproximaban: unos pasos rápidos y pesados sobre el suelo de baldosas. Los Perros. A River le quedaba muy poco tiempo para arreglar las cosas.

—Ya.

El policía parpadeó, pero captó la urgencia en la voz de River —no había manera de pasarla por alto— y señaló hacia una puerta que quedaba a su espalda, con el rótulo: «PROHIBIDO EL ACCESO.» River entró por ella antes incluso de que llegara el dueño de aquellos pasos.

El cuarto, pequeño y sin ventanas, olía a beicon y parecía la madriguera de un mirón. Una silla giratoria delante de una hilera de monitores. Cada uno de ellos emitía un parpadeo regular al cambiar de encuadre en el mismo escenario repetido: un andén vacío del metro. Era como una película aburrida de ciencia ficción.

Supo por un golpe de aire que el policía había entrado.

—¿Qué andén se ve en cada pantalla?

El policía las fue señalando en grupos de cuatro.

—Norte. Picadilly. Victoria.

River escrutó las pantallas. Cada dos segundos otro parpadeo.

Sintió un retumbo lejano bajo los pies.

—¿Qué es eso?

El poli se lo quedó mirando fijamente.

—¿Qué es?

—Debe de ser un metro.

—¿Funcionan?

—La estación está cerrada —dijo el policía, como si hablara con un idiota—, pero los metros funcionan.

Pues no tendrían que funcionar.

—¿Cuál es el próximo?

—¿Qué?

—El próximo tren, maldita sea. ¿En qué andén?

—Victoria. Dirección norte.

River salió por la puerta.

En lo alto del breve tramo de escalones, cortando el paso de vuelta hacia la zona central de la estación, había un hombre bajo y moreno, hablando por un audífono. Cambió abruptamente de tono al ver a River.

—Aquí está.

Pero River no estaba ahí. Había saltado por encima de la barrera y estaba en lo más alto de la siguiente escalera automática; acababa de retirar la cinta de seguridad; empezaba a bajar ya por la escalera inmóvil, saltando los escalones de dos en dos.

Abajo, un escenario fantasmagóricamente vacío. Otra vez aquel ambiente de ciencia ficción.

Cuando una estación de metro está cerrada, los trenes circulan a paso de tortuga. River llegó al andén vacío justo cuando el tren entraba como un animal enorme y lento que sólo tuviera ojos para él. Y tenía muchos ojos. River sintió que se posaban todos en él, aquella cantidad de pares de ojos atrapados en el vientre de la bestia; concentrados en River mientras él recorría el andén con la mirada hasta que vio a alguien que acababa de entrar por un acceso del otro extremo.

Camisa blanca. Corbata azul.

River echó a correr.

Alguien arrancó también tras él, llamándolo a gritos, pero no le importó. River corría una carrera contra un tren. La corría y la ganaba: primero lo alcanzó, luego empezó a adelantarlo sin dejar de oír aquel movimiento de cámara lenta, el eco de un chirrido metálico subrayado por el terror que le crecía por dentro. River oía los manotazos contra las ventanas. Era consciente de que el conductor lo miraba horrorizado, convencido de que en cualquier momento se tiraría a la vía. Sin embargo, a River le daba igual lo que pensaran los demás. River sólo podía hacer lo que estaba haciendo; es decir, recorrer el andén exactamente a esa velocidad.

Más allá —corbata azul, camisa blanca— otra persona hacía también lo único que podía hacer.

A River no le alcanzaba el aliento para gritar. Apenas le llegaba para seguir avanzando, pero consiguió...

Casi lo consiguió. Casi consiguió llegar a tiempo.

A su espalda, alguien gritó de nuevo su nombre. A su espalda, el metro iba ganando velocidad.

Fue consciente de que la cabina del conductor lo adelantaba cuando estaba a cinco metros del objetivo.

Porque era el objetivo. Siempre lo había sido. Y al acortarse rápidamente la distancia que los separaba pudo ver que se trataba de un joven: ¿dieciocho? ¿Diecinueve? Cabello negro. Piel morena. Y una corbata azul con camisa blanca —«vete a la mierda, Spider»— que en ese momento se desabotonaba para revelar un cinturón cargado hasta los topes de...

El tren llegó a la altura del objetivo.

River estiró un brazo, como si así pudiera acercar la línea de meta.

Los pasos que lo seguían redujeron la velocidad y se detuvieron. Alguien soltó una maldición.

River casi había llegado al objetivo. Sólo le faltaba medio segundo.

Pero no bastaba con acercarse.

El objetivo tiró de una cuerda que pendía del cinturón. Y eso fue todo.

PRIMERA PARTE

CASA DE LA CIÉNAGA

2

Al menos, dejemos claro lo siguiente: la Casa de la Ciénaga no está en una ciénaga; tampoco es una casa. La puerta principal da a un recoveco polvoriento entre locales comerciales del barrio de Finsbury, a tiro de piedra de la parada de metro del Barbican. A la izquierda hay un antiguo quiosco, convertido ahora en quiosco / verdulería / tienda con licencia para vender alcohol, con un floreciente negocio suplementario de alquiler de DVD; a la derecha, el restaurante chino New Empire, con las ventanas siempre oscurecidas por gruesas cortinas rojas. La carta, escrita a máquina y pegada por dentro del cristal, ha ido amarilleando con el tiempo, pero nunca la reemplazan; tan sólo la corrigen con un rotulador. Así como la clave de la supervivencia del quiosco ha sido la diversificación, la estrategia a largo plazo del New Empire ha consistido en atrincherarse, en ir tachando regularmente platos de la carta como quien tacha números de la tarjeta del bingo. Jackson Lamb sostiene la creencia fundamental de que al final el New Empire acabará ofreciendo sólo arroz tres delicias y cerdo agridulce. Todo ello servido detrás de esas cortinas rojas, como si la escasez de opciones fuera un secreto nacional.

La puerta principal, como ya se ha dicho, da a un recoveco. La vieja pintura negra está manchada por las salpicaduras de la calzada y al otro lado del panel de cristal fino de la parte de arriba no se ve ninguna luz encendida en el interior. Hay una botella de leche vacía que lleva tanto tiempo a la sombra del portal que el liquen la ha soldado a la acera. No hay timbre, y la rendija del buzón en la puerta ha cicatrizado como una herida en un cuerpo infantil: sería imposible meter un sobre —aunque nunca llega ninguno— empujando por la rendija. Es como si la puerta fuera de mentira, como si su única razón de existir consistiera en proveer una zona de refresco entre la tienda y el restaurante. De hecho, podrías quedarte sentado en la parada de autobús de la otra acera durante varios días seguidos sin ver a nadie que usara la puerta. Aunque si te quedaras demasiado tiempo sentado en la parada de autobús de la otra acera, tu presencia llamaría la atención. Podría sentarse a tu lado un tipo rechoncho, probablemente mascando chicle. Su presencia es desalentadora. Tiene un aire de violencia contenida, de haber llevado a cuestas su rencor durante tanto tiempo que ya ha dejado de importarle dónde lo descarga; y se te queda mirando hasta que te pierdes de vista.

Mientras tanto, la corriente de personas que entra y sale del quiosco es más o menos constante. Y siempre pasan cosas en la acera; siempre hay gente que va de aquí para allá. El cochecito del barrendero avanza con dificultad, empujando colillas, trocitos de cristales y tapones de botellas hacia sus fauces con los cepillos giratorios. Dos hombres que caminan en direcciones opuestas ponen en práctica la clásica danza para esquivarse, en la que cada uno repite la maniobra del otro, como en un espejo, pero consiguen pasarse sin chocar. Una mujer comprueba su reflejo en el escaparate mientras camina, sin dejar de hablar por el móvil. En lo alto zumba el helicóptero de una emisora de radio, que está informando sobre unas obras.

Y mientras pasa todo eso, que ocurre todos los días, la puerta permanece cerrada. Por encima del New Empire y del quiosco, las ventanas de la Casa de la Ciénaga se alzan hasta una altura de cuatro plantas hacia los inhóspitos cielos de Finsbury en octubre, mugrientas y descascarilladas, pero no opacas. Una pasajera que circulara en el piso superior de un autobús que se hubiera detenido durante cierto tiempo al pasar por delante —algo que puede ocurrir fácilmente por una combinación de semáforos, obras casi permanentes y la famosa inercia de los autobuses londinenses— vería en la primera planta unas estancias en las que predominan el amarillo y el gris. Amarillo viejo, gris viejo. El amarillo es de las paredes, o de lo que se alcanza a ver de las paredes tras los archivadores grises y las estanterías funcionariales, grises también, en las que se acumulan volúmenes de referencia anticuados; algunos están tumbados, otros se inclinan hacia sus compañeros en busca de apoyo; quedan algunos en pie, con la leyenda del lomo convertida en un texto fantasmal por el baño diario de luz eléctrica. Por todas partes hay carpetas de archivadores encajadas de cualquier manera en espacios demasiado pequeños; montones de ellas apiladas entre los estantes de tal manera que las de arriba se asoman, apretujadas, y amenazan con caerse. También los techos tienen un tono amarillento e insalubre, emborronado aquí y allá por alguna que otra telaraña. Las mesas y las sillas de esos cuartos de la primera planta son de metal, igual que las estanterías, de estilo funcional, y probablemente requisados y con el mismo origen institucional: un barracón desmantelado, o el edificio de administración de una cárcel. No hay sillas para recostar la espalda y quedarse mirando al vacío con expresión pensativa. Tampoco las mesas permiten que alguien las ocupe como si fueran una extensión de su personalidad, y las decore con fotografías y mascotas. Esos detalles conllevan por sí mismos cierta información: que quienes trabajan ahí no merecen la consideración suficiente como para que se tenga en cuenta su comodidad. Se espera que tomen asiento y desempeñen sus funciones con la mínima distracción posible. Y que luego salgan por una puerta trasera sin que los vean los barrenderos de la acera o las mujeres que caminan hablando por sus móviles.

Desde el piso superior del autobús ya no se ve con tanta claridad la planta siguiente, aunque sí se alcanza a distinguir un atisbo de los techos, manchados por la misma nicotina. Sin embargo, ni siquiera un autobús de tres pisos arrojaría demasiada luz: las oficinas de la segunda planta son inquietantemente similares a las de la primera. Además, la información grabada en las ventanas con letras doradas añade un dato que empaña toda curiosidad: «W. W. HENDERSON. NOTARIO Y FEDATARIO PÚBLICO.» De vez en cuando, por detrás de las rimbombantes letras de palo de ese logotipo largo y redundante, aparece una figura y se queda contemplando la calle como si en realidad estuviera mirando otra cosa. Sea lo que sea, tampoco retiene su atención demasiado tiempo. Dentro de uno o dos segundos se habrá ido.

La planta superior ni siquiera provee ese entretenimiento, pues sus ventanas tienen las cortinas corridas. Es evidente que a quien la habita no le apetece nada que se le recuerde la existencia del mundo exterior, ni que los rayos del sol puedan perforar su pesadumbre. Sin embargo, también eso es una pista, pues señala que quienquiera que sea el que se aloja en esa planta tiene la libertad de escoger la penumbra, y la libertad de escoger suele reservarse a los que mandan. De modo que, evidentemente, el mando en la Casa de la Ciénaga —nombre que no aparece en ninguna documentación oficial, placa o membrete; en ninguna factura de la luz o contrato de arriendo; en ninguna tarjeta profesional, listín telefónico o listado de agencia inmobiliaria; nombre que en ningún caso es el nombre verdadero del edificio, salvo en el más coloquial de los usos— va de arriba abajo, aunque a juzgar por la decoración, deprimente en su uniformidad, la jerarquía tiene carácter restringido. O estás arriba del todo, o no lo estás. Y arriba del todo sólo está Jackson Lamb.

Al final, cambia el semáforo. El autobús arranca con un estertor y se abre camino hacia St. Paul. En los últimos segundos de atisbo, nuestra pasajera del piso superior podría preguntarse cómo debe de ser trabajar en esas oficinas; cabe incluso que invoque una fantasía breve en la que el edificio, en vez de dedicarse a una práctica legal en decaimiento, se convierta en una mazmorra erigida para castigar a quienes han fracasado en algún servicio mayor: por delitos de drogas, alcohol y lascivia; de política y traición; de duda y desgracia; y por el descuido imperdonable de permitir que un hombre se detonara a sí mismo en un andén del metro, matando o mutilando a un balance estimado de ciento veinte víctimas y causando daños materiales por valor de treinta millones de libras, más allá de la pérdida estimada de otros dos mil quinientos millones previstos por ingresos turísticos. En dicha fantasía, las oficinas se convierten, de hecho, en una mazmorra administrativa en la que puede encerrarse a una banda de inadaptados que han dejado de ser útiles, junto con una sobrecarga de papeleo predigital, y dejarlos allí hasta que acumulen polvo.

Dicha fantasía no vivirá más allá del tiempo necesario para que el autobús pase por debajo del siguiente puente peatonal, por supuesto. Pero hay una corazonada que sí podría durar algo más: la que indica que los amarillos y los grises que dominan la paleta de colores no son lo que aparentan en primera instancia: que el amarillo no es amarillo en absoluto, sino un blanco exhausto por los alientos estancados y el tabaco, por los vapores de los fideos recalentados y de las gabardinas puestas a secar en los radiadores; que el gris no es gris, sino un negro despojado de su contenido. Sin embargo, ese pensamiento también se desvanecerá demasiado deprisa porque hay pocas cosas relacionadas con la Casa de la Ciénaga que se conserven en la mente; sólo su nombre ha perdurado, ya que nació hace años en una conversación casual entre espías:

«Han proscrito a Lamb.»

«¿Adónde lo han mandado? ¿A algún lugar horroroso?»

«El peor de todos.»

«Dios, ¿no será la Ciénaga?»

«Exacto.»

Y en un mundo de secretos y leyendas no hizo falta nada más para dar un nombre al nuevo reino de Jackson Lamb: un lugar de amarillos y grises donde antaño todo era negro y blanco.

Poco después de las siete de la mañana se encendió una luz en la ventana de la segunda planta y apareció una figura detrás de «W. W. HENDERSON. NOTARIO Y FEDATARIO PÚBLICO». Abajo, en la calle, pasó un camión de reparto de leche. La figura se quedó quieta un momento, como si esperara que el camión emitiese alguna señal de peligro, pero se retiró en cuanto lo hubo perdido de vista. Dentro, reanudó su faena poniendo boca abajo una bolsa de basura negra empapada para vaciar su contenido sobre unas hojas de periódico esparcidas por la alfombra, gastada y descolorida.

El aire se contaminó de inmediato.

Con las manos enfundadas en guantes de goma y la nariz arrugada, se arrodilló y empezó a recoger muestras entre el revoltijo.

Cáscaras de huevo, restos de verduras, posos de café en filtros de papel derretidos, bolsitas de té del color del pergamino, un trozo de jabón, etiquetas de botes, un bote de plástico, cogollos de papel de cocina manchado, sobres marrones desgarrados, tapones de corcho, tapones de botella de rosca, el alambre de la espiral de una libreta, y su contratapa negra de cartón, algunos fragmentos de vajilla rota que no encajan entre sí, bandejitas de aluminio de comida para llevar, pósits arrugados, una caja de pizza, un tubo de pasta de dientes gastado, dos tetrabriks de zumo, una lata vacía de betún, una cucharilla de plástico y siete paquetes cuidadosamente envueltos con páginas de la revista de información política *Searchlight*.

Y otras muchas cosas no tan fáciles de identificar a primera vista. Todo ello bien empapado y brillante, como una babosa, a la luz cenital de la lámpara. El hombre se puso en cuclillas. Cogió el primer paquete envuelto con *Searchlight* y lo desenvolvió con el máximo cuidado posible.

El contenido de un cenicero cayó en la alfombra.

El hombre dijo que no con la cabeza y dejó los papeles apestosos en el montón.

Se detuvo un momento al oír un ruido procedente de la escalera del fondo, pero no se repitió. Todas las entradas y salidas de la Casa de la Ciénaga pasaban por un patio trasero que tenía las paredes llenas de moho y cieno, y todos los que entraban hacían un ruido fuerte y desagradable porque la puerta se quedaba atascada y —como a casi todos los que la usaban— había que darle una buena patada. Sin embargo, a pesar de que aquel ruido había sido distinto, movió la cabeza y decidió que lo habría emitido el edificio al despertarse; debía de estar flexionando los dinteles, suponiendo que fuera eso lo que hacían los edificios por la mañana después de una noche de lluvia. Lluvia que le había caído encima mientras recogía la basura del periodista.

Cáscaras de huevo, restos de verduras, posos de café en filtros de papel derretidos...

Cogió otro paquete envuelto con un papel arrugado en el que un titular denunciaba una manifestación del Partido Nacionalista Británico, y lo olisqueó con cautela. No olía a cenicero.

—El sentido del humor puede ser muy cabrón —dijo Jackson Lamb.

River soltó el paquete.

Lamb estaba apoyado en el quicio, con un brillo leve en las mejillas, como solía pasarle en cuanto hacía un poco de ejercicio. Subir las escaleras contaba como tal, aunque no se hubiera oído el menor crujido. Ni siquiera River era capaz de subir con tanto sigilo, y eso que no cargaba con el peso de Lamb, que lo tenía casi todo concentrado en el centro del cuerpo, como en un embarazo. En ese momento le rodeaba la barriga un impermeable gris y harapiento, mientras el paraguas que le colgaba del brazo goteaba en la alfombra.

Esforzándose por disimular que el corazón se le acababa de hundir entre las costillas, River preguntó:

—¿Usted cree que nos está llamando nazis?

—Hombre, claro. Es obvio que nos está llamando nazis. Pero me refería a que lo estás haciendo en la mitad del despacho que le corresponde a Sid.

River recogió el paquete que acababa de soltar, pero se le desmontó porque el papel estaba demasiado húmedo para sujetar su contenido y derramó un guiso de huesecillos y pieles sueltas que, por un momento, parecieron pruebas de un infanticidio brutal. Pero luego el conjunto adquirió la forma de un pollo: un pollo deforme —todo patas y alas—, pero con aspecto reconocible de ave. Lamb resopló. River se frotó las manos, enguantadas, y al hacerlo convirtió algunos fragmentos de papel mojado en bolas, que luego se sacudió sobre el montón. Las tintas de color rojo y negro no desaparecían tan fácilmente. Los guantes, antes amarillos, habían adoptado el color de los dedos de un minero.

—Qué listo —dijo Lamb.

Gracias, pensó River. Gracias por señalarlo.

Se había pasado la noche anterior apostado delante de la casa del periodista hasta más allá de la medianoche, refugiándose como buenamente podía debajo de la estrecha cornisa del edificio de la acera de enfrente, bajo una lluvia que parecía una pesadilla de Noé. Casi todos los vecinos habían cumplido con su deber cívico y habían dejado sus bolsas negras alineadas como una piara de cerdos sentados, o los contenedores con ruedas que suministraba el ayuntamiento, montando guardia junto a sus puertas. Pero de la casa del periodista no había salido nada.

A River la lluvia helada le bajaba por el cuello y le trazaba un mapa del camino que llevaba hasta la raja del culo. Sabía que daba igual cuánto rato estuviera allí: no lo iba a pasar bien.

—Que no te pillen —le había dicho Lamb.

Pues claro que no me van a pillar, joder, había pensado él.

—Lo intentaré.

—Y aparcamiento reservado a los residentes —había añadido Lamb, como si compartiera una contraseña ancestral.

Aparcamiento reservado. ¿Y qué?

Tardó en entender que eso significaba que no podría quedarse sentado en el coche. No se lo podía tomar en plan cómodo, con un techo encima de la cabeza para protegerse de la lluvia mientras esperaba a que aparecieran las bolsas. La probabilidad de que un vigilante de aparcamientos —o como sea que los llamen hoy en día— se dedicara a hacer rondas después de la medianoche era reducida, pero no dejaba de existir.

Lo último que necesitaba: una multa por aparcar mal. Multa con localización. Su nombre escrito en un registro.

«Que no te pillen.»

Así que le había tocado refugiarse bajo ese alero diminuto mientras llovía a cántaros. Peor aún, le había tocado vigilar una luz temblorosa tras las finas cortinas del apartamento del periodista, en la planta baja; le había tocado ver una sombra que aparecía tras ellas cada dos por tres. Como si el tipejo de dentro, seco como una tostada, se estuviera partiendo el pecho de risa al pensar que River esperaba bajo la lluvia a que él sacara la bolsa de basura para poder llevársela y examinarla en secreto. Como si el periodista supiera todo eso.

Esta idea se le había pasado por la cabeza poco después de la medianoche: a lo mejor lo sabía.

Así había funcionado el asunto durante los ocho meses anteriores. De vez en cuando, River tomaba el panorama general y lo sacudía bien, como si fuera un rompecabezas con las piezas sueltas. A veces la colocación de las piezas cambiaba por completo; a veces no encajaban de ningún modo. ¿Por qué quería Jackson Lamb la basura de aquel periodista? ¿La ansiaba tanto como para encargar a River su primera tarea fuera de la oficina desde que lo asignaron a la Casa de la Ciénaga? A lo mejor no se trataba de conseguir la basura. A lo mejor se trataba de que River pasara horas y horas bajo la lluvia mientras el tipejo se moría de risa y hablaba por teléfono con Lamb.

La lluvia ya estaba prevista. Joder, si cuando Lamb le encargó la faena ya estaba lloviendo.

«Aparcamiento reservado», le había dicho.

31

«Que no te pillen.»

Al cabo de diez minutos, River había decidido que ya estaba bien. Lamb se iba a quedar sin bolsa de basura; si se la conseguía no serviría para nada, sólo para recordarle que lo habían mandado a hacer el idiota por ahí... Al desandar el camino había cogido una bolsa cualquiera de basura; la había metido en el maletero del coche que tenía estacionado junto al parquímetro. Y se había ido a casa. A la cama.

Allí se había tirado dos horas contemplando cómo se recomponía solo el rompecabezas. Tal vez el «que no te pillen» de Jack Lamb sólo significaba eso: que la tarea que habían asignado a River era importante y no debía dejar que lo pillaran. No de una importancia crucial, pues en ese caso Lamb habría mandado a Sid, o tal vez a Moody, pero sí de la importancia suficiente como para que no hubiera más remedio que hacerlo.

O también podía ser una prueba. Una prueba para descubrir si River era capaz de salir bajo la lluvia y volver con una bolsa de basura.

Poco después salió de nuevo a la calle y dejó la bolsa de basura en el primer contenedor que encontró. Luego, mientras caminaba lentamente por delante de la casa del periodista, apenas podía dar crédito a lo que vio allí, apoyado en la pared, bajo la ventana: una bolsa negra cerrada con un nudo...

El contenido de esa bolsa estaba en aquel momento esparcido por el suelo, delante de él.

—Te dejo para que lo puedas ordenar, ¿vale? —dijo Lamb.

—¿Qué estoy buscando exactamente?

Pero Lamb ya se había ido: esta vez sí que se le oía bajar la escalera, incluido el eco de cada crujido, cada quejido de la madera, y River se quedó solo en la mitad del despacho que correspondía a Sid; seguía rodeado de una basura que no olía demasiado bien; y seguía afligido por el peso de la sensación —leve, pero inconfundible— de que Jackson Lamb lo estaba usando como saco de boxco.

••

Las mesas de Max's siempre estaban demasiado juntas, fruto del optimismo que se anticipaba a una oleada de clientes que jamás se iba a producir. Max's no era popular porque se comiera muy bien; reutilizaban las cargas de café y los cruasanes estaban rancios. Que un cliente repitiese era la excepción, no la norma. Sin embargo, había uno habitual, y cada mañana, en cuanto lo veía cruzar la puerta con los periódicos bajo el brazo, el empleado de la barra empezaba a prepararle su café. Daba lo mismo que el personal cambiara a menudo: los detalles pasaban de un camarero a otro junto con las instrucciones de uso de la máquina para hacer capuchinos. «Gabardina beige. Pelo más bien marrón, clareando. Enojado a todas horas.» Y, por supuesto, los periódicos.

Aquella mañana por las ventanas se veía una llovizna nebulosa. La gabardina goteaba en el suelo de damero de linóleo. De no ser porque llevaba los periódicos dentro de una bolsa de plástico, se podría haber hecho con ellos una escultura de papel maché en un momento.

—Buenos días.

—Hace un día horrible.

—Aun así, siempre nos alegramos de verlo, señor.

Era el Max de la mañana, pues Robert Hobden adjudicaba a todos ese mismo nombre. Si querían que los distinguiera, que no trabajaran en la misma barra.

Ocupó su rincón habitual. Había otros tres clientes en el bar. Entre ellos, una pelirroja sentada a la mesa contigua, de cara a la ventana. Tenía un impermeable rojo colgado del respaldo de la silla. Llevaba una camisa blanca sin cuello y *leggings* negros cortados a la altura del tobillo. Se fijó en eso porque tenía los pies enroscados a las patas de la silla, como hacen los niños cuando se sientan. Delante de ella, un portátil de tamaño infantil. No le quitaba ojo.

Max le sirvió el café con leche. Con un gruñido de agradecimiento, Hobden colocó las llaves, el móvil y la cartera ante sí, como siempre. Odiaba sentarse con bultos en los bolsillos. Añadió el rotulador y un cuaderno. El rotulador era de punta fina de fieltro; el llavero era un lápiz de memoria. Y llevaba periódicos de calidad, más el *Mail*. Formaban una pila de diez centímetros de altura, de los que leería más o menos cuatro; los lunes mucho menos, porque llevaban todas las noticias de deportes. Era jueves, poco más de las siete. Llovía otra vez. Había llovido toda la noche.

Telegraph, Times, Mail, Independent, Guardian. En algún momento de su vida había escrito para todos ellos. No era algo en lo que pensara, sino más bien una ocurrencia que lo inquietaba casi todas las mañanas, más o menos a esa misma hora: meritorio —nombre que se le antojaba ridículo— en Peterborough, mudanza inevitable a Londres, y períodos de distinta duración en las secciones principales, sucesos y política, antes de ascender, a los cuarenta y ocho, al destino final: una columna semanal. Dos, de hecho. Los domingos y los miércoles. Apariciones habituales en *Question Time*. De agitador a rostro aceptable de la discrepancia: no le importaba reconocer que en su caso el recorrido se había alargado, pero eso endulzaba la llegada a la meta. De haber podido congelar la película de su vida en ese momento, no habría encontrado demasiados motivos de queja.

Ya no escribía para los periódicos. Y si algún taxista lo reconocía, no era por los mejores motivos.

Dejó a un lado, por un rato, el impermeable beige; el cabello ralo y amarronado era un accesorio fijo, igual que la mirada de cabreo. Robert Hobden destapó el rotulador, bebió un sorbo de café con leche y se puso a trabajar.

Había luz en las ventanas. Antes de abrir la puerta, Ho sabía ya que había alguien en la Casa de la Ciénaga. Pero lo habría descubierto igualmente: huellas húmedas en la escalera, sabor a lluvia en el ambiente. De uvas a peras, Jackson Lamb se adelantaba a Ho; aparecer de manera imprevista antes del amanecer tenía una función meramente territorial. Podéis pasar aquí dentro tanto tiempo como queráis, le estaba diciendo Lamb. Pero cuando derriben las paredes y cuenten los huesos, los que aparecerán encima del todo serán los míos. Había unas cuantas buenas razones para tener manía a Jackson Lamb y ésa era una de las favoritas de Ho.

Sin embargo, esa vez no era Lamb, o no sólo él. Ahí arriba había alguien más.

Podía ser Jed Moody, pero sólo en sueños. A Moody le gustaba arrancar a las nueve y media, y hasta las once no solía estar listo para nada más complejo que preparar una infusión caliente. A Roderick Ho no le caía bien Jed Moody, pero eso no representaba ningún problema; Moody no contaba con caer bien a nadie. Incluso antes de que lo asignaran a la Casa de la Ciénaga, probablemente tenía menos amigos que puños. Así que Ho y Moody se soportaban y compartían despacho: a ninguno de los dos le caía bien el otro, a ninguno de los dos le importaba. Pero no cabía la menor posibilidad de que Moody hubiera llegado antes que él. Ni siquiera eran las siete.

Parecía más probable que fuera Catherine Standish. Ho no recordaba que Catherine hubiese llegado alguna vez la primera, y si él no lo recordaba era porque no había ocurrido, pero al menos solía llegar justo después de él. Ho siempre oía el gemido agónico de la puerta, luego sus pisadas suaves en la escalera y luego nada más. Trabajaba dos plantas más arriba, en el pequeño despacho contiguo al de Lamb, y como estaba fuera de la vista era fácil olvidarse de ella. De hecho, era fácil olvidarse incluso teniéndola a la vista. La probabilidad de percibir su presencia era mínima. Así que no se trataba de ella.

Mejor así. A Ho no le caía bien Standish.

Subió a la primera planta. Colgó su impermeable de una percha en su oficina, encendió el ordenador y fue a la cocina. Por la escalera bajaba un olor extraño. Algo podrido acababa de reemplazar al aroma de la lluvia.

Así que le quedaban los siguientes sospechosos: Min Harper, un idiota nervioso que no paraba de palparse los bolsillos para comprobar si había perdido algo; Louisa Guy, a quien Ho no podía mirar sin pensar en una olla a presión que echaba humo por las orejas; Struan Loy, el chistoso de la oficina —a Ho no le caía bien ninguno de ellos, pero Loy le caía especialmente mal: ser el chistoso oficial de la oficina era un delito cada vez más común— y Kay White, que antaño trabajaba en la última planta, compartiendo despacho con Catherine, pero la habían degradado a la inferior porque «nunca cerraba la puta boca»: gracias, Lamb. Gracias por dejar que suframos los demás. Si no aguantabas su parloteo, ¿por qué no la mandaste de vuelta a Regent's Park? Claro que ninguno de ellos iba a volver a Regent's Park ya que allí todos tenían su pequeña historia; manchas de pura torpeza en los anuarios del servicio secreto.

Y Ho conocía la forma y el color de cada una de esas manchas: delitos por drogas, borracheras, lujuria, política y traición. La Casa de la Ciénaga estaba llena de secretos y Ho conocía el tamaño y la profundidad de cada uno de ellos, con dos excepciones.

Eso le hizo pensar en Sid. Tal vez fuera Sid quien había hecho ruido arriba.

Y había que reconocer una cosa de Sid Baker: Ho no sabía por qué delito se le castigaba. Era uno de los dos secretos que se le escapaban.

Era probable que ésa fuera la razón por la que Sid no le caía bien.

Mientras se calentaba el agua en el hervidor, Ho repasó algunos secretos de la Casa de la Ciénaga: pensó en Min Harper, el idiota nervioso que se había dejado un disco con información clasificada en un tren. De no haber tenido el disco una funda de color rojo brillante estampada con la leyenda «TOP SECRET» habría salido mejor parado. Y también si la mujer que se lo encontró no se lo hubiera pasado a la BBC. Hay cosas que parecen demasiado buenas para ser verdad, salvo que le pasen a uno: a Min Harper le había parecido que el episodio había sido demasiado terrible para creérselo; y sin embargo había ocurrido. Y por eso Min se había pasado los dos últimos años de lo que en otro tiempo parecía una carrera prometedora a cargo de la trituradora de documentos de la primera planta.

Empezó a salir vapor por la boca del hervidor. La cocina estaba mal ventilada y el yeso del techo se desconchaba a menudo. Con el paso del tiempo, podría derrumbarse todo el edificio. Ho echó agua en una taza con una bolsa de té. Así se cortaban los días, en dados y rodajas: divididos en los momentos que se dedicaban a servir un té o ir a por sándwiches, a su vez divididos mentalmente con el repaso de los secretos de la Casa de la Ciénaga, con dos excepciones... El resto del tiempo lo pasaría ante su monitor, introduciendo con gestos elocuentes datos de incidentes ya cerrados tiempo atrás, aunque solía dedicar la mayor parte de la jornada al intento de desvelar el segundo secreto, el que lo reconcomía y le quitaba el sueño.

Rescató la bolsa del té con una cucharilla y entonces se le ocurrió una idea: sé quién hay arriba. Es River Cartwright. Tiene que ser él.

No se le ocurría ni una razón por la que Cartwright pudiera estar allí a esa hora de la mañana, pero daba igual: hagan sus apuestas. Ho apostó por Cartwright. El que estaba arriba en ese momento era él.

Resuelto. A Ho, River Cartwright le caía mal de verdad.

Regresó con la taza a su escritorio, donde el monitor ya había cobrado vida.

Hobden dejó a un lado el *Telegraph*, con una foto de Peter Judd en plena mueca. Había tomado algunas notas sobre las elecciones que se acercaban —el jefe de Cultura de la oposición había presentado su renuncia, con la carrera truncada por un infarto en el mes de enero— y nada más. Siempre que un político se bajaba del carro por su propia voluntad valía la pena mirar con atención, pero Robert Hobden ya era un veterano en diseccionar una noticia. Seguía leyendo los textos como si estuvieran en Braille; los relieves del lenguaje le permitían descubrir si una noticia había sido censurada, con la excusa de los asuntos de Estado; o si la banda de Regent's Park había dejado sus huellas en el asunto. Tal como parecía probable en ese caso: un político que se retiraba al quinto pino tras un susto por su salud. Y Robert Hobden se fiaba de su instinto. Aunque no estuviera publicando, no dejaba de ser periodista. Sobre todo si sabía que tenía una noticia y esperaba que asomara la aleta entre el oleaje de la información diaria. Antes o después, acabaría emergiendo a la superficie. Y cuando emergiera, él sabría reconocerla.

Mientras tanto, seguiría pasando la red por el mar de letra impresa. Tampoco es que estuviera demasiado ocupado. Hobden ya no estaba tan conectado como antes.

Había que reconocerlo: Hobden era un paria.

Y eso también tenía que ver con Regent's Park: él había escrito en todos aquellos periódicos, pero los espías habían puesto fin a su carrera. Así que ahora se pasaba las mañanas en Max's, acechando, a la espera de la noticia... Es lo que pasaba cuando creías tener una exclusiva: te preocupaba que los demás también la descubrieran. Que tu exclusiva se viera amenazada. Y si había espías de por medio, el peligro se duplicaba. Hobden no era idiota. En su cuaderno no había nada que no fuera de dominio público; cuando pasaba las notas al ordenador, sumándoles alguna que otra especulación, las guardaba en el lápiz de memoria para dejar limpio el disco duro. Y tenía una copia falsa, por si alguien se hacía el listo. No era un paranoico, pero tampoco era idiota. La noche anterior, caminando arriba y abajo por su piso, inquieto por la sensación de que se le había olvidado alguna tarea, había repasado todos los encuentros imprevistos de los últimos tiempos, cualquier desconocido que le hubiese dado conversación, pero no se le había ocurrido ninguno. Luego había repasado otros encuentros recientes, con su ex mujer, sus hijos, antiguos colegas y amigos, y tampoco se le había ocurrido ninguno. Fuera de Max's, nadie le daba ni los buenos días... La tarea que se le había olvidado era sacar la basura, pero al final sí se había acordado.

—¿Me disculpa?

Era la guapa pelirroja de la mesa contigua.

—Digo que si me disculpa.

Resultó que hablaba con él.

Trocitos de pescado. El último paquete de *Searchlight* contenía trocitos de pescado; no las cabezas y las espinas que podrían indicar que el periodista era un cocinillas, sino restos endurecidos de rebozado y piel, junto con algunos trozos de patatas carbonizadas que sugerían que el negocio de comida para llevar de su barrio no era el mejor.

River había repasado ya casi la mayor parte de la basura sin encontrar nada que pudiera ser una pista. Ni siquiera los pósits, después de haberlos alisado con cuidado, revelaban más que listas de la compra: huevos, té en bolsas, zumos, pasta de dientes; las ideas originales que habían generado todos esos desechos. Y el cartón de la contratapa de un cuaderno con espiral no era más que eso; no había sobrevivido ninguna página. River había pasado la yema del dedo por el cartón por si acaso detectaba el surco de algún garabato, pero no había encontrado nada.

Sonó un golpetazo en el techo. Las famosas convocatorias de Lamb.

Ya no eran los únicos en el edificio. Habían ido aumentando hasta ocho; la puerta se había abierto dos veces, y la escalera había crujido sus bienvenidas habituales. Los ruidos que se habían filtrado hasta la planta inferior eran de Roderick Ho. Solía ser el primero en llegar y el último en irse, aunque lo que hacía a lo largo de las horas que transcurrían entre uno y otro extremo era un misterio para River. En cualquier caso, las latas de cola y las cajas de pizza que rodeaban su escritorio invitaban a pensar que se estaba construyendo un fuerte.

Las otras pisadas habían seguido subiendo más allá de la planta de River, de modo que debían de pertenecer a Catherine. Tuvo que escarbar para recordar su apellido: Catherine Standish. Le pegaba más llamarse Miss Havisham.[1] A River no le constaba que llevara puesto un vestido de novia, pero, para el caso, podría haberse paseado por ahí envuelta en telarañas.

Otro golpe en el techo. De haber tenido una escoba a mano le habría contestado por el mismo medio.

La basura había migrado. Al principio estaba contenida en la isla de periódicos extendida en el suelo; luego se había desparramado hasta llegar a cubrir buena parte de la mitad del despacho que correspondía a Sid. El olor, más democrático, invadía toda la sala.

Había un rizo de piel de naranja, tan difícil de interpretar como la caligrafía de un médico, debajo del escritorio.

Otro golpe.

Sin quitarse los guantes, River se puso de pie y se encaminó a la puerta.

Tenía cincuenta y seis años. Las pelirrojas tirando a jóvenes no solían hablar con él. Sin embargo, cuando Robert Hobden le lanzó una mirada inquisitiva descubrió que ella sonreía y asentía; todas las señales de receptividad que un animal puede mostrar a otro cuando quiere o necesita algo.

—¿Puedo ayudarla en algo?

—¿Es que se supone que estoy trabajando? ¿En un encargo?

Hobden odiaba esa entonación interrogativa. ¿Cómo se las arreglaban los jóvenes para que sus interlocutores supieran si esperaban una respuesta? Sin embargo, ella tenía la piel levemente espolvoreada de pecas, y el escote de la blusa, desabrochado, le permitió comprobar que descendían incluso por los pechos. Allí pendía un relicario de una fina cadena de plata. No llevaba alianza. Siguió fijándose en esos detalles incluso cuando ya no tenían ninguna relevancia.

—¿Sí?

---

1. Miss Havisham es un personaje de la novela *Grandes esperanzas*, de Charles Dickens. Es una rica solterona que, abandonada en el altar, se empeña en llevar puesto su vestido de novia toda la vida. *(N. del t.)*

—Es que no he podido evitar fijarme en el titular, ¿sabe? ¿En su periódico? Uno de los periódicos...

Alargó un brazo para darle un toque a su ejemplar del *Guardian*, ofreciéndole de paso una mejor vista de sus pecas, su relicario... Resultó que no se refería a un titular, sino a una llamada de portada por encima de la cabecera: remitía a una entrevista a Russell T. Davies en el suplemento.

—Mi trabajo es sobre los héroes de los medios de comunicación, ¿sabe?

—Por supuesto que sí.

—¿Perdón?

—Perdonada.

Apartó del periódico el suplemento *G2* y se lo pasó.

Ella lo recibió con una sonrisa encantadora y le dio las gracias, y Hobden se fijó en la belleza de sus ojos, de un verde azulado, así como en la leve hinchazón y la hermosura del labio inferior.

El caso es que al recostarse en su asiento la mujer debió de calcular mal la extensión de sus bonitas piernas, porque al instante estaba todo manchado de capuchino, y ella dejó de hablar en tono de damisela.

—Vaya, mierda, lo siento.

—¡Max!

—Creo que he...

—¿Puede traernos un trapo?

Para Catherine Standish, la Casa de la Ciénaga era como la roca de Pincher Martin:[2] húmeda, horrible, dolorosamente familiar, algo a lo que agarrarse cuando empezaban a arreciar las olas. Sin embargo, siempre le costaba abrir la puerta. Seguro que era fácil arreglarlo, pero como la Casa de la Ciénaga era lo que era, no podían llamar a un

---

2. Christopher Hadley Martin, alias Pincher, es el protagonista de la novela *Pincher Martin*, de William Golding (1956). Único superviviente de un torpedero hundido, consigue agarrarse a una roca en medio del Atlántico, en la que encuentra agua de lluvia encharcada y anémonas comestibles. *(N. del t.)*

carpintero: había que rellenar un formulario de mantenimiento; hacer una petición para el desembolso correspondiente, y solicitar un pase para un carpintero que contara con la aprobación reglamentaria. La subcontratación era «fiscalmente correcta» según las normas vigentes, aunque la cantidad de dinero invertida en escrutar el historial de los contratados para vetarlos invitaba a pensar más bien lo contrario. Y después de rellenar todos esos formularios había que mandarlos a Regent's Park, donde alguien los leería, los marcaría con sus iniciales, les estamparía un sello y no les haría ni caso. Así que Catherine tenía que pasar cada mañana por lo mismo: empujar la puerta con el paraguas en una mano, la llave en la otra y el hombro alzado para que el bolso no resbalara al suelo. Y todo eso con la esperanza de conservar el equilibrio cuando al fin la puerta se dignara a abrirse. Pincher Martin lo tenía más fácil. En su roca del Atlántico no había puertas. Aunque allí también llovía.

La puerta cedió por fin con su gruñido habitual. Catherine se detuvo para sacudir el paraguas y quitarle el exceso de agua. Alzó la mirada al cielo. Seguía gris y denso. Una última sacudida, y se encajó el paraguas bajo el brazo. Había un paragüero en el vestíbulo, pero era la mejor manera de no volver a ver su paraguas jamás. En el primer rellano, por una puerta entreabierta, atisbó a Ho sentado ante su escritorio. Él no alzó la mirada, aunque Catherine sabía que la había visto. Ella fingió a su vez no verlo, o por lo menos eso fue lo que debió de parecer. En realidad, fingía que Ho era un mueble, lo que requería menos esfuerzo.

En el siguiente rellano estaban cerradas las puertas de los dos despachos, pero se veía luz por debajo de la de River y Sid. Un olor rancio contaminaba el aire: pescado podrido y verduras pasadas.

Al llegar a su oficina, en la planta superior, dejó el impermeable en una percha, abrió el paraguas para que se secara bien, y le preguntó a la puerta de Jackson Lamb, cerrada, si quería un té. No obtuvo respuesta. Enjuagó el hervidor, lo llenó de agua y lo puso a hervir. De vuelta en su

42

escritorio, encendió el ordenador, se repasó el pintalabios y se cepilló el pelo.

La Catherine del espejo de su polvera tenía diez años más que la que esperaba ver. Pero eso era culpa suya, de nadie más.

Su pelo aún parecía rubio, pero sólo de cerca, y ya nadie se acercaba tanto. De lejos parecía gris, aunque conservaba la densidad y las ondas; como los ojos eran del mismo color, daba la sensación de que se estaba destiñendo hasta volverse monocroma. Se movía con lentitud y vestía como en una ilustración de novela infantil de antes de la guerra: casi siempre llevaba sombrero, nunca vaqueros, ni pantalones por lo general; ni siquiera faldas, sólo vestidos con mangas que se volvían perezosas al llegar a los puños. Si acercaba la polvera a la cara, veía el rastro de los daños causados bajo la piel, las arrugas por las que se había ido filtrando la juventud. Un proceso acelerado por decisiones insensatas, aunque al echar la vista atrás resultaba asombroso comprobar que, muy a menudo, parecía que las decisiones no hubieran sido tales, sino una mera cuestión de dar un paso detrás de otro. Al año siguiente cumpliría cincuenta. Son muchos pasos para haberlos dado uno detrás de otro.

El agua hervía. Se sirvió un té. De vuelta en su escritorio —en un despacho que, gracias a Dios, no compartía con nadie desde que, por orden de Lamb, habían desterrado a Kay White a la planta inferior— reemprendió el trabajo donde lo había dejado el día anterior: un informe sobre las ventas de inmuebles durante los tres últimos años en la zona de Leeds y Bradford, con referencias cruzadas con los informes de inmigración del mismo período. Los nombres que aparecían en los dos listados se cotejaban con la lista de vigilancias de Regent's Park. A pesar de que Catherine no había encontrado todavía ningún nombre que hiciera sonar las alarmas, los repasaba uno por uno y anotaba los resultados por país de origen, con Pakistán a la cabeza. Según cómo se mirasen, los resultados podían servir como prueba de la imprevisibilidad de los movimientos de la población y sus inversiones inmobiliarias, o bien como un gráfico en el que acabaría por establecerse un patrón que sólo sabrían interpretar los que ocupaban, dentro de la cadena de captación de información, lugares más altos que el de Catherine. El mes anterior había terminado un informe similar de Mánchester y su cinturón urbano. Luego le tocaría a Birmingham, o Nottingham. Los informes se mandaban por mensajero a Regent's Park, donde Catherine confiaba en que las reinas de las bases de datos les prestaran más atención que a sus solicitudes de gastos para mantenimiento.

Al cabo de media hora se tomó un descanso y se cepilló de nuevo el pelo.

Cinco minutos después, River Cartwright subió la escalera y entró en el despacho de Lamb sin llamar.

La chica estaba de pie y usaba el periódico como una especie de dique para impedir que el capuchino mojara su portátil, y durante un segundo Hobden sintió una punzada de enojo como propietario —el periódico era suyo y ya no habría manera de leerlo—, pero duró poco. Además, necesitaban un trapo.

—¡Max!

Hobden no soportaba esa clase de escenas. ¿Por qué era tan torpe la gente?

Se levantó y se dirigió a la barra, donde se encontró con Max, que, trapo en mano, reservaba su sonrisa para la pelirroja, que seguía aplicando el *Guardian* al café derramado sin la menor eficacia.

—Ningún problema, ningún problema —le decía el camarero.

Bueno, en realidad sí que era un problema, pensó Robert Hobden. Todo aquel follón, con el café derramado por todas partes, era un problema porque él sólo pretendía que lo dejaran en paz mientras repasaba la prensa del día.

—Lo siento mucho —le dijo la chica.

—No pasa nada —mintió.

—Vale. Ya está arreglado —dijo Max.

—Gracias —dijo la chica.

—Le traigo otro café.

—No, puedo pagar...

Pero eso tampoco era un problema. La pelirroja volvió a ocupar su mesa y se disculpó, señalando el periódico empapado de café.

—¿Quiere que le vaya a buscar otro...?

—No.

—Pero es que...

—No. No tiene ninguna importancia.

Hobden sabía que no se le daba bien manejar ese tipo de situaciones con elegancia y soltura. Tal vez debería aprender de Max, que acababa de regresar con tazas nuevas para los dos. Se lo agradeció con un gruñido. La pelirroja soltó un trino dulce, pero era una impostura. Estaba en pleno bochorno; habría preferido cerrar el portátil y pirarse de allí.

Hobden se terminó la primera taza; la dejó a un lado. Bebió un sorbo de la segunda.

Agachó la cabeza hacia el *Times*.

—¿Se ha caído?

Al ver a Lamb despatarrado tras su escritorio costaba imaginar que estuviera trabajando; costaba incluso imaginar que pudiera ponerse en pie, o abrir una ventana.

—Preciosas caléndulas —respondió Lamb.

El techo descendía por la inclinación del tejado. Había una claraboya encastrada en esa parte, siempre con la cortina corrida. Como a Lamb no le gustaba la iluminación cenital, estaban en penumbra: la principal fuente de luz era una lámpara plantada encima de un montón de listines telefónicos. Más que una oficina parecía una madriguera. Un reloj aparatoso resonaba con arrogancia en una esquina del escritorio. En la pared había un tablero de corcho, cubierto con lo que parecían cupones descuento de diversos restaurantes; algunos estaban tan amarillos y arrugados que nadie creería que aún tenían validez.

River pensó en quitarse los guantes de goma, pero decidió no hacerlo porque estaban muy pegajosos y tendría que pellizcar la punta de cada dedo para luego poder tirar de ellos. En vez de eso, dijo:

—Un trabajo sucio.

Para su sorpresa, Lamb contestó con una pedorreta.

La barriga de Lamb quedaba escondida tras el escritorio, pero no bastaba con ocultarla. La barriga de Lamb quedaba en evidencia incluso detrás de una puerta cerrada, porque estaba presente en su voz, por no hablar de la cara y los ojos. Estaba presente en su manera de hacer una pedorreta. Alguien había señalado en alguna ocasión que se parecía a Timothy Spall echado a perder, lo cual dejaba abierta la cuestión de qué pinta tendría Timothy Spall sin echar a perder, aunque la descripción no dejaba de ser adecuada. Dejando a Spall de lado, la barriga, los carrillos sin afeitar y el pelo —de un rubio sucio, engominado, peinado hacia atrás desde la frente alta y ondulado al llegar al cuello— lo convertían en la viva imagen de Jack Falstaff. Un papel que Timothy Spall debería plantearse interpretar.

—Bien dicho —contestó a la pedorreta de Lamb—. Bien hecho.

—Aunque podría implicar una crítica velada —apuntó Jack Lamb.

—Ni se me habría ocurrido.

—No. Bueno. Lo que sí se te ha ocurrido es hacer ese trabajo sucio en el lado del despacho de Sid.

—Es difícil mantener el contenido de toda una bolsa de basura en su sitio. Los expertos lo llaman «deslizamiento de basura».

—No eres un gran admirador de Sid, ¿verdad?

River no contestó.

—Bueno, tampoco ella es tu mayor admiradora —remató Lamb—. Aunque no es que haya demasiada competencia por ocupar ese papel. ¿Has encontrado algo interesante?

—Defíname «interesante».

—Hagamos ver, por un momento, que soy tu jefe.

—Tan interesante como puede llegar a serlo el contenido de una bolsa de basura doméstica, señor.

—¿Puede elaborar un poco más su respuesta?

—Vacía el contenido de los ceniceros en una hoja de prensa. Lo envuelve como si fuera un regalo.

—Suena a loquito.

—Es para que el cubo de la basura no huela a tabaco.

—Pero se supone que los cubos de la basura han de oler. Por eso se sabe que son cubos de la basura.

—¿Qué sentido tenía este encargo?

—Creía que te apetecía salir del despacho. ¿No te he oído decir que querías salir del despacho? ¿Más o menos unas tres veces al día durante no sé cuántos meses?

—Claro. Al servicio de Su Majestad, etcétera. Así que ahora me dedico a revisar restos ajenos, como un basurero. ¿Se puede saber qué estoy buscando?

—¿Quién dice que estés buscando algo?

River se lo quedó pensando.

—Entonces ¿sólo queremos que sepa que lo estamos vigilando?

—¿Y por qué usas la primera del plural, rostro pálido? Tú no quieres nada. Tú sólo quieres lo que yo te digo que quieras. ¿No había ningún cuaderno viejo? ¿Ninguna carta troceada?

—Parte de un cuaderno. Una espiral. Pero sin hojas. Sólo el cartón de detrás.

—¿Alguna prueba de que consuma drogas?

—Una caja vacía de paracetamol.

—¿Condones?

—Supongo que los tira por el váter —dijo River—. Si es que se da la ocasión.

—Van en bolsitas de plástico.

—Ya me acuerdo. No. Nada de eso.

—¿Botellas de alcohol vacías?

—Doy por hecho que las recicla.

—¿Latas de cerveza?

—Ídem.

—Vaya por Dios —dijo Jackson Lamb—. ¿Será cosa mía, o es verdad que desde 1979, más o menos, ya nada es divertido?

River ni siquiera pretendió fingir que le importaba.

—Creía que nuestro trabajo consistía en preservar la democracia —dijo—. ¿De qué modo puede contribuir a eso acosar a un periodista?

—¿Lo dices en serio? Debería ser uno de los elementos clave en la evaluación de nuestros resultados.

Lamb pronunció esa frase como si la hubiera leído en algún formulario que acabara de tirar.

—Hablemos de este caso particular, entonces.

—Intenta no pensar en él como periodista. Míralo más como un peligro potencial para la integridad del cuerpo político.

—¿Es eso?

—No lo sé. ¿Hay algo en su basura que lo sugiera?

—Bueno, es fumador. Pero en realidad eso todavía no consta en la lista oficial de amenazas a la seguridad pública.

—Todavía —confirmó Lamb, de quien se sabía que solía dar alguna que otra calada en el despacho. Luego añadió—: Vale. Ponlo por escrito.

—Póngalo por escrito —repitió River. No llegaba a ser una pregunta.

—¿Tienes algún problema, Cartwright?

—Tengo la sensación de trabajar en un periódico sensacionalista.

—Ya te gustaría. ¿Sabes lo que ganan esos cabrones?

—¿Quiere que lo mantenga bajo vigilancia?

Lamb se echó a reír.

River esperó. Costó un rato. Lamb no reía porque cediera genuinamente a la diversión; era más bien un desarreglo temporal. Una risa que nadie querría oír en boca de alguien con un palo en las manos.

Cuando paró de reír, lo hizo de una manera tan abrupta como había comenzado.

—Si fuera eso lo que quiero, ¿crees que te lo encargaría a ti?

—Estoy capacitado para hacerlo.

—¿De verdad?

—Estoy capacitado para hacerlo —repitió River.

—Déjame que lo diga de otra manera —propuso Jack Lamb—. Supongamos que quisiera hacerlo sin provocar la muerte de docenas de transeúntes inocentes. ¿Crees que serías capaz?

River no contestó.

—¿Cartwright?

«Que te den», habría deseado decir. En vez de eso, prefirió repetir «estoy capacitado», aunque de tanto repetirlo sonaba como una admisión de la derrota. Estaba capacitado. ¿De verdad lo estaba?

—No habrá heridos —dijo.

—Me encanta saber tu opinión —le dijo Lamb—. Aunque eso no es lo que pasó la última vez.

El siguiente en llegar fue Min Harper, seguido de cerca por Louisa Guy. Charlaron un poco en la cocina, aunque a los dos les representaba un esfuerzo excesivo. La semana anterior habían compartido un rato en el pub de la acera de enfrente, que era como un agujero infernal: un lugar de pesadilla que ni siquiera tenía ventanas, en el que sólo entraban quienes iban por la cerveza y el tequila. Sin embargo, habían acudido los dos, acuciados por la necesidad de beber algo sin dejar pasar más de sesenta segundos desde su salida de la Casa de la Ciénaga, un margen tan estrecho que no les daba para buscar un lugar más agradable.

La conversación había versado sobre algo concreto al principio (Jack Lamb es un cabrón), luego se había vuelto especulativa (¿por qué será tan cabrón Jack Lamb?) antes de derivar hacia lo sentimental (¿verdad que sería maravilloso que a Jack Lamb lo pillara una trituradora?). Luego, al cruzar la calle para dirigirse al metro, la despedida había sido incómoda. ¿Qué estaba pasando? No era más que la típica copa al salir del trabajo, sólo que en la Casa de la Ciénaga nadie iba a tomar una copa al salir del trabajo. Se las habían arreglado fingiendo que no estaban juntos y yéndose cada uno a su andén sin pronunciar palabra. En cualquier caso, desde aquel día ya no rehuían el encuentro, algo nada habitual. En la Casa de la Ciénaga casi nunca coincidían dos personas en la cocina.

Enjuagaron sus tazas. Encendieron el hervidor.

—¿Me lo parece a mí, o hay algo que huele mal por ahí?

Arriba se cerró de golpe una puerta. Abajo se abrió otra.

—Si te dijera que eres tú, ¿te enfadarías mucho?

Intercambiaron miradas y sonrisas que desaparecieron de ambos rostros exactamente al mismo tiempo.

A River no le costaba ningún esfuerzo recordar la conversación más significativa que había tenido con Jackson Lamb. Se había producido ocho meses antes, y había empezado al preguntar él cuándo le iban a asignar alguna tarea que mereciera tal nombre.

—Cuando se aposente el polvo.

—¿Y cuándo será eso?

Lamb había contestado con un suspiro, un lamento por tener que responder preguntas estúpidas.

—La única razón de que haya polvo en el aire son tus contactos, Cartwright. Si no fuera por tu abuelo, no hablaríamos de polvo. Hablaríamos de glaciares. Hablaríamos de cuando se derritan los glaciares. Sólo que ni siquiera hablaríamos, porque tú ya serías un recuerdo lejano. Alguien de quien acordarse de vez en cuando para que Moody no estuviera siempre pensando en sus cagadas, o para que Standish dejara la botella.

River había medido la distancia entre la silla de Lamb y la ventana. La persiana no iba a ofrecer resistencia. Si

River tuviera un buen punto de apoyo, Lamb sería una mancha en la acera con forma de pizza, en vez de estar vivo para tomar aliento y añadir:

—Pero resulta que no, que tienes un abuelo. Feliputaciones. Conservas tu trabajo. Pero el inconveniente es que no lo disfrutarás mucho. Ni ahora ni nunca. —Tamborileó con dos dedos, como si estuviera tatuando el escritorio—. Órdenes de arriba, Cartwright. Lo siento, yo no pongo las normas.

La sonrisa de dientes amarillentos que acompañó al comentario no transmitía el mínimo pesar.

—Menuda mierda —dijo River.

—No, lo que fue una mierda te lo voy a decir yo. Ciento veinte personas muertas o mutiladas. Treinta millones de libras en daños materiales. Dos mil quinientos millones en ingresos turísticos tirados por el desagüe. Y todo por tu culpa. Y eso, eso sí que es una mierda.

—Pero es que no pasó —dijo River Cartwright.

—¿Eso crees? Hay imágenes de circuito cerrado del momento en que el chico tiró de la cuerda. En Regent's Park todavía pasan el vídeo. Ya sabes, para recordarles lo jodido que puede llegar a ser todo si no hacen bien su trabajo.

—Era un ejercicio.

—Y tú lo convertiste en un circo. Destrozaste King's Cross.

—Veinte minutos. En veinte minutos todo funcionaba otra vez.

—Destrozaste King's Cross, Cartwright. En hora punta. Convertiste tu evaluación de ascenso en un circo.

River tenía la clara impresión de que a Lamb le parecía divertido.

—No hubo muertos.

—Un infarto. Una pierna rota. Tres...

—Habría tenido el infarto igualmente. Era un anciano.

—Tenía sesenta y dos años.

—Me alegro de comprobar que estamos de acuerdo.

—El alcalde quería tu cabeza en una bandeja.

—El alcalde estaba encantado. Le permitió hablar de comités de supervisión, y de la necesidad de perfeccionar los procesos de seguridad. Le sirvió para aparentar que era un político serio.

—¿Y te parece una buena idea?

—No hace daño a nadie, teniendo en cuenta que el tipo es idiota.

—A ver si nos centramos un poco —dijo Lamb—. Te parece una buena idea haber convertido el servicio secreto en un balón de fútbol en manos de los políticos por culpa de tu... ¿Cómo lo llamarías? ¿Daltonismo auditivo?

«Camisa azul, corbata blanca.»

«Camisa blanca, corbata azul.»

—Yo oí lo que oí.

—Me importa un comino lo que oíste. La cagaste. Así que ahora estás aquí, en vez de en Regent's Park, y lo que podría haber sido una carrera brillante se ha convertido en... ¿Sabes en qué? En un miserable trabajo de oficina, creado especialmente para que le ahorres un montón de dolor a la gente y te las pires. Y todo eso lo tienes por cortesía del abuelo. —Otro nuevo fogonazo de dientes amarillentos—. ¿Sabes por qué lo llaman Casa de la Ciénaga? —siguió Lamb.

—Sí.

—Porque podría perfectamente estar en...

—En una ciénaga. Sí. Y también sé cómo nos llaman.

—Nos llaman caballos lentos —dijo Lamb, como si River no hubiera dicho nada—. Casa de la Ciénaga. Caballo lento. Qué agudos, ¿no?

—Supongo que dependerá de su definición de...

—Me has preguntado cuándo tendrías una tarea de verdad.

River guardó silencio.

—Bueno, pues eso ocurrirá cuando todo el mundo haya olvidado que destrozaste King's Cross.

River no contestó.

—Ocurrirá cuando todo el mundo olvide que te has sumado a los caballos lentos.

River no contestó.

—Y para eso ha de pasar la hostia de tiempo —dijo Lamb, como si cupiera una mínima posibilidad de que a River se le hubiera escapado ese detalle.

River dio media vuelta para marcharse. Pero antes necesitaba saber algo.

—¿Tres qué?

—¿Tres qué de qué?

—Ha empezado a decir que hubo tres no sé qué. En King's Cross. No ha terminado la frase.

—Ataques de pánico.

River asintió.

—Sin contar el tuyo —remató Lamb.

Y ésa había sido la conversación más significativa de River con Jackson Lamb.

Hasta ese día.

Al final, en algún momento llegaba Jed Moody. Un par de horas más tarde que todos los demás, pero nadie le daba ninguna importancia porque a nadie le importaba un pimiento y, en cualquier caso, nadie quería que Moody lo mirase mal, cosa difícil porque Moody tendía a mirar mal a todos y a todo. Para Moody, un buen día era cuando alguien se instalaba en la parada de autobús de la otra acera, o pasaba demasiado rato en alguno de los jardines del Barbican, que quedaban al otro lado. Cuando ocurría eso, a Moody le tocaba salir, aunque nunca era nada serio: siempre eran críos de la escuela de teatro de la misma calle, o un sintecho que buscaba dónde sentarse. Sin embargo, fuera quien fuese, Moody salía mascando chicle y se sentaba a su lado: nunca les daba conversación; se limitaba a sentarse y mascar chicle. Con eso bastaba. Y cuando regresaba a la oficina su paso parecía más ligero durante cinco minutos: no tanto como para que su compañía se volviera apetecible, pero sí lo suficiente para pasar a su lado por la escalera sin temer que te pusiera una zancadilla.

No era un secreto para nadie: odiaba estar entre los caballos lentos. En otro tiempo había pertenecido a los Perros, pero todo el mundo sabía cuál había sido la cagada de Moody: permitir que un oficinista de tres al cuarto le diera una paliza antes de largarse con más o menos trepecientos millones de libras. Incluso sin ese lío final, no era precisamente una acción muy inteligente para alguien que trabajaba en los Perros, la división de seguridad interna de la agencia.

Así que Moody llegaba tarde y desafiaba a cualquiera que se atreviera a afeárselo. Cosa que nadie hacía. Porque a nadie le importaba.

En cualquier caso, Moody no había llegado aún, y River Cartwright seguía arriba, con Jackson Lamb.

Éste recostó la espalda en el asiento, con los brazos cruzados. No se oyó nada, pero se hizo evidente que acababa de tirarse un pedo. Movió la cabeza con expresión de tristeza, como si se lo atribuyera a River, y dijo:

—Ni siquiera sabes quién es, ¿verdad?

River, que tenía la mitad de la cabeza aún en King's Cross, preguntó:

—¿Hobden?

—Probablemente en el apogeo de su carrera tú todavía ibas al cole.

—Tengo un recuerdo vago. ¿No era un comunista?

—En esa generación todos eran comunistas. Aprende un poco de historia.

—Usted tiene más o menos su edad, ¿no?

Lamb lo dejó pasar.

—La Guerra Fría también tuvo su lado bueno, ¿sabes? Tuvo el mérito de liberar el descontento de los adolescentes haciendo que llevaran pancartas en vez de navajas. Asistían a reuniones interminables en las trastiendas de los pubs. Desfilaban en defensa de causas por las que nadie más salía de la cama.

—Cuánto lamento habérmelo perdido. ¿Todavía se consigue en DVD?

En vez de contestar, Lamb desvió la mirada hacia la espalda de River para señalarle que no estaban solos. River se dio la vuelta. Había una mujer en el umbral. Era pelirroja, tenía la cara levemente espolvoreada de pecas y llevaba un impermeable negro abierto —aún brillante por la lluvia matinal—, encima de una camisa blanca sin cuello. En el pecho llevaba un relicario colgado de una cadena de plata. Una leve sonrisa bailaba en sus labios.

La mujer sostenía bajo el brazo un portátil del tamaño de un cuaderno de ejercicios.

—¿Has triunfado? —preguntó Lamb.

Ella asintió.

—Bien hecho, Sid —dijo él.

3

Sidonie Baker dejó el portátil en el escritorio de Lamb. Sin mirar a River, dijo:

—Ha ocurrido un accidente. Abajo.

—¿Algo que ver con basura? —preguntó Lamb.

—Sí.

—Entonces, relájate. No ha sido un accidente.

—¿De quién es eso? —dijo River.

—¿De quién es qué? —preguntó Sid.

—El portátil.

Sid Baker parecía como recién salida de un anuncio. Un anuncio de cualquier producto. Era toda limpieza, un soplo de aire fresco; hasta las pecas parecían espolvoreadas con sumo cuidado. Entre el aroma que desprendía, River detectó un toque de ropa recién lavada.

—No pasa nada. Se lo puedes pasar por la cara.

River no necesitó más pistas.

—¿Es de Hobden?

Sid asintió.

—¿Le has robado el portátil?

Sid dijo que no con la cabeza.

—Le he robado sus archivos.

River se volvió hacia Lamb.

—¿Son más importantes que su basura, o menos?

Lamb no le prestó atención.

—¿Se ha dado cuenta? —preguntó.

—No —respondió Sidonie.

—¿Estás segura?

—Bastante.

Lamb alzó la voz:

—¡Catherine!

Y Catherine apareció en el umbral, como uno de esos mayordomos que siempre están al acecho.

—Flash-box.

Ella desapareció.

—A ver si lo adivino —dijo River—. ¿Tus encantos femeninos?

—¿Me estás acusando de usar mi cuerpo para obtener información?

—A veces los tópicos se hacen realidad.

Catherine Standish regresó con una flash-box y la dejó en el escritorio de Lamb, al lado del reloj. Se quedó esperando, pero Lamb no abrió la boca.

—De nada —dijo Catherine, y se fue.

Lamb esperó a que desapareciera para hablar:

—Cuéntaselo.

—Su llavero es un lápiz de memoria —explicó Sid.

—Un *pendrive* —dijo River.

—Exacto.

—¿Y guarda en él sus copias de seguridad?

—Parece una conclusión razonable. Sobre todo si tenemos en cuenta que lo lleva consigo a todas partes.

—Bueno, es lo normal, ¿no? Si lo tienes con las llaves de casa...

—Estoy segura de que hay algo dentro. Un par de megabytes de información.

—A lo mejor está escribiendo una novela —dijo River.

—A lo mejor. Tú no has encontrado ningún borrador en su basura, ¿no?

Si no tenía cuidado, la conversación se le podía ir de las manos.

—Entonces ¿se lo has robado del bolsillo?

—Es un hombre de costumbres fijas. Todas las mañanas, misma cafetería, mismo café con leche. Y antes de sentarse deja en la mesa todo lo que lleva en los bolsillos.

Sidonie sacó de un bolsillo un pasador del pelo. A River le sonaba que los llamaban así: pasador.

—Le he cambiado su lápiz por uno falso mientras él estaba atento a otras cosas.

Lo cual implicaba que llevaba consigo un lápiz falso, lo cual implicaba que había espiado antes a Hobden. De lo contrario, ¿cómo habría podido llevar un *pendrive* idéntico al suyo?

—Y luego he copiado el contenido en el portátil.

Se encajó el pasador por detrás de la oreja y su melena adquirió un aspecto de película de ciencia ficción. Era imposible que fuera consciente de la pinta que tenía, pensó River. Por eso aún resultaba más extraño que el efecto pareciera deliberado.

—Y después se lo he vuelto a cambiar.

—Mientras él estaba atento a otras cosas.

—Eso es —confirmó Sid, con una sonrisa reluciente.

Lamb se estaba aburriendo. Cogió la flash-box. Tenía el tamaño de una carpeta archivadora de Din-A4, se cerraba automáticamente y cualquier intento de abrirla sin la correspondiente llave desencadenaba una pequeña fogata.

—¿Seguía allí cuando te has ido?

—No. He esperado a que se fuera él primero.

—Bien. —Lamb encajó el portátil en la caja—. ¿Y el lápiz?

—Ya no contiene nada.

—¿Te he preguntado si contiene algo?

Sidonie sacó el lápiz, copia gemela del que llevaba Hobden en su llavero. Lamb lo soltó dentro de la flash-box y cerró la tapa de golpe.

—Abracadabra —dijo.

Ninguno de los otros dos supo qué contestarle.

—Y ahora tengo que hacer una llamada —dijo a continuación—. Si no os importa, ya sabéis... —Agitó la mano en dirección a la puerta—. A la puta calle.

Desde el rellano, River alcanzó a ver a Catherine en su escritorio, en la oficina contigua; absorta en algún papeleo, con la concentración absoluta de quien se sabe observado. Sid dijo algo a sus espaldas, pero River no lo pilló.

En su despacho, Lamb hizo la llamada telefónica.

—Estás en deuda conmigo. Sí, ya lo hemos hecho. Todos sus archivos, o al menos todos los que lleva en el *pendrive*. No, la basura estaba limpia. Es un decir. Sí, vale. Esta mañana. Te mandaré a Baker. —Bostezó, se rascó el cuello y se examinó las uñas—. Ah, una cosa más. La próxima vez que necesites un recadito, es mejor que uses a tus chicos. Tampoco es que Regent's Park se esté quedando sin personal.

Después de colgar, se recostó en la silla y cerró los ojos. Tenía toda la pinta de estar a punto de echar una cabezada.

Abajo, River y Sid se quedaron mirando la basura desparramada. River se sentía incómodo; tenía la sensación de que la broma ya no tenía ninguna gracia y, por mucho que la tuviera, a él lo perjudicaba tanto como a ella. El olor de la basura no se había quedado en el lado del despacho que correspondía a Sid. Sin embargo, lo que acababa de ocurrir anulaba cualquier posibilidad de disculparse. La noche anterior, durante un par de minutos, mientras esperaba debajo de la cornisa en pleno chaparrón, se había convencido de que hacía algo importante; de que estaba en el primer escalón de la escalera de mano que iba a llevarlo de vuelta a la luz. Aunque ese convencimiento hubiera sobrevivido al chaparrón y al manoseo de la basura a lo largo de la mañana, ya no podía seguir vivo con lo que estaba pasando. No quería mirar a Sid. No quería ver la sonrisa que se formaría en sus labios al hablar. Pero sí quería saber qué estaba tramando.

—¿Cuánto llevas siguiendo a Hobden? —le preguntó.

—No lo he seguido.

—Sólo estabas desayunando.

—Apenas con la frecuencia suficiente para tomar nota de sus hábitos.

—Ajá.

—¿Vas a recoger este follón?

—¿Desde cuándo mandan a una espía encubierta a trabajar sola? En una misión local, quiero decir. En pleno centro de Londres.

A Sid le pareció divertido.

—¿Ahora soy una espía?

—¿Y cómo es que a Lamb le ha dado por montar una operación por iniciativa propia?

—Deberías preguntárselo a él. Me voy a por un café.

—Ya has tomado café.

—De acuerdo. Entonces, me voy a cualquier otro sitio mientras te deshaces de toda esta basura.

—Aún no he redactado el informe.

—En ese caso, tardaré un buen rato en volver. Te quedan muy bien los guantes, por cierto.

—¿Te estás burlando de mí?

—No sabría ni por dónde empezar.

Sid agarró el bolso que había dejado colgado en la silla y se fue.

River le dio una patada a una lata que alguien podía haber puesto allí precisamente para tal propósito. Rebotó en la pared, dejando una marca de un rojo brillante, y cayó al suelo.

Se quitó los guantes de goma y los tiró a la bolsa. Al abrir la ventana, se coló un estallido de aire frío londinense que añadió a la mezcla previa una dosis de aire contaminado por el tráfico. En ese momento, el ya habitual golpetazo en el techo hizo temblar la lámpara. River cogió el teléfono y marcó la extensión de Lamb. Al cabo de un instante, oyó que sonaba en la planta superior. Tuvo la sensación de tener un papel sin texto en una obra teatral protagonizada por otros.

—¿Dónde está Sid?

—Se ha ido a buscar un café.

—¿Cuándo volverá?

Había un código en la oficina, por supuesto. Uno nunca delata a un colega.

—Según sus propias palabras, tardará un buen rato. Creo.

Lamb hizo una pausa. Luego dijo:

—Sube.

River iba a preguntar para qué, pero al oír el tono supo que Lamb había colgado. Respiró hondo, contó hasta cinco y volvió a subir.

—¿Todo recogido? —preguntó Lamb.

—Más o menos.

—Bien. Toma. —Dio un toquecito con su dedo regordete a la flash-box que aún tenía delante—. Ocúpate de esta entrega.

—¿Entrega?

—¿Esta sala tiene eco?

—¿Te estás haciendo el sueco?

—¿Lo ve como tiene eco? —insistió Lamb, y se echó a reír; había hecho una broma—. ¿A ti qué te parece? Hay que entregarla en Regent's Park.

Regent's Park era la luz del final de la escalera de mano. Era el lugar donde le correspondería estar a River si no hubiera destrozado King's Cross.

—¿Así que todo esto de Hobden es un encargo de Regent's Park?

—Pues claro, joder. En la Casa de la Ciénaga no tenemos operaciones propias. Creía que al menos eso ya lo habrías deducido.

—¿Y cómo es que el trabajo de verdad le ha tocado a Sid y a mí me ha tocado recoger la basura?

—Te diré una cosa —propuso Lamb—. Piénsalo bien a fondo, a ver si eres capaz de encontrar la respuesta tú solito.

—Además, ¿para qué nos necesitan los de Regent's? No es que les falte personal con talento, desde luego.

—Espero que eso no haya sido un comentario sexista, Cartwright.

—Sabe perfectamente lo que quería decir.

Lamb lo miró con rostro inexpresivo y River tuvo la sensación de que estaba pensando algo muy profundo, o de que quería hacerle creer que estaba pensando algo muy profundo. Sin embargo, llegado el momento de responder le bastó con un encogimiento de hombros.

—¿Y por qué quieren que sea yo quien lo entregue?

—No quieren —dijo Lamb—. Quieren a Sid. Pero Sid no está. Por eso te mando a ti.

River cogió la flash-box, cuyo contenido bailó en su interior.

—¿A quién tengo que entregársela?

—Se llama Webb —dijo Lamb—. ¿No era un antiguo colega tuyo?

El estómago de River también se puso a bailar.

Con la flash-box bajo el brazo, avanzó por el edificio para salir a la hilera de tiendas que había más allá: el supermercado, el quiosco, la papelería, la barbería, un restaurante italiano. Al cabo de quince minutos estaba en Moorgate. Desde allí, cruzó por un túnel del metro y luego caminó por el parque. Por fin había dejado de llover, pero en los senderos había unos charcos enormes. Olía a hierba mojada y el cielo seguía gris. Los corredores pasaban a su lado a grandes zancadas, las piernas embutidas en mallas.

No le gustaba nada que Lamb le hubiera encargado aquel recadito. Y le gustaba menos todavía por saber que Lamb lo sabía, y encima sabía que él sabía que lo sabía.

Durante las semanas siguientes a lo de King's Cross, River se había acostumbrado a sentir una acidez, como si aquella carrera desesperada por el andén —su condenado intento de arreglar las cosas en el último instante— le hubiera dejado cicatrices permanentes. En algún lugar de su estómago eran siempre las cuatro de la madrugada, había bebido demasiado y su amante acababa de abandonarlo. Según los resultados de la correspondiente investigación

—no podías destrozar King's Cross sin que nadie se diera cuenta— River había cometido dieciséis errores básicos en ocho minutos. Menuda estupidez. Era un caso de Salud Pública y Seguridad. Como cuando se produce un incendio en un edificio y luego se ordena a todos los vecinos que desenchufen el hervidor si no lo están usando, aunque el fuego no lo haya provocado un hervidor. No se puede contar un hervidor enchufado como un error. Todo el mundo lo tiene así. Y casi nunca muere nadie.

«Hemos repasado los números», le dijeron.

Eso de repasar los números pasaba con frecuencia en Regent's Park. Lo de pixelar también; River lo había oído a menudo últimamente: «lo hemos pixelado» significaba «lo hemos pasado por un programa informático; tenemos unos pantallazos». Sonaba demasiado técnico para imponerse como palabra de uso común en el servicio secreto. Le costaba imaginar que el Director de Operaciones estuviera muy impresionado.

Todo eso era ruido de fondo; como si su mente corriera una cortina porque no quería darse por enterada de esos números.

Sin embargo, resultó que no había manera de huir de ellos. Los oyó como un murmullo por los pasillos durante su última mañana. Ciento veinte personas muertas o mutiladas; daños materiales por valor de treinta millones de libras. Otros dos mil quinientos millones en pérdidas de ingresos por turismo.

No importaba que ninguno de esos números fuese real, que fueran una mera evocación de quienes disfrutaban con un placer especial de la tarea de imaginar la peor hipótesis posible. Lo que sí importaba era que habían quedado por escrito y habían circulado en distintos comités. Que habían terminado en el escritorio de Taverner. Y si alguien albergaba la esperanza de que sus errores cayeran en el olvido, el último lugar donde quería verlos era en ese escritorio.

«Pero resulta que no, que tienes un abuelo —le había dicho Lamb—. Feliputaciones. Conservas tu trabajo.»

Por mucha rabia que le diera reconocerlo, era cierto. Si no llega a ser por el Director de Operaciones, ni siquiera le habría quedado la Casa de la Ciénaga.

«Pero el inconveniente es que no lo disfrutarás mucho. Ni ahora ni nunca.»

Una carrera archivando papeles. O transcribiendo fragmentos robados de conversaciones por móvil. O peinando una página tras otra de antiguas operaciones en busca de algún paralelismo con las actuales...

La mitad del futuro está enterrada en el pasado. Ésa era la teoría predominante en el servicio secreto. De ahí que se dedicaran a filtrar de manera obsesiva una tierra que ya había pasado dos veces por el cedazo, con la intención de entender la historia antes de que se repitiera. La realidad moderna de los hombres, mujeres y niños que deambulaban por los centros de las ciudades con explosivos pegados al pecho había destrozado muchas vidas, pero ningún molde. Al menos, eso cabía deducir de cómo se planteaban las operaciones, para desaliento de muchos.

Taverner, por ejemplo. A River le habían llegado voces de que Taverner estaba desesperada por cambiar las reglas del juego; no tanto por cambiar las piezas como por tirar el tablero y diseñar uno nuevo. Pero Taverner ocupaba la Segunda Mesa, no la Primera, e incluso si hubiera tenido el mando real, había muchos comités ante los que responder. Ningún director de la agencia había tenido las manos libres desde Charles Partner: el primero en morir en su despacho, el último en mandar de verdad. Pero Partner había sido un soldado de la Guerra Fría de los pies a la cabeza (incluso con su cuello forradito de pieles y sus mitones sin dedos), y en la Guerra Fría todo era más sencillo. Por aquel entonces era más fácil fingir que todo se reducía a un asunto entre ellos y nosotros.

Todo eso había sucedido antes de la época de River, claro. Eran rumores que le llegaban por medio del Director de Operaciones. Su abuelo era la discreción en persona, o eso quería creer él: imaginaba que por haber mantenido la boca cerrada toda la vida se le había quedado algún secreto dentro. Esa creencia perduraba pese a la evidencia de que lo que más le gustaba a su abuelo era cotillear sobre el servicio secreto. Quizá sean cosas de la edad, pensaba River. Reafirma la imagen que tienes de ti mismo mientras va desarmando la realidad y te convierte en el despojo harapiento de lo que fuiste en otro tiempo.

Le dolía la mano. Confiaba en que no se notara demasiado. Pero ya no podía hacerle nada. Estaba a escasos minutos de Regent's Park y no le convenía nada llegar tarde.

En el vestíbulo, una mujer de mediana edad con cara de agente de tráfico lo hizo esperar diez minutos antes de adjudicarle un pase de visitante. El portátil, escondido en su sobre acolchado, pasó por una máquina de rayos X que lo dejó pensando si se habría borrado el contenido. De haberse tratado de Sid, ¿la habrían hecho esperar? ¿O acaso James Webb había dado instrucciones de que hicieran esperar a River el tiempo suficiente para que se diera cuenta de que lo máximo que iba a obtener era un pase de visitante?

Cuando se trataba de Spider, River enseguida se ponía paranoico.

Una vez superado el suplicio, le permitieron cruzar las enormes puertas de madera para llegar a otro mostrador, éste controlado por un tipo de calva incipiente y mejillas sonrosadas que habría pasado por conserje de Oxford, aunque sin duda debía de ser un ex policía. El hombre indicó a River por señas que tomara asiento en un banco. Él se sentó, con la mano herida en un bolsillo. Dejó el sobre a su lado. Había un reloj en la pared de enfrente. Resultaba deprimente comprobar cómo iba avanzando el segundero, pero era difícil mirar para otro lado.

Detrás del mostrador se alzaba una escalera de caracol. No era tan grande como para coreografiar en ella una secuencia de danza, pero casi. Durante un instante inexplicable, River tuvo una visión en la que Sid descendía por esa escalera taconeando con tal fuerza sobre el mármol que todos los presentes se detenían a mirarla.

Cuando pestañeó, se desvaneció la imagen. El eco de los pasos se prolongó un momento, pero eran pasos de otra gente.

La primera vez que había entrado en aquel edificio lo había encontrado muy parecido a un club de caballeros. En ese momento, en cambio, le pareció que podía afirmarse lo mismo en sentido contrario: los clubs de caballeros eran como el servicio secreto, o como solía ser el servicio secreto en otros tiempos. Cuando los demás lo conocían como La Gran Partida.

Al cabo de un buen rato apareció otro ex policía.

—¿Esto es para Webb?

Con gesto de propietario, River puso una mano encima del paquete y asintió con la cabeza.

—Me aseguraré de que lo recibe.

—Se supone que debo entregárselo en persona.

Nadie podía ponerlo en duda. Tenía pase de visitante y todo.

Reconozcámosle a su nuevo amigo que no ofreció la menor resistencia:

—En ese caso, sígame por aquí.

—No hace falta. Ya conozco el camino —dijo River, pero sólo para arrancarle una sonrisa.

No lo consiguió.

No lo llevó escalera arriba, sino por unas puertas que quedaban a la izquierda del mostrador, para adentrarse en un pasillo por el que nunca había pasado hasta entonces. Viendo el sobre acolchado se diría que le llevaba un regalo a Spider, pero ése era un suceso improbable.

«Corbata blanca con camisa azul. Es lo que dijiste.»

«No. Yo dije corbata azul con...»

Vete a la mierda, Spider.

—¿Cómo dice? —preguntó el policía.

—No he dicho nada.

Al final del pasillo, unas puertas antiincendios daban a otra escalera. Por una ventana, River vio un coche que bajaba por la rampa hacia el aparcamiento subterráneo. Subió un tramo de escalones detrás de su guía, y luego otro. En cada rellano parpadeaba una cámara, pero River evitó la tentación de saludar.

Pasaron por otras puertas antiincendios.

—¿Nos vamos acercando?

El guía le dirigió una sonrisa sardónica. A mitad del pasillo se detuvo y llamó dos veces a una puerta.

De pronto, River deseó haber dejado el paquete en recepción. Llevaba ocho meses sin ver a James Webb. Durante el año previo a esos meses habían sido prácticamente inseparables. ¿Por qué iba a ser buena idea verlo en ese momento?

«Corbata blanca con camisa azul. Es lo que dijiste.»

Aparte de todo lo demás, a lo mejor no era capaz de resistirse al impulso de tumbar a ese cabrón de un puñetazo.

Desde dentro, una voz dio la bienvenida.

—Ya puede entrar, señor.

Entró.

El despacho no era tan grande como el que River compartía con Sid, pero sí mucho más bonito. En la pared de la derecha se levantaba una estantería hasta el techo, llena de carpetas ordenadas por un código de colores, mientras que enfrente había un enorme escritorio de madera que parecía tallado del casco de un barco. Delante tenía un par de sillas de aspecto agradable, y al otro lado una ventana alta que daba al parque, que en ese momento ofrecía unos marrones más bien sosos pero que en primavera y en verano tenía que ser glorioso. Ante esa vista, detrás del escritorio, estaba sentado James Webb; a quien, inevitablemente, todos apodaban Spider para convertirlo en una telaraña.

...Así que era la primera vez en ocho meses, aunque durante el año anterior habían sido prácticamente inseparables. «Amigos» no era la palabra idónea: resultaba demasiado grande y demasiado pequeña al mismo tiempo. Un amigo era alguien con quien salir a tomar algo, ir de copas por ahí, compartir unas risas. River había hecho todo eso con Spider, pero no porque fuera su primera opción, sino más bien porque había pasado muchos días con él haciendo cursos de asalto en Dartmoor, en lo que parecía que iba a ser la parte más dura de su formación hasta que empezaron a aprender técnicas de resistencia a la tortura en algún lugar de la frontera de Gales. Las técnicas de resistencia se enseñaban despacio. Había que romperlo todo antes de reconstruirlo. La ruptura se practicaba mejor en la oscuridad. Después de pasar por eso, uno quería estar con otros que también lo hubieran sufrido. No por necesidad de hablar de ello, sino por necesidad de compartir con alguien la necesidad de no hablar de ello.

La amistad, en cualquier caso, se llevaba mejor en pie de igualdad. Sin la corriente competitiva generada por saber que los dos luchaban por obtener el mismo ascenso.

«Corbata blanca con camisa azul. Es lo que dijiste.»

«Vete a la mierda, Spider.»

Así que ahí estaba, al cabo de ocho meses: no era más alto, ni más ancho, ni había cambiado en nada.

—¡River! —exclamó mientras se ponía en pie y le tendía una mano.

River Cartwright y James Webb tenían la misma edad y una estatura similar: eran flacos los dos, con buenas osamentas. Pero Webb era moreno, comparado con la claridad arenosa de River, y como le fascinaban los trajes elegantes y los zapatos bien lustrados siempre parecía recién salido de algún anuncio. River sospechaba que lo peor de aquellos cursos de asalto para Spider había sido pasar tantos días lleno de barro. Ese día llevaba un traje gris antracita con una leve raya de tiza blanca y camisa gris de cuello americano con el obligatorio fogonazo de color en torno al cuello. Hacía poco que debía de haber pasado por un salón de peluquería de los caros, y a River no le habría sorprendido saber que, de camino al trabajo, se había desviado para un afeitado, pagando lo que hiciera falta, con toalla caliente y cháchara aduladora.

Alguien capaz de hacerse pasar por un amigo mientras durase la sesión.

River hizo caso omiso de la mano tendida.

—Alguien te ha vomitado en la corbata —dijo.

—Es una Karl Unger. Paleto.

—¿Qué tal va todo, Spider?

—No va mal. No va mal. —River se quedó a la espera—. Cuesta acostumbrarse, pero... —añadió Spider.

—Sólo preguntaba por educación.

Spider recostó la espalda en el asiento.

—¿Me lo vas a poner difícil?

—Es que ya es difícil. No va a cambiar por nada que yo haga. —River recorrió el despacho con la mirada y se detuvo en la estantería—. Guardas muchos documentos en papel. ¿Por qué?

—Déjate de jueguecitos.

—No, en serio. ¿Qué tiene de bueno el papel?

River apartó la mirada de la estantería y la posó en el ordenador que había en el escritorio, elegante, fino, como un libro, antes de regresar a las carpetas. A continuación dijo:

—Ay, no. Joder. No me digas.

—Está por encima de tu categoría, River.

—¿Son solicitudes de trabajo? Lo son, ¿verdad? Te dedicas a eso.

—No sólo a las solicitudes. ¿Sabes acaso la cantidad de papeleo que genera una organización del tamaño de...?

—Joder, Spider. Eres de Recursos Humanos. Felicidades.

Spider Webb se relamió los labios.

—He tenido dos reuniones con el ministro este mes. ¿Qué tal va tu carrera?

—Bueno, como no tengo ningún culo a cinco centímetros de la nariz, tengo mejores vistas que tú.

—El portátil, River.

River tomó asiento en una de las sillas para los visitantes y le pasó el sobre acolchado a Webb. Éste sacó un sello mecánico y lo repasó con atención.

—¿Haces eso cada mañana?

—¿El qué?

—Cambiar la fecha del sello.

—Cuando me acuerdo, sí —respondió Webb.

—Es una responsabilidad que va con el cargo, ¿eh?

—¿Cómo está la adorable Sidonie?

River se dio cuenta de que Webb pretendía recuperar una posición elevada frente a él.

—No estoy seguro. Esta mañana se ha largado a dar una vuelta por ahí cuando casi ni había fichado. No parecía muy centrada en el trabajo.

—Es una agente brillante.

—No me puedo creer lo que acabas de decir.

—Lo es.

—Tal vez. Pero, joder, Spider. ¿Agente brillante? No habrás vuelto a Eton, ¿verdad?

Webb abrió la boca y River supo que estaba a punto de decirle que él nunca había ido a Eton, pero recuperó el sentido común justo a tiempo.

—¿Has desayunado? Tenemos cantina.

—Me acuerdo de la cantina, Spider. Incluso recuerdo dónde está.

—Ya nadie me llama Spider.

—Cuando tú estás delante, probablemente no. Pero vas a tener que aceptarlo: todo el mundo te llama así.

—Vaya rollo de patio de colegio, River.

—Naniano nanianooo...

Webb abrió la boca y la volvió a cerrar. Tenía delante el sobre acolchado. Tamborileó brevemente con los dedos en su superficie.

—Mi despacho es más grande que el tuyo —dijo River.

—Es que en ese barrio sale más barato el metro cuadrado.

—Yo creía que toda la acción ocurría en las plantas de arriba. En el meollo.

—Paso mucho rato ahí arriba. Lady Di...

—¿Te deja llamarla así?

—Cada vez que abres la boca me parto de risa, River. Lady Di, Taverner, me tiene muy ocupado.

River respondió subiendo y bajando una ceja con un gesto cómico.

—No sé ni para qué lo intento.

—¿Alguna vez reconocerás que te equivocaste? —preguntó River.

Webb se echó a reír.

—¿Aún sigues con eso?

—Llevaba corbata blanca con camisa azul. Es lo que me dijiste. Pero no era así, ¿verdad? Llevaba corbata azul con...

—El tipo llevaba lo que dije que llevaba, River. O sea, ¿resulta que yo cambio los colores y da la casualidad de que en ese mismo momento pasa por allí un tipo vestido con los que yo he dicho? ¿Y con el mismo perfil general que el que buscamos? ¿Cuál es la probabilidad de que ocurra algo así?

—Y la grabación no funcionó. No olvides la grabación que no funcionó. ¿Cuál es la probabilidad de eso?

—MM, River. Ocurre cada dos por tres.

—Cuéntame.

—Material de Mierda. ¿Crees que en los exámenes operativos se usa tecnología punta? Nos enfrentamos a grandes recortes presupuestarios, River. No se te ocurra irle con ese tema a Taverner. Ah, pero espera un momento, no se te va a ocurrir, ¿verdad? Porque estás en la Casa de la Ciénaga y sólo estás cerca de los que mandan cuando lees las memorias de algún jefe.

—¿Para eso también tienes un acrónimo? ¿LMJ?

—¿Sabes qué, River? Tienes que madurar.

—Y tú tienes que reconocer que el error fue tuyo.

—¿«Error»? —Webb mostró la dentadura—. Yo prefiero llamarlo «fiasco».

—Yo que tú, con esa sonrisita de superioridad, contrataría un guardaespaldas.

—No, yo sigo las reglas de Londres. Me basto y me sobro para guardarme las espaldas.

—Yo no estaría tan seguro.

—Fin de la reunión.

—¿Pido a gritos alguien que me acompañe? ¿O ya has apretado un botón secreto?

Webb estaba negando con la cabeza. No era para responder a algo que hubiera dicho River, sino a su mera presencia, que lo agotaba porque tenía cosas importantes que hacer.

Nada que pudiera decir River serviría para que Webb reconociera que era él quien la había cagado. Además, ¿qué iba a cambiar? El que estaba en el andén era River, gran estrella del circuito cerrado. Cuando las cosas llegaban a la sala de juntas, ser justo ni siquiera estaba en el orden del día. Daba lo mismo quién la hubiera cagado; sólo importaba quién era el elemento visible de la cagada. A Diana Taverner le importaría un comino que a estas alturas Webb levantara la mano.

«Si hay una sola razón para que sigas aquí, Cartwright, son tus contactos. Si no fuera por tu abuelo ya serías un recuerdo lejano.»

River se levantó con la esperanza de que se le ocurriera una frase de despedida antes de llegar a la puerta. Cualquier cosa que no lo dejara con la sensación de que lo estaban echando de allí; de que lo echaba de allí el maldito Spider Webb. Que en ese momento dijo:

—¿Lamb no tenía una flash-box?

—¿Una qué?

—Una flash-box, River. —Webb dio un toquecito al sobre acolchado—. De esas que no se pueden abrir si no tienes la llave. Salvo que quieras recibir un fogonazo de magnesio.

—Algo de eso he oído. Pero en la Casa de la Ciénaga, sinceramente, incluso me sorprende que tengamos sobres de esos con burbujas.

Su necesidad de encontrar una frase de despedida se evaporó. Apretó dentro del puño de su mano quemada el lápiz de memoria que llevaba en el bolsillo y se fue.

4

Cuando una mujer adorable cede al capricho, puede pasar cualquier cosa. ¿Era así el poema? Daba lo mismo. Cuando una mujer adorable cede al capricho, algo tiene que pasar.

Esos pensamientos acudían con una regularidad implacable: resultaban tan familiares como el sonido de sus tacones repicando a cada paso en la escalera del edificio de su casa. Mujer adorable cede al capricho. Era la frase pegadiza de la noche, oída en un anuncio en el metro.

Cuando una mujer adorable cede al capricho, la mierda ha llegado al ventilador.

Catherine Standish, con los cuarenta y ocho convertidos ya en un recuerdo, sabía que podía pasar cualquier cosa. No le hacía falta que se lo recordara su subconsciente.

Y ella había sido una mujer adorable en otro tiempo. Muchos se lo habían dicho. Un hombre en particular: «Eres adorable —le había dicho—. Pero se nota que has pasado momentos de miedo.» Aún seguía creyendo que debía tomárselo como un cumplido.

Sin embargo, ya no tenía a su lado a alguien que le dijese que era adorable. Y de haberlo tenido, a saber si se lo habría dicho. Los momentos de miedo habían ganado. A Catherine le parecía una definición perfecta de lo que significaba envejecer: los momentos de miedo habían ganado.

Al llegar a la puerta de su piso dejó la bolsa de la compra en el suelo y buscó la llave. La encontró. Entró. La luz del recibidor estaba encendida porque tenía un temporizador. A Catherine no le gustaba adentrarse en la oscuridad, ni siquiera durante el segundo que se tarda en accionar un interruptor. En la cocina, ordenó la compra: el café en un armario, la lechuga en la nevera. Luego cogió la pasta de dientes y se fue al baño, donde la luz funcionaba con el mismo temporizador. También había una razón para eso.

De todos sus momentos de miedo, el peor había ocurrido cuando, al presentarse en casa de su jefe, se lo había encontrado muerto en el baño. Lo había hecho con una pistola. Antes se había sentado en la bañera, como si hubiera querido evitar ponerlo todo perdido.

«¿Tenías la llave de su piso? —le preguntaron—. ¿Tenías la llave? ¿Desde cuándo?»

Eso fueron los Perros, claro. O un Perro en particular: Sam Chapman, a quien llamaban Sam el Malo. Era un hombre sombrío y difícil, y sabía perfectamente que ella tenía la llave de la casa de Charles Partner, porque todo el mundo sabía que ella tenía la llave de la casa de Charles Partner. Y también sabía que no era porque tuviesen un lío, sino porque Charles Partner parecía incapaz de cuidar de sí mismo: se olvidaba de cosas tan simples como comprar comida, cocinarla y luego tirar lo que no se había acordado de cocinar. Charles tenía veinte años más que Catherine, pero tampoco se había tratado de la clásica relación paternofilial. Era fácil poner esa etiqueta, pero la realidad era así: ella trabajaba para Charles Partner, se preocupaba por él, le hacía la compra. Y se lo encontró muerto en la bañera cuando él se pegó un tiro. Sam el Malo podía gruñir tanto como quisiera, pero era pura fórmula porque el cuerpo se lo había encontrado ella.

Le parecía curioso que algo así ocurriera tan deprisa; que se pasara tan deprisa de ser Charles Partner —alguien cuyo nombre no resulta conocido para el gran público, cierto, pero de cuyas decisiones depende que muera o sobreviva un número significativo de gente, y eso debía de tener algún valor— a ser «el cadáver». Sólo había hecho falta un momento escogido deliberadamente en una bañera. No había querido ponerlo todo perdido, pero el follón que dejaba tras de sí tendrían que arreglarlo otros. Curioso.

Lo que ya no le parecía tan curioso era que esos momentos de miedo se acumularan con tanta rapidez.

Como estaba dentro del baño con la luz encendida, le habría resultado difícil no verse en el espejo. No fue una sorpresa. Sí, los momentos de miedo se acumulaban, pero eso era lo de menos. Algunos daños venían de serie con la genética. Otros los descubría por sí misma. El frío le enrojecía la punta de la nariz, así como las mejillas. Por eso tenía esa pinta de bruja, tan descarnada. No podía hacer nada por evitarlo. En cambio, el resto —el trazado de venillas rotas, como una telaraña; la tirantez cadavérica de la piel en el cráneo— contaba una historia distinta, escrita por ella misma.

«Me llamo Catherine y soy alcohólica.»

Para cuando fue capaz de formular esa frase, el alcohol ya era un problema. Hasta entonces le había parecido una solución. No, eso era demasiado simplón: más bien, el alcohol no le parecía nada de nada; era, simplemente, algo que consumía. Tal vez con un cierto exceso de dramatismo (lo de buscar consuelo en la botella era un tópico tan gastado ya por el uso que parecía que si uno no tenía una copa en la mano no tenía el corazón partido de verdad), pero por lo general era sólo el telón de fondo normal. Era el añadido obvio a una noche a solas con la tele, y absolutamente de rigor cuando salía con las amigas. Y encima estaban las citas, que Catherine tenía a menudo en esa época, y no se podía tener una cita sin beber. Una cena implicaba una copa; el cine implicaba una copa al salir. Y si había que juntar valor para proponer que quedaran otra vez para un café, necesitaba una copa; y en última instancia... En última instancia, si quería tener alguien a su lado para no despertarse en plena noche sabiendo que estaba sola, tenía que follarse a alguien, pero antes o después eso se convertía en la necesidad de follarse a cualquiera, y no hay nada como eso para provocar la necesidad de tomarse una copa.

Había una manera de llamarlo: el tobogán resbaladizo. Eso implicaba velocidad, desenfoque, la amenaza permanente de perder pie. De terminar boca arriba, viendo estrellitas. En cambio, el viaje de Catherine se parecía más a una escalera mecánica que a un tobogán resbaladizo; una progresión lenta y descendente; más aburrida que impresionante. Un trayecto que se recorría mirando a los que lo hacían en sentido ascendente y preguntándose si no sería mejor idea. Aunque en cierto modo sabía que para cambiar de dirección tendría que llegar primero abajo del todo.

Y cuando eso ocurrió, el que estaba allí era Charles Partner. No en un sentido literal, gracias a Dios; él no estaba presente físicamente cuando Catherine se despertó en casa de un desconocido con el pómulo roto y unas magulladuras con marcas de dedos en los muslos. Pero sí estaba para asegurarse de que le recomponían las piezas. Catherine pasó un tiempo en una residencia que no tenía absolutamente nada que ver con lo que habría podido permitirse en caso de haber tenido que pagársela ella. El tratamiento fue completo. Implicó una terapia. Le dijeron que todo eso iba acorde con el protocolo de la agencia («¿Te crees que eres la primera?, ¿te crees que eres la única que se ha sentido atrapada?», le preguntaron), pero ella estaba segura de que había algo más. Porque después del retiro, después del mono, después de esos primeros seis meses eternos viviendo sobria, se había presentado en Regent's Park dando por hecho que la mandarían a galeras, pero resultó que no: recuperó sus tareas habituales como guardiana de la puerta de Charles.

En esa época de su vida había muchas cosas que la hacían llorar, pero aquélla parecía destinada a garantizar el llanto. Ni siquiera es que fueran íntimos. A veces él la llamaba Moneypenny, pero no iba más allá. Ni siquiera después de ese episodio se puede decir que fueran exactamente amigos, y a ella no se le escapó que había dejado de llamarla Moneypenny. Tampoco hablaban de lo que había ocurrido, aparte de que aquella primera mañana él le preguntó si volvía a ser «la de siempre». Ella le había dado la respuesta que él andaba buscando, aunque sabía que «la de siempre» hacía tiempo que se había marchado. Y a partir de entonces habían seguido comportándose como si nada.

Pero él se había ocupado de ella en un período importante de su vida y por eso ella se ocupaba de él. Pasaron otros tres años juntos, y antes de terminar el primero Catherine representaba ya un papel en la vida de Charles fuera del trabajo. Él no estaba casado. Hacía tiempo que ella había registrado su aura, hecha jirones. No es que Charles fuera andrajoso, aunque siempre parecía caber esa posibilidad, y su dieta era realmente pobre. Él necesitaba alguien que lo cuidara. Y ella necesitaba algo. No necesitaba seguir despertándose siempre junto a algún extraño, pero sí necesitaba algo. Resultó que ese algo era Partner.

Así que le mantenía la nevera llena y lo organizaba todo para que alguien fuera a limpiar un día por semana; se encargaba de su agenda y se aseguraba de que se tomara un día libre de vez en cuando. Se convirtió en una barrera para sus peores subalternos: para la atroz Diana Taverner, para empezar. Y todo eso lo hizo sin dejar de ser como el papel pintado de la pared: nunca hubo contacto físico, ni él dio muestras de considerarla como nada más que su secretaria. Pero a ella Charles le importaba.

Aunque no tanto como para reconocer que él necesitaba más ayuda de la que ella podía prestarle.

En ese momento ladeó la cabeza, haciendo que el pelo le cayera cruzado sobre la cara. Se preguntó si debía teñírselo, lucir una melena rubia, pero... ¿para quién? ¿Alguien se iba a dar cuenta? Aparte del odioso Jackson Lamb, que se burlaría de ella.

Podía aceptar que, una vez muerto Charles Partner, no hubiera lugar para ella en Regent's Park. Sin embargo, la Casa de la Ciénaga le parecía un castigo en diferido por un delito ya expiado. A veces se preguntaba si en ese delito había algo más que su pasado oscurecido por el vino; si en cierto modo era responsable del suicidio de Charles. Por no haber sabido que iba a producirse. Pero ¿cómo iba a saberlo? Charles Partner había dedicado una vida entera a los secretos ajenos, y si algo había aprendido era cómo proteger los suyos. «¿Tenías la llave de su casa? ¿Esperabas que pasara algo así?», le habían preguntado. Por supuesto que no. Pero al cabo de un tiempo empezó a dudar de que alguien la hubiera creído.

Agua pasada. De Charles Partner sólo quedaban los huesos, aunque pensaba en él casi todos los días.

De vuelta al espejo. De vuelta a su vida. La mujer adorable había cedido al capricho, y así estaba como estaba.

«Me llamo Catherine y soy alcohólica.»

Llevaba diez años sin beber. Aun así.

«Me llamo Catherine y soy alcohólica.»

Apagó la luz del baño y se fue a preparar la cena.

Min Harper pasó buena parte de la tarde hablando por teléfono con sus hijos: nueve y once. Un año antes, habría terminado la conversación sabiendo más de lo necesario sobre juegos de ordenador y series de televisión, pero daba la sensación de que los dos habían cruzado una frontera al mismo tiempo y ahora era como tener una conversación con un par de neveras. ¿Cómo había ocurrido? Los cambios deberían avisarse con un poco de antelación. Además, por lo que concernía a su hijo de nueve años, ¿no le tocaba disfrutar de un pequeño respiro todavía? ¿Un poco más de infancia que superar antes de que se colara la adolescencia? Sin embargo, sonsacarle información era como rascar una piedra. Cuando su ex se puso al teléfono ya estaba listo para culparla de todo, pero ella se negaba a aceptarlo.

—Es una fase. Conmigo están igual. Sólo que mientras ellos refunfuñan sin decir nada yo estoy haciéndoles la comida y la colada. Así que no me vengas a contar que tienes un problema, ¿vale?

—Al menos tú puedes verlos.

—Ya sabes dónde estamos. ¿Tan grave sería pasar por aquí más de una vez por semana?

Min podría haberse refugiado en la retaguardia —lo mucho que trabajaba; lo lejos que estaban—, pero durante el matrimonio había aprendido que una vez que se trazan las líneas del campo de batalla la derrota sólo es cuestión de tiempo.

Luego no conseguía calmarse. Después de esas llamadas se le hacía difícil no ponerse a pensar en la deriva que había tomado su vida; una caída libre que podía atribuir a un momento específico. Antes de ese instante descerebrado tenía un matrimonio, una familia y una carrera, junto con toda la parafernalia correspondiente: citas con el dentista, preocupaciones por la hipoteca y alguna tarjeta de débito en marcha. Algunas de esas cosas aún existían, por supuesto, pero su relevancia, su función como pruebas de que estaba construyendo una vida funcional, había quedado aniquilada por el Momento Estúpido; el instante en que se había dejado el disco duro de un ordenador en una estación del metro. Sin darse cuenta de ello hasta la mañana siguiente.

Era de suponer que no mucha gente se enteraba del desmoronamiento de su carrera oyendo las noticias por la radio, como él. El recuerdo le dolía. No el del pánico abyecto que había sentido en el estómago al entender que el objeto del que se hablaba tendría que haber permanecido bajo su custodia, sino el instante anterior, cuando disfrutaba de un pacífico afeitado mientras pensaba: «Cuánto me alegro de no ser el cabrón desgraciado responsable de eso.» Eso era lo que le dolía: la noción de que a lo largo y ancho de todo el país había otras personas que pensaban exactamente lo mismo y él era el único que no merecía pensarlo.

A continuación se habían producido otros momentos dolorosos, ya no tan intensos. Entrevistas con los Perros. Chistecitos en la tele sobre los idiotas del servicio secreto. La gente de la calle no sabía que el objeto de aquellos chistes era Min, pero aun así se estaban riendo de él.

Lo peor de todo era que se diera por hecho que la causa del fallo había sido su incompetencia. Nadie había insinuado una traición; que el abandono de un informe que resumía los fallos de los procedimientos de seguridad de la Terminal 5 en la línea de Piccadilly fuera consecuencia de un intento frustrado de traficar con información secreta. Eso le habría valido al menos un cierto respeto a Min Harper. Se habría dado por hecho que había caído en brazos de un idealismo malentendido, o que había sucumbido a la atracción del dinero, o como mínimo que había actuado a partir de una decisión consciente, pero no: hasta los Perros lo habían tomado por idiota. Cualquier otro año lo habrían puesto de patitas en la calle, pero la combinación de recortes en la contratación y estrecheces presupuestarias implicaba que si Min se iba su trabajo desaparecía con él, de modo que parecía una buena decisión política mantenerlo en nómina hasta que pudieran permitirse buscarle un sustituto.

Regent's Park, en cualquier caso, ya pertenecía al pasado.

Min se palpó los bolsillos, se recordó que no debía hacerlo, se sirvió una copa y buscó en la radio el programa de deportes. Mientras la habitación se llenaba de comentarios detallados sobre cada bola jugada en un partido internacional de críquet, se le pasó por la mente una reescritura de su historia; una versión más aceptable de su vida, en la que cuando ya había recorrido medio andén de Gloucester Road daba media vuelta, veía el disco en el asiento y regresaba para recogerlo, con un cosquilleo en la nuca, fruto de esos escalofríos que se producen cuando se bordea el desastre; una sensación que volvía a experimentar esa misma noche al acostar a los niños, y luego la olvidaba por completo a medida que su carrera y su vida seguían avanzando con normalidad: matrimonio, familia, carrera; cita en el dentista, hipoteca; pagos domiciliados. Tal como solía ocurrirle cuando se esforzaba por no pensar en esas cosas, Min se sorprendió al emitir un gruñido perceptible, aunque nadie lo oyó. Estaba solo. No había más que la radio. En cuanto al teléfono... Después de hablar con sus hijos, tan poco comunicativos, y pelearse con su ex... En fin: ya no tenía nadie más con quien hablar. Así que lo apagó.

Louisa Guy se fue al estudio alquilado donde vivía. Tras examinar sus cuatro paredes —lo que alcanzaba a ver de las mismas, dados los obstáculos interpuestos: montones de cedés, libros, ropa húmeda de la colada en pilas que amenazaban con desplomarse—, estuvo a punto de largarse de nuevo a la calle, pero no se vio capaz de enfrentarse a las opciones que se le presentarían si lo hacía. Prefirió calentarse una lasaña en el microondas y ver un programa sobre reformas inmobiliarias. A los propietarios de las casas les parecía que los precios habían caído en picado. Para los que se veían obligados a vivir de alquiler, en cambio, seguían tan altos que daba risa.

El teléfono no sonaba. No es que fuera inusual, pero... Tampoco era mucho pedir que alguien dispusiera de un momento para marcar un número. Y preguntarle cómo estaba. Si había hecho algo interesante últimamente.

Dejó el plato en remojo. Cambió de canal. Alguien le decía a alguien que los placebos de color rosa eran más efectivos que los azules. ¿De verdad? ¿Tan fácil era engatusar al cerebro?

El suyo parecía engatusado a todas horas: no exactamente engañado, más bien asfixiado hasta el extremo de la sumisión. Cuando cerraba los ojos por la noche, le desfilaba de arriba abajo por dentro de los párpados una columna de datos ilegibles. Cada dos por tres se despertaba de golpe al percibir un error, una sensación de que había un fallo en una secuencia por alguna razón que había estado a punto de captar, sabiendo que si lograba captarla podría rehabilitar su carrera. Sin embargo, se le escapaba siempre y ella se quedaba despierta una vez más, con la cabeza insomne apoyada en una almohada demasiado fina y caliente por muy frío que estuviera el resto de la cama.

Joder, pensaba cada vez. ¿No podía concederse un descanso? ¿Podía aspirar a una noche de sueño decente? ¿Por favor?

Y por la mañana lo volvía a hacer otra vez.

Era de tanto mirar pantallas. Ella no se había apuntado al servicio secreto para eso, pero era lo que le había tocado hacer al final. Y lo sentía verdaderamente como un final: como si no tuviera más futuro que el que le esperaba cada mañana al otro lado de la puerta desconchada de la Casa de la Ciénaga, un futuro cuyos minutos eternos se alargaban de uno en uno hasta que cerraba esa misma puerta al salir. Y todo el tiempo transcurrido entre esos dos momentos lo pasaba refunfuñando por lo injusto que le parecía todo.

Lo iba a dejar. Eso iba a hacer. Dejarlo y punto.

Pero si lo dejaba se convertía en una rajada. Tampoco se había apuntado al servicio secreto para ser una rajada.

Su trabajo con aquellas pantallas era una vigilancia virtual, infiltrada entre los palurdos de la blogosfera. Algunas páginas web que vigilaba eran caballos troyanos, creados por el servicio secreto para atraer a las víctimas de la desafección; otros podían pertenecer a distintos brazos del Estado. A veces le daba por pensar que quizá estaría acechando chats poblados tan sólo por espías; algo parecido, en secreto, a esas webs de adolescentes en los que sólo entran hombres de mediana edad. Tanto si eran auténticas como si no, aquellas webs cubrían todo el abanico de modalidades, desde el puro descaro (cómo hacer una bomba casera) hasta lo aparentemente educativo («el verdadero significado del islam»), pasando por los foros abiertos en cuyas discusiones saltaban los escupitajos como en una sartén de patatas fritas y la ira no admitía el menor sentido de la gramática.

Para hacerse pasar por verdadera en el mundo de las webs, había tenido que olvidar todo lo que sabía de gramática, ingenio, ortografía, modales y crítica literaria.

No tenía sentido. Peor aún, le parecía imposible. ¿Cómo podían saber si detrás de una amenaza había algo más que palabras, cuando sólo podían guiarse por las palabras? Y las palabras eran siempre las mismas: iracundas, malvadas, asesinas. En más de una ocasión había decidido que una voz particular sonaba más oscura que las demás y había mandado esa información hacia arriba. Se suponía que desde allí alguien pasaba a la acción: se perseguía la dirección de IP, luego se localizaba a los jóvenes airados en sus dormitorios de barriada. Pero a lo mejor se engañaba. A lo mejor todos los terroristas potenciales que había identificado eran personajes fantasmales, como ella; otros espías en otras oficinas, que mandaban a los de arriba el alias que la propia Louisa usaba en la web justo cuando ella los estaba delatando. No sería el único aspecto de la Guerra contra el Terror que resultaría ser un círculo vicioso. Tendría que haber estado en la calle, trabajando de verdad. Pero eso ya lo había intentado, y la había cagado.

Cada vez que pensaba en ello —y lo hacía a menudo— le rechinaban los dientes. A veces se encontraba pensando en ello sin darse cuenta siquiera, y se enteraba sólo por ese rechinar y por el dolor que sentía en la mandíbula.

Su primer trabajo de campo había sido un seguimiento: era la primera vez que lo hacía de verdad. Seguir a un chico. No es que fuera la primera vez que seguía a un chico de verdad, sino la primera que lo hacía así: de lejos, sin perderlo en ningún momento de vista, pero sin acercarse tanto como para que notara su presencia.

Los seguimientos se hacían entre tres personas como mínimo. Aquel día eran cinco: dos delante, tres detrás. Los tres de detrás se cambiaban el sitio continuamente, como si estuvieran bailando country. Pero todo eso por las calles de la ciudad.

El chico al que seguían —un joven negro tan alejado del tópico como se pueda imaginar: llevaba traje de raya diplomática, gafas de pasta— era el cabecilla de una entrega de armas. La semana anterior se había producido un robo de armas decomisadas cuando las llevaban a una fundición. «Decomisado» se parecía mucho a «soltero» o «casado»: un estatus susceptible de experimentar cambios bruscos. No habían robado esas pistolas porque sirvieran como pisapapeles. Las habían robado para reestructurarlas y devolverlas a la comunidad.

—¿Tres? Toma el relevo.

Al oír esa instrucción por el auricular le tocaba ponerse delante de la cola.

El agente que hasta ese momento pisaba los talones al objetivo se apartó; iba a quedarse un rato junto a un quiosco para sumarse a la procesión más adelante. Mientras tanto, ella llevaba el timón. El objetivo mantenía un paso regular. Eso significaba que o bien no tenía ni idea de que lo estaban siguiendo o bien estaba tan acostumbrado que ya ni le afectaba.

Pero ella recordaba haber pensado: «No tiene ni idea.»

No tiene ni idea. No tiene ni idea. Si se repite con la frecuencia suficiente, cualquier frase deja de tener significado. «No tiene ni idea.»

Al cabo de menos de un minuto, el objetivo entró en una tienda de ropa.

Eso no tenía por qué significar nada. Le gustaba la ropa: se notaba. Pero una tienda siempre es un buen punto de encuentro. Había colas, a veces se acumulaba la gente. Había probadores. Había oportunidades. Entró en la tienda y ella lo siguió.

Y lo perdió de inmediato.

En la investigación posterior, que comenzó ese mismo día y se prolongó varias semanas, hubo una acusación tácita de racismo: que no era capaz de distinguir a un negro de otro. No era cierto. Ella se había formado una imagen mental firme del objetivo y la conservaba incluso con el tiempo que había pasado desde entonces: una pequeña muesca en la barbilla; la raya del pelo, recta como el filo de una navaja. Lo que pasa es que en la tienda había otros seis jóvenes —misma estatura, mismo color, mismo traje, mismo pelo— y todos habían participado.

Después tuvieron claro que había pasado menos de tres minutos en la tienda. Se había metido en un probador y se había cambiado el traje. Al salir a la calle iba vestido como correspondía en ese barrio: gafas de sol, un top gris holgado, vaqueros amplios. Había pasado al lado de Dos, que entraba en ese momento para prestar apoyo a Louisa, y por delante de Uno, Cuatro y Cinco sin que nadie lo detectara. Louisa —Tres— empezaba a entrar en pánico. No era su mejor día en la oficina.

Y aún fue peor cuando fueron apareciendo las armas: en asaltos a bancos, en atracos, en tiroteos callejeros...

Entre las víctimas había que incluir la carrera de Louisa Guy.

Pensó en servirse otra copa, pero decidió apagar la tele y acostarse. Así llegaría antes la mañana, pero al menos habría una zona de olvido entre un momento y el siguiente.

De todos modos, tardó un poco. Pasó al menos una hora tumbada en la oscuridad, sometida al acoso y mordisqueo de algunos pensamientos sueltos.

Se preguntó qué estaría haciendo Min Harper.

Jed Moody se abrió paso entre el gentío que se agolpaba en la puerta y se hizo con una mesa en la terraza, donde se fumó tres cigarrillos con la primera pinta de cerveza. Las tiendas de la otra acera conformaban un palíndromo —colmado coreano, agencia de mensajería, inmobiliaria, agencia de mensajería, colmado coreano— ante el que desfilaban los autobuses con una frecuencia estruendosa. Cuando se terminó la pinta entró a pedir otra, pero esta vez se la llevó a la planta de arriba, donde las mesas alineadas a lo largo de una balconada interior ofrecían una buena vista de la muchedumbre que se cocía abajo. Había repasado ya la mitad de ese panorama cuando se le unió Nick Duffy.

—Jed.

—Nick.

Duffy se sentó.

Nick Duffy, más próximo a los cincuenta que a los cuarenta, era estrictamente contemporáneo de Moody: habían terminado la formación a la vez y ambos habían ido a parar al sistema de seguridad interna del servicio secreto —los Perros— al cabo de unos doce años. Los Perros tenían su guarida en Regent's Park, pero con licencia para deambular. Moody no había conseguido llegar más lejos de Marsella —donde un agente novato había muerto acuchillado por una prostituta transexual en lo que resultó ser un caso de confusión de identidad—, mientras que Duffy había llegado hasta Washington. Últimamente llevaba el pelo gris muy corto y, como Moody, vestía chaqueta sin corbata. A Moody le dio la impresión de que debían de parecer dos hombres que tomaban algo al salir de a saber qué trabajo. Contables, funcionarios, corredores de apuestas; quizá, para los observadores más astutos, policías. A lo mejor una persona de cada millón habría adivinado a qué se dedicaban. Y a Moody le habría encantado revisar a fondo el historial de ese cabrón en particular.

—¿Muy liado? —preguntó.

—Ya sabes.

Lo cual significaba que no lo sabía. Y que no debía saberlo.

—No estaba pidiendo información clasificada, Nick. Sólo pregunto qué tal van las cosas.

Duffy señaló la barra de la planta inferior con una inclinación de cabeza.

—Al fondo. Echa un vistazo.

Lo primero que pensó Moody era que lo habían seguido. Lo segundo: ah. Vale. En la otra punta de la barra había dos mujeres cuyas faldas, sumadas, podrían haber servido como pañito para limpiar las gafas.

Una de ellas llevaba ropa interior roja.

Duffy estaba esperando.

—Joder —dijo Moody—, estás de broma, ¿no?

—¿Tan viejo te sientes?

—No te he llamado para ligar.

—¿Por qué será que no me sorprende?

—Y si fuera para eso, no se me ocurriría intentarlo en un sitio como éste. Y menos sin penicilina.

—Es imposible pasar un minuto contigo sin que me dé la risa, Jed.

Como si quisiera constatar lo que acababa de decir, Duffy miró el reloj y luego bebió un trago largo de su pinta.

Entonces Moody decidió ir al grano:

—¿Tienes mucha relación con Taverner? —Duffy recolocó el tapetito de la cerveza y puso el vaso encima—. ¿Es accesible?

—Si quieres hablar de accesibilidad —dijo Duffy—, esa rubia de ahí abajo está mandando señales de humo.

—Nick.

—¿De verdad quieres que hagamos esto?

Y ahí se acabó todo, sin haber comenzado siquiera. A Duffy le habían bastado seis palabras para decirle que lo mejor que podía hacer en ese momento era callarse.

—Sólo necesito una oportunidad, Nick. Una pequeña oportunidad.

—Prácticamente ni la veo, Jed.

—Estás diez veces más cerca de ella que yo.

—Sea lo que sea lo que quieres de ella...

—No quiero nada directamente de ella...

—...no va a poder ser.

Moody se calló de golpe.

Duffy siguió hablando:

—Después del lío del año pasado, necesitaban echar a alguien a los pies de los caballos. Sam Chapman se ofreció y empezaron por él, pero también buscaban a alguien que no se presentara voluntariamente como víctima. Ése eres tú.

—Pero no me echaron.

—¿Tú crees que sigues dentro?

Moody no contestó.

Duffy removió el cuchillo en la herida; al fin y al cabo, se dedicaba a eso.

—Estar en la Casa de la Ciénaga no es estar dentro, Jed. Regent's Park es el centro del mundo. Los Perros... En fin, ya sabes. Deambulamos por los pasillos. Olisqueamos a quien nos da la gana. Nos aseguramos de que todo el mundo haga lo que se supone que debe hacer y de que nadie haga lo que no debe. Y si alguien se desvía, le mordemos. Por eso nos llaman Perros.

Hablaba con voz ligera y airosa. Cualquiera que los estuviera mirando habría pensado que estaba contando un chiste.

—En cambio, en la Casa de la Ciénaga te dedicas a... ¿Me vuelves a contar a qué te dedicas, Jed? A asustar a la gente que se queda demasiado rato sentada en la parada de autobús. Te aseguras de que nadie robe los clips de la oficina. Pasas horas cerca de la máquina de café, escuchando las cagadas de los demás. Y eso. Es. Todo.

Moody no dijo nada.

—Nadie me ha seguido hasta aquí —continuó Duffy—. Lo sé porque el que dice quién ha de seguir a quién soy yo. En cambio, a ti no te han seguido porque no le importas a nadie. Confía en mí. Nadie te está vigilando, Jed. La jefa puso una marca en un papel y se olvidó de tu existencia. Se acabó la historia.

Moody no dijo nada.

—Y si eso te molesta todavía, prueba a dedicarte a otra cosa. Cuando echan del trabajo a un policía, se pasa a la seguridad privada. ¿Alguna vez lo has pensado, Jed? Tendrías uniforme y todo. Una bonita vista a un aparcamiento. Sigue adelante con tu vida.

—A mí no me han echado.

—No, pero daban por hecho que te irías. ¿Todavía no has llegado a esa conclusión?

Moody frunció el ceño y echó una mano al bolsillo en busca del tabaco, antes de que la realidad del presente lo sacudiera. ¿Cuándo había disfrutado por última vez de un cigarrillo dentro de un pub? Y ya puestos, ¿cuánto hacía que no se tomaba una copa con un compañero mientras bromeaban sobre su trabajo? Dentro del bolsillo, la mano se convirtió en puño. La abrió, estiró los dedos, puso las dos encima de la mesa.

—Está tramando algo —dijo.

—¿Quién?

—Jackson Lamb.

—La última vez que Jackson Lamb se puso en marcha para hacer algo más cansado que tirarse un pedo —dijo Duffy— fue cuando Geoffrey Boycott todavía lideraba el equipo de críquet de Inglaterra.

—Le encargó una operación a Sid Baker.

—Ya.

—Una operación de verdad.

—Mira, Jed, ya lo sabemos, ¿vale? Lo sabemos. ¿Crees que Lamb se puede tirar un pedo sin nuestro permiso? —Duffy se llevó de nuevo el vaso a los labios, pero estaba vacío. Lo dejó en la mesa—. Me he de ir. Tengo una reunión a primera hora de la mañana. Ya sabes cómo son las cosas.

—Algo que ver con un periodista.

Moody se esforzaba por impedir que se le notara la desesperación en la voz. Quería mantenerla en un tono con el que Duffy pudiera interpretar que, si se estaba dirigiendo alguna operación desde la Casa de la Ciénaga, Moody quería formar parte de ella. Bien sabía Dios que tenía mucha más experiencia que todos los demás juntos. Sid Baker ni se había llegado a quitar el sostén de entrenamiento, Cartwright había reventado King's Cross, Ho estaba enganchado a internet y los demás eran como putos magnetos para la puerta de la nevera. El único que le había dado alguna patada a una puerta en serio era Moody. Ya sabía que no se trataba de derribar puertas a patadas. Pero cualquiera que dirigiese una operación quería contar siempre con alguien capaz de derribar puertas a patadas, porque antes o después, al fin y al cabo, las cosas llegarían a ese punto.

—Jed, te voy a dar un consejo —respondió Duffy—. Jackson Lamb tiene tanta autoridad como una vendedora de piruletas. Y tú estás tres escalones más abajo. Sabemos lo que estaba haciendo Baker, y sólo un pobre aficionado consideraría que eso es una operación. Era un recado. ¿Entiendes la diferencia? Un recado. ¿Crees que confiaríamos en él para algo más importante? —Aún no había terminado de hablar y ya se estaba levantando—. Te dejo una pagada. Sin rencores, ¿eh? Si sale algo, te aviso. Pero no va a salir nada.

Moody se quedó mirando cómo Duffy desaparecía, reaparecía en la barra, le daba algo de dinero al camarero y señalaba hacia él con el pulgar. El camarero alzó la mirada, asintió con la cabeza y tiró una caña.

Al salir, Duffy se detuvo junto a la rubia de la falda corta. Le dijo algo que le hizo abrir los ojos como platos y soltar un gritito entre carcajadas. Aún no se había ido Duffy y ella ya estaba acurrucada junto a su amiga cuchicheándole sus palabras. La pequeña onda expansiva de una marranada amistosa; tan sólo un intento de ligue más, una noche cualquiera entre semana.

Jed Moody se terminó la pinta y se recostó en el asiento. De acuerdo, hijo de puta, pensó. Lo sabes todo. Yo no sé nada. Y estoy atascado en tierra de nadie mientras tú mantienes reuniones a primera hora de la mañana y decides quién sigue a quién. A mí me tocan los marrones. A ti, la luna.

Pero si eres tan listo, ¿cómo es que crees que Sid es un hombre?

No se tomó la molestia de beberse la cerveza que había pagado Duffy. Era una victoria pequeña, pero todas suman.

Años atrás —aunque él no agradecería que nadie se lo recordara—, Roderick Ho estaba convencido de que su apodo en el servicio secreto sería Clint, por Clint Eastwood. Pensaba que todos asociarían su nombre con la novela *Westward Ho!*, todo un clásico, y de ahí, por mera sustitución de los puntos cardinales, pasarían a Eastward Ho, lo que los dejaría a un solo paso de Clint Eastwood. Incluso había establecido ya qué respondería cuando alguien lo usara por primera vez: «Anda, alégrame el día», la frase más conocida de Harry el Sucio.

Pero nadie lo había llamado Clint. A lo mejor no se atrevían a dar el paso del Oeste al Este para no ser políticamente incorrectos.

O a lo mejor esperaba demasiado de ellos. A lo mejor nunca habían oído hablar de *Westward Ho!*

De hecho, eran una panda de mamones. Trabajaba con una panda de mamones. No eran capaces de hacer un juego de palabras con un tablero de Scrabble y un diccionario.

Como Louisa Guy, como Min Harper, Ho estaba también en casa esa noche, aunque en su caso no se trataba de un piso alquilado, sino de una casa de su propiedad. Una casa extraña, aunque eso no tenía nada que ver con él, ya lo era cuando la compró. La extrañeza tenía que ver con la galería acristalada que sobresalía de la fachada: una entreplanta de suelo embaldosado y techo de cristal. La agente de la inmobiliaria le había dado mucha importancia a ese detalle, señalando que la hilera de plantas creaba un microclima; un discurso salpicado de palabras como «natural», «verde» y «econosequé». Ho había asentido como si de verdad le importara, mientras calculaba cuántos aparatos electrónicos podría meter en aquel espacio en cuanto aquella ecorrollera se largase del edificio. Había calculado que cabría un montón de aparatos. Y más adelante resultó que ésa era la cantidad exacta.

Así que ahí estaba, rodeado de un montón de aparatos electrónicos. Algunos esperaban en silencio que los tocara; otros emitían zumbidos placenteros en respuesta a sus órdenes de configuración; y uno emitía un estallido de *death metal* a un volumen que amenazaba con hacer realidad la muerte metálica.

Era demasiado mayor para ese tipo de música y lo sabía. Era demasiado mayor para ese volumen, y también lo sabía. Pero era su música, su casa, y los vecinos eran estudiantes. Si no hacía ruido, tendría que oír el de ellos.

En aquel momento estaba reptando virtualmente entre los archivos del personal del Ministerio del Interior. No buscaba nada en particular. Sólo miraba porque podía hacerlo.

Los padres de Ho habían abandonado Hong Kong diez años antes de que los ingleses devolvieran la ciudad a los chinos y él —que vivía obsesionado con las hipótesis condicionales; que en la adolescencia devoraba aquellos libros en los que el lector tenía que decidir el rumbo de la aventura, cuando apenas dormía porque estaba jugando a Dragones y Mazmorras a todas horas— se preguntaba a menudo qué habría sido de su vida si se hubieran quedado. Probablemente se habría convertido en un obseso informático de un ámbito más comercial, como el diseño de programas o los efectos especiales, o sería un esbirro de alguna de esas empresas gigantescas y sin rostro cuyas ramificaciones se extendían por todo el mundo conocido. Lo más probable era que hubiese ganado más dinero. En cambio, no habría tenido oportunidades como aquélla.

La noche anterior había salido con una mujer a la que había conocido en el metro esa misma mañana. No habían hablado. Cosas que pasan en las primeras citas.

Era una rubia ceniza y llevaba el uniforme reglamentario de la City —traje chaqueta con falda de color antracita, blusa blanca—, pero lo que había atraído a Ho era el pase del edificio, que llevaba colgado del cuello con una cadena. Como iban ambos de pie en el metro, apenas a un palmo de distancia, no le había costado nada leer su nombre: a los diez minutos de llegar a la Casa de la Ciénaga ya había averiguado su dirección, su estado civil (soltera); su historial bancario (bastante bueno); su historial médico (las típicas cosas de mujeres), y se había dado un paseo por sus correos electrónicos. Trabajo. Correo basura. Un pequeño flirteo con un compañero que no llevaba a ninguna parte. Además, estaba pensando en comprarse un coche de segunda mano y había contestado a un anuncio en la prensa gratuita local. El dueño no le había respondido.

Así que Ho llamó al dueño y averiguó que el coche ya estaba vendido, pero el tipo no se había tomado la molestia de informar a los desafortunados candidatos a comprárselo. Ho le aseguró que no había ningún problema y a continuación llamó a la mujer para preguntarle si seguía interesada en comprar un Saab de seis años de antigüedad. Ella respondió que sí y quedaron en verse esa noche en un bar de vinos. Ho, instalado en una esquina antes de que ella llegara, había contemplado cómo la frustración de la mujer iba en aumento a lo largo de la siguiente hora; incluso había pensado en abordarla, sentarse con ella y explicarle que ninguna precaución es suficiente. Ninguna. Precaución. Es. Suficiente. ¿Un pase de seguridad colgado del cuello? ¿Por qué no llevaba un cartel con la súplica: «VIOLAD MI INTIMIDAD»? Detalles económicos, webs favoritas, números marcados, llamadas recibidas. Sólo hacía falta un nombre y un dato más: bastaba con el lugar de trabajo. Declaraciones de impuestos, historiales delictivos, tarjetas de cliente, tarjetas de embarque. No se trataba sólo de lo fácil que resultaba averiguar todo eso. Se trataba de que podía cambiarse. O sea que una mañana sales de casa con un pase de seguridad colgado del cuello como si fuera un cencerro y cuando llegas al trabajo tu vida ya no es tuya.

Roderick Ho estaba allí para decirle eso a esa mujer. Pero no se lo dijo, por supuesto. Se la quedó mirando hasta que ella se hartó y se fue, con un vendaval de furia silenciosa. Luego él se terminó la cerveza sin alcohol y se marchó a casa, satisfecho por haber tenido su secreto en la palma de la mano.

Su secreto.

Uno entre tantos.

Así que ahora estaba sentado frente a la pantalla sin oír la música que estallaba en la sala; ni siquiera pestañeaba. Como si hubiera un lacayo del Ministerio del Interior plantado junto a su monitor, dispuesto a mostrarle el camino; a llevarlo hasta los archivos. A entregarle una llave. ¿El señor desea una cerveza sin alcohol mientras curiosea? Vaya, pues sí que la desea.

Ho cogió la lata que tenía en un soporte atornillado a la mesa.

«Gracias, lacayo.»

Se planteó la posibilidad de intercambiar las fechas de nacimiento de algunos altos cargos, lo cual provocaría más de un lío en uno o dos planes de pensiones, pero lo distrajo un enlace a una página web externo y de ahí pasó a otro, y luego a otro. Le sorprendía lo rápido que pasaba el tiempo:

cuando volvió a mirar el reloj ya era medianoche y estaba a kilómetros del Ministerio del Interior; se abría paso en torno a una pequeña fábrica de plásticos que tenía conexiones encubiertas con el Ministerio de Defensa. Más secretos. Ho había nacido para corretear por ese tipo de parques infantiles: el destino final de sus padres daba lo mismo. Estaba en su elemento, dispuesto a cavar hasta que el tiempo lo curara todo; como un pobre de solemnidad cerniendo montones de tierra en busca de una pepita de oro.

Y todo tan sólo para practicar, nada más. Ninguno de aquellos merodeos lo había acercado ni un ápice al descubrimiento del misterio que lo atormentaba de verdad.

Roderick Ho sabía exactamente qué pecados habían llevado a sus colegas a la Casa de la Ciénaga; la naturaleza exacta de las pifias y meteduras de pata que los habían condenado a la penumbra de la segunda fila. Había calibrado sus equivocaciones hasta el menor detalle, sabía en qué fechas y lugares habían caído y entendía las consecuencias de sus cagadas mejor que ellos mismos, porque había leído los correos electrónicos escritos por sus superiores para cubrirse el culo. Sabía exactamente qué mano había bajado el pulgar en cada caso. Podía recitarlo todo al pie de la letra. Al pie de la letra.

Todos los pecados, menos dos.

Uno era el de Sid Baker, y ya empezaba a tener algunas sospechas.

El otro todavía era tan esquivo como la pepita de oro escondida.

Ho alzó la lata una vez más, pero estaba vacía. Sin mirar atrás, la lanzó por encima del hombro; para cuando chocó contra la pared, ya se había olvidado de ella.

Mantenía los ojos pegados a la pantalla.

Todos los pecados, menos dos.

Los tiempos en que Jackson Lamb era una criatura con el don del instinto pertenecían al pasado. Correspondían a una versión más delgada y amable de sí mismo. Sin embargo, las vidas anteriores nunca desaparecen. La piel que mudamos queda colgada en el armario; ropa de emergencia, por si acaso.

Al acercarse a su casa, se percató de una figura que acechaba en las sombras del carril contiguo.

No le habría costado demasiado hacer una lista de sospechosos. Con el paso de los años, Lamb se había granjeado algunos enemigos. A decir verdad, se granjeaba enemigos con el paso de los días; nunca tardaba mucho tiempo.

De modo que al acercarse al cruce enrolló el *Standard* como si fuera una porra; se lo pasó de una mano a otra como si estuviera dirigiendo una orquesta imaginaria. Debía transmitir la sensación de que iba despistado. Debía parecer un blanco fácil.

Al cabo de dos segundos debía tener una pinta mucho menos amistosa.

Sus brazos conocían de memoria el movimiento. Como cuando te caes de una bicicleta.

—Joder, señor...

Y el *Standard* cortó en seco la voz; un atisbo de la emoción que obtiene quien molesta a una fiera dormida con un palito demasiado corto.

Se encendió una luz por allí cerca. En aquel barrio no era muy probable que saliera alguien a preguntar qué pasaba, pero tampoco era extraño que los vecinos quisieran ver mejor las cosas.

En el brillo amarillento que se proyectó brevemente hasta que alguien corrió una cortina, Lamb vio que había atrapado a un chiquillo; otro ladronzuelo adolescente. Tenía la cara tan moteada de acné que parecía tallado con una navaja.

Poco a poco fue sacando el periódico de la boca del muchacho. El muchacho vomitó de inmediato.

Lamb podía seguir caminando. No parecía probable que el chico lo persiguiera en busca de venganza. Por otro lado, tampoco le quedaba demasiado camino. El chico vería en qué casa entraba. La vida de Lamb estaba hecha de momentos en los que decidía quién debía saber qué. En ese instante particular decidió que no quería que aquel chico aprendiese nada nuevo. Así que esperó, sujetando al chico por el cuello con la mano derecha. La izquierda acababa de soltar el *Standard*, que había sobrepasado su fecha de caducidad con más rapidez de la normal.

Al fin, el chico dijo:

—Joder... —Lamb lo soltó—. Yo no me estaba metiendo con nadie. —A Lamb le pareció interesante comprobar que sólo estaba levemente asfixiado—. ¿Es una especie de puto lunático, o qué?

Aunque, pensándolo bien, también se le había acelerado un poco el corazón y sentía un calor extrañamente desagradable que le palpitaba en la frente y en las mejillas.

El chico seguía hablando:

—No le he hecho daño a nadie.

Había un deje autocompasivo en esa afirmación, como si implicara una victoria pasajera.

Lamb hizo caso omiso de las quejas de su cuerpo.

—Entonces ¿qué hacías? —preguntó.

—Estar aquí.

—¿Por qué aquí?

Un resoplido.

—En algún sitio tenía que estar. Como todo el mundo.

—Tú no —dijo Lamb—. Tú no tienes que estar en ningún sitio cerca de aquí. —Encontró una moneda en el bolsillo: dos libras, dos peniques; no lo sabía, pero daba igual. Se la tiró al chico por encima del hombro—. ¿De acuerdo?

Cuando el chico ya había desaparecido de su vista, esperó un par de minutos más.

El corazón fue ralentizándose hasta el ritmo normal. El sudor de la frente se enfrió.

Y entonces Jackson Lamb se fue a su casa.

No todo el mundo tuvo tanta suerte esa noche.

• • •

Tenía diecinueve años. Estaba muy asustado. Su nombre no importaba.

«¿Crees que nos importa un comino quién seas?»

Él había aparcado el coche a dos manzanas de distancia porque no se podía llegar más cerca. Esa zona de Leeds se estaba superpoblando poco a poco —demasiados inmigrantes, había dicho su padre entre risas; demasiados polacos y europeos del Este que llegaban «a quitarnos nuestros trabajos»: jaja, qué risa, papá— y mientras regresaba a pie se había empeñado en darle vueltas a una frase sobre algo curioso que ocurría con los coches: eran la única posesión que uno podía dejar por la noche a dos manzanas de distancia de su casa con la tranquilidad de que iba a encontrarla allí a la mañana siguiente. Había algo en esa frase, lo sabía. Quizá con una pausa oportuna...

«Mira, un día u otro eso va a pasar.»

El problema de los remates de los chistes era que debían encajar en el hueco a la perfección. No había espacio para la ambigüedad. Y no había que usar dos palabras si bastaba con una, siempre y cuando ésta cumpliera perfectamente su función. «Eso va a pasar.» Y con eso quería decir: por supuesto, un día u otro, si dejas el coche ahí toda la noche, te lo van a robar. ¿Lo pillaría el público a la primera? Todo dependía de cómo lo pronunciara.

«Mira, un día u otro eso va a pasar.»

Pausa.

«Un día u otro te dejarás la *casa* en la calle toda la noche...»

Y entonces apareció la primera silueta y él supo que tenía un problema.

Estaba en el callejón trasero. No tendría que haber tomado ese atajo, pero era lo que ocurría cuando se ponía a improvisar: los pies tomaban el mando y el cerebro se ausentaba sin permiso. La creatividad era como una borrachera, a fin de cuentas. Eso tenía que anotarlo, pero en ese momento no tenía tiempo porque la primera figura acababa de salir del portal de un garaje, donde cabía pensar que se había metido para echar una meada, o para encender un cigarrillo, o para cualquier actividad inocente, de no ser por un detalle: llevaba una media en la cabeza.

—¿Pelear o huir? Eso nunca se ponía en duda.

—Si alguna vez te metes en un lío... ¿En una bronca? —Se lo había dicho una vez su padre.

—Papá, ni lo intentes.

—¿Un mogollón?

—Papá...

—¿Una tiradera?

—Ya sé lo que intentas decir, papá. Dilo con tus propias palabras, ¿vale?

—Corre como si no hubiera un mañana —dijo su padre, simplemente.

Sabias palabras.

Pero no tenía adónde correr, porque la primera figura era sólo eso: la primera. Cuando dio media vuelta apareció la segunda. También la tercera. También llevaban medias en la cara. El resto de su vestimenta carecía de significado.

«Como si no hubiera un mañana.»

Créanselo: lo intentó.

Consiguió correr tres metros antes de que lo placaran.

Cuando volvió a abrir los ojos, estaba en la parte trasera de una furgoneta. En la boca, un sabor asqueroso y un recuerdo de la textura del algodón. ¿Lo habían drogado? La furgoneta daba tumbos sin parar. Le pesaban las piernas. Le dolía la cabeza. Se volvió a dormir.

Cuando volvió a abrir los ojos, tenía una bolsa en la cabeza y las manos atadas. Desnudo, salvo por los calzoncillos. El aire era húmedo, gélido. Un sótano. No le hacía falta verlo para saberlo. Ni oír la voz para saber que no estaba solo.

—Ahora te vas a portar bien.

No era una pregunta.

—No nos vas a dar ningún problema ni intentarás huir.

—Una pausa—. Aunque no tendrías ni una puta posibilidad.

Intentó decir algo, pero sólo le salió un gemido.

—Si necesitas mear, ahí tienes un cubo.

Esta vez consiguió encontrar la voz.

—¿Do... dónde?

La respuesta fue un ruidito a su izquierda, provocado por una patada.

—¿Lo has oído?

Asintió.

—Meas ahí. Y cagas. O lo que sea.

A continuación arrastraron algo por el suelo: algo que él no podía ver, pero que sonaba monstruoso y disciplinario; un aparato al que lo atarían con cintas antes de aplicar utensilios afilados a sus partes más blandas...

—Y aquí tienes una silla.

¿Una silla?

—Y eso es todo.

Y lo dejaron solo otra vez. Pasos que se alejaban. Se cerró una puerta. Echaron el pestillo: había que usar ese verbo, «echar», como si con él lo despojaran de cualquier posibilidad de abrir esa puerta.

Al menos tenía las manos atadas con fuerza, pero por delante del cuerpo. Las alzó hasta la cabeza para quitarse la bolsa; aunque estuvo a punto de asfixiarse en el intento, lo consiguió. En fin, una pequeña victoria. Tiró la bolsa al suelo, como si fuera la culpable de todo lo que le había pasado en las últimas... ¿qué? ¿Horas?

¿Cuánto tiempo había transcurrido desde que se lo llevaron de la calle?

¿Dónde estaba?

¿Y por qué? ¿De qué iba todo eso? ¿Quién era esa gente y por qué lo tenían allí?

Dio una patada a la moqueta andrajosa. Le rodaban las lágrimas por las mejillas: ¿cuánto rato llevaba llorando?

¿Había empezado antes de que abandonara el cuarto el dueño de aquella voz? ¿La voz lo había oído llorar?

Tenía diecinueve años, estaba muy asustado y más que un público —más incluso que una sala llena de gente dispuesta a reír sus monólogos— lo que quería era ver a su madre.

Tenía una silla delante, una silla de comedor normal y corriente, y la tumbó de una patada.

Y en un rincón había un cubo, tal como le habían prometido. También podía tumbarlo, pero para eso tenía que estirar la pata y la frase tenía connotaciones inquietantes.

«¿Do... dónde?»

Le daba mucha rabia haber dicho eso. «¿Dónde está el cubo?» Como quien pregunta por las instalaciones en un hostal. Como si estuviera agradecido.

¿Quién era esa gente? ¿Y qué querían? ¿Y por qué él?

«Meas ahí. Y cagas. O lo que sea.»

¿Pensaban mantenerlo allí tanto rato como para que necesitara cagar?

Sólo de pensarlo le flojeaban las rodillas. El llanto lo dejaba sin fuerzas. Se dejó caer en el frío suelo de piedra.

Si no hubiera tumbado la silla, se habría sentado en ella. Pero la tarea de ponerla en pie de nuevo le parecía inalcanzable.

¿Qué quieren de mí?

No lo había dicho en voz alta. Sin embargo, sus palabras regresaron reptando hasta él desde los límites del cuarto.

¿Qué quieren?

No tenía ninguna respuesta a mano.

Una única bombilla iluminaba el sótano. Pendía, sin pantalla, unos tres palmos por encima de su cabeza. Se percató de su presencia más que nada porque acababa de apagarse. Durante unos segundos quedó el brillo suspendido en el aire y luego se largó a donde sea que van los fantasmas en la oscuridad.

Creía haber sentido pánico en alguna ocasión, pero no tenía nada que ver con lo que sentía en ese momento.

Pasó los minutos siguientes metido por entero dentro de su cabeza, y nunca había estado en un lugar tan aterrador. Allí se escondían terrores inefables que se alimentaban de las pesadillas de la infancia. Sonaba un reloj, pero no era de verdad. Era el reloj que lo despertó una vez cuando tenía tres o cuatro años y lo mantuvo toda la noche en vela, aterrorizado por creer que su tictac marcaba los pasos de una bestia de patas alargadas. Que lo iba a atrapar si se dormía.

Pero ya nunca volvería a tener tres o cuatro años. Llamar a sus padres ya no serviría para nada. Estaba oscuro, pero él ya había estado en la oscuridad. Tenía miedo, pero...

Tenía miedo, pero estaba vivo y rabioso, y cabía la posibilidad de que todo fuera una simple jugarreta: como las de los niños más chulos del campamento cuando había colectas de beneficencia.

Rabia. Tenía que aferrarse a eso. Estaba rabioso.

—Vale, tíos —dijo en voz alta—. Ya os habéis divertido bastante. Pero me he hartado de fingir que tengo miedo.

Le temblaba un poco la voz, pero no demasiado. Teniendo en cuenta las circunstancias.

—¿Eh? Digo que ya me he hartado de fingir.

Era una broma. Una inocentada que le había tocado sufrir, fruto de la influencia de Gran Hermano.

—¿Tíos? Vale, sois los más *cool*, de acuerdo. Es lo que os creéis. Pero ¿sabéis una cosa? —Aunque no podía verse las manos atadas, las alzó hasta la altura de la cara y levantó los dos dedos corazón—. Subid aquí y bailad, tíos. Subid aquí arriba. Y bailad.

A continuación puso la silla en pie y tomó asiento con la esperanza de que sus hombros no delataran la irregularidad de su respiración.

Era importante mantener el control.

Lo que tenía que hacer era no volverse loco.

5

Un rato antes, esa misma noche, River se había sumado a la masa que se dirigía a los trenes para salir de la ciudad en la estación de London Bridge. Hacia las ocho había llegado a las afueras de Tonbridge. Aunque había llamado para avisar cuando ya estaba en marcha, no tenía la sensación de haber pillado al D. O. por sorpresa: para cenar había pastel de pasta y una gran ensalada que no parecía de esas que se compran en bolsa.

—Quizá pensabas que me pillarías con una lata de alubias delante de la tele.

—Jamás.

—Estoy bien, River, ya lo sabes. A mi edad, lo normal es estar solo o estar muerto. A cualquiera de las dos cosas se acostumbra uno.

La abuela de River había muerto cuatro años antes. Y ahora el Viejo Cabrón, como lo llamaba la madre de River, deambulaba solito por la casa de cuatro habitaciones.

—Tendría que vendérsela, cariño —le había dicho su madre en una de aquellas visitas cada vez menos frecuentes—. Y comprarse un bungaló, pequeño y bien bonito. O mudarse a uno de esos complejos residenciales.

—Seguro que le encantaría.

—En estos tiempos ya no los tienen todo el día delante de la tele, ni los maltratan. Ahora existen muchas... —Aquí había agitado la mano en el aire; su semáforo de rigor para

102

advertir que se avecinaban detalles triviales—... Muchas normativas.

—Como si tuvieran sus propios Mandamientos —contestó River—. No hay manera de sacarlo de su jardín. ¿Lo que buscas es su dinero?

—No, cariño. Sólo quiero que sea desgraciado.

A lo mejor lo había dicho en broma.

Después de cenar, River y su abuelo se retiraron al estudio, la única estancia en que se bebía alcohol del fuerte. Pese a sus afirmaciones en sentido contrario, el D. O. seguía aferrado al patrón vital que había diseñado su esposa.

Glenmorangie en mano, y con la luz del fuego bailando en los rincones, River le preguntó:

—¿Conoces a Robert Hobden?

—¿Ese sapo? ¿Por qué te interesa?

Hacía ver que el asunto lo aburría, pero lo delató un destello en la mirada.

—Por casualidad —contestó River—. Me interesa por casualidad.

—Es un cartucho gastado.

—Nuestra especialidad. En la Casa de la Ciénaga.

El abuelo lo examinó por encima de las gafas. Una habilidad que justificaba por sí misma la necesidad de llevarlas.

—Ya sabes que no te van a tener ahí para siempre.

—Pues me han transmitido la sensación de que podría ser así —contestó River.

—De eso se trata. Si supieras que sólo es por seis meses, no te dolería.

Ya habían pasado más de seis meses, pero River no dijo nada porque los dos lo sabían.

—Cumple tu condena. Haz cualquier trabajo del montón que te encargue Lamb. Y luego vuelves a Regent's Park con tus pecados olvidados. Vuelves a empezar.

—¿Cuál fue el pecado de Lamb?

El D. O. hizo ver que no lo había oído.

—Hobden fue una estrella en sus tiempos. Sobre todo en su época del *Telegraph*. Era reportero de sucesos y escribió una serie sobre el negocio de la droga en Mánchester que abrió los ojos a mucha gente. Hasta entonces muchas personas consideraban que las drogas eran un problema americano. La verdad es que Hobden era bueno.

—No sabía que había sido reportero. Creía que sólo había sido columnista.

—Eso fue al final. En esa época, casi todos empezaban como reporteros. Hoy en día no hace falta tener más que una licenciatura en Ciencias de la Comunicación y un pariente en la redacción. Pero será mejor que no me ponga a hablar de cómo se ha degradado esa profesión.

—Buena idea —convino River—. Después de cenar me tengo que ir.

—Si te quieres quedar a dormir, estás invitado.

—Mejor que no. ¿No era miembro del Partido Comunista?

—Probablemente.

—¿Y nadie levantó ni una ceja?

—Las cosas no siempre son en blanco y negro, River. Un sabio dijo una vez que nunca se fiaría de nadie que no hubiera sido radical en su juventud, y el comunismo era la fórmula disponible de la radicalidad en esa época. ¿Qué te ha pasado en la mano?

—Un accidente en la cocina.

—Por jugar con fuego. —La expresión de su cara cambió—. ¿Me echas una mano para levantarme?

River lo ayudó a ponerse en pie.

—¿Estás bien?

—Esas malditas tuberías... —dijo—. No te hagas viejo, River.

Se fue arrastrando los pies. Al cabo de un momento se cerró la puerta del baño de la planta inferior.

River se quedó sentado en su sillón, de una piel suave como la de las tapas de un cuaderno. El estudio emitía algunos ruiditos agradables mientras él removía el líquido dentro del vaso.

El D. O. había trabajado toda la vida al servicio de su país, en una época en que las líneas del frente de batalla eran menos sinuosas, pero River recordaba que cuando lo vio por primera vez estaba arrodillado ante un lecho de flores y parecía cualquier cosa menos un soldado que librara guerras secretas. Llevaba una gorra de béisbol que no tenía la anchura suficiente para detener el sudor que le goteaba por la frente, y le brillaba la cara como un queso. Al ver acercarse a River echó el peso atrás sobre los talones, con la pala en la mano, sin decir una palabra. Él, que tenía siete años, había llegado un cuarto de hora antes, al lado de su madre y el hombre que la acompañaba en esa época. Lo habían dejado en el umbral y se habían despedido con besos indiferentes y una brusca inclinación de cabeza, respectivamente. Hasta esa misma mañana, River no se había enterado de que tenía abuelos.

—Te recibirán encantados —le había dicho su madre mientras echaba unas cuantas prendas de ropa al azar en su maleta.

—¿Por qué? ¡Si ni siquiera me conocen!

—No seas tonto. Les he mandado fotos.

—¿Cuándo? Pero ¿cuándo...?

—River. Ya te lo he explicado. Mami se tiene que ir. Es importante. Tú quieres que mami sea feliz, ¿verdad?

No contestó. No quería que mami fuera feliz. Quería que mami estuviera a su lado. Eso sí que era importante.

—Pues entonces. No será mucho tiempo. Y cuando vuelva... Bueno. —Soltó una camisa mal doblada en la maleta y se volvió hacia él—. A lo mejor te traigo una sorpresa.

—¡No quiero ninguna sorpresa!

—¿Ni siquiera un papi nuevo?

—¡Lo odio! —exclamó River—. Y a ti también.

No le había vuelto a dirigir la palabra en dos años.

La abuela había reaccionado con una gran sorpresa, luego con amabilidad, y al fin armando un gran alboroto en la cocina. En cuando la mujer dio media vuelta, River salió por la puerta trasera para huir, pero se encontró a aquel hombre de rodillas ante un lecho de flores; el tipo estuvo un rato larguísimo sin decir nada, pero su silencio paralizó a River como si hubiera echado raíces. Y en su recuerdo, mantuvieron al fin la siguiente conversación, aunque tal vez en realidad se produjera en un momento distinto, o acaso nunca, y fuera tan sólo uno de esos episodios que la mente construye para dar una explicación retrospectiva a sucesos que, de lo contrario, parecerían demasiado aleatorios.

Su abuelo dijo:

—Tú debes de ser River.

River no contestó.

—Vaya nombre tan absurdo. Qué le vamos a hacer. Podría haber sido peor.

Por su experiencia, tras haber pasado por varias escuelas, River sabía que en eso último el viejo se equivocaba.

—No tengas mala opinión de ella.

Como no sabía si se esperaba que dijera que sí o que no, River siguió sin contestar.

—Échame a mí la culpa. A ella no. Y mucho menos a su madre. O sea, a tu abuela. La señora de la cocina. Nunca te ha hablado de nosotros, ¿verdad?

Eso sí que no necesitaba respuesta, desde luego.

Al cabo de un rato, el abuelo apretó los labios y examinó el trozo de tierra que estaba cuidando. River no sabía qué estaba haciendo, si plantaba flores o arrancaba malas hierbas: él siempre había vivido en pisos. Las flores llegaban en paquetes coloridos, o brotaban en los parques. De haber tenido una fórmula mágica para volver en aquel mismo instante a uno de esos pisos lo habría hecho, pero la magia no era una opción. A veces, aunque no siempre, los abuelos que se había encontrado en los cuentos eran bondadosos. Siempre quedaba la posibilidad de que tuvieran intenciones asesinas.

—Con perros es más fácil —siguió hablando el abuelo.

A River no le gustaban los perros, pero decidió reservarse esa información mientras no supiera en qué dirección soplaba el viento.

—Se les miran las patas. ¿Lo sabías?

Esta vez sí le pareció que se esperaba una respuesta.

—No —dijo River al cabo de tres minutos.

106

—No, ¿qué?

—Que no lo sabía.

—¿Qué es lo que no sabías?

—Eso que ha dicho. Lo de los perros.

—Se les miran las patas. Si se quiere saber cuánto van a crecer. —Empezó a dar paladas otra vez, satisfecho por la contribución de River—. Los perros crecen hasta tener el tamaño que corresponde a sus patas. Los niños no. Las piernas crecen con ellos.

River vio que del borde de la pala goteaba tierra. Vio brevemente algo rojo y gris que se retorcía. Una sacudida de la pala y desapareció.

—No estoy diciendo que tu madre creciera más de lo que esperábamos.

Era un gusano. Era un gusano y ahora —si lo que le habían contado a River era cierto— ya serían dos gusanos, en dos sitios distintos. Se preguntó si el gusano recordaría que antes era sólo uno, y si acaso eso le parecería el doble de bueno, o la mitad. No había manera de responder a esas preguntas. Se podría aprender biología, y punto.

—Quiero decir, no podíamos saber que era una desertora. —Más paladas—. Tomó muchas decisiones equivocadas, tu madre. La menor de ellas fue tu nombre. ¿Y sabes qué es lo peor?

Eso sí que requería respuesta, pero lo único que supo hacer River fue mover la cabeza.

—Que todavía no se ha dado cuenta.

Cada vez daba paladas más fuertes, como si tuviera que sacar a la luz algo que había escondido en la tierra.

—Todos cometemos errores, River. Yo mismo he cometido un par, y en algún caso han perjudicado a otras personas. Ésos son los que no se deben olvidar. Se supone que de ésos tienes que aprender algo. Pero tu madre no hace las cosas así. Parece empeñada en cometer el mismo error una y otra vez, y eso no ayuda a nadie. Mucho menos a ti. —Alzó la mirada hacia River—. Pero no debes formarte una mala opinión de ella. Lo que digo es que lo hace porque no lo puede evitar.

No lo podía evitar, pensó River en aquel momento, mientras esperaba a que su abuelo regresara del baño. A esas alturas, ya resultaba innegable. Había seguido cometiendo los mismos errores desde entonces y no había dado demasiadas muestras de querer frenar.

En cuanto al viejo... Al recordar esas escenas —la gorra de béisbol y la cazadora con agujeros en los codos; la pala de jardinero y las gotas de sudor que surcaban su cara redonda y campestre— a River se le hacía difícil no verlas como una actuación. El atrezo ayudaba, sin duda: una casa grande, rodeada de jardín; caballos en las inmediaciones. Todo un caballero de campo incluso en el vocabulario: «desertora» era una palabra de las novelas de principios del siglo XX; de un mundo en el que personas con apellidos como Waugh y Mitford jugaban partidas de cartas en mesas diseñadas a tal efecto.

Pero las actuaciones podían mezclarse con la realidad. Cuando River recordaba su infancia en esa casa, siempre brillaba la luz del verano, sin una sola nube en el cielo. Así que a lo mejor el juego del D. O. había funcionado bien y todos los clichés que mantenía, o fingía mantener, habían marcado a River. Una Inglaterra soleada y una campiña que se extiende hasta la lejanía. Cuando alcanzó la madurez suficiente para entender lo que había hecho su abuelo con su vida y decidió dedicarse a lo mismo que él, pensaba precisamente en esas escenas, fueran reales o no. Y el D. O. también tenía una respuesta para eso: «Si no es real, no importa. Es la idea lo que tienes que defender.»

—¿Ahora voy a vivir aquí? —le había preguntado esa mañana.

—Sí. No se me ocurre qué otra cosa hacer contigo.

El abuelo regresó a la habitación, con más brío que al irse. River estuvo a punto de preguntarle si se encontraba bien, pero decidió darle un mejor uso a su boca y bebió un trago de whisky.

El abuelo se volvió a instalar en el sillón.

—Si has oído hablar de Hobden será por alguna cuestión política.

—He oído mencionar su nombre. No recuerdo el contexto. Me sonaba de algo, nada más.

—En un trabajo como el tuyo, mentir puede ser cuestión de vida o muerte. Tendrás que practicar, River. Por cierto, dime la verdad, ¿cómo te has hecho eso de la mano?

—Abrí una flash-box sin tener el código.

—Qué idiotez. ¿Y en qué estabas metido?

—Quería saber si era capaz de hacerlo sin quemarme.

—Pues ya lo sabes, ¿no?¿Te lo has hecho mirar?

Era la mano izquierda de River. Si hubiera usado la derecha tal vez habría sido más rápido y no se habría quemado, pero había optado por un enfoque pragmático: si la caja estallaba como una granada, prefería perder la mano que menos usaba. Así las cosas, había apagado la breve llamarada con agua mineral. El contenido de la caja se había mojado, pero no había llegado a estropearse. Había copiado los archivos del ordenador en un lápiz de memoria nuevo y luego había metido el portátil en un sobre acolchado, comprado, igual que el lápiz, en una papelería cercana a la Casa de la Ciénaga. Todo eso en un banco, al lado de un parque infantil.

La mano no estaba tan mal: un poco roja, algo escocida. Si había que sacar una moraleja de aquel ejercicio sería que las flash-box tampoco eran gran cosa. Aunque Spider se había llevado una gran alegría al creerse que en la Casa de la Ciénaga ni siquiera disponían de ese mínimo nivel de tecnología. Si alguien quería otra moraleja, se podía concluir que era mejor ensayar las cosas antes de hacerlas. Todo aquel episodio era consecuencia de su rencor cocinado a fuego lento: porque lo habían mandado a hacer un recadito mientras Sid se dedicaba a una operación auténtica; y sobre todo, por ser el chico de los recados de Spider Webb. Aún no había examinado el contenido del lápiz de memoria. El mero hecho de poseer ese maldito objeto ya era castigable con privación de la libertad.

—Está bien —dijo a su abuelo—. Un poco chamuscada. No hay que preocuparse.

—Pero algo tienes en la cabeza.

—¿Sabes a qué me he dedicado este último mes?

—Sea lo que sea, dudo mucho que se suponga que debas decírmelo.

—Creo que puedo confiar en ti. Lo he pasado leyendo conversaciones por móvil.

—Y te parece que eso no está a la altura de tu talento.

—Es una pérdida de tiempo. Se captan en las zonas de mayor interés, sobre todo en los aledaños de las mezquitas más radicales, y se transcriben con programas de reconocimiento de voz. A mí sólo me pasan las que están en inglés, pero aun así son miles de conversaciones. Por culpa de los programas, muchas son ininteligibles, pero hay que leerlas todas y asignarles un mayor o menor grado de suspicacia. Del uno al diez. Diez es algo muy sospechoso. Hasta esta tarde llevo leídas ciento cuarenta y dos. ¿Sabes a cuántas he puntuado con más de un uno?

Su abuelo estiró un brazo en busca de la botella.

River juntó el índice y el pulgar para dibujar un cero.

El abuelo dijo:

—Espero que no estés planeando ninguna locura, River.

—No sería capaz.

—Sólo intentan hacerte pasar por el aro.

—Ya he pasado. He pasado una vez y otra y otra más.

—No te van a tener siempre ahí.

—¿Tú crees? ¿Y qué pasa con...? Yo qué sé, ¿con Catherine Sanders? ¿Te parece que lo suyo es un cargo temporal? ¿Y Min Harper? Se dejó un disco en el tren. En el Ministerio de Defensa hay todo un club de señoritos que se han dejado discos con información secreta en algún taxi y ni siquiera les han retirado el permiso de comer fuera. En cambio, Harper jamás volverá a Regent's Park, ¿verdad? Y yo tampoco.

—No conozco a esa gente, River.

—No. No. —Se frotó la frente con la mano y el olor a linimento le llenó la nariz—. Perdón. Estoy frustrado, eso es todo.

El D. O. le rellenó el vaso. Lo último que necesitaba River era más whisky, pero no protestó. Era consciente de

110

que para su abuelo tampoco era una situación fácil. Sospechaba que lo que le había dicho Jackson Lamb unos meses atrás era cierto: que de no ser por el D.O. lo habrían puesto de patitas en la calle. Sin esa conexión, River no se habría convertido en un caballo lento: lo habrían fundido para hacer pegamento con él. Y a lo mejor Lamb tenía razón también al afirmar que el objetivo de aquel trabajo aburrido y mezquino era conseguir que abandonara y se largara... ¿Y tan malo sería eso? Aún no había cumplido los treinta. Tenía tiempo de sobra para recoger los trocitos que quedaran y empezar una carrera con la que, a lo mejor, hasta podría ganar dinero y todo.

Lo que pasa es que ese pensamiento, en cuanto empezaba a formarse, hacía las maletas y se largaba de viaje. Si River había heredado algo de aquel hombre sentado a su lado era aquel terco convencimiento de que debía seguir hasta el final por el camino elegido.

En ese momento, su abuelo dijo:

—Hobden. No estarás jugando con eso, ¿eh?

—No —respondió River—. Salió su nombre, eso es todo.

—Antes tenía mucho tirón. Nunca fue un miembro activo, porque le gustaba demasiado hacerse oír, pero alguna gente importante le prestaba atención.

River dijo algo olvidable acerca de las torres más altas que han caído.

—Si eso se ha convertido en un lugar común, será por algo. Cuando alguien como Robert Hobden la caga en público, la gente no lo olvida. —El D.O. no solía caer en la vulgaridad. Quería que River prestara atención—. En el tipo de club al que él pertenecía, cuando te han echado, no suelen cambiar de opinión. Pero no olvides esto, River. A Hobden no lo excomulgaron por sus creencias. Fue porque se supone que uno debe mantener ciertas creencias a escondidas si quiere acceder a los Altos Cenáculos.

—Es decir, que sus creencias no sorprendieron a quienes lo rodeaban.

—Por supuesto que no.

El abuelo de River se recostó en el sillón por primera vez desde que había regresado de su excursión al baño. Tenía un velo de distancia en la mirada y a River le dio la impresión de que la estaba volviendo hacia el pasado, a cuando él mismo había pescado en esas aguas.

—Así que si estás pensando en ir por libre será mejor que tengas cuidado. Las compañías que tenía Hobden antes de caer en desgracia eran mucho menos respetables que las que tiene desde entonces.

—No estoy jugando a nada. No voy a ir por libre.

—¿Cada profesión tenía una jerga propia?—. Y Hobden no me interesa. No te preocupes, viejo. No me estoy metiendo en ningún lío.

—Vuelve a llamarme viejo y verás como sí.

River tuvo la sensación de que la conversación había llegado a su fin y empezó a hacer la clase de gestos que uno hace cuando se dispone a irse, pero su abuelo no había terminado:

—Y no me preocupo. Bueno, sí, pero no sirve prácticamente de nada. Harás lo que tengas pensado hacer y nada que yo pueda decir te obligará a cambiar de dirección.

River sintió un calambre.

—Ya sabes que siempre te escucho...

—No me estoy quejando, River. Lo que pasa es que eres hijo de tu madre. —Soltó una risita al ver la expresión que asomaba a la cara de River—. Tú crees que lo has heredado de mí, ¿verdad? Ojalá pudiera anotarme yo ese tanto.

—Me criaste tú —dijo River—. Tú y Rose.

—Pero ella te tuvo hasta los siete años. Era capaz de enseñar un par de cosas a los jesuitas. ¿Has sabido algo de ella últimamente?

Esto dicho como de pasada, como si hablaran de un antiguo compañero de trabajo.

—Hace un par de meses —dijo River—. Me llamó desde Barcelona para recordarme que se me había olvidado su cumpleaños.

El D. O. echó la cabeza atrás y se rió con una diversión auténtica.

—Ahí lo tienes, chico. Así se hacen las cosas. Cada uno tiene su plan.

—Tendré cuidado —le dijo River.

Cuando se agachó para darle un beso de despedida en la mejilla, el viejo lo agarró por el codo.

—Ten más que cuidado, muchacho. No te mereces la Casa de la Ciénaga. Pero como la líes para escaparte de allí, no habrá nada que nadie pueda decir para salvar tu carrera.

Su abuelo nunca había estado tan cerca de admitir que había hablado en su defensa después del fiasco de King's Cross.

—Tendré cuidado —repitió, y se fue a la estación.

A la mañana siguiente seguía pensando en eso. «Tendré cuidado.» ¿Cuántas veces se oían esas palabras justo antes de que alguien sufriera un accidente? «Tendré cuidado.» Pero llevar el lápiz de memoria en el bolsillo no era precisamente cuidadoso; ni había nada de accidental en su posesión. La única precaución que había tomado hasta el momento era no mirar qué contenía.

Si lo hacía, tendría acceso a información reservada a Sid Baker; probablemente, incluso a Spider Webb. Eso supondría un estímulo, lo haría sentirse de nuevo como un espía de pleno derecho. Pero también podía valerle una buena paliza. ¿Qué palabra había usado el D. O.? Excomunión... «Se supone que uno debe mantener ciertas creencias a escondidas si quiere acceder a los Altos Cenáculos.» River estaba muy lejos de los Altos Cenáculos, pero se podía caer de aún más alto. Y si lo pillaban con el lápiz de memoria en su poder, iba a caer en serio.

Aunque si eso llegaba a ocurrir, se daría por hecho que sí había leído lo que contenía el lápiz...

Sus pensamientos iban de un lado a otro. No había peor carga que la del sentimiento de culpa. Mientras subía la escalera de la Casa de la Ciénaga tuvo que adaptar su expresión a la que solía tener a esas horas de la mañana: «Cuando necesites fingir naturalidad, no pienses en lo que estás haciendo.» Una vieja lección. «Piensa en cualquier otra cosa. Piensa en el último libro que hayas leído.» No recordaba el último libro que había leído. En cualquier caso, nunca descubrió si el esfuerzo de recordarlo le hacía parecer más o menos natural, porque el estado de ánimo que pudiera tener River a esa hora de la mañana no le importaba a nadie.

Como la puerta del despacho de Roderick Ho estaba abierta, River vio desde el rellano que estaban todos reunidos ahí dentro: un suceso sin precedentes. Al menos, no estaban hablando entre ellos. Miraban todos fijamente el monitor de Ho, el más grande de todo el edificio.

—¿Qué es? —preguntó River, aunque no hacía falta.

Al entrar había distinguido, por encima del hombro de Ho, un sótano mal iluminado, una figura vestida de naranja y sentada en una silla con una capucha en la cabeza. Unas manos enguantadas sostenían un periódico inglés en pleno temblor. Tenía sentido. Nadie se sentaba en un sótano mal iluminado para sostener un periódico del día ante una cámara sin pasar miedo.

—Rehén —dijo Sid Baker, sin apartar la mirada de la pantalla.

River se reprimió cuando ya iba a decir: «Eso ya lo veo.»

—¿Quién es? ¿Quiénes son?

—No lo sabemos.

—¿Qué sabemos?

—Que le van a cortar la cabeza —dijo Sid.

6

No estaban todos en la oficina de Ho cuando llegó River. ¿Cómo podía ser que no hubiese reparado en la ausencia de Jackson Lamb? No tardó en rectificar: una pisada fuerte en la escalera; un gruñido estrepitoso que sólo podía proceder de un estómago. Lamb era capaz de moverse en silencio si quería, pero cuando no quería te enterabas enseguida de su llegada. Lo que hizo en ese momento, más que entrar en el despacho de Ho, fue tomar posesión del mismo: con su respiración entrecortada, sin pronunciar palabra. En el monitor, seguía sin pasar nada: un chico con un mono naranja, guantes y capucha, sostenía un periódico inglés del que se veía la contraportada. River tardó un poco en darse cuenta de que había sacado una conclusión: que se trataba de un chico.

Lamb interrumpió ese pensamiento:

—¿Aún no son ni las nueve y ya estáis viendo pornotorturas?

Struan Loy respondió:

—¿Qué hora le parecería buena para...?

—Cállate —le ordenó Sid Baker.

Lamb asintió con la cabeza.

—Es una buena idea. Cállate, Loy. ¿Eso es en directo?

—Por lo menos entra como si lo fuera —dijo Ho.

—¿No es lo mismo?

—¿De verdad quieres que te lo explique?

—Bien dicho. Pero el periódico es de hoy. —Lamb asintió de nuevo, aprobando así la brillantez de su deducción—. Entonces, si no es en directo, tampoco es de hace mucho. ¿De dónde lo habéis sacado?

—De los blogs —dijo Sid—. Ha aparecido a eso de las cuatro.

—¿Algún prólogo?

—Dicen que le van a cortar la cabeza.

—¿Quién lo dice?

Sid encogió los hombros.

—Aún no lo sabemos. Pero han logrado llamar la atención.

—¿Han dicho qué quieren?

—Quieren cortarle la cabeza —dijo Sid.

—¿Cuándo?

—En cuarenta y ocho horas.

—¿Por qué cuarenta y ocho? —preguntó Lamb—. ¿Por qué no setenta y dos? Son tres días, ¿es mucho pedir?

Nadie se atrevió a preguntarle qué problema tenía. Pero se lo contó de todos modos.

—Siempre es un día o tres. Te dan veinticuatro horas, o setenta y dos. No cuarenta y ocho. ¿Sabéis lo que no soporto de entrada de estos capullos?

—¿Que no saben contar? —sugirió River.

—Que no tienen ningún respeto por la tradición —aclaró Lamb—. Supongo que tampoco habrán dicho quién es la ratita ciega, ¿no?

Roderick Ho intervino:

—La amenaza de decapitación a llegado a los blogs, junto con un enlace. Y el ultimátum. No hay más info. Y el vídeo no tiene sonido.

Nadie había dejado de mirar la pantalla a lo largo de todo ese diálogo.

—¿Por qué son tan tímidos? —se preguntó Lamb—. Cortarle la cabeza a alguien es toda una declaración. Pero si no le cuentas a nadie por qué lo haces, no le aporta nada a tu causa, ¿no?

—Cortar cabezas no aporta nada a ninguna causa —objetó Sid.

—Sí que aporta, suponiendo que tu causa implique cortar cabezas. En ese caso, tus prédicas van dirigidas al nicho idóneo de mercado.

—¿Y qué más da quiénes sean? —dijo Ho—. Se llamen como se llamen, son Al-Qaeda. Los hijos del desierto. La espada de Alá. La ira del Libro. Todos son Al-Qaeda.

Otro que llegaba tarde. Jed Moody, con el abrigo puesto todavía.

—¿Os habéis enterado?

—Lo estamos viendo.

Kay White empezó a decir algo, pero cambió de opinión. Si el estado de ánimo general hubiera sido más proclive a la crueldad, todos los presentes lo habrían anotado como lo nunca visto.

—Bueno, ¿qué hacemos?

—¿Hacer? —preguntó Lamb.

—Sí. ¿Qué hacemos?

—Seguir con nuestro trabajo. ¿Qué creías que íbamos a hacer?

—Por el amor de Dios, no podemos actuar como si esto no estuviera pasando.

—¿No?

El monosílabo breve y brusco reventó el globo de River.

La voz de Lamb se volvió plana, desprovista de toda inflexión. El chico del monitor, la capucha que llevaba puesta, el periódico que sostenía: podía ser un salvapantallas.

—¿Creías que estaba a punto de sonar el bati-teléfono y Lady Di gritaría «¡Todos a cubierta!»? No, lo veremos por la tele, como todo el mundo. Y no vamos a hacer nada. Eso les toca a los que juegan en primera, y vosotros no jugáis en primera. ¿O es que lo habíais olvidado?

Nadie dijo nada.

—Bueno, todos tenéis papeleo que ordenar. ¿Qué hacéis en este despacho?

Así que se fueron todos, salvo Ho y Moody porque era su despacho. Moody colgó el abrigo detrás de la puerta. No dijo nada, aunque en caso contrario Ho tampoco le habría contestado.

Lamb se quedó un momento. Tenía el labio superior espolvoreado con el azúcar de su cruasán de almendras; mientras miraba la pantalla del ordenador, en la que no ocurría nada que no estuviera ocurriendo desde hacía unos cuantos minutos, su lengua descubrió aquella fuente de dulzura y le dio la bienvenida. Sin embargo, los ojos no prestaron atención a lo que hacía la lengua, y si Ho o Moody se hubieran vuelto hacia él tal vez se habrían asustado al verlo.

Por un instante, el obeso y grasiento agente obsoleto ardió con una rabia fría y dura.

Luego se dio la vuelta y subió arrastrándose a su despacho.

En el suyo, River encendió el ordenador y se quedó sentado, maldiciendo en silencio el tiempo que tardaba en emitir un primer destello de vida. Casi ni se dio cuenta de que llegaba Sid Baker, y dio un respingo cuando ella habló en voz alta.

—¿Crees que...?

—¡Joder!

La primera en recuperarse fue Sid.

—¡Bueno, perdón! ¡Joder! El despacho también es mío, ¿vale?

—Ya lo sé, ya lo sé. Es que estaba... concentrado.

—Claro. Encender el ordenador es un asunto delicado. Ya me doy cuenta de que requiere toda tu atención.

—Sid, no me he dado cuenta de que habías entrado. Eso es todo. ¿Qué quieres?

—Olvídame.

Sid se sentó a su mesa. El monitor de River, mientras tanto, se regodeó en su falso despertar de costumbre: se zambullía en el azul para regresar de nuevo al negro. Mientras esperaba, miró de reojo a Sid. Llevaba el pelo recogido y parecía más pálida de lo habitual, tal vez a causa del jersey de cachemira negro con cuello de pico, o quizá porque acababa de pasarse diez minutos mirando a un joven encapuchado que, por lo visto, había sido condenado a muerte.

Y no llevaba el relicario de oro. Si le hubieran preguntado a River hasta qué punto ese detalle era habitual, habría contestado que no tenía ni idea, pero el caso es que Sid no siempre lo llevaba, lo que lo había llevado a deducir que no tenía un significado especial para ella en el plano emocional. Tampoco es que nadie se lo fuera a preguntar.

El ordenador emitió aquel pitido agudo que siempre sonaba impaciente, como si llevara rato esperando a River, y no al revés.

Casi sin darse cuenta de que estaba a punto de hacerlo, se dirigió a Sid:

—Lo de ayer... Lo siento. Fue una estupidez.

—Lo fue.

—En su momento me pareció que podía ser divertido.

—Es lo que suele pasar con las estupideces —concluyó Sid.

—Si te hace sentir mejor, recogerlo no fue divertido.

—Lo que me haría sentir mejor es que lo hubieras hecho bien. Esta mañana todavía había cáscaras de huevo debajo de mi mesa.

En cualquier caso, lo dijo con una media sonrisa, de modo que cabía suponer que con eso se cerraba el episodio.

Aunque la cuestión de por qué habían encargado una operación a Sid, para empezar, seguía exasperándolo.

El ordenador se había despertado ya, pero con un estilo que resultaba familiarmente humano; es decir, aún tardaría unos cuantos minutos en funcionar a pleno rendimiento. River abrió el buscador.

Sid habló de nuevo:

—¿Crees que Ho tiene razón? ¿Son de Al-Qaeda?

River estuvo a punto de hacer un comentario de listillo, pero se lo tragó. ¿Qué sentido tenía?

—¿Qué otra posibilidad hay? —preguntó—. Tampoco es la primera vez que vemos algo así.

Guardaron silencio los dos, recordando una emisión similar que habían visto unos años antes; un rehén decapitado por el delito de ser occidental.

—Estarán en el radar —dijo Sid.

River asintió.

—Todo lo que hacemos, tanto aquí como en Regent's Park o en el Centro Nacional de Escuchas... Todo está bastante controlado. En cuanto establezcan quién es el chico, y dónde está pasando, pondrán en circulación una lista de sospechosos, ¿no?

Por fin estaba conectado.

—¿Cómo era ese enlace?

—Un segundo.

Al cabo de un instante le guiñaba el ojo un correo electrónico en la pantalla. Clicó en el enlace que contenía y el buscador pasó de un aburrido logotipo del servicio civil a aquella imagen, tan familiar ya, del chico, la capucha, el sótano.

Durante los minutos transcurridos desde que habían salido del despacho de Ho no había cambiado nada.

Permanecieron de nuevo sentados en silencio, pero era un silencio distinto del que solía imponerse en aquel despacho. Esa vez era un silencio compartido, no derivado de la mutua incomodidad.

De todos modos, si alguno de los dos tenía la esperanza de que lo rompiera una voz desde el sótano, se llevaron un chasco.

Al fin, River dijo:

—Se dedica mucho tiempo, esfuerzo y dinero a estudiar los grupos radicales.

Sid ya no recordaba que había hecho una pregunta.

—Pero no hay demasiado espionaje en marcha por ahí.

—Elementos activos —dijo ella.

Cualquier otro día, River se habría burlado.

—Elementos activos —convino—. Antes era más fácil infiltrarse en los grupos radicales.

—Hablas como si supieras algo de eso.

—Me crié con esas historias.

—Tu abuelo —dijo ella—. Era David Cartwright, ¿verdad?

—Sigue siéndolo.

—No quería decir...

—Aún está vivo. Y mucho. —River recorrió el despacho con la mirada. Sid había apartado la silla del escritorio y ya no miraba la pantalla, sino a él—. Y tampoco es que me contara secretos de Estado al acostarme.

—Ni yo pensaba insinuarlo.

—Aunque el primer cuento que me leyó por la noche fue *Kim*. —River se dio cuenta de que ella reconocía el título y se ahorró los detalles—. Y a partir de ahí, en fin, Conrad, Greene. Somerset Maugham.

—*Ashenden, o el agente secreto*.

—Veo que te haces una idea. Cuando cumplí doce años me regaló la obra completa de Le Carré. Aún recuerdo lo que me dijo de ella: «Todo es inventado. Pero eso no significa que no sea cierto.»

River volvió a mirar la pantalla. El periódico que sostenía el muchacho temblaba. ¿Y por qué enseñaba la contraportada? «Victoria de Inglaterra»... Un partido de la noche anterior, clasificatorio para el Mundial.

—La BBC —dijo en voz alta, pensando en el enlace que le había mandado Sid.

—Un blog de su página de noticias. Alguien colgó el enlace allí, junto con la amenaza de decapitación. Y luego se expandió como un hongo. A estas alturas ya estará en todas partes.

River tuvo una imagen repentina de una serie de habitaciones oscuras por todo el país, por todo el mundo; rostros inclinados hacia los monitores, escrutando iPhones, viendo cómo no pasaba nada, lentamente. Los corazones de algunos de esos mirones albergarían el mismo miedo enfermizo que el suyo; otros experimentarían un júbilo impío.

—¿Podemos seguir la pista del enlace? —preguntó Sid—. Me refiero a la IP. A saber desde dónde se emite.

—Depende —respondió River—. Si son listos, no. Si son tontos...

Pero los dos sabían que aquello no iba a terminar de una manera tan rápida y satisfactoria.

—Te cabreó, ¿verdad? —preguntó Sid—. Quiero decir, más de lo normal.

River no necesitaba preguntarle nada para saber que se refería a Jackson Lamb.

—¿Cuánto tiempo llevas aquí? —dijo.

—Sólo unos meses.

—Exactamente.

—Exactamente, no lo sé. Desde algún momento de agosto. Unos dos meses.

—Yo llevo ocho meses, dos semanas y cuatro días —dijo él.

Sid Baker guardó silencio un momento y luego dijo:

—Vale. Pero tampoco es que te vayan a dar una medalla por la duración de los servicios prestados.

—No lo pillas, ¿verdad? Estar aquí significa que me tengo que quedar sentado mirando esto, como todo el mundo. Y yo no me apunté al servicio secreto para eso.

—A lo mejor nos necesitan.

—No. Eso es lo que significa estar en la Casa de la Ciénaga. Significa que no te necesitan.

—Si tanta rabia te da, ¿por qué no lo dejas?

—¿Para hacer qué?

—Bueno, no sé. Algo que te guste.

—¿Banca? —dijo él—. ¿Seguros? —Sid guardó silencio—. ¿Leyes? ¿Agente inmobiliario?

—Ahora sí que estás cabreado.

—Yo estoy hecho para esto —dijo River, señalando la pantalla, en la que un chico encapuchado permanecía sentado en el sótano—. Para conseguir que esas cosas no ocurran. O, cuando ocurren, para detenerlas. Se trata de eso, Sidonie. No quiero hacer nada más.

No recordaba si alguna vez la había llamado así.

—Lo lamento —dijo ella.

—¿Qué lamentas?

Sid desvió la mirada. Luego movió la cabeza.

—Que te sientas así. Pero que hayas cometido un error no significa que se termine tu carrera. Tendrás otra oportunidad.

—¿Qué hiciste tú? —preguntó River.

—¿Qué hice?

—Para acabar en la Casa de la Ciénaga.

—Lo que hacemos aquí sirve para algo —dijo Sid—. Alguien tiene que hacerlo.

—Se lo podrían encargar a una manada de monos domados.

—Muchas gracias.

—Es la verdad.

—Ayer por la mañana... Cuando le robé los documentos a Hobden...

—Ya, vale, a ti te han encargado...

—No te lo estoy pasando por la cara. Sólo señalo que a lo mejor las cosas están cambiando. A lo mejor la Casa de la Ciénaga ya no es una vía muerta. Me encargaron una operación de verdad. Tú también saliste.

—A recoger la basura.

—De acuerdo. Lo podría haber hecho un mono.

River se rió. Luego movió la cabeza. En el monitor nada había cambiado. Su risa se volvió amarga.

—Este pobre cabrón va a necesitar algo más que un mono.

Sid asintió.

Al apoyarse una mano en el muslo, River notó el bulto duro del lápiz de memoria en el bolsillo del pantalón.

Dio por hecho que ella no tenía mala intención, pero su predecesor había acabado abandonando el servicio, harto de someterse a las tareas rutinarias. El suyo también: un hombre llamado Black que sólo había durado seis meses y se había ido antes de llegar River. Ése era el verdadero propósito de la Casa de la Ciénaga. Una manera de deshacerse de los agentes sin tener que librarse de ellos, esquivando líos legales y amenazas de querellas. Y se le ocurrió que a lo mejor la presencia de Sid tenía esa función: que su juventud y su frescura ejercían de contrapunto del fracaso de los caballos lentos y lo volvían más doloroso. En ese mismo momento podía olerlo. Mientras miraba al chico encapuchado de la pantalla, River olía el fracaso en su propia piel. No podía ayudar al muchacho. Hiciera lo que hiciese el servicio secreto, lo haría sin su ayuda.

—¿Qué pasa?

Se volvió hacia Sid.

—¿Qué le pasa a quién?

—Parece como si se te hubiera ocurrido algo.

River dijo que no con la cabeza.

—No. Nada.

Tenía encima del escritorio un montón nuevo de transcripciones. Debía de haberlas entregado Catherine Standish justo antes de que estallara la noticia. Cogió la de encima y la soltó enseguida. El ruidito que hizo al posarse en la mesa representaba todo el impacto que iba a tener su trabajo; se podía pasar la siguiente hora escribiendo un informe sobre un nuevo fragmento de cháchara en un lugar supuestamente caliente, y lo máximo que conseguiría sería que en Regent's Park alguien le echara un vistazo rutinario. Sid dijo algo más, pero River no lo pilló. Prefirió concentrar la mirada en la pantalla del ordenador; en el chico de la capucha, al que iban a ejecutar por alguna razón, o por ninguna, en menos de cuarenta y ocho horas, y si había que creerse el diario que sostenía, todo eso estaba ocurriendo allí mismo, en Reino Unido.

Bastante mal estaba ya lo de las bombas en los trenes. Con algo así, la prensa se volvería loca.

Sidonie Baker repitió lo que acababa de decir. Algo sobre los guantes.

—¿Por qué crees que lleva guantes?

—No lo sé.

Era una buena pregunta. Pero River no sabía la respuesta.

Lo que sí sabía era que necesitaba hacer algo de verdad, algo útil. Algo más que clasificar el papeleo.

Palpó una vez más el bulto duro del lápiz de memoria.

Fuera cual fuese su contenido, seguía en el bolsillo de River. Y era el fruto de una operación de verdad.

124

Si ver lo que contenía implicaba cruzar una línea, River estaba preparado para cruzarla.

En Max's, el café era malo y los periódicos, aburridos. Robert Hobden hojeó el *Times* sin sacar siquiera su cuaderno, y estaba contemplando ya a la rubia del día en la primera plana del *Telegraph* cuando percibió unos murmullos de fondo. Alzó la vista. Max estaba en la barra con un cliente. Los dos miraban la tele que había en un rincón, sobre una peana. Normalmente, Hobden solía insistir en que bajaran el volumen. Aquel día, volvió el mundo del revés al pedir que lo subieran.

«... atribuido todavía, ni se ha visto en la pantalla nada más que el joven de esta imagen, pero según un post anónimo que apareció en el blog de actualidad de la BBC a las cuatro de la madrugada, el joven que están viendo será ejecutado dentro de cuarenta y ocho horas...»

—¿Te puedes creer esta mierda? —dijo Max.

—Son unos monstruos —dijo el cliente—. Simplemente. Habría que pegarles un tiro a todos.

Pero Hobden casi ni los oía.

«Sobre todo si sabía que tenía una noticia y esperaba que asomara la aleta entre el oleaje de la información diaria.»

Ahí estaba. Emergiendo en la superficie.

—¿Te lo puedes creer? —repitió Max.

Pero Hobden había vuelto a su mesa y estaba recogiendo las llaves, el móvil, la cartera, el bolígrafo y el cuaderno; lo fue metiendo todo en el bolso, salvo los periódicos.

Ésos los dejó donde estaban.

Eran poco más de las nueve. El sol derramaba una luz acuosa sobre Londres; una insinuación del buen tiempo que estaba por llegar, para los optimistas.

En un edificio alto y blanco cerca de Regent's Park, eso parecía una promesa de que no cabía esperar nada mejor.

Diana Taverner tenía su despacho en la última planta. En otros tiempos había gozado de una vista de lujo, pero después de los atentados del 7 de julio habían desplazado al personal directivo para alejarlo de las paredes externas, de modo que su única ventana era un gran panel de cristal que le permitía vigilar a su equipo, al tiempo que ellos podían echarle algún que otro vistazo para vigilar cómo los vigilaba. En el centro tampoco había ventanas, pero la luz que caía desde lo alto era agradable, azulada y, según debía de consignarse en algún informe —archivado, sin duda, con su correspondiente etiqueta y disponible para quien quisiera reclamarlo—, lo más parecido a la luz natural que podía ofrecer la electricidad.

Taverner lo aprobaba. No envidiaba a las generaciones más jóvenes los privilegios de que disfrutaban gracias a la lucha de la suya. No tenía ningún sentido librar dos veces la misma batalla.

Había llevado a cabo su aprendizaje en los últimos coletazos de la Guerra Fría, y a veces tenía la sensación de que esa parte había sido la más fácil. Mandar a las mujeres a morir tras las líneas enemigas era una larga tradición en el servicio secreto, mientras que a la hora de adjudicarles cargos de verdadera importancia el entusiasmo parecía ser menor. Taverner —clavada a Lady Di en todo menos la cara— había hecho lo indecible por sacudir ese árbol con fuerza, hasta tal punto que, si diez años antes alguien le hubiera dicho que en menos de una década una mujer acabaría dirigiendo el servicio secreto, habría dado por hecho que se trataba de ella misma.

La historia, de todos modos, tenía la costumbre de poner palos en las ruedas a todo el mundo. La muerte de Charles Partner había provocado la sensación de que soplaban vientos nuevos en los pasillos del servicio; de que hacía falta una mirada nueva. «Tiempos de zozobra» era la frase más oída. Urgía encontrar un par de manos que ofrecieran seguridad y resultó que su dueña era Ingrid Tearney. El hecho de que Tearney fuera una mujer podría haber supuesto un bálsamo reconfortante para Taverner, de no ser porque, precisamente al contrario, le producía el efecto de un irritante severo.

En cualquier caso, era un paso adelante. Se lo habría parecido con más claridad si hubiera sido otra persona quien lo hubiera dado, pero era un paso adelante. Y ella, Taverner, ocupaba la Segunda Mesa, pese a que las nuevas directrices implicaban la existencia de varias Segundas Mesas; además, su equipo tenía sillas ergonómicas y una luz eléctrica que simulaba el sol de primavera, lo cual tampoco estaba mal. Porque también tenía jóvenes dispuestos a poner bombas en una mochila en el metro. A Taverner cualquier cosa que los ayudara a cumplir con su trabajo le parecía bien.

Esta mañana, también tenían una ejecución en marcha.

El enlace había aparecido en un blog de la BBC hacia las cuatro de la madrugada, acompañado de un mensaje breve pero efectivo: «Le cortamos la cabeza cuarenta y ocho horas.» Sin puntuación. Corto. Los grupos radicales, sobre todo los clásicos de origen religioso, tendían a sermonear: engendro de Satán, fuego eterno, etcétera. La ausencia de esa retórica hacía el caso aún más inquietante. Una amenaza falsa habría llegado acompañada de toda clase de disparates.

Y en aquel momento, como todo suceso popular entre los medios de comunicación, la imagen se repetía en todas las pantallas que tenía a la vista. Debía de repetirse en todas las del país, de hecho: en casas y en oficinas; encima de las cintas de correr de los gimnasios, en agendas electrónicas y iPhones; en los asientos traseros de los taxis. Y por todo el planeta la gente se iría enterando a distintas horas del día y reaccionaría en primera instancia igual que lo había hecho su equipo: algo así no podía estar pasando en Gran Bretaña. Otras partes del mundo se ufanaban sin cesar de sus forajidos. Si le cuentas al ciudadano medio occidental que en Kazajistán juegan a polo con cabezas humanas, asentirá con un «Sí, ya lo sabía». Pero ni siquiera en los barrios más salvajes de las ciudades británicas se dedicaba la gente a cortar cabezas. O al menos, no salían por la BBC.

Y no iba a pasar, se dijo Taverner. No iba a pasar. Evitarlo sería la cumbre de su carrera y pondría fin a una época abominable del servicio secreto, años de sórdidos dosieres y muertes sospechosas.

Así saldrían de la perrera: ella, sus superiores y todos los chicos y chicas del centro; los muy esforzados y mal pagados guardianes del Estado, los primeros en responder a la llamada del deber y los últimos en recibir felicitaciones cuando todo salía bien... No hacía ni doce meses que su equipo había detenido a una célula que tenía planeado un asalto terrorista a lo largo y ancho del mapa de la capital, y los arrestos y la captura de armas habían durado dos días como gran noticia del momento. En cambio, al llegar al juicio, la gran pregunta era: ¿cómo podía ser que aquella célula hubiera permanecido activa tanto tiempo? ¿Cómo podía ser que hubiera estado tan cerca de alcanzar su objetivo?

Los aniversarios del fracaso se señalaban en las calles cuando salían las multitudes de sus oficinas para guardar silencio en recuerdo de los muertos inocentes. A los éxitos se los llevaba la marea; bastaba cualquier escándalo del famoseo o catástrofe económica para barrerlos de la primera página.

Taverner comprobó la hora en el reloj. Tenía mucho papeleo pendiente; en algún momento llegaría a su escritorio el primer informe de situación; al cabo de treinta segundos se reuniría el gabinete de crisis; un informe para el ministro antes de que pasara la hora; luego, Límites. La prensa pediría una declaración de intenciones. Como Ingrid Tearney estaba en Washington, le tocaba a Diana Taverner encargarse también de eso. Para Tearney, de hecho, sería un alivio. Le encantaría que el caso llevara impresa la huella dactilar de Taverner por si el asunto se estropeaba y un ciudadano acababa perdiendo la cabeza en directo por la tele.

Y antes de que todo eso empezara a pasar se presentó alguien en su puerta: Nick Duffy, el jefe de los Perros.

Daba igual a qué altura de la escala jerárquica estuvieras: cuando aparecían los Perros por sorpresa, la primera reacción siempre era sentirse culpable.

—¿Qué pasa?

—Algo que me ha parecido que debía saber.

—Estoy ocupada.

—No lo he dudado ni un segundo, jefa.

—Escúpelo.

—Anoche me tomé una copa con un ex colega. Moody. Jed Moody.

—Le dimos la patada tras el asunto de Miro Weiss. ¿No estaba en la Casa de la Ciénaga?

—Sí. Y no le gusta nada.

Se abrió la puerta. Un crío que respondía al nombre de Tom dejó una carpeta marrón en el escritorio de Taverner. El primer informe de situación. Parecía imposible que abultara tan poco.

Taverner asintió y Tom se fue sin decir nada. Luego, se dirigió a Duffy:

—Dentro de treinta segundos tengo que estar en otro sitio.

—Moody me habló de una operación.

—Está comprometido a guardar silencio por ley. —Recogió la carpeta de la mesa—. Si está desvariando sobre sus tiempos de gloria, hazlo venir y le das un par de bofetadas. O búscate un poli aburrido que lo haga. ¿De verdad te estoy diciendo cómo tienes que hacer tu trabajo?

—No hablaba del pasado. Dice que Jackson Lamb está dirigiendo una operación.

Taverner se detuvo. A continuación, dijo:

—En la Casa de la Ciénaga nadie dirige ninguna operación.

—Por eso me ha parecido que debía saberlo.

La mujer desvió la mirada más allá de él, hacia la muchedumbre del centro de comunicaciones, al otro lado del cristal. Luego ajustó el enfoque y se quedó mirando su reflejo. Tenía cuarenta y nueve años. El estrés, el exceso de trabajo y el maldito tiempo habían hecho estragos, pero daba igual: había heredado una buena osamenta y la bendición de un buen tipo. Sabía cómo sacarles partido a ambos y ese día llevaba una blusa rosa claro con traje azul oscuro que realzaba el color de su melena por los hombros. Con un poco de mantenimiento entre reuniones podía llegar a la puesta de sol sin dar la impresión de que una piara la hubiese arrastrado por su granja.

Eso suponiendo que el día no le deparara demasiados imprevistos.

—¿Y qué forma tenía esa operación?

—La de alguien a quien en ese momento tomé por un hombre, pero...

—Sidonie Baker —dijo Taverner con una voz que podía cortar el cristal—. Jackson Lamb la ha puesto a perseguir a un periodista, Robert Hobden.

Nick Duffy se limitó a asentir, aunque la jefa acababa de agujerearle la mañana. Una cosa era llevarle un hueso a la jefa. Otra muy distinta que lo hubiera enterrado ella misma.

—Eso es —dijo—. Claro. Sólo que... —Taverner le clavó una mirada de acero, pero hay que reconocerle a Duffy que no se amilanó—. Bueno, usted misma lo ha dicho. Desde la Casa de la Ciénaga no se dirigen operaciones.

—No era una operación. Era un recado.

Se parecía tanto a lo que el propio Duffy le había dicho a Jed Moody que por un momento lo sorprendió.

Taverner añadió:

—Nuestros caballos lentos se dedican a sacar punta a los lápices, cuando no están doblando papeles. Pero se puede contar con ellos para pequeños hurtos. Estamos apurados, Duffy. Vivimos tiempos difíciles.

—Todos a cubierta —se oyó decir Duffy.

—Eso es, más o menos, sí. ¿Algo más?

Él dijo que no con la cabeza.

—Lamento haberla molestado.

—No pasa nada. Todos tenemos la obligación de estar atentos.

Duffy se dio la vuelta para irse. Había llegado ya a la puerta cuando ella habló de nuevo.

—Ah, Nick... —Se volvió—. Algunos se lo tomarían mal si se enteraran de que estoy subcontratando ciertas tareas. Podría parecerles una falta de fe.

—Claro, jefa.

—Cuando en realidad no es más que un uso razonable de los recursos disponibles.

—Soy una tumba, jefa —dijo Duffy. Y se fue.

Diana Taverner era de las que no anotan nada en un papel si pueden evitarlo. Jed Moody: no era tan difícil de recordar.

En el televisor de la pared continuaba el seguimiento: el chico del mono naranja y la capucha. Para decenas de miles de personas de todo el planeta sería objeto de compasión y rezos a esas alturas, así como de una especulación gigantesca. Para Diana Taverner era una figura en un tablero. Tenía que serlo. No podría hacer lo que debía, con el resultado final de devolverlo a su casa sano y salvo, si permitía que las valoraciones emocionales la distrajeran. Ella haría su trabajo. El equipo haría el suyo. El chico viviría. Fin de la historia.

Se levantó, cogió los papeles y apenas había llegado a medio camino de la puerta cuando se volvió a su escritorio, abrió un cajón y guardó el lápiz de memoria que le había dado James Webb la tarde anterior. Una copia del lápiz de Hobden, según le contó, conseguida por Sid Baker. Entregada sin incidentes. Nadie había visto su contenido. El portátil usado para la transmisión estaba borrado. Taverner se lo había creído. De haber pensado que Webb era capaz de echar un vistazo habría tenido mejor opinión de él, pero no le habría encargado esa tarea.

En la tele, el chico encapuchado seguía sentado en silencio, con el periódico temblando. Viviría, se dijo.

Aunque, tuvo que admitir Diana Taverner, debía de estar asustado.

• • •

El miedo se aloja en las entrañas. Allí crea su hogar. Se instala y mueve las cosas de sitio: se abre un espacio... Le gusta cómo suena su aleteo. Le gusta cómo huelen sus pedos.

La bravuconería le había durado unos diez minutos según sus cálculos, menos de tres en realidad. A partir de entonces, el miedo había recolocado los muebles. El chico había vaciado el vientre en el cubo de la esquina; había apretado y soltado las tripas hasta que le empezó a doler la barriga, y mucho antes de terminar había entendido ya que aquello no tenía nada que ver con las novatadas de los campamentos. Por muy provocadores que se creyeran aquellos cabrones, la hora de juego se había terminado ya. A partir de ahí, intervendría la policía. «Sólo era una broma» no queda bien en un juzgado.

No sabía si era de día o de noche. ¿Cuánto tiempo había pasado en la furgoneta? La filmación podía haber empezado el día anterior o tan sólo un par de horas atrás. Vaya, a lo mejor había pasado un día, o aquel periódico era falso y estaba cargado de noticias que ni siquiera habían ocurrido todavía...

Concentración. Mantener el control. No dejar que Larry, Moe y Curly le hicieran añicos la mente.

Había decidido llamarlos así: Larry, Moe y Curly, como Los Tres Chiflados. Porque eran tres y así llamaba su padre a los clientes que entraban de tres en tres. Cuando acudían por parejas los llamaba Laurel y Hardy. Cambia de guión, papá. Pero ahora las palabras de su padre suponían un consuelo. Hasta podía oír su voz: «Menuda banda de cómicos te has buscado.» No es culpa mía, papá. No es culpa mía. Lo único que había hecho era caminar por una calle en el momento menos oportuno.

Pero mientras caminaba iba soñando despierto, recordó. Su mente seguía con los juegos habituales para componer un chiste; una frase central para un monólogo cómico que lo distrajo el tiempo suficiente para que aquellos capullos se le echaran encima... Aunque eso también era de risa, ¿no? Habría bastado con un trío de chiquillos de doce años para «echársele encima». Tampoco es que fuera Action Man.

El caso es que lo habían atrapado, lo habían drogado, lo habían dejado en calzoncillos y ahora lo tenían tirado en aquel sótano; lo habían dejado sólo durante dos horas, o tres, o una quincena, hasta que se había acostumbrado tanto a la oscuridad que la luz repentina fue como si el cielo se abriera de pronto.

Larry, Moe y Curly. Manos ásperas, voces graves.

—Por Dios, qué guarro el muy cabrón.

—Menuda peste...

Y luego lo enfundaron en aquel uniforme, un mono de color naranja y una capucha. Guantes para las manos.

—¿Por qué me...?

—Cállate.

—Yo no soy nadie. Yo sólo...

—¿Crees que nos importa un comino quién seas?

Lo habían hecho sentarse a bofetadas. Le habían puesto un periódico en las manos. Por el ruido que hacían, y por lo que decían, concluyó que estaban montando una cámara. Se dio cuenta de que estaba llorando. No sabía que a los adultos les pudiera ocurrir algo así. Que podían llorar sin saber cuándo habían empezado.

—No te muevas.

Una instrucción imposible. Como «que no te pique».

—Estate quieto.

Estate quieto...

Se estuvo quieto y las lágrimas rodaron bajo la capucha. Nadie dijo nada, pero sonó un zumbido que podía proceder de la cámara; un crujido que le costó un poco identificar: eran las páginas del periódico, que se rozaban por el temblor. Y pensó: no es suficiente ruido. Debería gritar. Debería ponerse a maldecir a pleno pulmón, que se enteraran aquellos cabrones de que no tenía miedo de unos cagones barriobajeros como ellos; tenía que gritar, maldecir y protestar, pero no lo hizo. Porque una parte de él le decía: «Si blasfemas, a lo mejor no les caes bien. A lo mejor creen que eres una mala persona. Y si lo creen, vete a saber qué podrían hacer.» Su vocecilla interior siguió gimiendo esa clase de consejos mientras el papel crujía y la cámara zumbaba, hasta que al fin uno de los cómicos dijo: «Vale», y se acabó el zumbido. Le arrancaron el periódico de las manos. Lo sacaron de la silla a empujones.

Al caer se mordió el labio y tal vez fuera en ese momento cuando empezó a llorar. Sin embargo, sin darle tiempo a hacer siquiera el menor ruido, notó una cabeza pesada junto a la suya que le susurraba un mensaje horrible al oído, acompañado de un hedor insoportable a cebolla, para que el significado de sus palabras le estallara en lo más profundo de la mente, y luego los hombres desaparecieron y a él se lo tragó la oscuridad. Y la vocecilla de su cabeza tomó aire por última vez, porque ya había llegado a entender de verdad lo que estaba ocurriendo y sabía que no tenía la menor importancia que lo considerasen mejor o peor persona, que maldijera o que cumpliera dócilmente sus órdenes, porque hacía mucho tiempo ya que aquellos hombres habían decidido qué podía y qué no podía ser él. Bastaba con el color de su piel. Con que no compartiera su religión. Les molestaba su presencia, su mera existencia; representaba una ofensa para ellos. Podía maldecir, o ponerse de rodillas y chupársela de uno en uno: daba lo mismo. Su delito era ser quien era. Su castigo sería el que ya tenían decidido.

«Te vamos a cortar la cabeza.»

Eso le había dicho la voz.

«Lo vamos a enseñar en la red.»

Eso había dicho.

Puto paqui.

Hassan rompió a llorar.

7

El horrendo pub de la acera de enfrente servía algo parecido a comida, y era tan grande que ofrecía recovecos discre-
tos. River hizo su pausa para la comida tan pronto que casi
podía considerarse como un desayuno tardío, pero pensó
que, como la Casa de la Ciénaga estaba absorta en las noticias de la mañana, nadie se daría cuenta. Necesitaba hacer algo que no implicara papeleo; quería saborear algo
parecido a la actividad de Spider Webb. Encendió el portátil y le enchufó el lápiz de memoria. Técnicamente estaba cometiendo un delito, pero River estaba enojado. En la
vida de un hombre joven siempre hay momentos en los que
esa razón parece suficiente.

Al cabo de diez minutos, le parecía mucho menos
que eso.

El bocadillo de beicon que había pedido seguía intacto;
el café era una basura imbebible. Con la taza a un lado, el
plato al otro y el portátil en medio, iba avanzando por los
documentos que Sid le había robado a Hobden. Pero no podía ser, decidió River. No podía ser, salvo que...

—¿Qué haces?

La expresión de culpabilidad que asomó a la cara de
River no habría sido mayor si lo hubieran pillado viendo
porno infantil.

—Trabajar —contestó.

Sid Baker se sentó frente a él.

—Para eso tenemos un despacho.

—Tenía hambre.

—Ya lo veo —dijo ella, clavando la mirada en su bocadillo intacto.

—¿Qué quieres, Sid?

—He pensado que a lo mejor te estarías emborrachando.

—¿Y...?

—Y me ha parecido que no sería una jugada inteligente.

River cerró el portátil y preguntó:

—¿Qué está pasando?

—Ho dice que es un bucle.

—No me he dado cuenta.

—Tú no eres Ho. Dice que dura treinta y siete minutos, o treinta y ocho.

—O sea, no es en directo.

—Pero sí es de esta mañana. Se sabe por...

—Por el periódico, claro, eso ya lo he pillado. ¿Y lo han podido ubicar?

—Ho dice que no hay manera. Han ido rebotando la transmisión desde servidores repartidos por la mitad del planeta. Cuando consigues llegar al siguiente en la cadena, te llevan treinta aparatos de ventaja. Eso lo dice Ho, claro. Tal vez el Centro Nacional de Escuchas tenga más posibilidades.

—¿Es demasiado complicado para ser falso?

—Mientras no sepamos quién es el chico —dijo Sid— y quién lo ha secuestrado, nadie descarta ninguna posibilidad. Pero como está mirando el mundo entero, nosotros tenemos que dar por hecho que es de verdad.

River enderezó la espalda.

—Eso ha sido conmovedor. ¿Nosotros?

Sid se sonrojó.

—Ya me entiendes. Además, todo eso no sirve para contestar mi pregunta. ¿Qué haces aquí?

—Por lo visto, perderme alguna arenga.

—¿Alguna vez contestas directamente a algo?

—¿Y tú?

—Ponme a prueba.

—¿Cuánto investigaste a Hobden?

Hubo un cambio en la mirada de Sid.

—No mucho.

—Pero sí lo suficiente para averiguar dónde desayuna.

—Eso no tiene ninguna dificultad, River.

—No sueles llamarme River.

—No suelo llamar River a nadie. No es un nombre común.

—Échale la culpa a mi madre. Tuvo una fase hippy. ¿Te dijo Lamb que no se lo contaras a nadie?

—No, me dijo que lo colgara en un blog. Lo encontrarás en vaya pregunta tan estúpida punto gov punto UK. Me toca: ¿Qué sabes tú de Hobden?

—Periodista popular en otros tiempos. Alborotador de izquierdas, se desplazó a la derecha al hacerse mayor. Ha terminado escribiendo columnas sobre el porqué de las cosas para la prensa más provinciana, en las que explica que todos los problemas del país proceden de la inmigración, del estado del bienestar y de un tipo llamado Roy Jenkins.

—Ministro de Interior de los laboristas en los sesenta —dijo Sid, con un punto de dulzura en la voz.

—¿Cogiste Historia de optativa en la secundaria?

—Google.

—Qué bien. En cualquier caso, es la clásica información de coronel retirado, sólo que en su caso tenía unos cuantos periódicos nacionales en los que hacer ruido. Y algún discursito de vez en cuando por la tele, en *Question Time*.

—Mejor que soltar sermones en las fiestas del vicario —dijo ella—. Total, que ése es Robert Hobden. De joven iracundo a viejo carroza quejica en veinte años.

—Una trayectoria común.

—Sólo que en su caso ha sido más severa. Y cuando se supo que cobraba un sueldo del Partido Patriótico Británico, su carrera se hizo añicos.

137

—El último bastión de la nación, como se dice en su web.

—Compuesto por los que creían que el Partido Nacionalista Británico se había vuelto demasiado blando.

River descubrió que se lo estaba pasando bien.

—Y no estaban dispuestos a permitir que una bisoñez como la corrección política estropeara los valores de toda la vida.

—Un enfoque directo, creo que lo llamaban —apuntó Sid.

—Lo llamaban matar paquis a palos —dijo River.

—Lo normal habría sido mantener esa filiación en secreto.

—No es tan fácil, teniendo en cuenta que la lista de miembros se publicó en internet. —En ese momento compartieron una sonrisa—. Y eso puso fin a una carrera casi gloriosa —dijo River.

Recordó las palabras de su abuelo. «No lo excomulgaron por sus creencias. Fue porque se supone que uno debe mantener ciertas creencias a escondidas si no quiere que lo excomulguen.»

Todo eso con una única hora de búsqueda en la red, la noche anterior, al llegar a casa.

—¿De veras fue el servicio secreto quien filtró esa lista?

River alzó los hombros.

—Probablemente. ¿Lamb no lo insinuó?

—No insinuó nada. No.

—Dirías eso aunque fuera lo contrario.

—Debe de ser muy frustrante para ti. ¿Sabes que es la conversación más larga que hemos tenido?

Habían batido el récord dos veces en el mismo día.

—¿En serio que has leído *Ashenden o el agente secreto*?

—¿Entero, quieres decir?

—Ya me has contestado.

—Como juego a Trivial en los bares, me sé los títulos de muchos libros que no he leído. —En ese momento, Sid se fijó en el portátil—. Bueno, pero ¿qué haces? ¿Sigues con esas transcripciones?

Sin darle tiempo a contestar, estiró un brazo, le dio la vuelta al ordenador y abrió la pantalla. Se encontró con la columna de números que él estaba mirando antes de su llegada.

—Pi, pi —dijo Sid.

—El baño está al fondo, como siempre.

—Qué gracioso, jaja. Son las cifras del número pi.

—Ya lo sé.

Sid bajó el cursor por la columna.

—Por lo que parece, hasta un millón de dígitos.

—Ya lo sé.

River encaró el portátil hacia él y cerró el documento. De los quince que contenía el lápiz de memoria sólo había abierto siete, pero en todos aparecían sólo las cifras del número pi, hasta lo que parecía un millón de dígitos.

Estaba dispuesto a apostarse su bocadillo intacto de beicon a que los otros ocho contenían lo mismo.

Sid seguía esperando. Arqueó una ceja.

—¿Qué?

—Entonces ¿qué haces? ¿Memorizarlas?

—Nada.

—Claro —dijo ella—. Nada.

River cerró el portátil.

—¿Sueles pasar la hora de la comida en el pub? —preguntó Sid.

—Sólo cuando quiero intimidad.

Ella dijo que no con la cabeza.

—Pub viene de *público*. El propio nombre ya te lo dice. —Miró la hora en su reloj—. Bueno, ya he comprobado que sigues vivo. Será mejor que vuelva.

—¿De veras le robaste los documentos a Hobden?

Se lo había dicho el D. O.: «Muchas preguntas se quedan sin respuesta porque a nadie se le ocurre plantearlas.»

—Ya hemos hablado de eso.

—Cuéntamelo otra vez.

Sid soltó un suspiro.

—Es un hombre de costumbres. Se toma el café cada mañana en el mismo sitio. Lo primero que hace es vaciar el contenido de los bolsillos encima de la mesa. Eso incluye su lápiz de memoria. —Esperó, pero River no dijo nada—. Derramé un café para armar follón. Cuando se levantó a pedir un trapo, cambié su lápiz por uno falso y lo descargué en mi portátil. Luego, deshice el cambiazo. —Se detuvo—. El portátil es el que tú entregaste en Regent's Park.

—Miraste los documentos.

—Por supuesto que no.

Había maneras de saber si alguien mentía. La dirección en que miraban los ojos, por ejemplo: izquierda para recordar, derecha para inventar. Pero los ojos de Sid estaban clavados en los de River. Y eso quería decir que no estaba mintiendo, o que se le daba muy bien mentir. Al fin y al cabo, los dos habían seguido los mismos cursillos.

—Vale, entonces...

Pero Sid se había ido ya.

River negó con la cabeza y volvió a concentrarse en su portátil. Tan sólo le costó cinco minutos confirmar que todos los documentos contenían lo mismo: hilos interminables de cifras que trazaban el mapa de un círculo infinito. Así que, salvo que Hobden hubiera encontrado un uso totalmente nuevo para el número pi, parecía poco probable que aquella información fuera la que buscaba Regent's Park. Por lo tanto, o Hobden era el clásico paranoide total que exhibía copias falsas de sus secretos verdaderos, o Sid había hecho trampa.

O estaba pasando algo más y River no se estaba enterando.

Eso parecía posible. Parecía absolutamente probable... Dejó abandonado el bocadillo y se dirigió a la Casa de la Ciénaga.

Allí se encontró de nuevo con una actividad colectiva. Cuando llegó al rellano, Louisa Guy y Min Harper lo llamaron al despacho de Ho, como si estuvieran esperando alguien con quien compartir una noticia.

—Están pasando una peli nueva.

—¿Nueva?

—Nueva.

Eso lo dijo Ho, que estaba delante de la pantalla. Los demás lo rodeaban, Sid entre ellos.

—El primero era un bucle —explicó Ho.

Aunque lo dijo sin una inflexión particular, todos entendieron el significado oculto de sus palabras: el primero era un bucle y él se había dado cuenta y los demás no.

—Ahora hay otro. También es un bucle.

River se puso a un lado, esquivó todos los cuerpos que se le interponían y consiguió ver por primera vez la pantalla.

—Y —apuntó Struan Loy— no te lo vas a creer.

Pero River ya se lo estaba creyendo, porque lo veía en la pantalla de Ho: mismo escenario que antes, sólo que ahora el chico no llevaba capucha. Se le veía perfectamente la cara, y no era la que todos habían imaginado.

Alguien dijo:

—Eso no significa que no sean islamistas. Los secuestradores, quiero decir.

—Según quién sea el chico.

—Al final resultará que es un soldado, un soldado musulmán. Exactamente la clase de víctima que andan buscando.

—No tiene pinta de soldado —señaló Sid Baker.

Cierto, no la tenía. Parecía flojo y soñoliento. También muerto de miedo, y es cierto que hasta un soldado puede estar muerto de miedo, pero era algo más profundo: sus rasgos tenían ese lustre ingenuo, que es lo primero que se les quita a los soldados, a patadas.

—Por eso le hacían llevar guantes —dijo Sid—. Para que no se viera el color de la piel.

—¿Cuánto dura el bucle? —preguntó River.

—Doce minutos. Doce y pico —dijo Ho.

—¿Por qué hacen eso?

—Una filmación constante sería más fácil de rastrear. O al menos no tan imposible. —Ho suspiró. Le encantaba que la gente se diera cuenta de que sabía mucho de lo suyo, pero no soportaba tener que explicarlo—. Se produciría un mínimo corte en la transmisión cada vez que cambiaran de ordenador. Si la red se limita a un número determinado de servidores, podríamos encontrar ahí una pista para seguirles el rastro.

—¿Qué es eso del fondo? —preguntó Catherine Standish.

River no se había dado cuenta de que estaba allí.

—¿El qué?

—Por detrás de su hombro izquierdo.

Había algo apoyado en la pared, un par de metros más allá del chico.

—Un trozo de madera.

—Una especie de mango.

—Creo que es un hacha —dijo Catherine.

—Joder...

Loy seguía preocupada por la identidad del chico.

—Si no es un soldado, a lo mejor es alguien importante. A saber quiénes serán sus padres.

—¿Algún desaparecido entre la lista de diplomáticos?

—Bueno, quizá sí. Pero a nosotros no nos lo dirían. Además, si el chico fuera importante, los secuestradores lo habrían hecho público. Aumenta su valor.

—De acuerdo, no es ningún soldado —convino Sid—, ni un crío de alguna embajada. ¿Quién es?

—Uno de los suyos, y creen que los ha traicionado.

—O lo han pillado con un pastel.

—O con media pinta y una revista de jazz —apuntó Loy.

—Aunque a lo mejor no —repuso River.

—¿Qué quieres decir?

—A lo mejor es un chico pillado al azar, uno que por casualidad tenía el color de piel adecuado.

—¿A ti te parece que ése es el color de piel adecuado? —preguntó Ho.

—Depende de quién lo haya secuestrado —dijo Sid—. Querías decir eso, ¿no?

River asintió.

—Eso ya lo habíamos repasado, ¿no? Espadas del Desierto, Ira de Alá. Da igual cómo se llamen. Son Al-Qaeda.

—Salvo si resulta que no lo son.

Jackson Lamb apareció entre ellos sin ninguna fanfarria. Se quedó mirando fijamente la pantalla unos quince segundos y luego dijo:

—Es paquistaní.

—O indio, o de Sri Lanka, o...

En tono plano, Lamb insistió:

—Es paquistaní.

—¿Sabemos su nombre? —preguntó River.

—¿Cómo coño quieres que lo sepa? Pero los secuestradores no son de Al-Qaeda, ¿no?

El hecho de que él hubiera estado a punto de decir lo mismo no impidió a River contradecir a su jefe:

—No se descarta.

—Además —dijo Ho—. ¿Quién más puede ser? ¿Cortarle la cabeza en directo a un crío? Eso sólo lo hace...

—Idiotas —dijo Lamb—. Sois unos idiotas.

Con una mirada lenta los abarcó a todos: River, Sid y Ho; Min Harper y Louisa Guy; Struan Loy y Kay White; dio la impresión de que se concentraba en Catherine Standish con un desdén particular.

—Ahora ya están las cartas sobre la mesa. ¿No lo entendéis? Como ellos cortan cabezas, nosotros también podemos hacerlo. Éste es el plan general que se esconde tras esta obra de teatro. Alguien usará la expresión «responder a las balas con fuego». Algún otro capullo dirá que lo que funciona en Karachi también funciona en Birmingham.

—Pilló a Loy a punto de abrir la boca—. O donde sea. —Loy la cerró—. Creedme, es paqui porque ésa es la abreviatura de los estúpidos para decir «musulmán». Y quienesquiera que sean los que lo tienen atado a esa silla, no son de Al-Qaeda. Lo tienen atado a la silla porque él es de Al-Qaeda, o porque les sirve a tal efecto mientras no puedan pillar a los de verdad. No son los zumbados islamistas declarándole la guerra al perrito faldero de satán. Son zumbados locales convencidos de que se la están devolviendo al enemigo.

Nadie dijo nada.

—Qué decepción. ¿Nadie considera que he dicho un disparate?

River habría sido capaz de arrancarse la lengua antes de reconocerle que a él también se le había ocurrido.

—Si tiene razón, ¿por qué no lo han dicho? ¿Por qué lo han mantenido a escondidas hasta ahora?

—Yo haría lo mismo —dijo Lamb—. Si quisiera captar la máxima atención, empezaría haciendo creer a todo el mundo que sabe lo que está pasando. Así, cuando llegara la hora de explicar de verdad de qué va el asunto, la gente ya tendría formada una opinión.

Y estaba en lo cierto, pensó River. El gordo cabrón probablemente estaba en lo cierto. En todas partes la gente estaría haciendo a estas alturas lo que acababa de decir Lamb: reconfigurar su opinión anterior de que se trataba de un acto de extremismo islamista. Y se preguntó cuántas de estas personas experimentarían un breve ataque de hipo antes de sentir de nuevo una civilizada indignación; un instante en el que se colaría la noción de que aquella horrible amenaza, aunque no fuera justa ni digna, implicaba al menos un cierto equilibrio.

—Ya no lo aguanto más —dijo Catherine. Y se fue.

—Por cierto —dijo Lamb—, doy por hecho que esta reunioncita vuestra significa que todos habéis terminado vuestras faenas. Porque quiero copias impresas a las tres. Acompañadas de una explicación de diez puntos sobre por qué es tan importante que nos concedan una extensión de seis meses para cada una de esas faenas. —Miró alrededor. Nadie parpadeó—. Bien. Porque no queremos que nos retiren todo el crédito por parecer una banda de capullos inútiles, ¿verdad?

En el monitor de Ho, un temblor casi imperceptible señaló que la filmación llegaba al final del bucle y volvía a arrancar. La cara del chico seguía pareciendo blanda y lustrosa, pero sus ojos eran dardos en la oscuridad.

—¿Dónde está Moody, por cierto? —preguntó Lamb.

Pero nadie lo sabía. O nadie lo dijo.

8

Un cormorán recorría el Támesis arriba y abajo, surcando el río entre el puente de Hungerford y el muelle de Canary. Ella no sabía demasiado sobre el comportamiento de los pájaros —ni siquiera estaba segura al cien por cien de que aquello fuera un cormorán—, pero sospechaba que si se presentaba otro habría jaleo: saldrían plumas volando y el perdedor acabaría en la parte baja del río, buscándose una vida más tranquila. Era lo que solía ocurrir cuando estaba en juego el territorio.

Por ejemplo, aquel mismo espacio: un banco en el que una podía sentarse dando la espalda al Globe. Cada hora pasaba un torrente de turistas, y los tragafuegos, los músicos callejeros y los poetas itinerantes vigilaban con celo sus territorios en ambas direcciones; si alguno se metía en terreno ajeno podía provocar una pelea a puñetazos, o incluso a navajazos. Para el cormorán, el premio era su comida; para los buscavidas, el dinero de los turistas. Pero ninguno de ellos conocía el verdadero valor de aquel espacio, que residía en su condición de punto ciego. El banco en el que se había sentado Diana Taverner quedaba en un pasillo de doce metros que sobrevivía en el limbo de las cámaras de circuito cerrado. Era como un pequeño armario al aire libre y podía disponer a solas de él gracias a una salpicadura asquerosa de mierda de pájaro que lo recorría casi por completo; una marranada repugnante que garantizaba que hasta el más cansado de los turistas buscara otro sitio en el que reposar sus huesos, aunque, de hecho, se trataba de una funda impresa.

Libre al fin de miradas, y ataduras, Taverner se encendió un cigarrillo e introdujo en su sistema corporal una bocanada de dulce veneno. Como casi todos los placeres, éste también disminuía cuanto más se entregaba a él. En circunstancias normales, a Lady Di solía durarle un mes cada paquete, pero algo le hacía pensar que ese día podía batir algún récord.

Una luz tenue se extendía sobre el río. Ambas orillas producían los sonidos habituales: el traqueteo y los bocinazos del tráfico de la ciudad; el zumbido constante de un millón de conversaciones. En lo alto, los aviones hacían cola para Heathrow, mientras un helicóptero, más cerca del suelo, descubría un atajo entre un lado de Londres y el opuesto.

Taverner soltó el humo, que se quedó suspendido en el aire un par de segundos y luego se desvaneció como una ensoñación. Un corredor que pasaba por ahí alteró su rumbo para evitar la humareda. A la hora de garantizar la preservación de la soledad, fumar era casi tan útil como la mierda de pájaro falsa. Aunque al cabo de uno o dos años probablemente se convertiría en un delito por el que podrían arrestarla.

Aquella necesidad de nicotina se debía a que acababa de salir de la tercera reunión del día; ésta con la gente de Límites, lo que antes se llamaba Dirección y Supervisión. No estaba del todo claro si bajo aquel cambio de nombre había un cierto sentido del humor. Límites era una mezcla entre un colegio mayor de Oxford y Cambridge y un andén ferroviario: una banda de genios sin personalidad, mezclados con unos cuantos veteranos endurecidos por la experiencia real. Si buscabas un consenso, era más fácil encontrarlo en un debate público sobre el sexo de los ángeles. Los del traje odiaban las operaciones porque costaban dinero; los veteranos las adoraban porque sabían que de las buenas operaciones se sacaba oro puro. A juzgar por su aspecto,

Taverner pertenecía a los del traje; pero en el fondo de su corazón prefería a los veteranos, a los de la práctica real. Además, si se quitaban las operaciones del currículum, la seguridad consistía en poco más que ponerse un casco y lucir una placa brillante. En lo que concernía a la guerra contra el terrorismo, sería como ponerse a cavar trincheras y repartir cascos de latón.

Todas las carpetas que había llevado a esa reunión tenían el mismo color beige; todas lucían un sello con la fecha, estampado quince minutos antes; todas llevaban el logo «MOZART», que era el que se atribuía ese año a la clasificación secreta de nivel A. Habían circulado por la mesa aún más deprisa que las pastitas.

Durante un rato casi reinó el silencio.

Al final, abrió la boca uno de los trajeados:

—¿Está segura de esto?

—Por supuesto.

—¿Humint?

Un resoplido. A los veteranos les encantaba que los advenedizos se dieran de bruces con los términos de la jerga.

—Con recursos de inteligencia humana —contestó Taverner—, sí.

—Y esta brigada de Albión...

Alguien intervino para decir:

—¿Podemos seguir las normas, por favor?

Se produjo un carraspeo general, ruido de remover papeles.

La tradición mandaba que las reuniones de Límites estuvieran pautadas al detalle, tanto si la convocatoria designada era abierta, y por lo tanto grabada, como si era cerrada, y, en consecuencia, oficialmente se suponía que no iba a quedar huella. Así que hubo que seguir las normas: fecha, hora, quién estaba presente. En la presidencia, Leonard Bradley, de la parroquia de Westminster. En el sillón caliente, Lady Di. Aunque nadie la llamaba así.

—Por si alguien no lo sabe, la señora Tearney, Ingrid, está en Washington esta semana. De lo contrario habría venido, por supuesto. Agradecemos que Diana haya ocupado su lugar, pero es que todos conocemos sus capacidades como Segunda. Diana.

—Gracias, Leonard. Buenos días a todos. —Le respondieron con un murmullo. Ella dio unos toquecitos a su carpeta—. Lo primero que se ha sabido de esto ha sido a través de un blog de la BBC, donde saltó a las cuatro y veintidós de la madrugada.

—Lamento interrumpir —dijo uno de los trajeados. Su manera casi ruidosa de entornar los ojos sugería que eso no era del todo cierto—. Este tipo de entradas ¿no podían rastrearse por medio de...? Creo que lo llaman...

—Si tuviéramos un rastro —dijo Diana Taverner— no haría falta celebrar esta reunión. Lo habríamos arreglado todo antes de la hora de emisión del primer telediario.

Bradley hizo un gesto con la mano que habría parecido más completo si hubiera sujetado con ella un trozo de tubería.

—Tal vez deberíamos permitir que Diana termine. O que empiece.

—Hassan Ahmed —dijo ella—. Nacido en Birmingham en 1990. Sus abuelos llegaron de Islamabad a principios de los setenta. Su abuelo montó un negocio de muebles que heredó su padre cuando se jubiló el viejo. Hassan es el más joven de cuatro hermanos y está en segundo en la Universidad de Leeds. Empresariales. Comparte piso con otros tres estudiantes pero, según todos los testimonios, es un muchacho tímido. No se le conoce ninguna novia, ni novio tampoco. Su tutor sería incapaz de distinguirlo entre una multitud. Forma parte de una sociedad de estudiantes para cómicos novatos que se hace llamar Quien Ríe Último, pero allí no hay nadie que pueda decir gran cosa sobre él. Está claro que no es de los que llaman la atención. —Hizo una pausa para beber un sorbo de agua—. Es musulmán, pero sólo nominalmente. Antes de ir a la universidad acudía con frecuencia a la mezquita local, que no está, ni ha estado nunca, en ninguna lista de vigilancia. Sin embargo, en su vida doméstica es secular y parece que su padre en particular concibe la mezquita como una red de contactos. No hablan urdu en casa y ni siquiera está claro si Hassan lo sabe hablar. No hay constancia de que haya tenido relaciones con influencias radicales, ni tampoco se lo ha visto en marchas o manifestaciones. Su nombre apareció en una recogida de firmas en contra de las condenas del 21J, pero puede que fuera falsificada. Y aunque no lo fuera, tal vez sólo signifique que estaba por ahí cuando estaba en marcha la petición de firmas.

Cuando volvió a dejar el vaso en el posavasos, se aseguró de que quedara exactamente en el centro.

—Es un retrato sucinto y todos sabemos que a veces surgen radicales ardientes de los medios más moderados, pero no hay absolutamente nada que invite a pensar que Hassan pueda ser más que lo que aparenta. Un estudiante británico de origen asiático que se está sacando una licenciatura. En cualquier caso, sabemos que lo secuestraron anoche, al salir del club de monólogos cómicos, cuando iba de camino a casa, tomando un atajo desde el aparcamiento. Los secuestradores...

—¿Tiene coche? —preguntó alguien.

—Se lo regaló su padre —aclaró Taverner.

Esperó, pero por lo visto la respuesta había sido satisfactoria.

—Los secuestradores se hacen llamar La Voz de Albión.

Le tocó a Leonard Bradley el turno de inclinarse hacia delante, con todo el rostro arrugado en una máscara de perplejidad que le encantaba ponerse cuando estaba a punto de pinchar el globo de una exposición ajena.

—Si me perdonas...

Ella lo invitó por señas a proseguir, como haría cualquier conductor para dirigirse a un chófer de autobús simpático.

—Creía que no habíamos tenido ningún contacto real con esos secuestradores. Y sin embargo, ¿ya los habéis identificado? Un trabajo inteligente. Muy inteligente.

Recibió un par de murmullos de connivencia.

—No ha habido ningún contacto, no —dijo Diana Taverner—. Es decir, no nos han exigido nada, ni se han identificado a propósito de este... eh, episodio en concreto.

—Pero los tenéis vigilados.

—Creo que estaremos de acuerdo en que eso va más allá de nuestras atribuciones.

—Absolutamente. Absolutamente. Sin duda, no podría estar más de acuerdo.

En la otra punta de la mesa, Roger Barrowby chasqueó la lengua.

Barrowby tenía el cabello rubio y ralo, y una barbilla prominente en cuya punta tenía por costumbre apoyar la yema de un dedo, como si pretendiera convencerla para que se encajara en el mentón. En cambio, parecía que sí había puesto remedio a lo de la caspa.

—¡Roger! —Bradley no hubiera podido usar un tono más cordial ni en una barbacoa—. ¿Alguna interrupción? ¿Algo que objetar?

Su amabilidad se podía cortar con un cuchillo. Taverner se preguntó por qué se odiarían tanto.

—Una observación, Len. Sólo una observación.

—¿Te gustaría compartirla?

Barrowby respondió:

—Que hemos tenido suerte, nada más. ¿Tenemos un informe de vigilancia sobre una banda de pensadores originales justo cuando van a dar un golpe? O sea, ¿con qué frecuencia ocurre algo así?

Muy a su pesar, Taverner sonrió al oír lo de los pensadores originales.

—Podríamos discutir sobre caballos regalados y planes dentales —dijo Bradley—. Pero tal vez Diana tenga su propia visión de este asunto.

—Un informe de vigilancia sería mucho decir —explicó Diana—. Son uno de los diecisiete grupos que tenemos vigilados en este momento, que también son muchos. Pero es que hace tiempo que nos llegaban rumores de que había algo así en el horizonte. Y...

—¿Perdón?

Otra vez Barrowby.

—¿Rumores?

Taverner estaba dispuesta a contestar, pero sabía que no había posibilidad de que el comentario colara ante los veteranos, que respondieron a coro:

—Ése no es nuestro cometido, Roger.

—Ni de lejos.

—El modo en que se haya obtenido la información es algo que queda fuera de la esfera de este comité.

—Por supuesto —convino Barrowby—. Pero ya que vamos a pagar la cena, podríamos echarle un vistazo a la carta, ¿no?

—Ya controlaremos las cuentas cuando se cierre el ejercicio económico —intervino alguien—. Pero el reparto de gastos de Operaciones es cosa suya.

Bradley asintió.

—Nos dejan probar las salchichas, Roger —dijo—, si me permites que siga con tu metáfora. Pero no podemos mirar mientras las cocinan.

Barrowby levantó las manos como si se rindiera.

—Diana. Perdóname. Os llegaron rumores. Adjudicasteis recursos. Me parece bien. Parece que tú, o la señora Tearney, tomasteis la decisión adecuada, desde el punto de vista operativo, claro.

Sin entrar a discutir en qué medida había participado Ingrid Tearney, Diana siguió hablando:

—Tal como decía, no es un informe de vigilancia. Es decir, no es que los estuviéramos vigilando directamente. De lo contrario, esta gamberrada no se habría producido. Y eso, estoy de acuerdo, sí que habría sido pura suerte. Tal como están las cosas, estoy segura de que podremos liquidar el asunto en breve.

—Antes de que le corten la cabeza al joven Hassan —apuntó Leonard Bradley.

—Exactamente.

—Bueno, no hace falta detallar la parte del problema relacionada con la imagen pública, ¿verdad? A la hora de la cena, la mitad del país que aún no está viéndolo ya estará pegada al televisor. —Bradley echó un vistazo a los papeles que tenía delante—. La Voz de Albión, ¿eh? Me impresionaría más si cupiera alguna posibilidad de que estos paletos hayan leído a Blake de verdad.

El comentario fue recibido en silencio.

—¿Nuestros amigos de azul? —dijo Bradley.

—Aún no hemos hecho públicos los detalles, la conexión con La Voz de Albión —aclaró Taverner—. Lo haremos si es necesario, pero estoy convencida de que mañana a estas horas estaremos en condiciones de ofrecerles el paquete entero.

—¿Al chico lo secuestraron en el centro de Leeds? —preguntó alguien.

—No exactamente en el centro. En Headingley.

—¿Allí no hay circuito cerrado de televisión? Tenía la sensación de que nadie podía cruzar la calle sin convertirse en estrella de la tele.

—Parece que el sistema de control del tráfico estuvo apagado anoche durante seis horas, desde poco antes de la medianoche hasta hace un rato. Mantenimiento rutinario, por lo que me cuentan.

—Vaya casualidad.

—Lo estamos comprobando. Bueno, la policía. Pero no creo que los de Albión puedan llegar a tanto. Si os queréis hacer una idea del alcance que tienen, encontraréis una impresión de su página web en la carpeta.

Se oyó un roce de papeles generalizado.

Bradley alzó la mirada.

—«Pureza nacinoal» —remarcó, con repugnancia. No quedó claro si lo que tanto le dolía era el concepto o la errata.

—No es que nos enfrentemos a los más listos de la clase —convino Taverner.

—¿No se les puede seguir la pista desde la web?

—Bueno, en eso sí han demostrado inteligencia. El servidor está en Suecia, donde se toman muy en serio los privilegios de los clientes. Conseguir los detalles nos llevará tiempo. Más que el plazo que nos han dado. Pero permitidme que repita que estoy plenamente convencida de que esa banda estará encerrada antes de que dicho plazo se cumpla.

En ese momento, Bradley volvió a hacer aquel gesto suyo con la mano y dijo:

—Dejadme decir que, por nuestra parte, ¿o quizá debería decir «nuestras partes»?, agradecemos a Diana que nos haya brindado un retrato tan extraordinariamente completo en un tiempo tan extraordinariamente corto. Y que del mismo modo le agradeceremos que nos informe cada hora de los progresos que nos acerquen a una conclusión rápida y feliz.

Se oyó una llamada a la puerta y entró Tom con una hoja doblada en la mano. Sin decir palabra, se la entregó a Diana Taverner y se fue.

Taverner la desplegó y la leyó en silencio. Su expresión no reveló ni la menor pista acerca de si la información que contenía le llegaba de nuevas, si confirmaba algo que ya sospechaba antes, o si le aportaba una información meteorológica atrasada y correspondiente al lugar equivocado. Sin embargo, en cuanto alzó la mirada, se produjo un cambio en el ambiente.

—Hay una novedad. Habrá copias enseguida.

—Tal vez podrías... —la incitó Bradley.

Podía. Y lo hizo.

—Señores, más bien parece que no se trata de un secuestro al azar como creíamos.

La nueva información exigía como mínimo el mismo grado de acción que de cháchara. A Diana Taverner le correspondía irse de allí para encargarse de la acción, mientras que a todos los demás les tocaba mantener viva la cháchara. O a casi todos. Estaba a medio camino del ascensor cuando Barrowby la atrapó, casi literalmente: cuando ella se dio la vuelta, él estaba ya a punto de agarrarle el brazo. A cualquier hombre más sensible que él, la mirada que le clavó Diana le habría sobresalido un palmo por detrás de la espalda.

—No es un buen momento, Roger.

—¿Y cuándo lo es? Diana, esta nueva información...

—Sabes tanto como yo.

—Lo dudo. En cualquier caso, no cambia nada, ¿no?

—¿Te parece? ¿Ni siquiera un poco?

—Lo que quiero decir es que se te veía muy segura antes de que llegara esto, que ahora parece una bomba. La identidad del secuestrado no cambia la dificultad de tu trabajo.

—¿Has dicho «que ahora parece»?

Cada vocal era un témpano.

—He escogido mal las palabras. Sólo quería decir que tienes un infiltrado en el caso, ¿no? No se consigue una información como lo de Mozart con escuchas telefónicas elegidas al azar, o con listas de solicitudes de crédito denegadas.

—Me encanta escuchar la opinión de un experto, Roger. Recuérdame cuándo fue tu momento de gloria. ¿En Beirut? ¿En Bagdad? ¿O en el bar del Frontline Club?

Pero a él le entró por un oído y le salió por el otro.

—Sólo quería decir que no es el tipo de trabajo que hacen los de la Casa de la Ciénaga. —Soltó una risa autocomplaciente, como un ladrido—. Con la esperanza de que los pesos muertos se aburran y abandonen el barco. Esto tiene más nivel. Por eso. Tenéis un infiltrado.

Diana Taverner acuchilló el botón del ascensor con su dedo índice.

—Sí, Roger. Tenemos un infiltrado. Así es como funciona la captación de información.

—Y sin embargo, ¿él no se había enterado de este último cambio?

—Si lo supiera todo, no sería tan sólo un infiltrado, Roger. Sería la Wikipedia.

—Entonces ¿está muy cerca de la acción, o no?

—Bastante cerca.

—Qué casualidad.

—Eso dirían algunos. Otros lo llaman previsión.

—Bueno, hay previsiones y previsiones, ¿no? No tiene demasiado mérito interpretar las runas si las has tirado tú misma.

—Eso ha quedado a la misma altura que lo de «que ahora parece», Roger. ¿Estás intentando decirme algo?

Llegó el ascensor. Diana entró antes incluso de que se abriera la puerta del todo; apretó el botón de la planta baja. De hecho, lo apretó tres veces. Algún día alguien inventaría un botón que serviría para que, cuanto más fuerte lo apretaras, más deprisa ocurrieran las cosas.

—No es nada, Diana. Sólo que tal vez no sea mala idea ir con cuidado. —La puerta no llegó a cortar del todo su remate—: Ya sabes, quien con niños se acuesta...

Mientras apagaba el cigarrillo con el tacón, Diana Taverner recordó la frase: quien con niños se acuesta se levanta meado. Miró el reloj. Faltaban quince segundos para la hora.

Él se acercaba por el este. Diana lo habría reconocido incluso si no acabara de repasar su historial, justo antes de llamarlo. En Regent's Park los llamaban caballos lentos y parte de la gracia residía en que los caballos lentos lo supieran. Así que el apelativo cumplía su función: cuando alguien de la Casa de la Ciénaga se encontraba con alguien de Regent's Park siempre estaba claro quién llevaba los pantalones. Y por ahí llegaba él, acercándose con la determinación de un caballo lento, como si el mero hecho de alcanzar la meta implicara ganar una batalla. Cuando, como sabe cualquiera con un poquito de información, lo único que importa es ser el primero.

Al llegar, le dedicó una mirada medio agresiva, medio defensiva, como de amante maltratado, y luego arrugó un labio en expresión de asco por el banco.

—No es de verdad y está bastante seco.

Daba la sensación de que él tenía sus dudas.

—Por el amor de Dios. Este banco es muy útil. ¿Crees que dejaríamos cagar a las gaviotas en él?

Jed Moody se sentó.

En el agua, el cormorán estaba recorriendo otro circuito, mientras cerca del muelle de Bankside un predicador había armado un púlpito imaginario desde el que arengaba a los transeúntes. En otras palabras, todo normal.

—Me han contado que ayer te pusiste en contacto con nosotros —dijo Taverner.

—Nick es un viejo amigo mío —contestó Moody.

—Cállate. Le dijiste que Jackson Lamb estaba dirigiendo una operación, que había mandado a uno de tus colegas más jóvenes a obtener información. Que esto no es lo que se hace en la Casa de la Ciénaga y que, si lo fuera, te tocaría hacerlo a ti.

—Es verdad. Llevo seis años.

—Cállate. Lo que quiero saber es cómo lo has descubierto.

—¿El qué, señora?

Diana había mantenido hasta entonces la mirada fija en los edificios de la otra orilla, pero en ese momento se volvió hacia él.

—No te imagines ni por un instante que estamos manteniendo una conversación. Cuando te pida información, me la das. No hagas ver que no sabes de qué estoy hablando y ni sueñes con decir nada que no sea la verdad. Si no, descubrirás que hay lugares más fríos y profundos que este río, y para mí será un placer enterrarte en alguno de ellos. ¿Está claro?

—De momento, sí.

—Bien. Vale, le di una instrucción específica a Lamb sobre un encargo específico. No recuerdo haberle dicho que te informara a ti. Entonces ¿cómo te has enterado?

—Hay un micro.

—Hay. Un. Micro.

No era exactamente una pregunta. Por eso, Moody no dio exactamente una respuesta. Se limitó a tragar saliva con fuerza.

—¿Me estás diciendo en serio que has puesto un micrófono en el despacho de Jackson Lamb?

—Sí.

—Ay, la hostia. —Echó la cabeza atrás y se puso a reír. Enseguida paró—. Ay, la hostia —repitió.

—No era...

—¿No era qué? ¿No era un delito por el que te podrían condenar a...? ¿Qué, a treinta años? Con la que está cayendo...

—¿Se hace una idea de cómo es?

Pero Diana estaba negando con la cabeza: no le interesaba aquel estallido preparado de antemano. Podía sentirse frustrado, reprimido, podía tener la sensación de que lo habían usado de cabeza de turco para una cagada de la organización. Pero el hecho era que jamás habría ascendido en el escalafón. Si alguien necesitaba una definición personificada de qué era un soldado de infantería, sólo tenía que echar un vistazo al historial de Jed Moody.

—No me importa. Sólo quiero saber cómo puede ser que no lo hayan descubierto las de la limpieza. Ah, no. No me digas.

Pues no se lo dijo.

—El que limpia eres tú.

Moody asintió.

—Quien roba a un ladrón... Joder. ¿A qué más os dedicáis ahí dentro? No, ni se te ocurra empezar. No quiero saberlo.

Para cumplir su predicción, Diana Taverner sacó otra vez el tabaco. Le ofreció el paquete a Moody. Él había sacado ya el mechero y, protegiendo la llama con una mano grandota, encendió los dos cigarrillos. Durante un breve instante, la pertenencia al club de los parias del siglo XXI los unió.

—No escuchaba sin permiso —aclaró él—. Bueno, sí. Pero no era para otros. Yo antes era un Perro. Lamb me usa para investigar el historial cuando los del bar de al lado contratan un camarero. No es que crea que alguien va a infiltrar un agente por ahí. Lo que pasa es que está cabreado y no le importa que yo lo sepa.

—¿Y por qué no lo dejas?

—Porque me dedico a esto.

—Pero no eres feliz.

—Nadie es feliz en la Casa de la Ciénaga.

Taverner se concentró en su cigarrillo, o tal vez fuera sólo en apariencia. En cualquier caso, tenía buena visión periférica y se dedicó a estudiar a Jed Moody. Quizá hubiera sido útil en algún momento, pero la bebida y el tabaco habían acabado con eso, y parecía fácil apostar por que el exilio lo había condenado a esa caída en espiral. Probablemente se regodeaba en su culpa en el gimnasio; siete horas de ejercicio para compensar los fines de semana perdidos. Seguro que se engañaba, convencido de que servía para algo. Y si la verdad amenazaba con asomar la cara, se tomaba otra copa y se encendía un cigarrillo.

—¿Ni siquiera Lamb? —preguntó.

Para su sorpresa, Moody respondió sin rodeos.

—Está quemado. Es un cabrón, gordo y vago.

—¿No te has preguntado nunca por qué está en la Casa de la Ciénaga?

—¿Porque en cualquier otro lado sería un inútil?

No era tan sencillo. La única obviedad que se desprendía del hecho de que a Lamb se le permitiera reinar en un territorio propio —así fuera en una casa de locos como la de la Ciénaga— era que debía de conocer más de un cadáver encerrado en algún armario. Moody no quería sacar ese asunto a relucir ante Diana Taverner. Ella dedujo que él estaba tomando precauciones. Exactamente como a ella le gustaba que se hicieran las cosas.

El cigarrillo de Moody se había consumido ya hasta el filtro. Lo dejó caer al suelo, donde rodó hasta una grieta entre dos baldosas del pavimento.

Cuando alzó los ojos, ella lo miraba con una fijeza que despejaba cualquier duda sobre quién estaba al mando de la situación.

—Esto es lo que va a pasar —dijo Taverner—. Me vas a hacer un par de favores. Fuera del protocolo.

—Ilegales.

—Sí. Lo cual significa que si por cualquier razón algo sale mal, aunque sólo sea un poquito, y terminas encerrado en un cuarto pequeño, interrogado por unos hombres muy enojados, no existe la menor posibilidad de que yo acepte haber oído hablar de ti jamás. ¿Está claro?

—Sí —respondió Moody.

—¿Y te parece bien?

—Sí —repitió Moody.

Taverner se dio cuenta de que no mentía. Igual que otros caballos lentos en ocasiones anteriores, quería volver a jugar en la partida principal.

Sacó un móvil del bolso y se lo entregó.

—Sólo puede recibir —dijo.

Moody asintió.

—Y tira ese micrófono. Aunque la Casa de la Ciénaga sea una vía muerta, es una ramificación del servicio secreto. Si se sabe que has puesto su seguridad en compromiso, tus ex compañeros de Investigaciones Internas te descuartizarán, hueso a hueso.

Se levantó, pero en vez de alejarse directamente, se detuvo un momento.

—Ah, Moody... Una advertencia. Lamb está quemado por una razón.

—¿Qué quiere decir?

—Quiero decir que cuando estaba en activo tenía algunas preocupaciones mayores que su cuenta de gastos. Cosas como que pudieran pillarlo, torturarlo o pegarle un tiro. Sobrevivió. Tal vez quieras tenerlo en cuenta.

Lo dejó allí sentado, como un utensilio recién comprado y ya pagado. Algunos salían más baratos que otros. Y ya sabía para qué le iba a servir.

Desde la ventana, River contemplaba los coches atascados en Aldersgate, víctimas de las obras que plagaban eternamente esa calle. Sid estaba en su escritorio y su monitor seguía emitiendo el bucle de doce minutos del chico en el sótano; aunque hacía mucho ya que el avance del día había devorado los doce minutos originales, su repetición no dejaba de marcar el paso del poco tiempo que le quedaba a River.

—Un grupo de extrema derecha —dijo.

Aunque los dos llevaban un buen rato sin hablar, Sid Baker reanudó la conversación sin dejar pasar un instante:

—Hay más de uno.

River se volvió hacia ella.

—Soy consciente de ello. ¿Quieres que repase la lista de los más oscuros...

—River...

—... circos de locos, por si acaso se te ha olvidado alguno?

—No des por hecho que es la gente de Hobden. Sólo digo eso.

—¿Lo dices porque te parece más probable que sea pura casualidad que apareciera en el radar de Cinco justo el día antes de que ocurriera esto?

—En todo caso apareció en tu radar el día anterior. Supongo que en el de Cinco lo tenían localizado hace tiempo.

El abuelo de River habría sabido interpretar la terquedad que expresaba su rostro. Pese a ello, Sid siguió apretando.

—El Partido Patriótico Británico está formado por la típica banda de inútiles superficiales, dispuestos a culpar de su falta de perspectivas a cualquier grupo susceptible de convertirse en víctima propiciatoria. Cargados de cerveza, son capaces de romper unas cuantas ventanas y darle una paliza a algún tendero, seguro. Pero esto les queda muy grande.

—¿Crees que Hobden no tiene la inteligencia suficiente para armar esto?

—Inteligencia, sí. Pero ¿por qué iba a querer algo así? Además, si Cinco creyera que él está detrás, ¿te parece que se limitarían a robarle documentos? Lo tendrían encerrado en un sótano, contestando preguntas.

—Tal vez —concedió River—. O a lo mejor tiene buenos amigos en las alturas y no pueden meterlo en una furgoneta sin que alguien se moleste.

—¿Tú crees? Los mismos medios en los que antes escribía llevan ahora dos años ahorcándolo por escrito.

—Claro, porque no pueden permitirse que parezca que lo apoyan.

—Venga, por el amor de Dios. Lo ahorcan porque se lo merece. La gente en general no ve con buenos ojos sus ideas. Hace veinte años tal vez sí. Pero las cosas han cambiado.

—Y siguen cambiando. Estamos en plena recesión, por si no te habías dado cuenta. Las actitudes se han endurecido. Pero hemos cambiado de tema. Estábamos hablando de que tenemos un grupo de extrema derecha que ejecuta una acción terrorista el mismo día en que nos ocupamos de robarle datos al zumbado de extrema derecha de perfil más alto de todo el país. Eso no puede ser casualidad, de ninguna manera.

Sid se volvió hacia su monitor.

—Siempre estás diciendo que en la Casa de la Ciénaga no hacemos nada importante. ¿Cómo encaja eso con la idea de que de repente seamos la punta de lanza de todo el maldito servicio secreto? Si Hobden estuviera detrás de esto y Cinco quisiera controlarlo, nosotros ni siquiera nos enteraríamos, ¿no?

River no tenía respuesta para eso.

—Lo encontrarán. No va a pasar, River. A ese chico no le van a cortar la cabeza en directo. Ni mañana ni ningún otro día.

—Ojalá tengas razón. Pero...

Se tragó el resto de la frase.

—Pero ¿qué?

—Nada.

—Ibas a decir algo. No finjas que no.

«Pero yo he visto lo que robaste de su portátil y es un galimatías. No sé qué pretendías robar, pero no lo conseguiste. Y eso significa que, si él está implicado en esto, va por lo menos un paso por delante de Cinco, lo cual no es un buen auspicio para ese chico...»

—¿Tiene algo que ver con lo que estabas mirando en el pub?

—No.

—Estás mintiendo.

—Vale, estoy mintiendo. Gracias.

—No me jodas. Yo también mentiría si me enterara de algo que no debo saber. O sea, como somos espías y tal...

River se dio cuenta de que era un intento de hacerle reír. Le produjo una sensación extraña. Ya no recordaba la última ocasión en que una mujer había intentado hacerle sonreír siquiera. Pero no iba a funcionar.

—No era nada —dijo—. Sólo unos archivos corrompidos.

—Qué forma de corrupción tan extraña, convertirlo todo en la sucesión del número pi.

—¿Verdad que sí?

—Más bien suena a código de seguridad.

—Mira, Sid, no era nada importante. Y aunque lo fuera, no es de tu incumbencia.

A juzgar por la expresión que se asomó al rostro de Sid, iba a tardar mucho en volver a intentar provocarle una sonrisa.

—De acuerdo —dijo al fin—. De acuerdo. Perdón por respirar. —Al levantarse bruscamente, volcó la silla hacia atrás—. Hablando de respirar, este cuarto sigue apestando. Abre la puta ventana, ¿quieres?

Y se fue.

En vez de abrir la ventana, River se quedó mirando por ella hacia la calle. No había grandes cambios en el tráfico. Podía pasar allí el resto del día y esa frase seguiría siendo válida.

«No va a pasar, River. A ese chico no le van a cortar la cabeza en directo. Ni mañana ni ningún otro día.»

Albergaba la esperanza de que tuviera razón. Pero no iba a apostar por ello.

Sin embargo, la policía halló a Hassan sano y salvo.

Resultó que encontraron un testigo accidental del secuestro; desde la ventana de su habitación, una mujer había visto a unos «folloneros» —ésta fue la palabra que usó— armando bronca en la esquina de la acera de enfrente y luego meterse todos en la parte trasera de una furgoneta blanca, una Ford, y partir hacia el este. En ese momento no le había dado más importancia, pero al ver el telediario se le había despertado la memoria y había decidido llevar su pedacito de información a la policía local. En la dirección que había tomado la furgoneta había semáforos; cámaras en lo alto que vigilaban el cruce. Éstas habían captado una parte de la matrícula. El fragmento se había esparcido a lo largo y ancho del país; todas las fuerzas de seguridad del territorio lo contrastaron con avistamientos registrados de furgonetas Ford blancas en autopistas, centros de ciudades, entradas de aparcamientos. A partir de ahí, sólo era cuestión de tiempo. Sin embargo, lo que abrió el caso del todo y permitió que una unidad de respuesta armada reventara el sótano de Hassan fue un golpe de suerte en particular; por lo visto, un sintecho local había...

Hassan abrió los ojos. La oscuridad le devolvió la mirada. Los cerró de nuevo. Entraron en estampida los policías de la unidad de respuesta armada. Los abrió. No habían entrado.

No sabía que el tiempo pudiera arrastrarse con semejante lentitud.

Otra cosa que tampoco sabía: que el miedo te puede desgajar de ti mismo. No sólo de tu tiempo, sino incluso de tu cuerpo. Sentado con su capucha y su mono, como un paciente en una sala de espera surrealista, su capacidad de captar la realidad inmediata se desvaneció, y se alzó la voz aguda que solía resonar en el fondo de su mente, la misma que le ofrecía los monólogos. Temblaba, pero era claramente reconocible como suya y se esforzaba por aparentar que todo aquello no estaba ocurriendo; o que había ocurrido, pero ya había terminado y él se encontraba a salvo; mejor dicho, ya se había convertido en material para un monólogo cómico tan bueno que todo el mundo se partiría el pecho. Los demás rehenes —todos esos que se habían tirado años encadenados a un radiador— escribían libros,

163

hacían documentales, dirigían programas de radio. En cambio, ¿cuántos contaban sus historias en un monólogo cómico?

«Me decían que estaba para encerrarme.»

Pausa.

«En serio, para encerrarme.»

Y entonces el público lo pillaría; se daría cuenta de que se refería a un encierro en un sótano, con capucha y todo; no a cuando te dicen que estás loco.

Pero la voz aguda ya no pasaba de ahí. Porque la cosa no se había terminado. Con aquella peste, era imposible que se hubiera terminado: el vómito, la mierda, el pis; todo lo que el miedo había desalojado de su cuerpo para abrirse un hueco. Estaba donde estaba. No tenía público. Nunca había tenido público: había acudido todas las noches de micro abierto al Student U con la cabeza llena de material y la garganta llena de nudos, pero nunca se había atrevido a subir al escenario.

Lo más gracioso era que hasta entonces había creído que el miedo era eso. El miedo a quedar como un capullo delante de una banda de estudiantes como él, todos borrachos de cerveza; había creído que el miedo era eso. Como quien se golpea un dedo del pie con una traviesa en la vía del tren y se queda allí, dando saltos de dolor. Sin darse cuenta de que llega el tren a toda velocidad.

Un instante, de camino a casa. El siguiente, encerrado en un sótano y sosteniendo un periódico delante de la cámara.

Eso sí que era miedo.

Y esto también: «Te vamos a cortar la cabeza y lo vamos a enseñar en la red.»

Le gustaba internet. Le gustaba porque acercaba a las personas. Su generación había abrazado el planeta, se solazaba mandando tuits y escribiendo blogs, y cuando chateaba con un usuario llamado PartyDog no tenía ni idea de si era chico o chica, y mucho menos blanco o negro, musulmán o ateo, joven o viejo, y eso tenía que ser bueno, ¿no?

Aunque Hassan había leído una vez algo sobre un canalla que había visto a una mujer desplomarse en plena calle y en vez de intentar prestarle ayuda, como cualquier persona normal —o apretar el paso, como cualquier persona normal—, le había meado encima, en serio, le había meado encima y se había filmado con el teléfono mientras lo hacía y luego lo había colgado en la web para que otros canallas se rieran también. Era como si las redes dieran validez a ciertas actuaciones... Por un instante le sentó bien tener a quién culpar por todo aquello, incluso si se trataba de las redes, que difícilmente iban a inquietarse por ello.

Acto seguido, ese breve instante se desprendió también de un bloque que se volvía cada vez más pequeño, y a buen ritmo; el siguiente lo dedicó a tomar conciencia de que el anterior ya había transcurrido, así como el que pasó a continuación, y en ninguno de ellos, como en ninguno de los que llegaron después, reventaron la puerta los policías de la unidad de respuesta armada para encontrarlo sano y salvo.

Nadie habría querido cocinar algo en aquella cocina. También es cierto que allí nunca se había cocinado nada; todas las superficies estaban cubiertas por bandejas de comida para llevar y cubiertos de plástico, bolsas de papel marrón grasientas y cajas de pizza, botellas vacías de refrescos y paquetes de tabaco vacíos. Cualquier objeto que no se moviera se convertía en cenicero. El suelo de linóleo se rizaba en los rincones y una zona renegrida en la puerta trasera sugería que se había producido algún pequeño incendio en el pasado.

En el centro del cuarto había una mesa de formica con la superficie, roja, llena de cicatrices circulares de quemaduras y tajos rectos como navajazos. En el centro de la mesa había un portátil con la pantalla cerrada. Encima de él serpenteaba un surtido de cables como espaguetis eléctricos y a su lado había un trípode plegado y una cámara digital del tamaño de una cartera de bolsillo. Tiempo atrás, para comunicarse con el mundo había que llenar de aparatos un edificio entero, pero «tiempo atrás» era una manera de decir que hacía mucho de eso. Había cuatro sillas distintas dispuestas en torno a la mesa, tres de ellas ocupadas. La cuarta estaba inclinada en un ángulo extraño, sostenida tan sólo por el par de botas que la balanceaban, empujando hacia un lado y tirando luego hacia el contrario. Cada dos o tres segundos parecía que iba a volcarse, pero nunca llegaba a ocurrir.

El dueño de las botas estaba diciendo:

—Tendríamos que filmarlo.

—¿Por qué?

—Para colgarlo en internet. En vez de esos vídeos. Que todo el mundo lo vea cagarse encima de principio a fin.

Los otros dos intercambiaron una mirada.

Los tres eran machos de bulldog; diferían los cuerpos y las tallas, pero tenían eso en común: eran machos de bulldog. Si acercabas la mano a cualquiera de ellos, no podías dar por hecho que la recuperarías intacta. Abajo, en el sótano, Hassan Ahmed los llamaba Larry, Curly y Moe, y si alguna vez los presentaban en una rueda de reconocimiento los identificaría así:

Larry era el más alto y el que tenía más pelo, aunque tampoco es que hubiera demasiada competencia en ese apartado: así como los otros dos iban rapados al cero, él tenía una pelusilla leve en el cráneo que le daba hasta cierto punto un aire de autoridad, como si llevara sombrero en una sala llena de hombres destocados. Tenía el rostro flaco, con unos ojos inquietos que no cesaban de controlar la puerta y la ventana, como si alguna de las dos pudiera abrirse de golpe en cualquier instante. Llevaba una camisa blanca remangada; vaqueros negros y zapatillas deportivas recién estrenadas. Moe, por su parte, era el hombre común en todos los sentidos: más bajo que uno, más alto que el otro, con una barriguita que la camiseta negra no alcanzaba a disimular. Había cometido el error de dejarse una perilla que se toqueteaba continuamente, como si necesitara comprobar que seguía en su sitio.

En cuanto a Curly —el dueño de las botas—, parecía ser el tonto del grupo.

—No queremos poner una webcam —le dijo Larry.

—¿Por qué no?

—Porque no queremos.

—Está dejando el cuarto apestoso, como una rata en una jaula. Deberíamos enseñar al mundo cómo es esta gente. Eso cuando no les da por meterse en un autobús con una mochila cargada de Semtex.

Con un tono de voz que sugería que no era la primera vez que mantenían esa conversación, Moe dijo:

—Si ponemos una webcam tenemos el doble de posibilidades de que nos pillen.

—Pero si ya estamos emitiendo los vídeos.

Podías pasarte el día entero intentando que Curly se le metieran en la cabeza cosas bien simples, pensó Larry, pero antes o después te veías obligado a abandonar. Si querías que entendiera algo más complicado que una carrera entre dos caballos, había que hacerle un esquema, o mejor darle un cigarrillo y confiar en que se olvidara del asunto.

En cambio, Moe perseveró:

—Si colgamos eso en intranet, la gente se empeñará en averiguar de dónde sale. Hay maneras de esconder el rastro, y eso ya lo hemos hecho. Pero si salimos en directo, si ponemos una webcam ahí abajo, les costará mucho menos encontrarnos.

—Y se dice «internet» —dijo Larry—, por cierto.

—¿Qué?

—Internet. Intranet es otra cosa.

—Da lo mismo.

Larry volvió a mirar a Moe y compartieron un pensamiento tácito.

—Qué más da —dijo Curly—. ¿Creéis que está asustado? Mañana a estas horas será como un montón de mierda de pollo echando humo.

Lo dijo en tono bien rotundo, como si fuera el punto final de un argumento bien razonado.

—Voy a echar una cagada —añadió.

Cuando se levantó, las dos sillas cayeron al suelo.

Larry esperó a que saliera, se encendió un cigarrillo y le pasó el paquete a Moe.

—¿Crees que va a estar a la altura?

—No es tan tonto como aparenta.

—Ya, claro. Como el capullo es capaz de andar y respirar a la vez, resulta que no es tan tonto como parece.

—He dicho como aparenta.

—Ya te he oído.

Al otro lado de la puerta de la cocina, Curly siguió escuchando sin mover ni un músculo hasta que tuvo claro que habían terminado. Y luego se desplazó como el humo por el pasillo y escalera arriba, donde se encerró en el baño para hacer, en voz baja, una llamada telefónica que no tendría que haber hecho.

Lamb estaba sentado a su mesa con una carpeta delante —un análisis de anomalías en el peaje ecológico, o de entradas en Twitter, o de compras de bienes inmuebles con dinero en efectivo en Beeston—, pero parecía concentrado en el tablero de la pared, donde tenía, sujeto con chinchetas, todo un muestrario de bonos de descuento en restaurantes: el local de pizzas para llevar del barrio; una oferta de precio imbatible de bocadillos de salchichas en los supermercados CostCutter. Catherine lo miraba desde el umbral. Había llegado con la intención de entrar, añadir su informe al montón y largarse, pero por alguna razón se había rezagado. Lamb no parecía el Lamb que todos conocían y odiaban. Tenía algo distinto de lo habitual.

Lo más curioso era que en otros tiempos Catherine se moría de ganas de conocer a Jackson Lamb. Todo por culpa de Charles Partner. Lamb había sido colega de Partner en tiempos de la Edad Media. Había aparecido de repente en el mundo moderno, una cita en la agenda de Partner a las

168

diez de la mañana. «Es un tipo especial, ese Jackson Lamb
—le había dicho Partner—. Te caerá bien.» Viniendo de
quien venía, se lo había creído.

En esa época, Lamb estaba en plena transición: pasaba
de las vacaciones en el exterior —como lo llamaban los veteranos— a ocuparse de los incendios internos. Todo eso
en aquella bendita pausa en que el mundo pareció un lugar
más seguro, entre el fin de la Guerra Fría y más o menos
diez minutos después. Y Catherine sabía que había estado
un tiempo al otro lado del Telón de Acero. No se podía
conocer un detalle como ése y no colorearlo con mucha
expectación. Nadie esperaba glamur, pero se daba por hecho que implicaba algo de valentía.

De modo que lo pilló por sorpresa aquel hombre gordo
y desaliñado que entró a trompicones en su despacho con
una hora y veinte minutos de retraso, a saber si con resa-
ca o todavía borracho. A esas alturas, Partner había tenido
que irse a otra reunión, y si le había sorprendido que Lamb
no se presentara se esforzó mucho por disimularlo. «Cuando aparezca, dale café.» Así que le dio un café y le ofreció
el sillón dispuesto para los visitantes y él lo ocupó con el
mismo estilo que emplean los perezosos para instalarse en
una rama. Se había dormido, o eso parecía. Pese a que cada
vez que Catherine lo miraba tenía los ojos cerrados y se le
estaba formando una burbuja entre los labios, mientras lo
tuvo en su despacho no pudo sacudirse la sensación de que
la estaba vigilando.

Un par de años después, el mundo estaba patas arriba:
Partner había muerto; la Casa de la Ciénaga funcionaba a
tope; y Jackson Lamb era el rey.

Y por alguna razón Catherine Standish estaba con él.
Lamb había pedido específicamente que se la asignaran,
pero nunca había dado ni la menor pista de sus razones.
Y ella no se lo había preguntado. Si tenía alguna intención
con ella, llegaba con años de retraso; en otros tiempos se
habría acostado con él sin pensárselo demasiado antes,
ni recordarlo después, pero desde la sequía se había vuelto
más exigente y se había acostado exactamente con ningún

hombre. Y si eso iba a cambiar en algún momento, no sería por Jackson Lamb.

Y sin embargo, ahí estaba, con algo nuevo que no tenía antes. Rabia, tal vez, pero una rabia con el freno de mano puesto; retenida por la misma impotencia que embargaba a todos en la Casa de la Ciénaga. Lamb se había pasado la mejor parte de su carrera profesional detrás de las líneas enemigas, y ahora que el enemigo estaba allí resultaba que lo único que podía hacer era quedarse sentado y esperar. Extrañamente, Catherine tuvo ganas de decir algo para consolarlo. Algo como: «Ya los pillaremos.»

«Ya los pillaremos.» Era lo que decía la gente en sus oficinas a lo largo y ancho del país; en los pubs, en las clases, por las esquinas. «Aquí no puede pasar algo así. Ya los pillaremos.» Y al usar la primera persona del plural todos se referían a la misma gente: a quienes tenían trabajos como el suyo y el de Jackson Lamb; a quienes, de una manera u otra, trabajaban para los servicios de seguridad. A quienes impedían que ocurrieran cosas así, incluso si por lo general nunca conseguían desactivarlas hasta el ultimísimo momento. Y a Catherine se le ocurrió que si alguien con esa clase de ideas pudiera echar un vistazo a la Casa de la Ciénaga, tal vez correría a reevaluar su opinión: «¿El chico ese del sótano? No le quedan ni dos telediarios.»

De modo que se apartó de la puerta y regresó a su despacho, con el informe todavía bajo el brazo.

9

Había más bien poca luna, pero tampoco importaba demasiado. River estaba de nuevo delante del piso de Robert Hobden. Menos de cuarenta y ocho horas antes había llovido a mares y River había tenido que aguantar en plena calle, refugiándose como podía bajo el alero. Esa noche, en cambio, no llovía y River estaba en el coche; si llegaba un vigilante ya lo movería. Detrás de la cortina de Hobden se veía una luz tenue. Muy de vez en cuando, una sombra se desplazaba ante ella. Hobden era un culo de mal asiento, incapaz de permanecer demasiado tiempo sentado. Por mucha rabia que le diera a River admitirlo, tenían eso en común. Ninguno de los dos era capaz de quedarse demasiado rato quieto.

Y en ese momento estuvo a punto de pegar un bote: «¡Qué co...!»

Sólo había sido un golpecito en el cristal, pero él no había visto acercarse a nadie.

La mujer, quienquiera que fuese, se agachó y escrutó el interior del coche.

—¿River? —Articuló el nombre con los labios.

Joder, pensó él. Sid Baker.

Abrió la puerta. Ella entró, la cerró y movió la cabeza para quitarse la capucha. Sostenía un par de cafés para llevar.

—¿Sid? ¿Qué coño estás haciendo?

—Te podría preguntar lo mismo.

—¿Me has seguido?

—Más te valdría que no, ¿verdad? —Le pasó uno de los cafés y él no tuvo más remedio que aceptarlo. Al destapar el suyo, Sid liberó una nubecilla de vapor—. Porque en ese caso habría sido capaz de seguirte el rastro por medio Londres sin que te dieras cuenta. —Sopló suavemente en la superficie del líquido y el vapor tembló en el aire—. A pie. Eso me convertiría en alguien muy especial.

Al destapar su vaso, River se había salpicado café caliente en los muslos. Ella le pasó una servilleta de papel. River la manejó con torpeza, empeñado en secarse sin derramar más café.

—Entonces ¿qué? ¿Has deducido que estaría aquí?

—No era tan difícil.

Fantástico, pensó él. Nada como ser transparente.

—¿Y has pensado que me apetecía tener compañía?

—Puedo decir con toda sinceridad que eso no se me ha ocurrido en ningún momento, en absoluto. ¿Dónde vive Hobden?

River señaló.

—¿Y está solo?

—Que yo sepa, sí. Entonces ¿qué haces aquí?

—Mira —dijo ella—, es probable que te equivoques. Si Hobden tiene algo que ver con Hassan...

—¿Se ha hecho público el nombre?

—Oficialmente, no. Pero en Cinco lo saben y Ho lo averiguó hace un par de horas. Qué fino es. Menos mal que trabaja con nosotros.

—¿Y quién es?

—Hassan Ahmed. Es lo único que se sabía cuando he salido, aunque a estas alturas es probable que Ho haya averiguado hasta qué pie calza. En cualquier caso, si Hobden tuviera algo que ver sería muy raro que anduviera suelto. Cinco ya lo habría Detenido.

—Eso ya se me había ocurrido —dijo River.

—¿Y...?

—Sé que está tramando algo.

—Eso que leías en el pub... ¿Estás listo ya para contármelo?

Tendría que contárselo. Tampoco la iba a convencer de que leer toda la sucesión del número pi fuera su pasatiempo favorito.

—Era de Hobden —dijo—. Los archivos que le robaste.

—¿Que era qué?

Le contó lo que había hecho, con la mayor brevedad posible.

Cuando terminó, Sid se quedó callada un minuto entero. A River le encantó. Podría haberse lanzado a sermonearlo exponiendo el inventario exacto de todas sus idioteces; podría haberle explicado que robar materiales del gobierno es una cosa y robar información clasificada, otra bien distinta. Incluso si luego resultaba que esa información no servía para nada. A River no le hacía ninguna falta que se lo explicaran. Y Sid tampoco mencionó que por el mero hecho de escuchar lo que le había contado acababa de ponerse en la misma situación que él. Si River terminaba en el trullo, ella estaría a su lado. Salvo que se bajara del coche en aquel mismo instante. Y llamara a los Perros.

En vez de eso, transcurrido el minuto dijo:

—Total, ¿qué pasa con pi? ¿Es un código?

—Creo que no. Creo que sus copias de seguridad son falsas. Creo que es una especie de paranoico que da por hecho que alguien le va a robar los archivos y se asegura de que no contengan nada. No, peor aún. Quiere que se sepa que lo daba por hecho. Quiere ser quien ríe último.

River recordaba otra cosa: que Hobden usaba páginas de *Searchlight*, la revista antifascista, para envolver los restos de la cocina, una manera de mandar a tomar por saco a cualquiera que manoseara su basura. «¿Usted cree que nos está llamando nazis?», le había preguntado a Lamb. «Hombre, claro —había contestado el director—. Es obvio que nos está llamando nazis.»

—Bueno, no puedes decir que se haya equivocado —dijo Sid—. O sea, yo le robé los archivos. Tú has revisado su basura.

—Y aquella lista no se publicó en la web por pura casualidad —opinó River—. Aceptémoslo, el servicio secreto lo ha jodido bien jodido.

—¿Y su venganza consiste en secuestrar a un chico para que lo ejecuten? ¿Sabes el estallido que provocará eso, si finalmente ocurre?

—Me lo puedo imaginar. —El café estaba demasiado caliente todavía. Lo dejó en el salpicadero—. Las comunidades islámicas saldrán a la calle. Ah, recibirán toda la empatía de la izquierda liberal, como no podía ser de otro modo. Un chico inocente, asesinado en directo. Pero no habrá sólo manifestaciones y pancartas para exigir respeto. Habrá puñaladas y a saber qué más. Cualquier cosa.

—A eso me refería. Tal vez sea un idiota alucinado, pero es un patriota, si es que eso significa algo. ¿Tú crees que quiere sembrar el caos en las calles?

—Sí. Porque después del caos llegan las restricciones drásticas, que son lo que anda buscando. No el estallido, sino lo que ocurre a continuación, cuando todo se vuelve más riguroso. Porque a la gente no le gusta que ejecuten a un joven por la tele, pero aún le gusta menos tener un altercado en el portal de su casa.

—Odio las teorías de la conspiración —dijo Sid.

—Una vez demostrada, deja de ser una teoría. A partir de entonces, ya es una conspiración.

—¿Y de qué sirve quedarse sentado delante de casa de Hobden?

—Déjame que te lo cuente mañana por la mañana.

—¿En serio tienes planeado pasarte toda la noche aquí sentado?

—No había avanzado tanto como para considerarlo un plan.

Sid movió la cabeza y luego bebió un sorbo de café.

—Si no pasa nada, pagas tú el desayuno. —River no sabía qué decir, pero cuando aún no era demasiado obvio a ella se le ocurrió otra cosa—: River...

—¿Qué?

—Sabes que eres un idiota, ¿no?

River sonrió, pero antes se volvió hacia el otro lado para que ella no se diera cuenta.

Eso fue a las diez. Durante la hora siguiente, pareció que a River le iba a tocar pagar el desayuno; no hubo prácticamente ningún movimiento en la calle, y desde luego ninguno que tuviera que ver con Hobden. La luz de la ventana seguía encendida. La proyección de una sombra muy de vez en cuando en la cortina demostraba que él seguía en casa, o por lo menos que había alguien. A lo mejor River tenía que llamar a la puerta. Así provocaría alguna reacción.

Nada de provocaciones. «Eso distorsiona los datos.» Lo había dicho Spider Webb en un seminario: «Provocar que el objetivo elija una acción que de otro modo tal vez no habría llevado a cabo distorsiona los datos.» Seguro que Spider repetía como un loro lo que había oído de alguien que sí sabía de qué hablaba. Por otro lado, bastaba que Spider se manifestara en contra para que River estuviera a favor.

Era una discusión que a esas alturas había mantenido ya cinco veces consigo mismo, y no parecía a punto de resolverla.

Estiró las piernas como buenamente pudo, intentando disimular un poco. Llevaba ropa de diario: vaqueros, una camiseta blanca bajo un jersey gris de pico. Sid llevaba vaqueros negros y una sudadera con capucha. Típico de espías, pero le quedaba bien. Había echado el asiento hacia atrás y estaba prácticamente en la penumbra, pero de vez en cuando sus ojos recogían la luz de una farola cercana y la lanzaban hacia River. Estaba pensando en él. Cuando una mujer piensa en ti siempre es por algo bueno o por algo malo. En ese caso, River no lo tenía claro.

Para ponerle fin, River preguntó:

—Bueno, ¿qué te hizo alistarte?

Ella le sostuvo la mirada.

—El glamur. Vaya pregunta.

—Lo ves en la tele. Lo quieres en la vida real.

—No soy tonta, ¿sabes?

—Ni me lo parece.

—Primero me licencié en Lenguas Orientales.

—Seguro que es un consuelo.

Sid entornó los ojos.

—El mayor consuelo sería que te callaras.

Así que se calló.

En la calle, las aceras seguían vacías y había poco tráfico.

Mientras caminaba de un lado a otro por su piso... Hobden podía estar dando órdenes con el móvil, o mandando correos electrónicos a sus cómplices. Pero a River no se lo parecía. No le parecía que Hobden fuera a hacer nada que les permitiera espiarlo por medios electrónicos. Sólo caminaba como un gato enjaulado; esperando que pasara algo.

River lo entendía perfectamente.

—Tu familia ya se dedicaba a esto —dijo Sid.

River asintió.

En otros tiempos era bastante común; igual que uno se hacía policía o fontanero, por ser el oficio de la familia. Incluso en esos tiempos se podía encontrar espías de tercera o hasta cuarta generación; un papel en la vida que pasaba de padres a hijos como la cubertería de la familia. Como su abuelo había sido una leyenda en el servicio secreto, él no había tenido ninguna opción. Pero no dijo nada, porque le tocaba a Sid contar su historia.

—Yo no tengo tu pedigrí. Nunca pensé en dedicarme al servicio público, y mucho menos en esta rama. Lo mío era la banca. Mi madre es abogada. Yo iba a ser banquera, con mejor sueldo todavía. Es la medida del éxito, ¿no? Ganar más que tus padres.

River asintió de nuevo, aunque la idea de que su madre pudiera ganarse un sueldo le parecía más bien rara.

—Pero cuando estallaron las bombas yo todavía estaba en la universidad.

Eso tampoco era una sorpresa. Desde la explosión de las bombas, nadie había entrado en el servicio secreto sin mencionarlas entre sus diversas razones.

River escuchaba sin mirarla. Cada persona se refería a aquel día de una manera distinta. Podía ser una historia sobre ella, en la que estallaban las bombas; o podía ser una historia sobre las bombas, en la que ella estaba allí por casualidad. En cualquiera de ambos casos, a Sid le sería más fácil contarlo si él no la estaba mirando.

—Tenía un trabajo temporal en un banco de la City. Era un trabajo de verano y yo acababa de empezar y no sabía que para el viaje en tren era mejor llevar zapatillas deportivas. Y tener un par de zapatos en el despacho, ya sabes. Total, estaba saliendo por Aldgate y oí lo que pasaba. No fue sólo el ruido, fue como... una especie de hinchazón. Como cuando abres algo cerrado al vacío, ¿sabes ese aire que entra? Pero más grande. Y supe lo que había ocurrido. Todo el mundo sabía lo que había ocurrido. Como si lleváramos tres años y medio esperándolo. Y no nos hubiéramos dado cuenta hasta ese momento.

Apareció un coche por el otro extremo de la calle, y los dejó clavados en los asientos con sus faros.

—Lo más curioso fue que casi no hubo pánico. En la calle, quiero decir. Fue como si todo el mundo entendiera que era un momento para portarse bien. Para no regodearse en falsos heroísmos. Para dejar que trabajaran los profesionales. Y mientras tanto, iban circulando historias sobre otras bombas, sobre autobuses que salían volando, algo sobre un helicóptero que se había estrellado contra el palacio de Buckingham... No sé de dónde salió esa historia.

Habían circulado también otros rumores, lanzados a la velocidad propia de las redes sociales. Pese al despliegue de sangre fría, se había producido un vislumbre de la textura de la ciudad que permitía distinguir la fragilidad de sus soportes.

—En cualquier caso, cuando llegué a mi oficina, la estaban evacuando. Habíamos hecho algún simulacro. Solíamos reunirnos fuera y todo el mundo ponía mala cara y miraba el reloj mientras los bomberos contaban cabezas. Pero esa mañana ni siquiera llegué a entrar en el edificio. Se entendía la razón. Era un momento perfecto para robar un banco.

Su voz había adquirido ya ese tono que suele adoptarse cuando uno sabe que no lo van a interrumpir; cuando el relato que tanto ha ensayado por dentro encuentra al fin su público. Si en vez de en un coche hubiesen estado en cualquier otro sitio, pensó River, podría escabullirse con sigilo y Sid seguiría hablando.

—Total... —dijo Sid—. Siempre digo eso, ¿verdad? Total. Total, que me fui a casa andando. Muchos londinenses hicieron eso el siete de julio. Volver andando a casa desde el trabajo. Y cuando llegué tenía los pies destrozados... Había ido a trabajar con tacones. Porque era nueva y porque quería parecer elegante y sexy, porque al fin y al cabo estaba en la City... Y porque nadie me había advertido de que en mi segunda semana de trabajo una banda de asesinos bajaría con sus lunáticos reclamos al metro, mataría a cincuenta y dos personas y haría cerrar Londres durante medio día. —Sid parpadeó—. Al llegar a casa guardé los zapatos en un armario y desde entonces siguen ahí. Cada uno tiene su recordatorio, ¿verdad? El mío es un par de zapatos destrozados en un armario. Cada vez que los veo me acuerdo de aquel día. —Entonces miró a River—. No estoy aclarando nada, ¿no?

—Estuviste ahí. —Le sonó como un graznido. Carraspeó—. Es tu recuerdo. No tiene por qué ser claro.

—¿Y tú?

Quería decir que dónde estaba cuando estallaron las bombas.

El caso es que estaba de permiso; un viajecito con su última novia seria, una italiana, civil, uno de esos viajes que se hacen con la intención de arreglarlo todo o dejarlo para siempre. Así que se había pasado el día viendo cómo iban las cosas en la CNN, los ratos en que no estaba cambiando su vuelo de vuelta a Londres como un histérico. «Su vuelo», porque ella se había quedado. No estaba seguro de si en algún momento había llegado a volver.

A veces, River Cartwright se sentía como un soldado profesional que nunca hubiera participado en una acción militar.

En vez de contestar, dijo:

—Así que te inscribiste por eso. Para impedir que volviera a ocurrir algo así.

—Me hace parecer una ingenua, ¿verdad?

—No. Es parte del trabajo.

—Lo que pensé —dijo Sidonie— era que incluso si me ponían a rellenar fichas, a supervisar páginas web o a preparar el té para los que se dedicaban a impedir que volviera a suceder, sería suficiente. Sólo por participar.

—Ya estás participando.

—Tú también.

Pero River no le dijo que a él no le bastaba con preparar el té.

Calle abajo, otro coche se salió del carril central y casi de inmediato aparcó en un espacio vacío. Se quedó un momento parado, con las luces encendidas, y River llegó a distinguir el ronroneo del motor. Luego se calló.

—River...

—¿Qué pasa?

—Querías saber por qué me asignaron a la Casa de la Ciénaga.

—No te preocupes por eso —dijo River.

—Sí que me preocupaba.

Él dijo que no con la cabeza.

—No necesito detalles.

Porque, puestos a averiguar, tampoco hacía falta ser ningún genio. Seguro que Sid había avergonzado a quien no debía, ya fuera por no acostarse con él —o con ella—, o por acostarse con él o con ella y seguir en su cama a la mañana siguiente. Su sitio no era la Casa de la Ciénaga. Pero eso no era una razón para obligarla a contárselo.

—Yo también he hecho alguna cagada —dijo.

Las bombas en el metro habían llevado a Sid al servicio secreto. Una bomba inexistente en un andén había estado a punto de echar a River del mismo. Algún día sería capaz

179

de manifestar algo así en voz alta y escuchar cómo se reía Sid al oírlo; escucharía incluso sus propias risas. Pero todavía no.

—Yo no hice ninguna cagada, River.

River no veía del todo el coche recién aparcado porque se lo tapaba en parte el que tenía delante, pero estaba seguro de que nadie había salido de él.

—Quiero decir, estoy aquí por una razón.

Tal vez estuviera llamando por teléfono. O esperando a alguien. A lo mejor era un caso excepcional de alguien capaz de aparcar cerca de la casa de un amigo en plena noche y no ponerse a dar bocinazos para anunciar su llegada.

—¿River?

No quería oírlo. Tal vez se viera obligado a decirlo claro: no quería saber nada del historial sexual de Sid. Se había pasado meses fingiendo que ella ni siquiera existía; era una manera de protegerse del rechazo porque, bien lo sabía Dios, ya había sufrido demasiados rechazos. Todo el mundo sabía lo de su fracaso en King's Cross. Usaban la filmación en los cursos de formación.

—Joder...

Quizá se había movido algo al fondo de la calle. ¿Había salido una sombra del coche para juntarse con otras más grandes en la acera? No estaba seguro. Pero si era así, había sido un movimiento demasiado limpio para ser casual.

—¿Me quieres hacer caso de una puta vez?

—Te estoy escuchando —dijo él—. Venga, ¿cuál es la razón? De tu presencia en la Casa de la Ciénaga.

—Eres tú.

Y entonces sí que le hizo caso de una puta vez. Sid, con media cara en la penumbra y la otra blanca como un plato, insistió:

—Me mandaron a la Casa de la Ciénaga para que te vigilara, River.

—Estás de broma, ¿no? —Sid dijo que no con la cabeza—. Estás de broma.

El ojo que sí estaba iluminado le sostenía la mirada. River había conocido a algunos buenos mentirosos y tal vez Sid lo fuera también. Pero en ese momento no estaba mintiendo.

—¿Por qué?

—Se supone que no deberías enterarte.

—Pero me lo estás diciendo, ¿no? Me lo estás diciendo.

Aquella sensación de asfixia no era nueva. La sentía todas las mañanas; le resultaba tan familiar como el despertador. Era lo que lo sacaba a rastras del sueño. «Camisa blanca. Corbata azul. Camisa azul. Corbata blanca...» Algunos días era incapaz de recordar cómo lo había dicho Spider y cómo iba vestido el tipo; sólo tenía la certeza de que Spider le había tendido una trampa, pero bajo esa sensación había una capa de perplejidad. ¿Spider le había jodido para despejar el camino de su propia carrera? No era que Spider no le pareciera un cabrón capaz de hacer algo así. Pero no le parecía un cabrón inteligente. Si lo fuera, no habría necesitado hacerlo. Le habría tomado ventaja ya desde el principio.

Y ahora Sid le estaba diciendo que había algún responsable... Que alguien había manejado los hilos de River. Habían mandado a Sid a la Casa de la Ciénaga para vigilarlo. ¿Y quién podía hacer algo así, aparte de la misma persona que lo había encerrado a él de entrada?

—Sid...

Y en ese momento ella abrió mucho los ojos y señaló hacia fuera.

—River... ¿Qué es eso?

Él se volvió a tiempo para vislumbrar una forma oscura que desaparecía por encima del muro de metro y medio que quedaba a la derecha de la ventana de Hobden.

—¿Sid?

—Parecía... —Sid abrió aún más los ojos—. Uno de los Conseguidores.

Vestido de negro. Armas pesadas. Llamados así porque conseguían que se hicieran las cosas.

River se bajó del coche antes incluso de que ella acabara la frase.

—Vigila la puerta. Yo me encargo del muro.

Lo que hizo fue más bien golpearse con él, porque calculó mal el salto. Tuvo que echarse atrás y volverlo a intentar. Tras un gateo no demasiado digno, cayó en un jardín: casi todo césped, bordeado por un parterre estrecho de flores. Algunos muebles de plástico sueltos por ahí; una mesa con un parasol lúgubre que goteaba. Y nadie a la vista.

¿Cuánto había pasado desde la aparición de aquella figura? ¿Quince segundos? ¿Veinte?

El edificio tenía un vestíbulo común en la parte trasera. Se entraba en él por una puerta doble de cristal que permanecía abierta. En el pasillo, a la izquierda de River, justo cuando entraba en el vestíbulo, se cerró una puerta, sofocando un ruido que apenas acababa de empezar. Media sílaba. Una nota de sorpresa.

Las botas de River resonaron en las baldosas del vestíbulo.

Tenía que escoger entre dos puertas, pero si su mapa mental era correcto, la de Hobden quedaba a la izquierda. Supuso que el hombre de negro habría entrado directamente: llave maestra o ganzúa. Pero... ¿seguro que era un Conseguidor? Y si lo era, ¿qué diablos creía que podía hacer él? Pero ya era tarde, todo estaba ocurriendo demasiado rápido; estaba allí, en ese momento, pegado a la pared del pasillo. La misma bota que había taconeado por el vestíbulo lanzó un golpe seco que astilló la puerta, y River se encontró dentro.

Un pasillo corto, más puertas a ambos lados, abiertas de par en par: un baño y un dormitorio. El pasillo terminaba en un salón, al fondo del cual se veía la entrada que él mismo había estado vigilando desde la calle; el resto del salón estaba lleno de libros, papeles, una tele portátil, un sofá destartalado, una mesa con restos de comida para llevar y la ventana con cortina por la que tanto había visto a Hobden caminar de un lado a otro sin cesar. Y ahí estaba el dueño de la sombra.

River no había visto a Hobden hasta entonces, pero tenía que ser él: estatura mediana, pelo ralo tirando a moreno, mirada de terror al volverse hacia aquel nuevo intruso pese a que seguía aplastado por la llave que le estaba haciendo el anterior, el Conseguidor, aunque resultó que no era un Conseguidor: iba vestido de negro, llevaba pasamontañas y un cinturón cargado de utensilios, pero el conjunto carecía del acabado de tecnología punta propio del artículo auténtico. Además, lo que tenía apoyado en la cabeza de Hobden era del calibre 22: un arma pequeña que nunca se usaba en el servicio secreto.

En ese momento el arma hizo un barrido para apuntar a River y la importancia del tamaño pasó a ser insignificante. River extendió un brazo como quien pretende aplacar a un perro enojado.

—¿Qué tal si bajamos el arma?

Le sorprendió la banalidad de la expresión escogida y la uniformidad del tono. A Hobden se le escapó un balbuceo sin puntuación:

—Qué está pasando quién es usted por qué...

El hombre de negro le hizo callar con un toque en la cabeza y a continuación ordenó a River por señas que se echara al suelo. Una serie de pensamientos inconexos armaron una confabulación en la mente de River: «Esto no es una operación. Cárgatelo. ¿Qué te hace pensar que está solo?» Terminada su reunión, los pensamientos se desparramaron. Mientras se arrodillaba, River calculó la distancia entre su mano y el cenicero que había en una mesa cercana. El hombre seguía sin hablar. Con un brazo en torno al cuello de Hobden, lo hizo girar hacia la puerta principal sin dejar de apuntar a River. Soltó por un momento al periodista para abrir la puerta. Entró una ráfaga de aire frío. El hombre agarró de nuevo a Hobden y salió con toda la atención concentrada en River, sin darle la espalda. Fuera cual fuese su plan, no tenía en cuenta a Sid, que lo esperaba fuera. Sid cogió a Hobden del brazo y River agarró el cenicero y se abalanzó de un salto con la intención de golpear al pistolero. Hobden cayó al suelo. River llegó a la altura de los otros dos enseguida; era el tercer vértice de un triángulo que resultó ser cualquier cosa menos eterno. La pistola soltó una tosecilla. El trío se dispersó.

Uno de sus componentes cayó al suelo y aterrizó perfectamente en un charco que un segundo antes ni siquiera estaba allí. El charco se hinchó, se esparció y formó un arroyo oscuro para dirigirse hacia la alcantarilla, sin inquietarse por el ruido de la pelea, el miedo y el dolor que lo iban rodeando.

SEGUNDA PARTE

ZORRAS ASTUTAS

10

Ahora que iba a morir, Hassan experimentaba una sensación de calma. Era casi surreal, aunque surreal no era exactamente la palabra idónea. Trascendental, eso sí. Había alcanzado una paz interior que jamás había sentido hasta entonces. A fin de cuentas, la vida era como una montaña rusa. En ese momento se le escapaban los detalles, pero seguro que había sido muy emocionante, porque de lo contrario el alivio no le habría resultado tan grato. Ya no tendría que volver a pasar por ello, fuera lo que fuese. Si el precio a pagar era la muerte, le parecía barato.

Y de haber podido permanecer en ese estado, habría recorrido con tranquilidad las horas que le quedaban, pero cada vez que llegaba a ese punto del razonamiento, cuando «muerte» y «precio» le transmitían sus horrendos significados, la calma y la paz abandonaban su mente, que pasaba a llenarse de pánico. Tenía diecinueve años. Ni había montado nunca en una montaña rusa ni se le había ocurrido que la vida pudiera serlo. Había disfrutado aún muy poco de las cosas que tenía derecho a esperar de la vida. Nunca se había plantado bajo la luz de los focos para soltar sus frases ingeniosas ante una multitud que lo adorase.

Larry, Moe y Curly.

Curly, Larry y Moe.

¿Quién era esa gente? ¿Y por qué lo habían escogido a él?

La historia iba así: Hassan era un estudiante que quería ser cómico. Pero el caso era que probablemente acabaría por hacer algo de lo más normal, encerrado en alguna oficina. Ciencias Empresariales, eso estudiaba Hassan. Putas Ciencias Empresariales. No era del todo exacto afirmar que lo había escogido su padre, pero sí se podía decir que su padre había apoyado esa decisión con mucho más entusiasmo que si, por ejemplo, se hubiese propuesto estudiar Arte Dramático. A Hassan le habría encantado estudiar Arte Dramático. Pero en ese caso se lo habría tenido que financiar él solito, así que tampoco pasaba nada por dejarse llevar un poco. Así había conseguido el piso y el coche y, bueno, algo a lo que agarrarse. Eso eran los estudios de Empresariales: algo a lo que agarrarse si su carrera de cómico se estancaba o se estrellaba.

En ese momento se preguntaba cuánta gente, incluyendo a quienes no estuvieran amenazados de ejecución en un sótano húmedo, debía de vivir sin un plan alternativo; eran zánganos de oficina, empleados de la limpieza, profesores, fontaneros, dependientes en alguna tienda, expertos en informática, sacerdotes y contables sólo porque el rocanrol, el fútbol, las películas y la escritura no habían dado resultado. Y decidió que la respuesta era «todo el mundo». Todo el mundo quería una vida menos ordinaria. Y sólo una diminuta minoría la conseguía, y encima puede que no la apreciara demasiado.

Así que, en cierto sentido, a Hassan no le iba tan mal. Una vida menos ordinaria era precisamente lo que había conseguido. La fama lo estaba esperando. Aunque no dejaba de ser cierto que él tampoco la apreciaba demasiado, salvo en esos momentos trascendentales de paz interior, cuando quedaba claro que el viaje en la montaña rusa se había terminado y podía soltarse, soltarse, soltarse...

Larry, Moe y Curly.

Curly, Larry y Moe.

¿Quién era esa gente y por qué lo habían escogido a él?

Lo más horrible era que Hassan creía saberlo.

Creía saberlo.

· · ·

En el pub cercano a la Casa de la Ciénaga, en la misma mesa que habían compartido River y Sid aquella mañana, Min Harper y Louisa Guy estaban tomando algo: tequila para él, vodka con Redbull para ella. Los dos iban por la tercera copa. Se habían bebido las dos primeras en silencio, o en lo que pasa por silencio en un pub de ciudad. En un rincón lejano zumbaba un televisor, aunque ninguno de los dos miraba hacia allí por temor a ver a un chico encerrado en un sótano; el único asunto del día, que al fin había alcanzado la superficie como una burbuja de aire que escapara de una piedra en el fondo de un estanque.

—Pobre chico.

—¿Crees que lo van a hacer?

—¿Cortársela?

«Cortarle la cabeza», pensaron los dos, y reaccionaron con una mueca de dolor ante una expresión tan poco afortunada.

—Lo siento.

—Pero ¿lo crees?

—Sí. Sí, creo que lo van a hacer.

—Yo también.

—Porque no han...

—... reclamado nada. Sólo han dicho...

—... que lo iban a matar.

Los dos posaron los vasos a la vez y el doble halo de sonido tembló brevemente en el aire.

La Voz de Albión se había manifestado al fin al caer la tarde para anunciar en su página web su intención de ejecutar a Hassan Ahmed en un plazo máximo de treinta horas. «Cincuenta y dos muertos en el metro —argumentaban—, cincuenta y dos muertos en respuesta.» Y algo más: las tonterías de siempre sobre la identidad nacional y la guerra en las calles. La web albergaba sólo una página, no ofrecía prueba alguna de sus reclamos, y en aquel mismo momento había otros trece grupos emitiendo el vídeo de Hassan y atribuyéndose la responsabilidad, pero Ho había pillado las palabras «La Voz de Albión» en un informe de Regent's Park, así que todos tenían claro a quién se consideraba responsable en Cinco. Lo más extraño, según Ho, era que aquella web había aparecido por primera vez sólo dos semanas antes. Y que en la red había muy pocas referencias a ese grupo. Pero un nombre ya suponía un progreso.

—Ahora que saben quiénes son, sabrán dónde buscar.

—Probablemente hace siglos que saben quiénes son.

—Probablemente sabrán mucho más de lo que reconocen.

—Total, tampoco nos lo van a decir.

—La Casa de la Ciénaga. Para las cosas sencillas de la vida.

Como supervisar Twitter en busca de mensajes cifrados. Como preparar listas de estudiantes extranjeros que se hayan perdido más de seis clases en el mismo curso.

Se terminaron las copas y pidieron otra ronda.

—Seguro que Ho está pisando el acelerador.

—Ho lo sabe todo.

—Cree que lo sabe.

—¿Viste su expresión cuando pilló que era un bucle?

—Como si hubiera descifrado el código Enigma.

—Como si eso fuera lo más importante, que la filmación era un bucle.

—Y como si ese chico fuera sólo un conjunto de píxeles.

Luego, por primera vez se miraron los dos sin fingir que no lo hacían. El alcohol no les había hecho ningún favor. Louisa tendía a sonrojarse, lo cual habría estado bien si el sonrojo fuera regular; pero era como un conjunto de manchas y retales que le daba a la piel la misma topografía que un mapa mal doblado. A Min, por su parte, se le había descolgado la cara, con capas de piel que crecían por debajo del mentón, y las orejas tenían un brillo rojizo, como si quisieran competir con los iris. En toda la ciudad —en todo el mundo— ocurría lo mismo: colegas de oficina que arruinaban sus carreras en el pub, pero seguían empujando.

—Lamb debe de saber algo más.

—¿Más de qué?

—Más que nosotros.

—¿Crees que está en el ajo?

—Más que los demás.

—Tampoco es gran cosa.

—Yo me sé su contraseña.

—... ¿En serio?

—Creo que sí. Me parece que...

—¡No me la digas!

—... nunca ha cambiado la que tenía por defecto.

—¡Un clásico!

—¡Su contraseña es «contraseña»!

—¿Estás segura?

—Ho lo da por hecho.

—¿Y te lo ha dicho?

—Necesitaba decírselo a alguien. Para demostrar lo listo que es.

Los dos examinaron sus vasos un momento. Luego volvieron a mirarse a los ojos.

—¿Otra ronda?

—Sí. Tal vez. O...

—¿O qué?

—¿O volvemos a la oficina?

—Es tarde. Ya no habrá nadie.

—Exactamente por eso.

—¿Crees que deberíamos...?

—¿... comprobar la información de Ho?

—Si Lamb sabe algo, estará en su correo electrónico.

Cada uno repasó por su cuenta los puntos débiles del plan y encontraron un montón. Los dos decidieron no manifestarlos.

—Si nos pillan mirando el correo de Lamb...

—No nos pillarán.

Si había alguien, se veía la luz en las ventanas desde la calle. Tampoco es que la Casa de la Ciénaga tuviera grandes medidas de seguridad.

—¿Estás segura de que tiene sentido?

—Más que quedarnos aquí sentados y emborracharnos. Eso no le sirve de nada a nadie.

—Cierto.

Cada uno esperaba a que el otro se pusiera en marcha. Al final, de todas maneras, decidieron tomarse antes otra copa.

River había estado antes en algún hospital, pero no desde la infancia. En un año de mal recuerdo lo habían encerrado dos veces; la primera para quitarle las amígdalas y la otra por un brazo roto al caerse de un roble grande que había dos campos más allá de la casa de sus abuelos. No era la primera vez que lo escalaba, aunque en las ocasiones anteriores ya le había costado bajar. Esa vez no había tenido ningún problema. Sólo la gravedad. Al llegar a casa intentó no mencionar la caída, habida cuenta de su promesa de no hacerse daño escalando árboles, pero al final se había visto obligado a reconocer que sí, que le costaba sostener el tenedor. El D. O. le contó más adelante que lo de volverse blanco y luego más blanco todavía y al fin caer desmayado sólo había empezado después de reconocerlo.

En aquel momento, tumbado en la oscuridad, lo que recordaba de aquella ocasión era que su madre había ido a verlo al hospital. Era la primera vez que la veía en dos años y según ella había regresado a suelo inglés aquella misma tarde. «A lo mejor en el mismo momento de tu caída, cariño. ¿Crees que habrá sido por eso? ¿Que habrás percibido mi llegada, a tantos kilómetros de distancia?» Pese a sus nueve años, a River le había costado un poco asimilar ese guión y tampoco le había sorprendido demasiado enterarse más adelante de que Isobel llevaba varios meses en el país. En cualquier caso, en aquel momento estaba con él y no había llevado consigo a ningún «nuevo padre», ni se había inmutado al enterarse de que River le había dicho a la enfermera que era huérfano. De hecho, lo único que la enojaba un poco era la negligencia de los abuelos.

«¿Escalar árboles? ¿Cómo puede ser que te dejen hacer algo así?»

Pero el rechazo de la culpa estaba tan integrado en su personalidad que incluso quienes la rodeaban confabulaban con ella. Ni el propio River era inmune. De todas las heridas que le había infligido, pocas resultaban tan dolorosas como el nombre, pero incluso a sus nueve años era capaz de distinguir cuándo se libraba por los pelos de algo peor. La fase hippy de Isobel Cartwright había cedido el paso a una etapa teutónica, igual de breve, y si River llega a ser un año más joven podría haberse llamado Wolfgang. Sospechaba que su abuelo se habría opuesto. Al D. O. se le daba tan bien destruir identidades verdaderas como crear identidades falsas.

Pero había pasado mucho tiempo. Mucha agua bajo el puente. River era un nombre para un río que pasaba bajo un puente. Acostado en otro hospital, River se preguntaba quién habría sido si hubiera tenido otra madre; una que no se hubiese rebelado de una manera tan absoluta —aunque tan ineficaz al mismo tiempo— contra su entorno de clase media. No lo habrían criado sus abuelos. No se habría caído de un árbol, o al menos no de ese árbol. Y no habría sido hechizado por la noción de prestar un servicio; de vivir fuera de la rutina... Pero su madre había entrado y salido de su vida como una canción. Durante sus largas ausencias, él olvidaba la letra; cuando la tenía cerca, siempre había una nueva estrofa que añadir. Era bella, vaga, solipsista, infantil. Últimamente River había empezado a entender lo frágil que se había vuelto. A menudo, a Isobel le daba por imaginar que lo había criado ella y se indignaba si alguien le recordaba que no había sido así. No es que hubiera dejado atrás los años de gamberrismo, es que incluso parecían pertenecer a un pasado ajeno. Isobel Dunstable —su último matrimonio había resultado satisfactorio y le había proporcionado respetabilidad, riqueza y viudedad en rápida sucesión— no podría haber mostrado más perplejidad ante una pipa de hash. No sólo al abuelo se le daba bien destruir identidades verdaderas.

Repasar estos pensamientos habituales era mejor que la otra opción: pensar en cosas que no tenían nada que ver con eso.

Sonó un crujidito al otro lado de la puerta cerrada; como si alguien se balanceara en una silla, con los pies apoyados en la pared de enfrente para mantener el equilibrio.

De niño, con el brazo roto, River había inspeccionado el entorno: los hospitales eran lugares en los que la luz se refugia en los rincones y las cortinas cumplen la función de las paredes. En los que rara vez se garantiza la intimidad y es más habitual recibir visitas no deseadas que lo contrario.

Oyó pasos que avanzaban por el pasillo, hacia él.

La Casa de la Ciénaga también estaba a oscuras. En Regent's Park, incluso cuando no ocurría nada, siempre había personal suficiente para montar al menos un partido de fútbol a medianoche: once por equipo, más el trío arbitral. Allí, en cambio, no había más que vacío y un tufo a decepción. Mientras subía por la escalera lúgubre de la Ciénaga, Min Harper se dijo que el lugar parecía poco más que una tapadera para un negocio de porno por correo, y ese pensamiento llegó acompañado de la sensación desalentadora de formar parte de una empresa que no importaba a nadie, en la que gente a la que todo le daba igual se ocupaba de tareas que no tenían la menor importancia. Durante los dos meses anteriores, Min se había dedicado a investigar anomalías en el pago de la tasa ecológica: coches detectados en una zona para la que sus dueños nunca habían pagado; en la que, de hecho, sus dueños negaban haber estado el día señalado. Una y otra vez, la investigación arrojaba los mismos resultados aburridos: habían pillado a alguien que tan sólo era culpable de algún delito de cotidianidad. Tenían un lío del que no se sabía nada en casa, trasladaban deuvedés de contrabando, o llevaban a sus hijas a una clínica a abortar sin que se enterasen sus maridos... Existían campos de concentración donde los presos pasaban sus días llevando piedras de una punta a otra del patio, y luego de vuelta a su origen. Tal vez fuera una ocupación más satisfactoria.

Hubo un movimiento en lo alto de la escalera.

—¿Has oído eso?

—¿El qué?

—No sé. Un ruido.

Se detuvieron en el rellano. Fuera cual fuese su origen, el ruido no se repitió.

Louisa se acercó más a Min y él percibió el olor de su cabello.

—¿Un ratón?

—¿Tenemos ratones?

—Es probable que tengamos ratas.

El alcohol espesaba las sílabas y entorpecía las sibilantes.

No sabían qué habían oído, pero ya no volvió a sonar. El olor del cabello de Louisa, en cambio, seguía en el aire. Min carraspeó.

—¿Lo hacemos?

—Mmm...

—Subir, quiero decir.

—Claro. No sé en qué estaría pensando.

Menos mal que estaban a oscuras.

Sin embargo, en cuanto emprendieron el ascenso del siguiente tramo de escalones, sus manos se rozaron en la oscuridad y los dedos borrachos se entrelazaron y entonces empezaron a besarse, o más que besarse: se agarraban a oscuras; cada uno empujaba al otro como si estuviera ansioso por ocupar el mismo espacio, que resultó ser el espacio disponible contra la pared en el despacho de Loy, el que tenían más cerca.

Pasaron tres minutos.

Cuando asomaron la cabeza para respirar, sus primeras palabras fueron:

—Joder, yo no...

—Cállate.

Se callaron.

Dos plantas más arriba, una figura vestida de negro se detuvo en el despacho de Lamb.

Al otro lado de la puerta, un miembro de la brigada de Nick Duffy ocupaba una silla de plástico, en la que se balanceaba con los pies apoyados en la pared. A Dan Hobbs le habían asignado esa tarea justo cuando ya estaba a punto de librar. Cuando alguien le pegaba un tiro a un agente, no libraba nadie. Aunque fuera un caballo lento. Aunque la culpa la tuvieran ellos mismos por estúpidos.

Pese a que ignoraba los detalles, Hobbs estaba dispuesto a aceptar que la culpa la tenían ellos mismos por estúpidos.

Los agentes del servicio secreto disponían de un plan especial de bandera roja, en virtud del cual, en cuanto se registraba el nombre de cualquiera de ellos en algún hospital, rebotaba de inmediato para llegar a Regent's Park. Hobbs lo había detectado; a continuación había mandado una alerta de «hombre a tierra»; luego había superado el límite de velocidad unas cuantas veces para llegar al hospital; había establecido el alcance de las heridas y había recibido las instrucciones de Duffy: «Retén a cualquiera que siga en pie y espérame allí.» Y eso había hecho, aprovechando el único espacio disponible: un armario ahí abajo, entre los fantasmas.

Había pasado allí media hora sin recibir una sola llamada, y justo en el momento en que tomaba conciencia de ello, al comprobar el móvil una vez más con los ojos entornados, se le ocurrió algo que lo incomodó un poco: quizá no tenía cobertura.

«Maldita sea.»

Un viaje rápido al piso de arriba. No tardaría ni un minuto. Cuanto menos tardara en ponerse de nuevo en contacto con Park, menos posibilidades habría de que alguien se diera cuenta de que había estado desconectado.

En ese momento oyó el roce de suelas que implicaba que alguien estaba bajando la escalera.

Hobbs posó la silla y plantó los pies en el suelo.

Esta vez no cabía duda. Había sonado un ruido tan claro que hasta distrajo a Louisa y Min de lo que estaban haciendo. Tres minutos después ya no habría sido posible distraerlos, pero así de precario es el límite en el que se sostienen las cosas antes de caer a un lado o al otro.

—¿Has oído eso?

—Sí.

—Viene de arriba.

—¿Del despacho de Lamb?

—O del de Catherine.

Esperaron, pero no se oyó nada más.

—¿Crees que será Lamb?

—Si fuera él habría alguna luz encendida.

Se separaron, se subieron las cremalleras y se acercaron a la puerta sin hacer ruido. Si los hubiera visto alguien, habría creído que tenían esos movimientos ensayados: avance sigiloso por territorios oscuros, con un tercer elemento desconocido al acecho.

—¿Arma?

—Escritorio.

Había un pisapapeles de cristal que cabía limpiamente en el puño y una grapadora que bien podía servir de puño americano.

—¿Estás seguro de que queremos hacer esto?

—Yo preferiría seguir con lo que estábamos haciendo...

—Ya, pero...

—Pero ahora resulta que, en vez de eso, tenemos que hacer esto.

O tenemos que hacer primero esto. O lo que sea.

Si los hubiera visto alguien no habría adivinado que acababan de sucumbir al alcohol, o a la lujuria, porque los dos parecían sobrios ciudadanos normales y corrientes cuando salieron de nuevo al rellano; Min iba delante y Louisa lo seguía mirándole las manos, atenta a cualquier señal que pudiera emitir en el silencio que los rodeaba.

El hombre que se acercaba tenía que ser gordo, porque pisaba con fuerza, y tal vez estuviera bajando aquella escalera por error; quizá estuviera allí para que le arreglaran el corazón, o le practicaran una reducción de estómago. Hobbs corría unos cuantos kilómetros todos los días, hiciera el tiempo que hiciese, y opinaba que no estar en forma era como suicidarse lentamente. Implicaba quedar siempre segundo en cualquier encontronazo físico, cosa que a él no le había ocurrido jamás.

Se preparó para un roce con uno de esos civiles a los que, técnicamente, debía prestar servicio.

Sin embargo, resultó que no se trataba de un civil. Ni siquiera le preguntó quién era. Como si ya lo supiera y nunca le hubiera importado.

—Te voy a dar una pista —le dijo—. Los móviles... Las Blackberries, esos cacharros... En un sótano no acaban de funcionar.

Hobbs adoptó la pose de servidor público insulso.

—¿Le puedo ayudar en algo?

—Bueno. —El gordo señaló la puerta cerrada con llave—. Podrías abrirla.

—Creo que se ha perdido, señor —dijo Hobbs—. En recepción le ayudarán. Para lo que sea que ande buscando.

El hombre inclinó a un lado la cabeza.

—¿Sabes quién soy?

Vaya por Dios. Hobbs se relamió los dientes y se preparó para desplegarse y abandonar la silla.

—No tengo el placer, señor.

El hombre se agachó y le habló directamente al oído.

—Vale.

Puso manos a la obra.

• • •

La escalera parecía más empinada con las luces apagadas, o tal vez fuera por haber pasado la tarde en el pub y el temblor de piernas en el despacho a oscuras. En cualquier caso, ese pensamiento procedía de dos experiencias personales bien distintas. La Louisa que volvía del pub, el Min recién toqueteado, ambos habían mudado de piel al oír al intruso. Volvían a ser personas de verdad; las mismas que habían sido antes de que la calamidad los golpeara y los exiliara en aquel edificio húmedo, al otro lado de la frontera de los lugares importantes.

No habían oído ningún ruido más. A lo mejor había sido pura casualidad: un cuadro, al caerse de la pared. Cuando pasaba el metro con sus temblores, a escasos metros de allí, cualquier objeto que no estuviera bien anclado sentía el tirón de la gravedad. Cabía la posibilidad de que Min y Louisa, armados con una grapadora y un pisapapeles, estuvieran trepando sigilosamente por aquella escalera para lanzarse al ataque contra algo que no había hecho más que caer.

Por otro lado, si había alguien ahí arriba podía ser que permaneciera inmóvil, consciente de que no estaba solo.

Intercambiaron mensajes en silencio.

«¿Estás bien?»

«Pues claro...»

«Estamos entrenados para esto.»

«Pues vamos...»

Y arriba se dirigieron.

Fuera lo que fuese, lo que acababa de ocurrir terminó con el ruido de algo que se posaba en el suelo. Antes se habían oído unas voces y River había reconocido una de las dos, de modo que no se llevó ninguna sorpresa cuando se abrió la puerta y apareció una figura familiar.

—¡Me cago en la hostia! —dijo Jackson Lamb, gritando como un pescadero. Apretó el interruptor de la luz—. Levántate, hombre.

Porque River estaba tumbado en el suelo. Había cajas de cartón apiladas contra las paredes, con etiquetas que anunciaban su contenido: guantes de látex, sábanas bajeras, tazas de plástico, cubiertos desechables; otras cosas. Había apagado la luz porque ya no le interesaba. En cualquier caso, estaba claro que Hobbs lo había encerrado en un armario de material.

—¿Cuánto rato llevas aquí?

River negó con la cabeza. ¿Diez minutos? ¿Veinte? ¿Tres? Tras la vuelta de llave en la cerradura, el tiempo se había comportado de un modo bien distinto.

No había ofrecido resistencia. El trayecto al hospital lo había dejado exhausto; un recorrido de pesadilla por calles llenas de zombis, detrás de una ambulancia lanzada a la carrera. Iba lleno de sangre. «Las heridas en la cabeza sangran. Las heridas en la cabeza sangran mucho.» Se había aferrado a ese dato supuesto. Las heridas en la cabeza sangran mucho. Que Sid Baker sangrara mucho por la cabeza no necesariamente significaba que hubiera ocurrido algo crítico. Podía ser un rasguño. Entonces ¿por qué tenía esa pinta de muerta?

Había visto cómo el personal médico la ataba a la camilla y salía corriendo por el pasillo, y ni siquiera había intentado presentarse con una identidad falsa. Una herida de bala obligaba a avisar a la policía, por supuesto, pero más allá de lo que cada uno opinara de los Perros del servicio secreto, había que reconocerles que respondían al instante. Hobbs había sido el primero en llegar y había retenido a River en espera de que se aclarasen las cosas.

River sospechaba que el proceso que llevaría a aclarar por qué había recibido un tiro una agente sería más bien largo y desagradable.

—Bueno, ¿y hasta cuándo pensabas quedarte? —preguntó Lamb—. Venga, muévete.

A lo mejor aquello también resultaba largo y desagradable.

River se puso en pie y siguió a su jefe hacia la luz.

En lo alto de la escalera no se movía nadie. Para entonces, a Min ya le resultaba agradable el tacto del pisapapeles en la mano; una presencia pesada, redonda y suave, no tan distinta de... Pero descartó ese pensamiento a empujones; entró en el despacho de Jackson Lamb. Las persianas estaban bajadas. Algunos alfileres de luz del cielo nocturno de Londres conseguían colarse; el brillo de neón que envolvía a la ciudad como una burbuja.

Las formas iban adquiriendo sustancia lentamente. Mesa, perchero, archivo, estantería. Ninguna figura humana. No los esperaba un desconocido.

Detrás de él, Louisa repasó el cubículo de la cocina. No había peligro, a no ser que quien había hecho aquellos ruidos cupiese en una nevera.

—El despacho de Catherine.

Misma historia: mesa, estanterías, armarios. Pero allí había una claraboya, y una luz grisácea iluminaba la ausencia de Catherine. Había dejado el teclado en equilibrio encima del monitor y las carpetas alineadas con una esquina del escritorio. Allí también había sombras, pero la mayoría parecían vacías.

—Voy a encender la luz.

—De acuerdo.

A los dos les dolieron los ojos durante el instante en que su borrachera revivía.

—Aquí no hay nadie.

—Eso parece.

«*Essho parere.*»

A plena luz, los dos parecían hechos polvo.

Regresaron al otro despacho, donde ahora se veía algo apoyado en la pared. Era el tablón de corcho de Lamb, en el que solía clavar sus cupones de descuento.

201

—¿Tú crees...?

¿Creían que era eso lo que había caído de la pared?

El movimiento que se produjo a la espalda de Min se anunció justo antes del golpe. Sólo un segundo, pero bastó para darle tiempo a moverse, de modo que el puñetazo apenas le rasguñó la oreja y le hizo perder el equilibrio, pero no dio con él en el suelo. El asaltante iba de negro; llevaba pasamontañas; tenía una pistola, pero no la estaba usando. Había saltado desde las sombras del despacho de Catherine; debía de estar escondido en el armario. El segundo golpe acertó a Louisa en el pecho y le arrancó un resoplido de dolor.

Min se lanzó contra las piernas del desconocido y echaron a rodar los dos escalera abajo.

Hobbs estaba dormido en la silla de plástico, o lo parecía. Una pequeña mancha de baba brillaba en su barbilla. River se detuvo a quitarle su tarjeta del servicio secreto y las llaves del coche del bolsillo, y reanudó el camino.

Arriba había dos policías hablando con la jefa de turno de las enfermeras, que examinaba una hoja sujeta en una tabla. Lamb guió a River para pasar junto a ellos sin lanzar una sola mirada de reojo, mientras la enfermera decía que no con la cabeza y mandaba a los policías al mostrador de recepción.

Fuera había anochecido y empezaba a llover de nuevo. El coche que River había dejado cruzado en una plaza reservada para las ambulancias ya no estaba. Se preguntó si Sid habría desaparecido también. En la manera de llevársela en la camilla, los médicos y las enfermeras le habían transmitido una sensación de urgencia. Tal vez nunca hubieran oído los mismos datos indemostrables que él. Desde luego, ninguno de ellos había dicho: «Bah, una herida en la cabeza. Siempre tienen mala pinta.»

—Sigue con el plan, Cartwright.

—¿Adónde vamos?

Las palabras eran como un algodón que le absorbía la humedad de la boca y lo dejaba agotado y mareado.

—A cualquier lugar que no sea aquí.

—Mi coche no está.

—Cállate.

Así que iba persiguiendo a Lamb por el aparcamiento reservado a las estancias breves; todos aquellos vehículos que no habían contado con pasar allí la noche, mientras sus dueños se quedaban dentro del edificio que tenía a su espalda. Reprimió el listado de lesiones que podían haberlos llevado allí: peleas a navajazos, asaltos aleatorios, pollas encalladas en bombas de vacío. Bloqueó también la imagen de Sid en la mesa de operaciones, con una bala en la cabeza. ¿Y si sólo la había rasgado al rozarla? Él no había sido capaz de distinguirlo. Había demasiada sangre.

—Joder, Cartwright. Por el amor de Dios.

Había dos coches de la policía aparcados cerca de allí. Estaban vacíos los dos.

Lamb llevaba un coche japonés que parecía minúsculo. A River le daba igual. Montó, se sentó y esperó a que Lamb lo pusiera en marcha. Cosa que no ocurrió.

River cerró los ojos. Al volverlos a abrir vio un parabrisas azotado por la lluvia, en el que cada gota contenía una pequeña bombilla de luz anaranjada.

—O sea que te han encerrado —dijo Lamb.

—En espera —dijo River—. En espera de... yo qué sé.

—Y tu identidad llega hasta Regent's Park con una sirena encendida y tocando el silbato. ¿Tienes idea de lo que estás haciendo?

—Tenía que traer a Sid.

—Has llamado a una ambulancia. ¿Era necesario seguirla?

—Podía haber muerto. Hasta donde yo sé, ahora mismo podría estar muerta.

—Sigue en el quirófano —le aclaró Lamb—. La bala le ha arrancado un trozo de cabeza.

River no podía ni mirarlo.

—Han dicho que a lo mejor sobrevive.

Pues gracias a Dios. Pensó en el forcejeo en la acera, en aquel sonido repentino: «Puf.» Y luego la sangre y Sid en el suelo. La sangre, tan negra en el pavimento. Y Robert Hobden no estaba a la vista. En cuanto al hombre de negro, había recorrido ya media calle cuando River se arrodilló sin atreverse a tocar a Sid, sin atreverse a moverla, incapaz de valorar qué daños había sufrido. Había necesitado tres intentos para llamar a la ambulancia. Todos los dedos parecían pulgares; los pulgares, plátanos.

—Por otro lado, tal vez no sobreviva. Y aun si sobrevive tal vez disponga de tantas opciones vitales como una zanahoria. Así que, en resumen, no ha sido una gran noche de trabajo. —Lamb se inclinó y chasqueó los dedos a escasos centímetros del rostro de River—. Despiértate. Esto es importante.

River se volvió hacia él. En la penumbra, Jackson Lamb parecía clavado con una estaca en una fogata. Tenía los ojos de un rojo enloquecido, como si ya los torturase el humo. Las patillas le invadían los carrillos. Había bebido.

—¿Quién era?

Cayeron hasta el siguiente rellano en una maraña de brazos y piernas. Louisa los siguió a toda prisa: le bastaron dos saltos para llegar a su altura. Min estaba en el suelo y el hombre de negro lo cubría como un edredón. Louisa agarró, retorció y encontró menos resistencia de la que habría podido esperar.

Como una pelota deshinchada. Como un espantapájaros roto.

—Joder, ¿estás...?

—¿Adónde ha ido a parar el arma? ¿Dónde está?

El arma estaba en el rincón.

Mientras Min gateaba para ponerse de pie, el hombre de negro flojeaba como una merluza varada, como una bolsa de la basura pinchada.

—¿Está muerto?

Parecía muerto. Parecía que había aterrizado de cabeza y se había partido el cuello, que adoptaba una postura ridícula.

—Espero que esté muerto, el muy cabrón.

Min recogió el arma, con un crujido de huesos al agacharse. A la mañana siguiente le iba a doler todo el cuerpo. Llevaba sin bajar de un salto todo un tramo de escalones... Bueno, toda la vida. Y no era una experiencia que quisiera repetir pronto, aunque...

Aunque, por un instante, se sintió bien ahí plantado. Con un intruso derrotado a sus pies, con el arma en la mano. Louisa mirándolo con una admiración evidente.

Bueno, eso ya era mucho decir. Louisa miraba al desconocido, no a él.

—¿Está muerto?

Ambos tenían la esperanza de que estuviera muerto, aunque ninguno de los dos sabía qué hacía allí. Estaban en la Casa de la Ciénaga, y cualquiera que la conociese sabía que allí no había nada que justificara un atraco. Pero aquel tipo se había presentado a mano armada y con su pasamontañas.

A mano armada, pero se había escondido.

—No tiene pulso.

—Parece que se ha partido el cuello.

¿Por qué iba a esconderse un hombre armado ante una pareja con un pisapapeles y una grapadora?

—Veamos quién es este cabrón.

—¿Quién era? —preguntó Lamb.

—Iba súper preparado. Equipación de combate, pasamon...

—Ya me lo imagino. Pero ¿lo has reconocido?

—Se supone que debía pensar que era uno de los nuestros. Un Conseguidor. Pero había algo que no encajaba del todo. Aparte de que iba solo.

—¿Algo como qué?

—Algo, no estoy seguro...

—Joder, Cartwright, por el amor de Dios.

—¡Cállese!

River cerró de nuevo los ojos y revivió aquellos momentos de frenesí. El tipo que había disparado a Sid estaba ya a media calle cuando River se agachó. Le había costado tres intentos llamar a la ambulancia. No, no era eso, había sido antes, ese algo, fuera lo que fuese... ¿Qué era?

—No ha dicho ni media palabra —dijo.

Lamb tampoco.

—En todo el rato. Ni un gruñido.

—¿Y...?

—Le preocupaba que le reconociera la voz.

Lamb esperó.

—Creo que era Jed Moody —añadió River.

Louisa retiró el pasamontañas de la cabeza de aquel hombre como quien pela una fruta.

Desde el punto de vista de Min, la cabeza quedaba del revés. Pero supo enseguida a quién estaba mirando.

—Mierda.

—Sí.

Se suponía que no deberían estar allí.

Iban a tener que repasar muy bien sus coartadas.

Ya paraba de llover cuando Lamb salió del aparcamiento. River se quedó mirando fijamente hacia delante a través de la M que habían trazado los limpiaparabrisas en su último recorrido, y no necesitó preguntar adónde iban. Iban a la Casa de la Ciénaga. ¿Adónde más podían ir?

Tenía sangre en la camisa. Tenía sangre en la mente.

—¿Qué coño estabas haciendo?

El proceso que llevaría a aclarar por qué había recibido un tiro una agente sería más bien largo y desagradable...

—Vigilar a Hobden —respondió.

—Eso ya lo he pillado. ¿Por qué?

—Pues porque tiene algo que ver con el chico. El que está...

—Ya sé a qué chico te refieres. ¿Por qué estás tan convencido? ¿Porque se junta con candidatos a nazis?

River sintió que sus certezas se desvanecían ante la beligerancia de Lamb.

—¿Cómo me ha encontrado? —preguntó.

Un peatón que cruzaba los obligó a parar. Una banda de jóvenes encapuchados cruzó la calle a paso lento por delante de ellos. Lamb respondió:

—Ya te lo he dicho, mucha sirena y mucho silbato. El nombre de un miembro del servicio entra en el sistema, por la policía, por un hospital, por lo que sea, y se arma un cirio del copón. ¿Ésa es tu idea de una vigilancia encubierta? Te llamas River, por el amor de Dios. Como mucho seréis cuatro en toda Gran Bretaña.

—¿Y le han avisado los de Park?

—Pues claro que no. ¿Tengo pinta de estar en el ajo?

—¿Entonces...?

—Tal vez la Casa de la Ciénaga sea un páramo, pero hay un par de cosas que sí tenemos. —El semáforo se puso verde. Lamb arrancó—. Tiene el don de gentes de un sapo, pero se mueve como nadie por el éter.

El don de gentes de un sapo. Era como si en algún lugar existiera otro mundo, totalmente distinto, en el que a Lamb ni se le ocurría que esa frase se le podía aplicar a él mismo.

—Me cuesta un poco imaginar a Ho haciéndole un favor —concluyó River. A continuación, para ser justo, añadió—: A usted, o a quien sea.

—Ah, no fue un favor. Yo tenía algo que él quería.

—¿Qué era?

—¿Qué es lo que siempre quiere Ho? Información. La respuesta a la pregunta que lo está volviendo loco.

—¿Cuál es?

—¿Por qué ha acabado él en la Casa de la Ciénaga?

River también se lo había preguntado alguna vez. No es que le importara demasiado. Aun así, le despertaba cierta curiosidad.

—¿Y se lo dijo?

—No, pero le dije lo más parecido.

—¿O sea...?

La cara de Lamb era menos elocuente que la de Buster Keaton.

—Le conté por qué he terminado yo aquí.

River abrió la boca para preguntar, pero la volvió a cerrar.

Con la mano que no sujetaba el volante, Lamb buscó un cigarrillo.

—¿Crees que Hobden es el único zumbado de extrema derecha de este país? ¿O era el único que se te ocurría cuando han cerrado los bares?

—Es el único que conozco que haya tenido a dos espías detrás durante las últimas cuarenta y ocho horas.

—Así que eres un espía. Felicidades. Creía que habías suspendido la evaluación.

—Váyase a la mierda, Lamb —dijo River—. Yo estaba allí. He visto cómo le disparaban. ¿Sabe lo que es eso?

Lamb se volvió para examinarlo con los ojos entornados y River recordó que el hipopótamo está entre las fieras más peligrosas del planeta. Podía tener cuerpo de barril y parecer torpe, pero si querías cabrear a un hipopótamo más te valía hacerlo desde un helicóptero. No en el espacio compartido de un coche.

—No es que lo hayas visto —dijo Lamb—. Lo has provocado. Muy inteligente por tu parte.

—¿De verdad cree que lo he hecho queriendo?

—Creo que no has tenido la capacidad de evitarlo. Y si no tienes la capacidad de evitar algo así no sirves para nada. —Lamb cambió de marcha como si practicara un asalto con violencia—. Si no llega a ser por ti, Sid estaría acostadita en la cama. En la suya, o en la de quien sea. No creas que no me he fijado en cómo la mirabas.

River contestó con una voz extraña:

—Me contó que era un topo.

—¿Un qué?

—Que la destinaron a la Casa de la Ciénaga con un propósito. Mantenerme vigilado.

—¿Esto te lo dijo antes de que le pegaran un tiro en la cabeza, o después?

—Qué cabrón.

—Déjalo ya, Cartwright. ¿Esto es lo que te dijo? ¿Que eres el centro del universo? Tengo una noticia para ti: nada de eso ha ocurrido.

Durante un momento de mareo, River sólo tuvo conciencia de un pitido en los oídos, una pulsación en la palma de la mano por la quemadura del día anterior. Claro que había ocurrido todo eso, incluso las palabras de Sid. «Me mandaron a la Casa de la Ciénaga a vigilarte, River. Se supone que no deberías enterarte.» Había ocurrido. Esas palabras se habían pronunciado.

A saber qué significaban, de todos modos.

El restaurante chino, que incluso abierto parecía abandonado, estaba cerrado sin lugar a dudas. Lamb aparcó en la acera contraria, y cuando cruzaban la calle River vislumbró un destello en las ventanas más altas.

Probablemente sería un reflejo de las torres del Barbican.

—¿Qué hacemos aquí?

—¿Preferirías estar en otro sitio?

River encogió los hombros.

—Los dos sabemos que no sabes nada —dijo Lamb—. Pero eso no significa que los de Regent's Park no vayan a buscarte. —Echó a andar hacia la entrada trasera, con su puerta llena de rasguños—. No me atrevo a decir que éste sería el último lugar donde se les ocurriría buscarte, pero desde luego no será el primero de la lista.

Al entrar, los recibió un silencio recién establecido.

River no estaba seguro de por qué lo sabían, pero se dieron cuenta los dos. El aire temblaba como un tenedor en la oscuridad. Hacía muy poco que alguna persona —o más de una— había dejado de moverse ahí dentro; alguien los esperaba arriba.

—Quédate aquí —le ordenó Lamb, en un susurro áspero.

Y luego emprendió el ascenso, ligero como un murmullo. ¿Cómo lo hacía? Era como ver a un árbol cambiar de forma.

River lo siguió.

Dos tramos más arriba, al llegar a su altura vio lo que se habían perdido: Jed Moody, con el pasamontañas retirado hasta la coronilla, más muerto que muerto en el rellano.

A tres y cinco escalones de allí, respectivamente, estaban Min Harper y Louisa Guy.

—Si teníais alguna discusión pendiente con él, yo podría haber hablado con Recursos Humanos. Les hubiera pedido que intervinieran. —Lamb dio un golpecito con el pie en un hombro de Moody—. Partirle el cuello sin hablar antes con vuestro superior directo... Esas mierdas quedan como una mancha en el historial.

—No sabíamos que era él.

—No estoy seguro de que eso valga como atenuante.

—Tenía un arma.

—Mejor —concedió Lamb. Se los quedó mirando a los dos—. Ya la había usado, por si os sirve para algo. Le pegó un tiro a Baker.

—¿Sid?

—Joder, ¿está...?

River consiguió hablar:

—Está viva.

—O lo estaba hace veinte minutos —lo corrigió Lamb. Se agachó y revisó los bolsillos de Moody—. ¿Esto cuándo ha pasado?

—Hace diez minutos.

—Tal vez quince.

210

—¿Y vuestro plan cuál era? ¿Esperar a que se pase todo? Además, ¿qué hacíais aquí?

—Estábamos en la otra acera.

—En el pub.

—¿No podéis pagaros un hotel? —Lamb sacó un móvil del bolsillo de Moody—. ¿Dónde está el arma?

Harper señaló con un gesto.

—¿Tenía pinta de ir a disparar con ella?

Harper y Guy intercambiaron una mirada.

—Vamos a dejar clara una cosa —dijo Lamb—. No estamos en el juzgado. ¿Tenía pinta de ir a disparar?

—La llevaba en la mano.

—Tampoco es que nos apuntara.

—Tal vez os convenga replantear vuestra posición al respecto —dijo Lamb mientras sacaba un sobre marrón descolorido del bolsillo interior de la chaqueta de Moody—. ¡Hijo de puta!

—Estaba en su despacho.

—Creíamos que era un asaltante.

Al ver cómo entonaban su contrapunto, River reconoció que estaba ocurriendo algo nuevo; una conspiración común que antes no se apreciaba. Amor o muerte, pensó. El amor en su modo más banal —un manoseo rápido en el hueco de la escalera, o un morreo de borrachos— y la muerte con su cizalla de siempre. Uno de los dos había fusionado a aquel par. Y revivió como un fogonazo aquel momento en la calle, delante de la casa de Hobden, cuando había muerto lo que empezaba a crecer entre Sid Baker y él, fuera lo que fuese.

Aún llevaba su sangre en la camisa. Y probablemente en el pelo.

—Llevaba pasamontañas.

—No parecía el típico yonqui que viene a robar.

—Pero tampoco pensábamos matarlo.

—Ya —dijo Lamb—. Está muy bien eso de arrepentirse ahora, ¿verdad?

—¿Qué hay en el sobre? —preguntó River.

—¿Tú sigues aquí?

—Lo robó en su despacho, ¿verdad? ¿Qué es?

—El plano.

—¿El qué?

—Los planos secretos. —Lamb encogió los hombros—. El microfilm. Lo que sea.

Acababa de encontrar algo más: la figura de Moody, envuelta en negro, escondía más bolsillos que un mago.

—Hijo de puta —dijo de nuevo, aunque esta vez con menos veneno; casi con admiración.

—¿Qué es?

Por un instante dio la impresión de que Lamb iba a mantener en secreto lo que acababa de encontrar entre los pliegues del abrigo. Sin embargo, lo mostró a la luz: una tira corta de cable negro, del tamaño de un clip metálico estirado, con una cabeza que parecía una lenteja con una hendidura en medio.

—¿Un micrófono?

—¿Le ha puesto un micrófono en el despacho?

—O a lo mejor —puntualizó River— estaba a punto de ponerlo.

—Después de la noche que ha pasado, dudo que instalar escuchas en mi despacho encabezara su lista de prioridades —dijo Lamb—. No, lo estaba recogiendo. Y luego pensaba largarse. —Aún no había terminado el registro—. ¿Dos móviles? Jed, Jed, Jed. Hasta me sorprendería que tuvieras suficientes amigos para justificar uno.

—¿Con quién ha hablado?

—Gracias a Dios que estáis aquí. ¿Se me habría ocurrido a mí solito?

Con un móvil en cada mano, Lamb apretó algunas teclas con los pulgares; su destreza era sorprendente en alguien que se declaraba ludita.

—Vaya, mira qué raro —dijo, en un tono que sugería todo lo contrario—. Éste está casi sin usar. Sólo tiene una llamada recibida.

River quería decirle que devolviera la llamada, y sólo se lo impidió la certeza, forjada en hierro puro, de que Jackson Lamb se moría de ganas de oírselo decir.

Aún sentados, Min y Louisa mantuvieron la boca cerrada.

Tras pensárselo un instante, Lamb tocó algunas teclas más y se llevó el móvil al oído.

Recibió respuesta casi de inmediato.

—Me temo que en este momento no puede ponerse —dijo Lamb. Y luego añadió—: Tenemos que hablar.

11

Por una calle silenciosa de Islington —puertas elevadas sobre escalinatas de piedra, columnas que parecían centinelas, cristaleras de colores— bajaba Robert Hobden con el abrigo ondeando al viento de la noche. Ya eran más de las doce. Algunas casas se habían revestido de oscuridad; en otras, la luz se asomaba entre cortinas de tela gruesa. Hobden podía imaginar perfectamente el tintineo de los cubiertos y el de las copas al brindar. A media calle encontró la casa que iba buscando.

Había luces encendidas. De nuevo, captó el murmullo imaginario de una cena animada; a estas alturas irían ya por el brandy. Pero daba lo mismo: tanto si la luz estaba encendida como si no, iba a llamar al timbre. Mejor dicho, lo iba a dejar apretado hasta que alguien abriera la puerta.

Esperó menos de un minuto.

—¿Sí?

El que hablaba era un tipo elegante, de frente ancha y cabello oscuro peinado hacia atrás. Concentró en Hobden la mirada de sus desgarradores ojos castaños. Traje oscuro, camisa blanca. ¿Mayordomo? Tal vez. Daba lo mismo.

—¿Está el señor Judd?

—Es muy tarde, señor.

—Por extraño que parezca —respondió Hobden—, eso ya lo sabía. ¿Está?

—¿A quién debo anunciar, señor?

—Hobden. Robert Hobden.

La puerta se cerró.

Hobden se dio la vuelta y contempló la calle. Las casas de la otra acera parecían inclinarse hacia él: era un efecto de la altura y de las nubes que se acurrucaban tras un telón de terciopelo. Curiosamente, Hobden tenía el pulso estable. Poco antes había estado más cerca de la muerte que nunca, y sin embargo conservaba la calma. O a lo mejor estaba calmado precisamente porque se había acercado tanto a la muerte que no parecía probable que volviera a ocurrirle algo así esa misma noche. Mera cuestión de estadística.

No estaba seguro de que el intruso hubiera tenido la intención de matarlo. Todo había sido muy confuso: un instante estaba caminando de un lado a otro de la sala, esperando una llamada que no llegaba; al siguiente, tenía delante a un desconocido vestido de negro que le exigía el portátil con un susurro acuciante. Seguro que había forzado la puerta para entrar. Todo era ruido y miedo, el tipo agitaba el arma y justo entonces otro intruso, otro desconocido, y de pronto resultó que estaban todos fuera y había sangre en el suelo y...

Hobden había arrancado a correr. No sabía quién había recibido el disparo, ni le importaba. Había arrancado a correr. ¿Cuánto rato hacía de eso? En la época en que tenía prisa por llegar a los sitios, habría tomado un taxi. Así que enseguida había sentido los pulmones a punto de estallar, pero había seguido corriendo, dando pisotones al suelo con unos pies como peces planos, sintiendo hasta en los dientes la sacudida que reverberaba por todo su cuerpo. Dobló una esquina, luego otra. Ya ni se acordaba de cuánto tiempo llevaba viviendo en los sumideros de Londres; sin embargo, a los pocos minutos se había perdido. No se atrevía a mirar atrás. No era capaz de distinguir dónde terminaban sus pisadas y empezaban las ajenas; dos cintas de sonido que se entrelazaban como los anillos olímpicos.

Al fin, jadeando, se había detenido, a punto de desplomarse, en el portal de una tienda, donde suelen acechar los olores de la ciudad: suciedad y grasa derramada y colillas y siempre, siempre, el olor a pis de los borrachos. Sólo en ese momento tuvo claro que no lo seguía nadie. Sólo los fantasmas de la noche londinense, que salían cuando los ciudadanos se acostaban y hacían presa fácil de quien permaneciera en la calle.

—¿Tienes fuego, colega?

A él mismo le había sorprendido la fiereza de su respuesta:

—Vete a tomar por saco, ¿vale? ¡A tomar por saco!

Hay que reconocerles una cosa a los locos de la noche: son capaces de reconocer a quien está más loco que ellos. El loco se había escabullido y Hobden había recuperado el aliento, llenando los pulmones de aquel guiso de olores repulsivo, y había arrancado otra vez.

No podía volver a su casa. En ese momento, no; tal vez nunca. Era una noción extrañamente alentadora. Fuera a donde fuese, no volvería allí.

De hecho, no tenía muchos sitios adonde ir. Todos necesitamos un lugar en el que siempre encontremos las puertas abiertas. Hobden no lo tenía: las puertas de su vida se habían cerrado de golpe al aparecer su nombre en aquella lista; cuando por primera vez se echó a temblar al ver su nombre en los periódicos, pasando del suave adjetivo «provocador» al crudo «inaceptable». Y sin embargo, sin embargo..., todavía le quedaba alguna puerta por cuyas rendijas podía susurrar. La gente le debía favores. En aquellos tiempos, en plena tormenta, había mantenido la boca cerrada. Algunos interpretaron que eso significaba que valoraba más la supervivencia ajena que la propia. Nadie había establecido una conexión bien sencilla: que si ellos sufrían el mismo ostracismo que él, su causa experimentaría un retraso de años.

Nada que ver con el racismo, por mucho que la élite progre pretendiera lo contrario. Nada que ver con el odio, ni con la repulsión ante la diferencia. Tenía mucho que ver con el carácter, con la necesidad de reafirmar la identidad nacional. En vez de agacharse y aceptar aquel «multiculturalismo» impracticable, aquella receta para el desastre...

Pero no había tenido tiempo de ensayar argumentos indiscutibles. Necesitaba un santuario. Y también necesitaba poner en circulación su mensaje: visto que Peter Judd no pensaba contestar sus llamadas telefónicas, habría que obligarlo a acudir a la puerta.

Aunque Peter Judd, por supuesto, no se encargaba personalmente de abrir la puerta en su casa. A esas horas de la noche desde luego que no, pero probablemente tampoco a ninguna otra.

Se abrió la puerta y volvió a aparecer el tipo acicalado.

—El señor Judd no está disponible.

La ausencia de la coletilla «señor» tenía un eco propio. Sin embargo, Hobden no tuvo ningún reparo en bloquear la puerta con un pie.

—En ese caso, dígale al señor Judd que tal vez tenga que estar disponible a primera hora de la mañana. A los periódicos sensacionalistas les encanta tener las portadas listas a la hora de comer. Así tienen tiempo de organizar el material importante. Ya sabe, las fotitos de chicas. Las columnas de cotilleos.

Retiró el pie y la puerta se cerrró.

Pensó: ¿quién se habrán creído que soy? ¿Creen que me voy a poner boca arriba, agitando las cuatro patitas al aire, mientras fingen que soy un perro callejero al que nunca han invitado a entrar en sus casas?

Quizá fueron dos minutos, quizá tres. No los contó. Estudió de nuevo las nubes que descargaban a saber dónde y los tejados que se cernían sobre la otra acera, amenazando con desplomarse.

Cuando se volvió a abrir la puerta, nadie dijo una palabra. El señor Acicalado se limitó a echarse a un lado con una pose que habría valido para dibujar la palabra «regañadientes» en un jueguecito de sobremesa.

Lo acompañó por la planta baja, más allá de la sala de estar, tras cuya puerta cerrada resonaba el suave murmullo de la felicidad. No recordaba cuándo había acudido a una fiesta nocturna por última vez, aunque probablemente desde entonces en muchas se había hablado de él.

En la planta baja estaba la cocina, más o menos del tamaño del piso entero de Hobden, aunque amueblada con más detalles: madera y esmaltes relucientes, con un bloque de mármol que formaba una isla en el centro, del tamaño de un ataúd. La luz del techo era tan implacable que habría puesto en evidencia cualquier churrete de grasa, o salpicadura de salsa, pero no los había, ni siquiera en ese momento; el lavaplatos ronroneaba y en una de las encimeras había una hilera de copas, pero todo parecía una ordenada representación de las postrimerías de una fiesta en un catálogo dedicado al estilo de vida de la gente fina. De unos ganchos de acero inoxidable sujetos a un raíl pendían sartenes y ollas relucientes, cada una con su propósito particular: una para hervir huevos, otra para hacerlos revueltos, etcétera. Una fila de botellas de aceite de oliva, ordenadas según la región de procedencia, ocupaba todo un estante. Robert Hobden conservaba la mirada del periodista. Según qué perfil deseara escribir, podía usar aquellos objetos como muestra de las certidumbres propias de la clase media, o como cachivaches comprados por correo para remedar ese tipo de imagen. Por otro lado, ya no escribía perfiles. Y si lo hacía, nadie los iba a publicar.

Acicalado se quedó junto a la puerta, haciendo gala de su negativa a dejarlo a solas.

Hobden fue avanzando hacia el otro extremo de la estancia; se apoyó en el fregadero.

Ya no escribía perfiles, pero de haberlo hecho, y de haber sido su anfitrión del momento el objeto de su retrato, habría tenido que empezar por el nombre. Peter Judd. PJ para los amigos, y para todo el mundo. Con su pelo esponjoso y ese aire juvenil a sus cuarenta y ocho, y con su vocabulario salpicado de exclamaciones arcaicas —«¡Albricias! ¡Córcholis! ¡Virgen santísima!»—, Peter Judd había logrado convertirse en el rostro inofensivo de la derecha de la vieja escuela, tan popular entre el Gran Público Británico, que lo tenía por un idiota simpático, como para ganarse la vida con su renacer —una vez fuera del Parlamento— como escupidor de citas previo pago/personaje favorito de concursos de la tele, al tiempo que se le permitían pecadillos menores como metérsela a la niñera de sus hijos, desvalijar la hacienda pública y provocarle accesos de cólera al líder de su partido gracias a sus florituras imprevistas. («Qué ciudad tan elegante —había comentado en un viaje a París—. Quizá la próxima vez valga la pena defenderla.») No todos los que habían trabajado con él lo consideraban un bufón de cabo a rabo, y algunos de los que habían sido testigos de sus arrebatos lo acusaban de ser un estratega de la política, pero por lo general PJ parecía contentarse con una imagen pública que ya nadie sabía si era innata o conquistada con esfuerzo: una bala perdida con melena esponjosa y bicicleta. Y ahí estaba, cruzando a toda prisa la puerta de la cocina con un entusiasmo que obligó al señor Acicalado a dar un paso brusco a un lado para que no lo tumbara.

—¡Robert Hobden! —exclamó.

—PJ.

—Robert. Rob. ¡Rob! ¿Cómo estás?

—No me va mal, PJ. ¿Y a ti?

—Ah, pero claro. Seb, por favor, ocúpate del abrigo de Robert.

—No estaré mucho rato...

—Pero sí lo suficiente como para quitarte el abrigo. Qué fantástico, mira qué bien —dijo Judd, dirigiéndose a Seb, si es que así se llamaba el señor Acicalado—. Ya puedes dejarnos solos. —La puerta de la cocina se cerró. PJ siguió hablando sin cambiar de tono—: ¿Qué coño haces aquí, estúpido imbécil?

Le recordaba épocas más oscuras, misiones de las que uno podía no regresar. Él siempre había regresado, obviamente, pero otros no. No había modo de saber si la diferencia radicaba en las misiones o en los propios hombres.

219

Esa noche esperaba regresar. Sin embargo, ya tenía un cuerpo en el suelo y otro en una cama de hospital, un balance de víctimas tirando a alto si se tenía en cuenta que ni siquiera estaba dirigiendo una operación.

La reunión era junto al canal, cerca de donde terminaba el camino de sirga y el agua desaparecía por un túnel. Lamb lo había escogido porque no se fiaba de Diana Taverner y aquel lugar tenía los accesos limitados. Por la misma razón, llegó antes que ella. Eran casi las dos. Había un cuarto de luna, oculto de vez en cuando por nubes pasajeras. Al otro lado del canal había una casa con luces encendidas en las tres plantas, y desde allí le llegaba la cháchara y alguna risa ocasional de los que fumaban en el jardín. Había gente que celebraba fiestas entre semana. Jackson Lamb se puso a repasar la cuenta de cadáveres de su departamento.

Ella apareció por el lado del barrio de Angel, anunciando su llegada con el repique de sus tacones en el camino.

—¿Estás solo? —preguntó.

Él abrió los brazos, como si quisiera medir la estupidez de la pregunta. Al hacerlo, se le desabrochó la camisa y el aire de la noche le rascó la barriga.

Taverner miró más allá de Lamb, hacia la ladera arbolada que llevaba hasta la carretera. Luego lo miró a él.

—¿A qué te crees que estás jugando?

—Te presté una agente —dijo él—. Está en el hospital.

—Lo sé. Lo siento.

—Me la pediste del nivel de Lloyd Webber. Un escalón por encima de los que se dedican a afilar lápices. Pero ahora tiene una bala en la cabeza.

—Lamb —dijo ella—. Yo sólo le hice un encargo para el otro día. Lo que le haya pasado desde entonces difícilmente...

—No intentes disimular. Le pegaron un tiro delante de la casa de Hobden. Fue Jed Moody, queriendo o sin querer. Cuando no me robas el personal, te dedicas a sublevarlo. Le diste un móvil a Moody. ¿Qué más le diste? ¿Un montón de promesas? ¿Un billete a su futuro?

—Repasa las normas, Lamb —dijo Taverner—. Tú diriges la Casa de la Ciénaga y sabe Dios que nadie pretende sacarte de allí. En cambio, yo soy la jefa de operaciones, lo cual implica dirigir al personal. Todo el personal. El tuyo o el de quien sea.

Jackson Lamb se tiró un pedo.

—Dios, eres un bicho asqueroso.

—Eso me dicen —concedió Lamb—. De acuerdo, supongamos que tienes razón y esto no es de mi incumbencia. ¿Qué hago con el cadáver que tengo en la escalera? ¿Llamo a los Perros?

Si hasta entonces no había logrado que ella le prestara atención, en ese momento la captó del todo.

—¿Moody?

—Ajá.

—¿Está muerto?

—El famoso sueño eterno.

Al otro lado del agua, los fumadores dieron con un chiste más gracioso de lo normal. El viento rizó la superficie del canal.

—Si querías subcontratar —dijo Lamb— podrías haber tenido más cuidado a la hora de escoger. Joder, o sea... ¿Moody? Ése no valía para nada ni cuando valía para algo. Y ya ha pasado mucho tiempo desde entonces.

—¿Quién lo ha matado?

—¿Te apetece oír algo gracioso? Ha tropezado solito.

—A los de Límites les sonará muy bien. Aunque quizá te convenga ahorrarte lo de que es gracioso.

Lamb echó la cabeza atrás y se rió en silencio, mientras las sombras de las hojas oscilaban en su rostro tembloroso. Sin duda, a Goya le habría gustado retratar un rostro como aquél.

—Bueno. Muy bueno. Límites, claro. Entonces ¿llamo a los Perros? Joder, es un muerto. ¿Por qué no llamo a la poli? Da la casualidad de que llevo un móvil encima.

La miró con una sonrisa. Los dientes, cada uno con su forma distinta, brillaban por la humedad.

—De acuerdo.

—Al forense. Es lo suyo, ¿no?

—Ya te he entendido, Lamb.

Jackson se palpó los bolsillos y por un instante ella creyó, horrorizada, que se estaba bajando la bragueta, pero resultó que buscaba un paquete de Marlboro. Sacó un cigarrillo con los dientes y luego, como si se le acabara de ocurrir, le acercó el paquete a ella.

Taverner cogió uno. Hay que aceptar lo que se ofrece con amabilidad. Se crean vínculos. Se ganan aliados.

Por supuesto, quien le había enseñado eso no pensaba en alguien como Jackson Lamb.

—Habla —le dijo.

—Yo también me alegro de verte, PJ.

—¿Estás como una puta cabra?

—No contestabas mis llamadas.

—Claro que no, eres un puto agente tóxico. ¿Alguien te ha visto venir?

—No lo sé.

—¿Cómo me respondes semejante mamonada?

—¡Es la única mamonada que se me ocurre! —exclamó Hobden.

El timbre de su voz hizo vibrar algún objeto metálico. Eso calmó un poco a PJ, por lo menos en apariencia.

—Ya —dijo—. Ya. Vale. Caramba. Me imagino que tendrás algún motivo.

—Alguien ha intentado matarme —dijo Hobden.

—¿Matarte? Ya, vale. Hay mucho fanático suelto por ahí. O sea, no es que seas el tipo más popular del...

—No era ningún fanático, PJ. Era un agente secreto.

—Un agente secreto.

—Estamos hablando de asesinato.

La inmersión de Judd en su personaje público no sobrevivió a esa palabra.

—Va, venga, joder. ¿Qué ha pasado? ¿Un encuentro al límite en un paso de cebra? Tengo invitados, Hobden. El puto ministro de Cultura está ahí arriba, y tiene la retentiva de un mosquito, por eso tengo que...

—Era un agente secreto. Llevan tiempo siguiéndome. Entró en mi piso y apuntó con una pistola y... Y disparó a alguien. Si no me crees, pon las noticias. O, mejor dicho, no las pongas. Lo habrán censurado. Pero llama al ministro de Interior. Seguro que él lo sabe. Había sangre en la acera. Delante de mi casa.

PJ sopesó el asunto: la probabilidad de que hubiera ocurrido algo así, comparada con la de que Hobden se presentara en su cocina.

—De acuerdo —dijo al fin—. Pero vives en el culo del mundo, Robert. O sea, ahí deben de allanar pisos cada semana. ¿Por qué ha de ser distinto tu caso?

Hobden dijo que no con la cabeza.

—No me estás escuchando.

Siguió moviendo la cabeza: aún no le había contado toda la historia. Lo que le había ocurrido en Max's la otra mañana: el café derramado. No le había dado importancia en su momento, pero desde la aparición del pistolero había revisado su historia reciente para concluir que lo de esa noche no había sido un accidente aislado, sino una culminación. Al coger sus llaves para irse del café, su lápiz de memoria había quedado suelto y había rebotado en la mesa. Nunca había pasado algo así. ¿Por qué no le sonaron entonces las alarmas?

—Intentaron robarme mis archivos. Quieren comprobar cuánto sé.

En ese momento PJ adoptó una expresión nueva, de seriedad; un lado suyo que el público nunca veía.

—¿Tus archivos?

—No los consiguieron. Copiaron mi lápiz de memoria, pero...

—¿Qué coño contienen esos archivos, Hobden?

—Es una copia falsa. Sólo son números. Con un poco de suerte creerán que es un código y perderán tiempo intentando...

—Qué. Contienen. Exactamente. Tus. Archivos.

Hobden alzó las manos a la altura de los ojos y se las examinó un momento. Temblaban.

—¿Has visto? Podría estar muerto. Podrían haberme matado.

—Dame fuerzas.

Peter Judd se puso a rebuscar en la cocina, con la certeza moral de que en algún lugar habría alcohol, aunque... ¿de qué le iba a servir? Apareció una botella de vodka. ¿Sería del que se usaba para cocinar? ¿Se usaba el vodka para cocinar? ¿PJ iba murmurando todo eso, o tan sólo lo anunciaba a gritos por medio del lenguaje corporal mientras buscaba un vaso y derramaba en él una cantidad generosa de líquido?

—Entonces... —Le pasó el vaso a Hobden—. ¿Qué contienen esos archivos? ¿Nombres? —Soltó aquella risotada repentina, como un ladrido, que tanto gustaba a las audiencias de la tele—. Mi nombre no estará por ahí. —Bajo el ladrido se insinuaba un mordisco—. ¿Verdad que no?

—No hay ningún nombre. Nada parecido.

Era una buena noticia, pero que provocó la siguiente pregunta:

—Entonces ¿en qué lío te has metido?

—Cinco tiene una operación en marcha —dijo Hobden—. Hace tiempo que lo sé. O no lo sé exactamente. Sabía que iba a ocurrir algo, pero no sabía qué en concreto.

—Ay, por el amor de Dios. A ver si dices algo que se entienda.

—Estaba en Frontline. Una noche, el año pasado.

—¿Aún te dejan entrar?

Un fogonazo de rabia.

—Pago mi abono. —Hobden se terminó el vodka y tendió el vaso para que se lo rellenara—. Diana Taverner estaba allí, con uno de esos periodistas progres, amiguitos suyos.

—Nunca he tenido claro qué me molesta más —dijo Peter Judd mientras llenaba el vaso de Hobden—. Que hayan puesto mujeres al mando del MI5, o que lo sepa todo el mundo. O sea, ¿no lo llamaban servicio secreto?

Convencido de que ya había oído la frasecita en algún lugar, probablemente en cualquier debate por la tele, Hobden no hizo caso.

—Era la noche de las elecciones europeas y el PNB había mejorado sus resultados. ¿Te acuerdas?

—Pues claro que me acuerdo.

—Y eso era lo que se debatía. El plumilla, un tal Spencer, se emborrachó y empezó a escupir las típicas tonterías sobre cómo los fascistas estaban mandando y que cuándo iban a hacer algo Taverner y su panda. Y ella dijo...

Al llegar ahí, Hobden cerró los ojos y los apretó con fuerza mientras recordaba el resto de la historia.

—Algo así como «Sí, ya lo tenemos controlado». Joder, no recuerdo las palabras exactas, pero le dio a entender que ya estaba ocurriendo algo. Que ella misma estaba organizando algo no sólo contra el PNB, sino también contra lo que ella llamaba la extrema derecha. Y todos sabemos a quién incluye eso.

—¿Y lo dijo delante de ti?

—No se había enterado de mi presencia.

—O sea que la Segunda del MI5 anunció sus intenciones de golpear al PNB, de golpear a la derecha..., ¿y todo eso en un bar?

—Habían bebido, ¿vale? Mira, el caso es que ha pasado. Está pasando. ¿No has visto las noticias? —PJ lo miró con frialdad—. Lo del chico en el sótano...

—Ya sé a qué te refieres. ¿Estás diciendo que se trata de eso? ¿Que es una operación del servicio secreto?

—Bueno, es una jodida casualidad, ¿no te parece? Que me asalten la misma semana en que está ocurriendo eso, que alguien intente matarme el mismo día en que...

—Si es una operación —dijo PJ—, es la más chapucera que he visto en mi vida, y eso incluye la puta bahía de Cochinos.

Bajó la mirada hacia la botella que aún sostenía y luego se puso a buscar otro vaso. El candidato más próximo era una copa de tallo alto que había junto al fregadero, sin aclarar. Vertió un chorro en la copa y soltó la botella.

—¿Por eso has venido?

—¿Qué te parece?

PJ le dio un bofetón y el sonido rebotó por toda la cocina.

—A mí no me contestes en ese tono, bicho raro. No olvides quién es quién. Tú eres un tipo que en otro tiempo fue periodista, cuyo nombre apesta de aquí a Tombuctú. Yo soy un miembro del leal gabinete de Su Majestad. —Se miró el puño de la camisa, mojado—. Y ahora me has hecho derramar la bebida.

Hobden, con una voz temblorosa como un garbanzo dentro de un silbato, exclamó:

—¡Me has pegado!

—Sí, bueno. La cosa está muy caliente. Bah, por el amor de Dios. —Echó más vodka en el vaso de Hobden. Hobden era un sapo, pero no un sapo ignorante. Olvidarlo había sido un error. Aun así, PJ estaba furioso—. Me llamabas porque esa... esa... esa obra de teatro la ha organizado el MI5 para desacreditar a la derecha. Acabas de explicarme ahora mismo que te están vigilando, ¿y me llamabas por teléfono? ¿Estás como una puta cabra?

—Alguien tenía que enterarse. ¿A quién más podía llamar?

—A mí no.

—Hace años que nos conocemos...

—No somos amigos, Robert. No te equivoques. Siempre me has tratado bien en la prensa, y lo respeto, pero hablemos claro: estás acabado, joder, y asociarse contigo ya no está bien visto. Así que ya te puedes ir a otra parte con tus problemas.

—¿Adónde sugieres que vaya?

—Bueno, se me ocurre que podrías ver a tus amiguitos del Partido Patriótico Británico.

La marca roja que había dejado la mano de PJ en la mejilla de Hobden se oscureció.

—¿Amiguitos? ¿Amiguitos míos? ¿A quién crees que culparon cuando apareció aquella lista en las redes? ¡La mitad de las amenazas de muerte que recibo vienen de aquellos a los que antes apoyaba! Desde su punto de vista, si no llega a ser por mí les habrían dejado vivir en paz. Porque todos sabemos de quién fue la responsabilidad de publicar esa lista. ¡De la misma banda de delincuentes de izquierdas que ahora me están acosando!

—Tal vez sí. Pero sigo sin acabar de entender por qué eso implica que tengas que presentarte en la puerta de mi casa en plena noche...

—Porque alguien tiene que detenerlo —dijo Hobden.

—Habla —dijo Lamb.

Luego aproximó el mechero hacia la cara de Taverner, como si la amenazara.

Ella se inclinó hacia delante para acercarse a la llama. El séptimo del día: empezaba a acostumbrarse a tener los pulmones llenos de humo. Exhaló. Dijo:

—¿Alguna vez te has preguntado por qué hacemos lo que hacemos?

—Taverner, son más de las dos y mi equipo ya tiene menos personal que ayer. Avancemos, ¿vale?

—Ha habido quince intentonas terroristas fracasadas desde el siete de julio, Jackson. Tiene que ser cierto. Lo he leído en el periódico.

—Mejor para nosotros.

—Salía en la página once, en el faldón de abajo.

—Si querías hacerte famosa, quizá el servicio secreto no fuera el camino adecuado.

—No tiene nada que ver conmigo.

Jackson Lamb sospechaba que sí tenía mucho que ver con ella.

—Nuestros fracasos tienen más eco en la prensa que nuestros logros. Tú deberías saberlo mejor que nadie. ¿Un dosier sucio? ¿Armas de destrucción masiva? Vale, eso fue cosa de Seis, pero... ¿te crees que le importa a alguien? —Sus palabras llegaban ya más deprisa y cada una dejaba un rastro de tabaco en el aire, entre ellos dos—. Hace poco

227

se hizo una encuesta. El cuarenta y pico por ciento de la población cree que Cinco tuvo algo que ver con la muerte de David Kelly a las cuarenta y ocho horas de hacerse pública su opinión sobre las armas masivas en Irak. Cuarenta y pico por ciento. ¿Cómo te crees que me hace sentir eso?

—Te hace sentir que deberías hacer algo al respecto —respondió Lamb—. Déjame ver si lo adivino: has urdido un plan medio tonto que tiene que ver con un grupo neofascista que secuestra a un chico musulmán y amenaza con cortarle la cabeza en YouTube. Claro que no va a ocurrir porque un miembro del grupo es uno de los tuyos. Así que cuando Cinco dé el paso para rescatarlo en el último segundo, tendrás todos los altavoces del mundo a tu disposición para subrayar la implacable eficacia de la organización. —Exhaló una bocanada de humo—. ¿Caliente?

—¿Medio tonto?

—Venga ya, por el amor de Dios. Tenemos un agente muerto y otra en cuidados intensivos, y eso que tú te esfuerzas por impedir que todo esto salga en los papeles. Y por si lo habías olvidado, los dos agentes son míos. O lo eran.

—Lamento lo de Sid Baker.

—Genial.

—Por lo visto Moody ha tropezado con su polla, y no me voy a responsabilizar de eso. Pero lo de Baker sí lo lamento.

—Me aseguraré de que lo pongan en su historial médico. Ya sabes, ese que cuelgan al pie de la cama, donde pone a qué hora le han cambiado el catéter. Joder. ¿De verdad creías que esto iba a salir bien?

—Todavía puede salir.

—Y una mierda. Las ruedas han empezado a salirse cuando ni siquiera las habías atornillado todavía. Háblame de Hobden. ¿Por qué es tan peligroso?

—No estoy segura de que lo sea.

—No he venido a hacer esgrima contigo. Mandaste robarle los archivos y revisarle la basura. ¿Por qué?

Ella se tocó brevemente la frente con la palma de la mano. Cuando volvió a mirar a Lamb, él tuvo la sensación de que casi podía ver a través de su piel. Las venas bien tensas sobre los huesos relucientes. Si le daba un toquecito con la uña, se partiría en añicos.

—¿Conoces a David Spencer? —preguntó Diana Taverner.

—¿El de la contra del *Guardian*?

—Eso era antes. Lo echaron. En cualquier caso, sí, me refiero a él. Éramos amigos. ¿Te parece raro? ¿Yo, amiga de un periodista rojillo?

A Lamb nada le sonaba raro; salvo, tal vez, que alguien tuviera amigos.

—Estábamos en el club Frontline la noche de las elecciones europeas. La noche en que el PNB ganó dos escaños, ¿te acuerdas?

Lamb asintió.

—Vimos llegar los resultados y Dave se volvió histérico, como era de prever. Bebe mucho. También lo echaron por eso. En cualquier caso, se empezó a enrollar como si fuera culpa mía. Qué pasa con los tuyos, decía todo el rato. Ya es hora de que pilléis a esos pelagatos fascistas y los saquéis de la foto...

—Ay, joder —dijo Lamb.

—No sé qué le dije. Cualquier cosa para que se calmara. Pero algo dije, sí. Que ya los teníamos en nuestros planes. Algo así. Nada específico. Nada que se me pudiera atribuir en ninguna cita entre comillas.

—Pero todo a oídos de Hobden.

—Bueno, tampoco es que supiera que estaba allí. Estaba al acecho. Pasaba inadvertido.

—Pues claro, ¿no te jode? Es un puto paria. —Lamb movió la cabeza—. Así que tienes a un periodista que simpatiza con la extrema derecha enterándose de que hay una operación contra la extrema derecha. Uno que ya estaba cabreado porque sus inclinaciones extremistas se habían hecho públicas y el servicio secreto había tenido algo que ver con eso, ¿verdad? No me extraña que quisieras averiguar cuánto sabe antes de echar a rodar la pelota. ¿Qué había en sus archivos?

—Mucha mierda. El número pi con más o menos un millón de cifras. Y tú creías que los paranoicos éramos nosotros.

Lamb tan sólo se consideraba cauteloso. Lo que había hecho Hobden lo habría hecho él también, como los turistas que llevan una cartera falsa: un par de dólares para los ladrones autóctonos, con las tarjetas y los cheques de viaje metidos dentro de un calcetín.

—Y entonces enviaste a Moody. ¿Para qué? ¿Para estar más segura? ¿Para robarle el disco duro? —Esperó un momento—. Iba armado.

—Por el amor de Dios, Lamb, no creerás que yo lo autoricé.

—A estas alturas, ya nada me sorprende.

—Se suponía que iba a coger su portátil. Se suponía que todo iba a parecer como un robo de un yonqui.

—En ese caso, lo añadiremos a la lista de éxitos de la carrera de Moody. —Soltó un escupitajo ruidoso sin previo aviso. Luego añadió—: Así que ahora tenemos a Sid Baker en el quirófano, esperando a que le saquen una bala de la cabeza. Por lo que concierne a Moody, él mismo debió de darse cuenta de que la cosa ya estaba más que jodida. Así que intentó limpiar el rastro, lo cual implicaba retirar el micrófono que había instalado en mi despacho. Y tropezar con la polla en la oscuridad, como tú misma dices.

—¿Estaba solo en ese momento?

—Al final todos estamos solos, ¿no te parece? ¿En esos momentos finales? —Lamb lanzó la colilla agonizante al canal oscuro—. En cualquier caso, esto se acabó. Para él y para ti. Para toda la operación.

—Aún puede funcionar.

—No, no puede. Tal vez antes Hobden no tuviera ni idea, pero eso ha cambiado. Ah, y encima ha desaparecido. ¿No te lo había dicho? La única opción que tienes es tirar del enchufe.

230

—Hobden es un chiste. Los únicos periodicuchos que publicarían algo escrito por él tienen nombres como UK Watch, y sólo los lee esa gente que se pasa la vida echando espuma por la boca.

—No hablo de lo que pasará luego. Hablo de esta noche. Todas esas facciones, el PPB, los Nazis de Reino Unido, los demás cabrones, tal vez se odien entre ellos, pero no tanto como odian a todos los demás. Hobden conseguirá correr la voz, si no lo ha hecho ya. Retira a tu agente. Ahora mismo. De lo contrario, Moody y Baker no serán las únicas víctimas de esta noche.

Ella le dio la espalda.

—¿Taverner?

—Son un grupo cerrado. No reciben información de nadie más.

—Ya te gustaría. Pero fíjate en cómo lo has manejado hasta ahora. Esto se ha desmontado más rápido que si lo hubieras comprado en Ikea, y eso que eres una profesional. ¿Crees que los payasos contratados por tus agentes para esta farsa han mantenido la boca cerrada? En cualquier momento, uno de ellos recibirá una llamada de alguien que conoce a alguien que conoce a Hobden para decirle que los han engañado, lo cual significa que en este mismo momento hay dos personas que corren un grave peligro. Tu agente y ese chico. —Lamb pestañeó—. Que sólo es un cabrón con mala suerte por tener el color de piel que no corresponde, ¿verdad?

Ella no contestó.

—Ay, joder —dijo Lamb—. ¿Será que aún puede ser peor?

—Porque hay que pararlo —insistió Hobden—. ¿No te das cuenta?

—Si es una operación del servicio secreto, es obvio que la pararán —señaló Peter Judd—. Es difícil que Cinco permita que le corten la cabeza a alguien por internet. Sólo se trata...

—Ya sé de qué se trata. Se trata de que la gente se olvide de las bombas en el metro y de todas esas redadas al amanecer, que siempre acaban con todos los inculpados absueltos. No, tendremos vídeos de acción de nuestros valientes agentes rescatando a un pobre chiquillo de piel oscura, y de paso resulta que por el mismo precio pintan a la derecha como una banda de cabrones locos y asesinos. Eso es lo que quiero impedir. ¿Y tú? ¿Quieres permitir que se salgan con la suya?

—Teniendo en cuenta su historial, dudo que lo consigan. Pero aún no me has explicado por qué vienes a contarme todo esto a mí.

—Porque los dos sabemos que la corriente está cambiando de sentido. Las personas decentes de este país están hartas de que los zumbados izquierdosos de Bruselas las usen como rehenes, y cuanto antes tomemos el control sobre nuestro futuro, nuestras fronteras...

—¿Me vas a soltar un sermón en serio?

—Ocurrirá, y dentro del período de vuestro gobierno. Los dos lo sabemos. Tal vez no sea en esta legislatura, pero probablemente en la siguiente. Los dos sabemos dónde esperas estar viviendo tú cuando llegue ese momento, y no es en Islington, ¿verdad? —Hobden había revivido. Le brillaban los ojos. Respiraba con normalidad—. Es en Downing Street.

—Bueno, claro.

El PJ maledicente y resplandeciente de diez minutos antes, el PJ que había abofeteado a Hobden, ya no estaba en la cocina; ocupaba su lugar la figura titubeante tantas veces vista en incontables programas de televisión y en no pocas grabaciones de YouTube.

—Obviamente, si me brindan la oportunidad de prestar un servicio, abandonaré el tajo.

—Y querrás llevar a tu partido aún más a la derecha, pero... ¿Qué pasa si ese territorio ya está ocupado? ¿Y si uno de los grupos que lo ocupan es famoso sobre todo por haber intentado ejecutar a alguien en directo, en horario de máxima audiencia?

—Esto sí que es ridículo. Ni los más sucios libertinos de tu antigua profesión van a equiparar el gobierno de Su Majestad con...

—Bueno, si se enteran de tu conexión con uno de esos grupos puede que sí lo hagan. —Por fin habían llegado al meollo del asunto—. No des por hecho que si nunca lo comenté por escrito fue porque lo interpretaba como un desliz de juventud. Simplemente, nunca quise oírte negándolo en público. Tú estás hecho para ser primer ministro. Contigo al timón, este país puede recuperar su grandeza. Y los que creemos que hace falta un movimiento fuerte no queremos oírte pidiendo perdón por defender las causas en las que verdaderamente crees.

PJ posó el vaso con mucho mimo en la encimera.

—Nunca he tenido escarceos con el extremismo —dijo en tono sereno.

Volvía a ser Peter Judd, el erudito del pueblo: acababa de recurrir exactamente al mismo tono que usaba en la tele cuando quería enmendarle la plana a alguien y de paso hacerle saber que no había nadie, o casi nadie, tan equivocado como él.

—Da la casualidad de que escribí un reportaje sobre las actividades de algún grupo marginal a principios de los noventa y para documentar esa información tuve que asistir a una o dos reuniones. —Se acercó más para que Hobden percibiera su aliento—. Además, ¿de verdad crees que te queda algo de credibilidad? —Tenía la voz aterciopelada—. Ahora crees que el coche con el que circulabas por la vida ha sufrido un accidente, pero pronto te parecerá que vas en un lecho de plumas. Comparado con lo que vendrá a continuación.

—No quiero provocar ningún escándalo. Es lo último que deseo. Pero si quisiera... —Lenta, cuidadosamente, Hobden se terminó el contenido del vaso—. Pero si quisiera, no necesitaría credibilidad. Tengo algo mucho más útil. —Dejó el vaso vacío junto al de PJ—. Tengo una fotografía.

• • •

—Ay, joder —dijo Lamb—. ¿Será que aún puede ser peor?

—No se trata tan sólo de mejorar la reputación de Cinco. Estamos en guerra, Jackson. Seguro que te has dado cuenta, incluso desde la Casa de la Ciénaga. Y necesitamos todos los aliados posibles.

—¿Quién es?

—No se trata de quién es él, sino de quién es su tío.

—Ay, la hostia —dijo Lamb—. No me digas.

—El hermano de su madre es Mahmud Gul.

—Por el amor de Dios.

—El general Mahmud Gul. Actualmente, el segundo del directorio paquistaní al mando de las relaciones entre servicios secretos.

—Sí. Gracias. Ya sé quién es. Joder.

—Considéralo como una operación destinada a fomentar la unión de dos comunidades —dijo Taverner—. Cuando rescatemos a Hassan, ganaremos un amigo. ¿No crees que nos resultará útil? ¿Un amigo en el servicio secreto paquistaní?

—¿Y has pensado también en la otra cara? Si esto sale mal, y sabe Dios que de momento no va demasiado bien, habrás asesinado a su sobrino.

—No va a salir mal.

—Si no fuera porque tu estupidez me da ganas de vomitar, encontraría conmovedora tu fe. Interrumpe la operación. Ya.

Otra oleada de risas flotó sobre el canal, pero ya no parecía tan auténtica; impulsada por el alcohol, más que por el ingenio.

—De acuerdo, supongamos que lo hago. La interrumpo. Esta noche. —Sus ojos se concentraron por un instante en algo que quedaba más allá del hombro de Lamb y luego volvieron a posarse en su rostro—. Un día antes de lo previsto. No quiere decir que no pueda funcionar todavía.

—Cuando oigo a alguien decir eso... —empezó a decir Lamb, pero ella lo interrumpió.

—De hecho, funcionará aún mejor. No será un rescate en el último momento. Recuperamos al chico veinticuatro horas antes de la señalada para la decapitación. ¿Y por qué? Porque somos buenos. Porque sabemos lo que hacemos. Porque tú sabes lo que haces.

Dio la sensación de que Lamb se asfixiaba.

—Estás como una cabra —dijo cuando pudo hablar.

—Funciona. ¿Por qué no?

—Bueno, para empezar, no hay ningún rastro por escrito. Ninguna investigación. ¿Cómo se supone que lo he encontrado? ¿Por inspiración divina? Lo secuestraron en las putas calles de Leeds.

—Lo trajeron aquí. No están tan lejos.

—¿Están en Londres?

—No están lejos —repitió ella—. Por lo que respecta al rastro, ya inventaremos una leyenda. Caramba, ya casi lo hemos hecho. Hobden es nuestra puerta de entrada. Fue tu equipo el que lo detectó y le robó los archivos.

—Que sólo contienen un montón de mierda —le recordó Lamb.

—No necesariamente. Por lo menos, cuando decidamos qué queremos que contengan.

La luz iluminaba el rostro de Taverner lo suficiente para que Lamb se diera cuenta de que hablaba absolutamente en serio. Con toda probabilidad se había vuelto loca. No era la primera vez que ocurría algo así en su trabajo, y ser mujer tampoco debía de ayudar demasiado. De haber estado en su sano juicio, se habría dado cuenta de que había un punto débil en su razonamiento: que a él, Jackson Lamb, le importaba menos que un carajo lo que pudiera ofrecerle.

O a lo mejor sí se había dado cuenta.

—Piénsatelo un momento. Piensa en lo que podría significar.

—Lo que estoy pensando es que hay un cadáver en mi escalera.

—Se cayó él solo. Lo único que tendrás que añadir al escenario es una botella vacía.

Sus susurros habían adquirido un tono de urgencia; hablaban de muerte, de muertes ajenas. También hablaban de esos momentos que liquidan una carrera, y tal vez de algo distinto.

—Redención.

—¿De qué coño estás hablando?

—Rehabilitación.

—No necesito ninguna rehabilitación. Estoy feliz donde estoy.

—En ese caso, eres el único. Joder, Jed Moody habría dado el huevo izquierdo por volver a Regent's Park.

—Pues mira adónde lo ha llevado.

—A demostrar que era un caballo lento. ¿Los demás son igual de malos?

Lamb hizo ver que se lo pensaba.

—Sí —respondió al fin—. Probablemente.

—No tiene por qué ser así. Haz todo lo que te pido y te convertirás en un héroe. Otra vez. Y tus chicos y chicas también. Piénsalo, los caballos lentos de nuevo entre los purasangre. ¿No quieres darles esa oportunidad?

—No especialmente.

—Vale, pero ¿has pensado en la parte negativa? ¿Moody estaba solo de verdad cuando se partió el cuello? —Ladeó la cabeza—. ¿O estaba acompañado?

Lamb le mostró los dientes.

—Ya hemos hablado de eso. Llama a los Perros. Cuando acaben de destrozarte, quizá les queden fuerzas todavía para meterse con nosotros. —Soltó un bostezo cavernoso sin el menor disimulo—. En cualquiera de los dos casos, me da lo mismo.

—Te da igual quién se lleve la paliza.

—Tú lo has dicho.

—¿Y si es Standish?

Lamb dijo que no con la cabeza.

—Das palos de ciego por si puedes alcanzar a alguien. Standish no tiene nada que ver. Está en casa, durmiendo. Te lo garantizo.

—No me refiero a esta noche.

Por una vez, Taverner tuvo la sensación de que el dardo había rozado la diana. Lo notaba por el lenguaje corporal de Lamb: una relajación de los músculos que rodean la boca; una señal artificial para fingir que algo no importa.

—Catherine Standish... Estuvo a punto de acusada de traición. ¿Crees que eso se borró?

A la luz de la luna, los ojos de Lamb se veían negros.

—Dudo que quieras abrir ese bote, lleno de gusanos.

—¿Crees que me apetece? Tienes razón, lo de esta noche se nos ha ido de las manos. Yo quiero que se acabe, deprisa y en silencio. Con alguien de mi confianza a las riendas. Y, te guste o no, la Casa de la Ciénaga ya forma parte de esto. Os lo pondrán todo patas arriba. Y la pobre Catherine... Bueno, ella ni siquiera es consciente del lío en el que estuvo a punto de meterse, ¿verdad?

Lamb contempló el canal. En la superficie temblaban algunas luces, reflejos sueltos de orígenes diversos. Había unas cuantas casas flotantes envueltas en la oscuridad, con las cubiertas de los camarotes llenas de macetas, algunas con brotes que llegaban hasta el agua, con sus bicicletas cuidadosamente apiladas. Rastros de un estilo de vida alternativo, o escondrijo para fines de semana alternativos. Qué más daba.

—Eso fue antes de que llegaras tú. Pero ya sabes por qué estoy en la Casa de la Ciénaga.

No era una pregunta.

—He oído ya tres versiones distintas —dijo Diana Taverner.

—La verdadera... Es la peor de las tres.

—Ya me lo imaginaba.

Lamb se inclinó hacia delante.

—Has usado la Casa de la Ciénaga como si fuera tu caja de juguetes particular, y eso me cabrea. ¿Lo tienes claro?

Taverner quiso hurgar a fondo en la herida.

—Te importa tu gente, ¿no?

—No, creo que son una panda de putos perdedores. —Se acercó más a ella—. Pero son mis perdedores. No los tuyos. Así que voy a hacer lo que me pides, pero con algunas condiciones. Moody desaparece. Baker ha sido víctima de un asalto por la calle. Quien vaya a trabajar conmigo esta noche ha de estar a prueba de incendios. Ah, y te queda una deuda salvaje conmigo. Deuda que, ya puedes creerme, se reflejará en mi hoja de gastos hasta la eternidad.

—Podemos salir todos de ésta cubiertos de gloria —señaló ella.

Era un comentario imprudente, pero Lamb rechazó las siete u ocho respuestas probables; se limitó a negar con la cabeza con muda incredulidad y volvió a mirar hacia la superficie del canal, donde algunas esquirlas de luz se balanceaban en un desbarajuste silencioso.

—Tengo una fotografía —dijo Hobden—. Se te ve haciendo el saludo nazi, con un brazo en torno a Nicholas Frost. Ya nadie se acuerda de él, claro, pero era el líder del Frente Nacional en esa época. Muerto de una puñalada en una manifestación pocos años después, lo cual ya me parece bien. Era de los que dan mala imagen a la derecha.

Al cabo de un largo rato, PJ contestó:

—Esa fotografía se destruyó.

—Me lo creo.

—Tanto que se puede decir que nunca existió.

—En cuyo caso, no tienes de qué preocuparte.

Los distintos PJ que se habían presentado hasta el momento —el modoso, el torpe, el malvado, el cruel— se fundieron en uno, y por un instante el verdadero Peter Judd asomó tras el colegial crecidito y se dedicó a hacer lo que hacía siempre: sopesar con quién hablaba en función de la amenaza que representaba, y establecer de qué modo podía liquidar limpiamente esa amenaza. «Limpiamente» significaba sin repercusiones. Si todavía existía esa foto y estaba en manos de Hobden, las consecuencias podían ser catastróficas. A lo mejor se estaba marcando un farol. Sin embargo, el mero hecho de que Hobden conociera la existencia de esa foto ya hacía que en el marcador de alarmas de PJ la aguja avanzara hasta la zona roja.

Primero, neutralizar las consecuencias.

Ya se ocuparía más delante de liquidar la amenaza.

—¿Qué quieres? —preguntó.

—Quiero que corras la voz.

—¿La voz de qué?

—De que todo este montaje, la supuesta ejecución, es falso. De que La Voz de Albión, que nunca ha sido más que una banda de camorristas callejeros, ha sido infiltrada por el servicio secreto. De que los han convertido en herramienta para una operación de relaciones públicas y no van a salir bien parados. —Hobden se detuvo—. Me da igual lo que les pase a esos idiotas. Pero el daño que le están haciendo a nuestra causa es incalculable.

PJ dejó pasar lo de «nuestra». Nuestra causa.

—¿Y qué se supone que debo hacer? ¿Anunciarlo en la Cámara?

—No me digas que no tienes contactos. Si tú pronuncias la palabra adecuada al oído adecuado, llegaremos mucho más lejos que si lo hago yo. —Había una nueva urgencia en su voz—. Si pudiera encargarme de esto yo solo, no te involucraría a ti. Pero ya te lo he dicho. No son mis amiguitos.

—Tal vez sea demasiado tarde —dijo PJ.

—Tenemos que intentarlo. —Exhausto de pronto, Hobden se frotó la cara con una mano—. Podrán decir que era una broma que se les fue de las manos. Que la intención no era que se derramara sangre.

Fuera de la cocina sonó una conmoción. Voces que llamaban desde arriba de la escalera: «¿PJ? ¿Dónde coño te has metido?» También: «¿Cariño? ¿Dónde estás?» Lo último, con algo más que una insinuación de enojo.

—Ahora mismo subo —respondió PJ. Y luego—: Será mejor que te vayas.

—Harás esa llamada.

—Yo me encargo.

Algo en su mirada rabiosa convenció a Hobden de que no debía insistir.

• • •

Lamb se fue. Taverner se quedó mirando hasta que su figura abultada se fundió con las sombras mayores, y aún otros dos minutos, antes de permitirse un poco de relajación. Miró el reloj: las dos y treinta y cinco.

Un cálculo mental rápido: a Hassan le quedaban unas veintiséis horas. Horas muertas.

En condiciones ideales, Diana Taverner habría estirado aún más la cuerda; habría esperado hasta que todos los televisores de la tierra tuvieran activada la cuenta atrás antes de poner en marcha el rescate. Sin embargo, tendría que actuar esa noche. Además, la vuelta positiva que había conseguido darle —que no era un rescate en el último instante, sino una operación controlada, libre de todo pánico— iba a funcionar bien. Sin correr ningún peligro. Ésa sería la conclusión del informe final: que Cinco lo había tenido todo bajo su control desde el principio. Así, al llegar la mañana, Hassan estaría a salvo en su casa; el agente de Taverner saldría de las profundidades de su escondrijo y ella misma estaría recibiendo felicitaciones y vería subir la valoración del servicio secreto como un cohete. Y para colmo no había ninguna posibilidad de que Ingrid Tearney volviera de Washington a tiempo para robarle la gloria.

Sin embargo, no representaba un gran consuelo que en ese momento todo estuviera en manos de Jackson Lamb. Lamb era peor que cualquiera que hubiese cometido una cagada en la agencia, era una bala perdida, alguien que había soltado las amarras por su propia voluntad. Al preguntarle si sabía por qué había acabado en la Casa de la Ciénaga, la estaba amenazando; le estaba preguntando si sabía exactamente qué había hecho. Si la cosa se jodía esa noche, Lamb no dejaría la limpieza en manos de los Perros. Se encargaría él mismo de limpiarlo todo.

En cuyo caso, era aconsejable disponer de un plan de contingencia.

Sacó el móvil del bolsillo; marcó un número. Sonó cinco veces antes de obtener respuesta.

—Taverner —dijo—. Perdón por molestar. Es que acabo de tener una conversación extraña con Jackson Lamb.

Sin dejar de hablar, echó a andar por el camino de sirga y pronto se la tragaron las sombras.

Era tarde, tarde, pero la fiesta seguía a tope. Alguna que otra raya de coca también contribuía. PJ había decidido dejarlo pasar, pero pensaba hablar luego con los culpables, una buena bronca antes de que se terminara la semana. En la oposición se podían permitir ciertos desvaríos, y con el partido en el gobierno otros aún mayores, pero dentro del gabinete había que respetar algunas normas. Ninguno de los cachorrillos que participaban en aquello estaban a la altura de PJ, por supuesto, pero si creían que no se había dado cuenta de lo que hacían le estaban faltando gravemente al respeto.

Pero eso podía esperar. Durante la media hora transcurrida desde la partida de Hobden, PJ había repasado su historia de arriba abajo y había decidido que probablemente era cierta. Incluso en el mundo de las redes, en el que las teorías de la conspiración se extendían más deprisa que el acné de los blogueros, a PJ no le costaba demasiado creerse que algunos elementos del MI5 pudieran haber tramado aquella especie de gran guiñol; incluso le impresionaba un poco. Menos capas y espadas, y más *reality show*: así se capturaba la imaginación del pueblo. Y nada más realista que el derramamiento de sangre.

Lo que no había decidido era cómo debía reaccionar. Por mucho que Hobden anunciara la llegada del Juicio Final, PJ tenía la sensación de que el electorado sabía distinguir entre la versión de la derecha que ofrecía la clase dominante y la que se cocía en las barriadas. Además, si seguía el razonamiento de Hobden, daba lo mismo que la trama fracasara o triunfara: en ambos casos, la extrema

241

derecha quedaba como una banda de cabrones asesinos. Y teniendo en cuenta que a PJ le importaba un pito si un inmigrante —o, como mucho, autóctono de segunda generación— sobrevivía o moría; y que además esperaba estar algún día en una posición en la que le convendría personalmente que el servicio secreto conservara su fortaleza, la balanza se fue inclinando a favor de la decisión de no levantar un dedo.

Aunque también estaba la foto. Si existía. En el reducto íntimo de la mente de PJ no tenía demasiado sentido fingir que nunca había existido, pero dar por hecho que seguía existiendo ya era algo bien distinto, pues eso se había resuelto, teóricamente, con una cantidad seria de dinero, unas cuantas promesas y un acto de violencia. Tras tanto tiempo parecía difícil que hubiera subsistido alguna copia, pero —suponiendo que así fuera—, había pocos candidatos a encontrarla tan capacitados como Robert Hobden. Aun dejando de lado sus conexiones con la extrema derecha, la carrera de Hobden había destacado tanto por su capacidad de destapar pecados políticos como por su pomposidad petulante, y, antes incluso de caer en desgracia, desde el poder se lo esquivaba con cuidado. Precisamente porque no lo sabía todo, parecía aún más probable que no se tratara de un farol: de haber tenido la mínima pista de que la muerte de Nicholas Frost en aquella manifestación del Frente Nacional no era lo que parecía, no habría dudado en plantear el asunto. Así que, dando por cierto que existía la foto y que Hobden tenía una copia... ¿adónde llevaba el asunto? O sea, ¿adónde llevaba a PJ?

Lo llevaba a tapar las grietas. Echó la silla hacia atrás, se disculpó con un gesto ante su esposa y movió los labios para articular en silencio la palabra «teléfono». Ella creería que tenía algo que ver con el asunto del rehén, y así era, por supuesto. Así era.

Encontró a Sebastian en el rellano de la planta superior, donde se había sentado a contemplar la calle en silencio. Una de las palabras que se usaban para describir a Sebastian era «factótum». PJ había oído incluso cómo lo llamaban «mayordomo», o incluso «Batman». La última era bastante buena, por cierto. El cruzado de la capa. Actos oscuros por una buena causa. Una buena causa era la de PJ, claro.

Si existía la foto: bueno. Cuando uno estaba en el gobierno había ciertas normas que respetar, pero una de ellas, que las resumía todas, consistía precisamente en no permitir que alguien te pusiera una navaja en el cuello.

Antiguamente, los que estaban en el poder esquivaban a Robert Hobden con cuidado. En esos tiempos, también existía la opción de pasarle por encima. Pero antes tenía que tapar esas grietas: correr la voz, como le había pedido Hobden. PJ no mantenía relaciones personales con quienes habitaban más allá de los límites de lo aceptable, pero el caso era que tampoco le hacía falta. ¿Para qué sirve tener un Batman?

—Seb —anunció—, necesito que hagas unas llamadas.

12

El cadáver de Jed Moody seguía en el rellano, a la luz lúgubre de una bombilla pelada. Lamb no le prestó demasiada atención al subir a su despacho, donde levantó el corcho que había caído al suelo y lo volvió a colgar en la pared. Luego abrió con llave un cajón del escritorio, del que extrajo una caja de zapatos. Dentro, envuelta en una tela, había una Heckler & Koch. Tras observarla brevemente a la luz del flexo, se la metió en el bolsillo del abrigo, que quedó torcido en una posición extraña. Dejó la caja de zapatos encima del escritorio y la lámpara encendida, y se fue escalera abajo.

—¿Adónde ha ido a parar el arma? —preguntó.

—La tengo yo —dijo River.

Lamb tendió su mano carnosa y River le entregó el arma de Moody, que enseguida desapareció en el bolsillo del jefe. Curiosamente, a River le pareció que así se equilibraba un poco su figura.

Lamb bajó la mirada hacia Moody.

—Vigílame el local, ¿eh?

El muerto no contestó.

Lamb abrió camino escalera abajo y se encendió un cigarrillo cuando aún no habían llegado a la calle. Fuera, el humo casi parecía blanco.

—¿Alguien tiene coche por aquí?

Louisa Guy tenía.

—¿Alguno de vosotros está en condiciones de conducir?

—Sí.

—Pues sígueme.

—¿Adónde? —preguntó River.

—Tú vas conmigo. Los otros dos —añadió Lamb—, Roupell Street. ¿La conocéis?

—Al sur del río.

—¿A estas horas de la noche?

—¿Te parece divertido? —dijo Lamb.

—¿Y qué hacemos al llegar allí? —preguntó River.

—Rescatar a Hassan Ahmed —contestó Lamb—. Y convertirnos en héroes.

River, Min y Louisa intercambiaron miradas.

—¿Os parece bien a todos? —dijo Lamb—. ¿O teníais otros planes?

No tenían otros planes.

Larry, Moe y Curly.

Curly, Larry y Moe.

¿Quiénes eran esos tipos, y por qué razón lo habían secuestrado?

«¿Crees que nos importa un comino quién seas?»

Durante largos lapsos, Hassan creía que había dejado de pensar. Que sólo tenía sentimientos, ningún pensamiento. Pero se equivocaba: lo que pasaba era más bien que sus pensamientos se habían convertido en sentimientos y ahora le daban vueltas por la cabeza como si fueran mariposas. Sus pensamientos aleteaban, era imposible mantenerlos quietos. Lo llevaban a una cosa y luego a otra y después a una tercera, que podía ser de nuevo la primera, aunque era difícil estar seguro de cuál había sido la primera. Él ignoraba si la causa original era el miedo, el hambre o la soledad. Lo más interesante —con un interés que se parecía al que alguna vez había sentido por las actividades de las hormigas— era que había descubierto que tenía talento para viajar en el tiempo. Durante fracciones de un segundo era capaz de proyectarse desde su celda hacia un pasado en el que todo aquello no iba a ocurrir.

Por ejemplo, recordaba la primera vez que había preguntado a su madre por el hombre que salía en la foto de su mesita de noche, que era obviamente un soldado, con sus rasgos finos y firmes y una mirada que sugería que él también conocía el secreto para viajar en el tiempo y por eso veía a través de la cámara y captaba el futuro; un futuro en el que el niño que aún estaba por nacer miraría esa foto y se preguntaría quién era él.

—Es tu tío Mahmud —le dijo ella.

Hassan tenía entonces cinco años, más o menos.

—¿Dónde está? —preguntó.

—Ha vuelto a casa. A Pakistán.

Pero para Hassan «casa» no significaba Pakistán. «Casa» era donde él vivía: era el edificio en el que se despertaba cada día con sus padres y sus hermanos y hermanas, y también la calle en la que se alzaba ese edificio y la ciudad de la que formaba parte esa calle, y etcétera. Le confundía que aquella palabra pudiera tener un significado distinto para su madre. Si las palabras significaban cosas distintas para cada uno, ¿cómo podía fiarse de ellas?

Y si aquel hombre era su tío, ¿por qué no lo había conocido?

—¿Por qué no viene a visitarnos?

Porque su tío era un hombre muy ocupado e importante, lleno de obligaciones que lo retenían en la otra punta del mundo.

La información que se aporta en las primeras etapas queda grabada en el cerebro y esa pepita de oro no sólo satisfizo la curiosidad de Hassan, sino que además se convirtió en lo único que merecía la pena decir sobre aquel asunto. Años después, cuando vislumbró en el telediario de la BBC a alguien que parecía ser aquel mismo hombre, una figura más en una fila de señores que saludaban al presidente de Estados Unidos en uno de los viajes que éste emprendía de vez en cuando para que su mundo le diese la bienvenida, lo interpretó como una simple confirmación de lo que le había dicho su madre: que su tío era un hombre muy ocupado e importante.

Y entonces el parpadeo de la historia pasó y Hassan volvía a estar en su sótano.

Su tío era un hombre muy ocupado e importante. Demasiado ocupado e importante para visitar Inglaterra; ésa era la historia que le habían explicado a Hassan de pequeño. La verdad, tal como se la había contado su padre muchos años después, iluminaba los hechos con una luz distinta: su tío no había ido a verlos nunca porque no aprobaba el matrimonio de su hermana, ni la vida secular de la familia. Aunque seguía siendo cierto que se trataba de un hombre muy ocupado e importante: su tío era un oficial de alto rango en el ejército de Pakistán.

¿Ocupación e importancia suficientes?, se preguntó en ese momento. ¿A Larry, Curly y Moe les parecería suficientemente importante?

«¿Crees que nos importa un comino quién seas?»

Le habían dicho eso, pero a lo mejor le habían mentido. Al fin y al cabo, lo habían asaltado, drogado y secuestrado; lo mantenían preso en un sótano húmedo; le habían informado con toda frialdad de que le iban a cortar la cabeza. Le habían dado una botella de agua y un plátano, y nada más. Eran mala gente. Que además fueran mentirosos no quedaba al margen de lo posible. Y como la condición de «ocupado e importante» solía implicar riqueza, tal vez en realidad el suyo fuera un secuestro de tipo doméstico; a lo mejor, pese a todas sus amenazas y fanfarronadas, Moe, Curly y Larry no tenían otro objetivo que joder el dinero a su muy ocupado e importante tío, y nada más. Tenía más sentido que pedir un rescate a sus padres, que estaban muy ocupados, pero no eran importantes; acomodados, pero no ricos. Hassan, en consecuencia, se convenció de que se trataba de eso.

«Puto paqui.»

Sí, claro, se lo habían dicho, pero sólo para asustarlo.

«Te vamos a cortar la cabeza y lo vamos a enseñar en la red.»

Pero en realidad querían decir: si tu tío no paga el rescate.

Hassan había visto suficientes películas como para entender lo que significaba eso; la policía encontraría alguna oportunidad para seguir el dinero; habría vigilancia en helicóptero. Los seguirían con disimulo, y luego un estallido de acción: gritos y fogonazos. Y entonces se abriría la puerta del sótano y vería bajar por la escalera una linterna potente como una antorcha...

Pensó: No. Renuncia. Eso no va a pasar.

Y luego pensó: pero ¿qué hay de malo en pensarlo?

¿Qué otra manera tenía de pasar el tiempo hasta que cayera el hacha?

Y justo cuando esos pensamientos se peleaban como mariposas en su cabeza atiborrada, alguien dio un golpe en el techo y sonaron voces de rabia o de sorpresa... Esto que estaba oyendo ¿era un acto de violencia? Le pareció que sí lo era. Un estallido breve, seguido de otro golpe, mientras en su cabeza se formaban unas imágenes...

Un equipo de rescate había reventado la puerta...

Un grupo de policías armados estaba tomando la casa...

Su tío, el soldado, le había seguido el rastro...

Cualquiera de las anteriores...

Hassan se permitió albergar una esperanza.

El tráfico era fluido, compuesto sobre todo por taxis y autobuses nocturnos. En Londres había actividad las veinticuatro horas del día, pero sólo si se tenían en cuenta las cosas que nadie quería hacer, como buscar el camino de vuelta a casa a altas horas de la noche, o salir para un trabajo de limpieza con el frío del amanecer, a oscuras todavía. Mirando por la ventanilla, River intentaba procesar lo que les había dicho Lamb antes de montar en coches separados: que había tres secuestradores. Uno era amigo, pero nadie tenía la menor idea de cuál de los tres sería, ni de cómo iba a reaccionar.

—¿Están armados?

—Supongo que tendrán algún tipo de arma blanca. Harían un ridículo horrible si intentaran cortarle la cabeza a ese chico con un pepinillo.

—¿Y por qué nosotros? —preguntó River—. ¿Por qué no mandan a un equipo de los SWAT? ¿O a los Conseguidores?

Lamb no contestó.

Por la ventanilla de la derecha, River vio una figura acurrucada en el portal de una tienda, bajo una pirámide de cartones, pero desapareció enseguida; ni siquiera llegó a ser un recuerdo. River enfocó la mirada para ver su propio reflejo. Tenía el pelo alborotado y le asomaba en el mentón la barba de un día. No recordaba cuándo había ido al barbero por última vez. Supuso que lo primero que le habían hecho a Sid era raparla. Su cabeza debía de parecer muy pequeña sin pelo. Tendría pinta de extraterrestre de Hollywood.

Su reflejo se disolvió y regresó después de un pestañeo.

Todo formaba parte de lo mismo. Hobden, Moody, Hassan Ahmed, el balazo de Sid, todo formaba parte de un juego ajeno cuyas piezas, por lo visto, habían quedado colocadas en buena posición para Lamb. Seguro que había ido a ver a Lady Di. No se lo había dicho, pero ¿quién más podía ser? River no había vuelto a ver a Diana Taverner desde que pasara aquellos dos días siguiéndola, hacía meses ya. En cambio Lamb, por mucho que perteneciera a los caballos lentos, parlamentaba con ella en plena noche...

Pasaron por delante de una papelería, con un logo que le resultaba familiar iluminado en color azul y blanco, y se estableció en su cerebro una conexión que llevaba tiempo buscando con torpeza.

—Era dinero, ¿no?

—¿El qué?

—Lo del sobre. El que se llevó Moody de su oficina. Es dinero. El fondo de huida.

Lamb arqueó una ceja.

—¿El fondo de huida? Hacía tiempo que no oía esa expresión.

—Pero es eso.

—Ah, claro —dijo Lamb—. Tu abuelo. Lo has sacado de ahí.

Asintió para sí mismo, como si con eso diera el problema por solucionado.

Y tenía razón, por supuesto; de ahí lo había sacado. «Todo ciudadano necesita un fondo de huida —le había explicado el D. O.—. Un par de miles, unos cuantos cientos, lo que se pueda. En el mundo civil lo llamarían dinero para un "a tomar por culo". Maldita sea, no tendría que haber dicho eso. No se lo cuentes a tu abuela.»

River todavía recordaba la emoción que había sentido al oír eso con sus doce años. No por la expresión procaz en sí, sino porque su abuelo pudiera pedirle que no dijera nada a la abuela y confiar en que él se callaría. Les brindaba un secreto común. Los convertía en espías, juntos.

Un fondo de huida era lo que necesitaba quien viviera al límite, a punto de resbalar en cualquier momento. Algo para amortiguar la caída. Medios para alejarse.

—Sí —dijo Lamb, para sorpresa de River—. Es un fondo de huida.

—Ya.

—No es una fortuna, por si crees que has dado con la gallina de los huevos de oro.

—No lo creía.

—Mil quinientos, un pasaporte y la llave de una caja.

—¿En Suiza?

—A la mierda Suiza. En un banco de un pueblecito de Francia, a cuatro horas de París en coche.

—Cuatro horas —repitió River.

—¿Por qué te estoy contando esto?

—¿Para tener una excusa para matarme?

—Es probable.

Lamb no había cambiado nada, seguía siendo un cabrón rudo de barriga floja, seguía vistiendo como si le hubieran hecho atravesar el escaparate de una tienda de caridad, pero, joder, pensó River: Lamb era un espía. Tenía un fondo de huida sujeto por la parte de atrás de su tablón de noticias, recubierto de cupones de descuento y boletos de ofertas pasadas de fecha que concentraban todas las miradas. El mismo engaño que los magos. Era lo que hacían los espías, o así se lo había contado siempre el abuelo a River: «Siempre hay alguien mirando. Asegúrate de que no vean lo que creen ver.»

Al cruzar el Támesis, River vio un mundo entero de edificios altos y acristalados. Permanecían casi todos a oscuras, torres de ventanas sin iluminar que reflejaban alfilerazos de luz rescatados de las calles, o del cielo, pero de vez en cuando aparecía un ventanal iluminado crudamente y en algunos se veían figuras humanas inclinadas ante sus escritorios, o simplemente de pie en alguna habitación, con toda su atención volcada en lo inescrutable. Siempre estaba pasando algo. Y no siempre era posible, desde fuera, saber qué pasaba.

Al final, por supuesto, lo que acaba contigo es la esperanza.

Peor que el ruido había sido el silencio posterior.

Hassan contenía la respiración como si, en vez de estar secuestrado, estuviera detenido. Le pasó por la mente la idea de que si aquellos cabrones supieran hasta qué punto era inglés, en qué medida le desagradaba llamar la atención, se olvidarían del color de su piel y lo abrazarían como a un hermano... Pero no, aquellos cabrones no se iban a olvidar del color de su piel. Hassan Ahmed alimentó la esperanza de que el equipo de los SWAT, los policías armados, su tío el soldado, ahora que por fin habían dado con aquellos cabrones, los trataran sin la menor compasión.

Larry, Moe y Curly.

Curly, Larry y Moe.

A Hassan le importaba un comino quiénes fueran, ¿vale?

Sin embargo, el que entró de golpe en el sótano al cabo de un minuto no era su tío.

—Tú.

Se refería a él.

—Levántate, hostia.

Pero Hassan no podía levantarse. La gravedad lo mantenía pegado a la silla. Tuvieron que ayudarlo, agarrarlo. Arrastrarlo. Lo alzaron con brusquedad sobre sus piernas temblorosas y tiraron de él para sacarlo por la puerta y llevarlo escalera arriba. Hassan no estaba seguro de si había hecho mucho ruido durante el proceso. A lo mejor iba rezando. Porque siempre se regresa al encuentro de los dioses. Durante todo el tiempo que había pasado en aquel sótano, no había dejado de suplicar a Alá que lo liberase; había hecho todas las promesas que se suelen hacer en esas situaciones. A lo mejor, si Hassan hubiera creído en Él, Alá no lo habría abandonado a su destino, morir por creer en Él. Pero tampoco tenía demasiado tiempo para meditarlo. Lo llevaban a trompicones por un tramo estrecho de escalera, en lo alto del cual le esperaba lo siguiente que iba a ocurrir en su vida, fuera lo que fuese.

Había creído que la ejecución tendría lugar en aquel sótano.

Pero era en la cocina.

La casa quedaba en una manzana que había visto días mejores, casi todos ellos antes de la guerra. Las ventanas de arriba estaban tapiadas con tablones y las de la planta baja tenían cortinas gruesas que impedían el paso de la luz. Una mancha de humedad se extendía por la fachada.

En un susurro brusco, Lamb dijo:

—Que levante la mano quien no haya bebido esta noche.

Min y Louisa intercambiaron miradas.

—Toma. —Lamb le pasó a River el arma de Moody, de calibre 22—. Como apuntes hacia mí, o hacia cualquier cosa que esté cerca de mí, te la quito.

Era la primera vez que River estaba en un espacio público con un arma. Pesaba menos de lo esperado.

—¿Cree que están ahí dentro? —preguntó.

Porque la casa no parecía simplemente dormida. Parecía muerta.

—Tú compórtate como si estuvieran —dijo Lamb.

Habían pasado con el coche por delante de la casa y habían aparcado unos veinte metros más allá. Min y Louisa habían llegado justo detrás de ellos; en ese momento estaban los cuatro agazapados junto al vehículo de Lamb. River miró el reloj. Si su jefe había calculado bien, faltaban cinco minutos para que aparecieran los Conseguidores. Siete, si tenía que hablar con rigor absoluto.

—¿Vamos a entrar? —preguntó.

—Vamos a entrar —dijo Lamb—. Tú y yo. Tú te puedes ocupar de la puerta —añadió, dirigiéndose a Louisa—. Hay una palanca en el maletero. Y tú vigila la parte de atrás. —A Min—. Si sale alguien, que no te vea. Pero que no se te escapen. ¿Está todo claro?

Todo estaba claro. Llevaban meses esperando encargarse de un trabajo de verdad; no lo iban a dejar pasar en ese momento.

—De acuerdo. No os dejéis pegar un tiro, ni nada parecido. Me lo apuntan en mi historial.

Louisa cogió la palanca y se acercaron en fila a la casa; Min siguió andando al pasar por delante y dobló la esquina para ir a la parte de atrás. Al llegar a la puerta, Louisa encajó la palanca a la altura de la cerradura, como si hubiera nacido para allanar viviendas. Se apoyó con fuerza en la palanca y la puerta se astilló y acabó cediendo. A partir de entonces Lamb se movió más deprisa de lo que cabía esperar por su gordura y blandió la H&K con las dos manos. Después de entrar giró a la derecha y abrió de una patada una puerta que daba a una habitación vacía.

—¡Policía! ¡Vamos armados! —gritó.

River subió la escalera con tres saltos. Estaba todo a oscuras, ninguna de las puertas tenía las rendijas iluminadas por una pincelada amarilla. Entró en la primera habitación deprisa, agachado; dio una vuelta completa con el arma por delante.

—¡Policía! ¡Vamos armados!

Nada. Sólo un par de colchones en el suelo y un saco de dormir con la cremallera descorrida, arrugado como si fuera una muda de piel. Se oyó un grito en la planta baja. Salió, abrió de una patada la segunda puerta: la misma historia. Otro grito. Era Lamb, que lo llamaba. La última puerta era de un baño. Tiró del cordón de la luz. Bajo uno de los grifos de la bañera florecía una mancha verde y había una camisa colgada de la barra de la ducha. Estaba húmeda. Lamb volvió a gritar su nombre. River bajó la escalera corriendo.

Distinguió la silueta de Lamb al fondo del pasillo. Estaba mirando algo en el suelo de la cocina. Llevaba el arma en la mano, pero el brazo pendía en paralelo al cuerpo.

—Arriba no hay nadie —dijo River.

—Nos tenemos que ir —dijo Lamb.

Había algo macabro en su voz. Retorcido.

Louisa Guy se acercó por detrás de River. Sostenía la palanca con las dos manos.

—¿Qué es?

—Nos tenemos que ir. Ya.

River se acercó más y cruzó el umbral de la cocina.

El cuerpo despatarrado en el suelo de la cocina antes era más alto. En aquel momento estaba en medio de un charco de vísceras, en torno a las cuales zumbaba, muy ocupada, una moscarda.

A la espalda de River, Louisa dijo:

—Ay, virgen santa.

En la mesa de la cocina había una cabeza, segada del cuerpo de su dueño con un corte irregular.

River dio media vuelta y pasó corriendo por delante de Louisa. Apenas consiguió llegar a la calle para vomitar en una alcantarilla.

• • •

254

Cruzaron el río negro en un coche azul, con las mentes manchadas por un recuerdo rojo. La cantidad de sangre que llevaban en los puños de las camisas y en los zapatos bastaba para delatarlos y mucho más si pasaban un examen forense.

El que conducía dijo:

—¿Tenías que...?

—Sí.

—Era...

—¿Era qué?

—Es que yo...

—¿Es que tú qué?

—Es que yo no estaba preparado.

—Ya, claro.

—No lo estaba.

—Ya, bueno, él tampoco, ¿verdad? Pero ¿sabes qué? Eso no cambia nada. Está muerto igualmente, ¿no te jode?

Lo estaba. Estaba muerto. Acababan de dejar su cabeza en la mesa de la cocina.

¿Se puede estar más muerto?

13

—Los teléfonos. Ya.

Aturdidos, rebuscaron sus teléfonos.

—¿Dónde está Harper?

Ahí llegaba, trotando.

—¿Qué ha pasado?

—Tu teléfono —dijo Lamb.

—¿Mi teléfono?

—¡Dámelo, maldita sea!

Min Harper rebuscó su teléfono. Lo añadió a los tres que Lamb sostenía ya; vio horrorizado cómo el jefe tiraba los cuatro por una alcantarilla que quedaba a sus pies.

—Vale, id. Buscad a Ho, Loy y White. Yo me encargo de Standish.

A River todo eso le parecía como una secuencia de un sueño: las voces se concentraban y dispersaban en un estallido; de la farola más cercana manaba una luz flotante. Le flojeaban las piernas, como si cualquier ráfaga de viento pudiera tumbarlo, y no quería volver la mirada hacia la casa, que seguía con su puerta abierta, su cocina y su mesa, con una cabeza cortada y posada encima. Si es que una cabeza podía posarse. Si es que una cabeza podía posarse.

—Hostia puta, Cartwright, no me hagas esto ahora.

—Yo lo conocía de algo —dijo River.

—Todos lo conocíamos —respondió Lamb.

Louisa Guy se atusó el cabello con una mano temblorosa. Min Harper le tocó un codo, pero ella se lo sacudió.

—Era uno de los nuestros, Cartwright. Era un caballo lento. Muévete de una vez. Id a buscar a los demás. No vayáis a vuestras casas.

River miró a Min y Louisa e interpretó sus expresiones con acierto.

—No sabemos dónde viven.

—Dame fuerzas.

Lamb empezó a recitar direcciones: Balham, Brixton, Tower Hamlets.

—¿Y luego?

—A la tumba de Blake. Daos prisa.

Se fueron en coches separados.

Apenas un minuto después llegaron dos furgones negros, de los que salieron en tropel unos cuantos hombres.

—Un espía.

—Pero...

—Pero una mierda. Era un espía. Y punto.

Imitó con una mano el gesto de quien corta algo.

En sus mentes, una cabeza cayó al suelo.

—Tengo...

—¿Qué tienes?

—Es que tengo...

—Tienes miedo.

—Te lo has cargado.

—Nos lo hemos cargado.

—Yo ni siquiera sabía que lo ibas a hacer.

—¿Creías que esto era un juego?

—Pero ahora todo ha cambiado.

—Eres un marica. No ha cambiado nada.

—¿No ha cambiado nada? Nos hemos cargado a un poli...

—Espía.

—Espía, poli, ¿qué más da? ¿Crees que lo van a dejar tal como está? ¿Crees que...? ¿Qué?

Porque Curly acababa de echar la cabeza atrás para soltar una carcajada lúgubre.

Diana Taverner estaba en su despacho. Eran poco más de las tres y el centro estaba prácticamente vacío; sólo un par de chicos encorvados sobre una consola, coordinando la vigilancia de un grupo de defensores de los derechos de los animales. Acababa de colgar el teléfono. La brigada de operaciones tácticas —los Conseguidores— había entrado en la casa, cerca de Waterloo: estaba vacía, salvo por un cadáver. Le habían cortado la cabeza. La buena noticia, si podía considerarse así, era que ya estaba muerto antes de que se la cortaran.

Le estaban mandando un escaneo de las huellas dactilares, pero ella ya sabía de quién era el cadáver. Como no era de Hassan Ahmed, tenía que ser de Alan Black. Su agente. Jackson Lamb y su pandilla no aparecían por ningún lado. Los peores pensamientos que se le habían ocurrido al principio, sobre cómo podían empeorar aún las cosas, ya se habían hecho realidad. Era mejor que pusiera en marcha un plan de apoyo.

Como si fuera un eco de esa noción, sonó el teléfono. Ingrid Tearney, su jefa. Habían hablado antes; Taverner la había llamado desde el canal. Estaba en algún lugar por encima del Atlántico, más cerca de Nueva York que de Londres.

—Ingrid —le dijo.

—Me llegan rumores. ¿Qué está pasando, Diana?

—Lo que te he dicho antes. Es Jackson Lamb.

—¿Estás segura?

—Eso parece. —Se inclinó hacia delante y apoyó la frente en la palma de la mano. Hay que concentrarse en la acción; la voz sale sola—. El cadáver de Waterloo... Es Alan Black. En otros tiempos era un agente de Lamb. Lo

258

dejó el año pasado, pero a lo mejor no lo dejó del todo. Parece que Lamb lo ha estado usando desde el principio.

—Hostia puta. Esto no puede estar pasando.

—Hasta donde puedo suponer, Lamb montó el secuestro para anotarse un punto. O tal vez, vete a saber, para hacer quedar bien a la agencia. En cualquier caso, ha desatado un infierno. Su agente está muerto y los otros han desaparecido, llevándose a Hassan Ahmed. Y ahora no hay absolutamente ninguna razón que los obligue a respetar el límite de tiempo que nos habían dado.

—Joder, Diana, estabas al mando...

—¿Yo? No se puede decir que la Casa de la Ciénaga esté exactamente bajo mi jurisdicción, ¿no? Antes de que empecemos el jueguecito de los reproches, dejemos eso claro. Y reconozcamos los hechos. El cadáver es de un agente de Lamb. Lamb sabía adónde ir, por el amor de Dios.

—O sea que ha estado allí —dijo Ingrid Tearney—. En Waterloo.

—Sí. No sé dónde está ahora. Pero lo encontraremos.

—¿A tiempo?

—Ingrid, a estas alturas él sabe tanto como nosotros del paradero de Hassan Ahmed. Su operación ha fracasado. Lo que intentamos es limitar los daños. Ya sé que estás sorprendida. Pero él siempre ha sido un tiro al aire. Y desde el asunto de Partner...

—Ten cuidado.

—Oficialmente, yo no sé qué ocurrió entonces, pero tengo una vaga idea. Y alguien capaz de hacer lo que hizo Lamb probablemente cree que está por encima de cualquier control. Hace tiempo que me tiene preocupada. Por eso le mandé a Sid Baker.

—¿Y qué decían sus informes?

—Que Lamb dirige el lugar como un ermitaño enloquecido. Se sienta en su guarida de la planta superior con las cortinas corridas. No es una sorpresa que se le haya ido la cabeza del todo, Ingrid.

Estaba pronunciando su nombre con demasiada frecuencia. Debía tener cuidado con eso.

—¿Qué dice Baker sobre lo de esta noche?

—No está en condiciones de decir nada. Ha sido una de las víctimas.

—Hostia. ¿Es que me he perdido la reunión en la que se declaró la guerra?

—Estamos limpiando el rastro. Tengo abajo a uno de los agentes de Lamb. No tardaré mucho en conseguir pruebas irrefutables. Sólo necesitamos algo que asocie a Lamb con Black después de que Black dejara la agencia. Admitámoslo, Lamb no es de los que van a cenas de viejos amigos.

—Te gusta mucho el papel de jueza.

—Bueno, es que esto es un puto follón. Tenemos el cadáver de un agente encubierto en la misma casa en que tenían retenido a Hassan Ahmed. ¿Cómo se lo va a tomar su tío? Podemos empeñarnos en jurar que tenemos las manos limpias hasta que los cerdos vuelen, pero él seguirá interpretando que la agencia ha tenido algo que ver. Y el gobierno de Su Majestad confía en que este hombre se ponga del lado de los moderados. Tenemos que borrar el rastro.

—¿Tienes una brigada en la casa?

—Sí. Pero no son investigadores, ni hacen exámenes forenses. Si encuentran algo que parezca una pista, lo recogerán. De lo contrario...

—De lo contrario, se les podría escapar algo que podría servir para que la policía encuentre a Hassan —remató Tearney.

Guardaron silencio las dos. Una luz que parpadeaba en el teléfono indicó a Taverner que tenía otra llamada. No hizo caso. El aparato estaba caliente, pero ella lo sostenía con tanta fuerza que le temblaba la mano.

—Vale. Ordénale que se presente.

—¿A Lamb?

—A Lamb. A ver qué tiene que decir en su defensa.

—¿Y qué hacemos con Hassan Ahmed?

—Creía que eso lo tenías previsto.

Las normas de Londres, pensó ella. Las normas de Londres.

—Tengo que oírlo de tu boca, Ingrid.

Quería que algunas decisiones llevaran impresa una huella ajena desde el principio.

—Ay, joder. Que maten al sobrino de Mahmud Gul en suelo inglés es una cosa. Que lo maten con nuestra connivencia ya es otra. Ponlo en manos de la policía y recemos para que lleguen a tiempo. En cualquier caso, no quiero que Cinco aparezca en ningún atestado.

—No parece probable que Lamb se vaya a quedar calladito.

—No es ningún idiota. Encárgaselo a Duffy. Y que vengan también los demás.

—¿Los demás?

—Toda la cuadrilla de la Casa de la Ciénaga. Los caballos lentos. Sácalos de la calle y averigua qué sabía cada uno antes de que haya más daños. No quiero que el fango de esta historia acabe manchando a Cinco. Bastantes palos nos caen ya.

—Dalo por hecho. Buen vuelo.

Durante un momento, Diana Taverner se quedó sentada, absolutamente quieta, mirando a los chicos del centro de comunicaciones, al otro lado del muro de cristal. Vio asientos vacíos que ocuparían otros chicos al cabo de unas pocas horas para dedicarse a más tareas que nadie iba a agradecer. Se lo habían advertido nada más alistarse, por supuesto, y ellos habían hecho ver que se lo creían, pero nadie se lo creía de verdad, al menos al principio. Todos y cada uno de ellos esperaban, en el fondo, que se les agradeciera la tarea. Pero eso no iba a pasar. Ella había intentado brindarles una victoria espectacular. Otra cosa que tampoco iba a pasar. Pero al menos podía asegurarse de que el accidente ocurriera lo más lejos posible y sólo afectara a la madera carcomida del edificio.

Entonces llamó a la brigada de la casa de Waterloo. Fue una conversación breve y unívoca:

—Haced desaparecer el cadáver. Limpiad la casa.

Para limpiar una casa, si se quería hacer bien, hacían falta detergentes muy fuertes. El más infalible era el fuego.

Luego devolvió la llamada a Nick Duffy. Había vuelto a Regent's Park, aunque estaba mucho más abajo que ella.

—¿Quién?... De acuerdo. Cinco minutos.

—¿Quién era?

—Black, Alan Black.

River no había coincidido con él. Black había dejado la Casa de la Ciénaga meses antes de que llegara él; era uno de esos casos en los que el soporífero trabajo cotidiano se encargaba de extinguir el fuego del ánimo que le había impulsado a ingresar en la agencia. River no tenía ni idea de cuál era el fracaso que había granjeado a Black la compañía de los caballos lentos. Preguntarlo era como desenterrar pecados ancestrales; como averiguar qué tío malvado había manoseado a qué criada. Aún más: para que River preguntara algo así, tenía que importarle al menos un poco, y no era el caso.

Entonces ¿por qué le había sonado tanto la cara de Black?

Él iba sentado en el asiento trasero y Louisa conducía, con Min a su lado. Cuando la luz de las farolas se derramaba sobre ellos, sus caras parecían pastosas, malqueridas, pero al menos podían decir que todavía las tenían pegadas al cuerpo. A River le picaba en la garganta el sabor acre del vómito. Desde unas cuantas manzanas más allá, la cabeza de la mesa de la cocina lo miraba con malicia y probablemente ya nunca dejaría de hacerlo.

Porque River había visto esa cara antes. La última vez también estaba pegada al cuerpo. De momento, no conseguía recomponer el rompecabezas: ubicar la cabeza en el hombre; el hombre en su memoria. Pero ya llegaría. River tenía buena memoria. Ya iba revolviendo las distintas posibilidades, escogiéndolas como si fueran bolas que burbujearan en el bombo de una rifa. Aún no tenía la bola ganadora, pero era cuestión de tiempo.

—¿Estás segura?

—¿De si era Black?

—Sí.

—Sí, estoy segura. ¿Por qué nos habrá tirado los teléfonos ese cabrón?

—Para que nadie pueda seguirnos el rastro.

—Gracias una vez más. Eso ya lo sabía. Quería decir que por qué le preocupa que alguien pueda seguirnos el rastro.

River lo fue improvisando a medida que hablaba:

—Nos han puesto una trampa. Se supone que íbamos a rescatar a Hassan Ahmed. Nos hemos encontrado con un ex agente muerto. Todo este asunto de Hassan debe de ser una operación. Y está más que jodida por todas partes.

—¿Y cómo sabía Lamb adónde ir?

—Antes ha ido a reunirse con Lady Di, ¿no?

—¿Estás insinuando que se lo ha dicho ella?

—Digo que es lo que ha dicho él —contestó River.

—¿Lamb dirige una operación?

—No lo sé —dijo River—. Quizá. Y, sin embargo, si fuera...

—Si fuera ¿qué?

River miró por la ventana.

—Si fuera cierto, creo que no la habría cagado de esta manera.

En los asientos delanteros se hizo el silencio. Min Harper y Louisa Guy tampoco eran grandes admiradores de Jackson Lamb.

—Mantiene un fondo de huida —les dijo—. Si se hubiera torcido todo, tiene recursos para desaparecer. Y no nos mandaría a recoger a los demás...

Le estaba costando un poco más que a sus compañeros pillarlo del todo.

—Ya, claro.

—Y por eso no tenemos teléfonos.

—Y estamos perdiendo el culo por todo Londres. ¿Dónde está él mientras tanto?

—No tenía por qué ir a sacarme. Del hospital.

—Si quería saber qué estaba pasando, claro que sí.

—Y sería lo más normal. Si está al mando de una operación.

—Entonces ¿qué hacemos? —preguntó River—. ¿Lo que ha dicho él? ¿O nos vamos a Regent's Park y levantamos la liebre?

No obtuvo más respuesta que el silencio: el sonido de dos cuerpos en los que aún burbujeaba el alcohol, aunque el susto les hubiese sacudido la borrachera.

Un borrón azul y amarillo pasó a su lado a toda velocidad, con un aullido de sirena. A lo mejor se dirigía a la casa que acababan de abandonar. Aunque a River le parecía que no. River suponía que la limpieza de aquel lío en particular se llevaría a cabo de manera silenciosa.

Entonces oyó:

—Supongo que si no está en la tumba de Blake podremos darnos por jodidos.

—Y puestos a jodernos, podrían jodernos a todos a la vez.

—Así se ahorra tiempo.

River estaba agradecido, aunque tampoco sabía a ciencia cierta por qué.

—De acuerdo. Bueno, ¿alguno de los dos se ha quedado con esas direcciones?

Sin apartar la mirada de la carretera, Louisa Guy las recitó con pleno acierto.

—Muy buena —dijo River, impresionado.

—A ver, si resulta que no son válidas también será una buena pista, ¿no?

—Será mejor que nos separemos —dijo él—. Encargaos vosotros de Loy y de Ho. Dejadme aquí. Volveré a por White.

—¿Te las arreglarás con el transporte?

—Por favor —dijo River. El coche frenó hasta detenerse. Se bajó—. Hasta luego.

• • •

En otro coche, Curly soltó una carcajada lúgubre.

—¿Qué? ¿De qué te ríes?

—¿Crees que de la otra manera lo habrían dejado correr? ¿Cuando le cortáramos la cabeza al paqui?

—El plan era no cortársela.

—Tu plan era no cortársela —matizó Curly—. Tu plan.

Hassan iba en el maletero. Le habían puesto la capucha y atado las manos. «Si gritas o haces cualquier ruido te arrancaré la puta lengua.»

—¿Cómo lo has sabido?

—¿El qué? —preguntó Curly.

—Que era un... espía.

Curly se dio un toquecito en el bolsillo del pecho de la cazadora tejana.

—Me han llamado, ¿no?

—Se suponía que no tenías teléfono.

—Pues suerte que lo tenía. Si no, todavía estaríamos allí con ese jodido traidor. Esperando la visita de las fuerzas especiales de intervención.

Se suponía que no tenía teléfono, efectivamente. Con un móvil te podían rastrear: normas de Larry. Pero para rastrearte antes tenían que saber que el aparato era tuyo. De lo contrario, no pasaba de ser la señal de un móvil más, como los que tiene todo el mundo. Así que había comprado uno con tarjeta de prepago y lo había usado para llamar a Gregory Simmonds, La Voz de Albión, cada dos o tres horas. Porque si en algún momento Simmonds dejaba de contestar significaría que la policía iba tras ellos.

Curly había encontrado a Simmonds gracias a la página web del Partido Patriótico Británico, donde solía colgar mensajes firmados como Excalibur 88, dos cifras que en realidad significaban HH, *Heil Hitler*. Eso fue poco después de que mandaran a casa al tipo que había puesto la bomba del caso Lockerbie. En la televisión se habían visto escenas en las que se le ofrecía un recibimiento propio de un héroe: multitudes felices agitando banderitas. Mientras tanto, al Partido Nacionalista Británico lo llevaban a juicio porque iba contra la ley que sólo admitiera a auténticos ingleses como afiliados, y colgaban en internet los nombres de los creyentes, invitando a los matones de izquierdas a tirarles ladrillos por las ventanas y amenazar a sus esposas y a sus familias enteras.

El asunto, según un post de Curly, era bien simple: ¿muere un hombre blanco en un bombardeo? Cuelgas a un musulmán de una farola. Aquí mismo, ahora mismo. Daba igual quién fuera. Tampoco se podía decir que los terroristas del metro hubiesen averiguado por adelantado quiénes eran sus víctimas para asegurarse de que no hubiera niños, o enfermeras, en aquellos trenes. Cuelgas a uno y luego a otro, para que sepan con quién se la están jugando. Y luego das botes de alegría. Así se ganan las guerras, y aquello era una guerra.

Total, que entonces se puso en contacto con él Gregory Simmonds, La Voz de Albión. Hombre pequeño de grandes opiniones, Simmonds había obtenido su fortuna con la logística de transportes de larga distancia, con lo que entonces se llamaban «fletes». Había fundado La Voz porque estaba harto de ver a su país, tan orgulloso en otros tiempos, arrastrado cuesta abajo por la escoria de los políticos al servicio de intereses extranjeros. Hablar con él era como escuchar una proclama del partido, pero Simmonds hacía algo más que hablar. La Voz de Albión reclamaba acción. Simmonds conocía a un par de tipos, se estaba tramando un plan. ¿A Curly le interesaba la acción?

Sí que le interesaba. A Curly le habría encantado ser soldado. No lo había conseguido y casi siempre estaba en el paro, aunque una vez por semana trabajaba, cobrando en negro, como coordinador de salidas de un club: o sea, ponía a la gente de patitas en la calle. Eso era en Bolton. Había ciudades más estimulantes que ésa; vidas, también.

En fin. Los agentes no podían actuar, pero Simmonds estaba urdiendo el plan con la ayuda de otros tipos: Moe y Larry.

Estaban pensando en una ejecución por internet.

Cualquier otro se habría asustado al oír algo así. Cualquier otro habría pensado que Simmonds estaba pirado.

Pero Curly, como sabía que Simmonds esperaba que contestara algo y odiaba hacer lo que se esperaba que hiciera, se limitó a seguir bebiendo la cerveza que el otro llevaba toda la tarde pagando y a aguardar.

Hasta que Simmonds dijo que en realidad tampoco hacía falta cortar la cabeza a nadie. Sólo tenían que conseguir que pareciera que lo iban a hacer. Demostrarle al mundo que se podía hacer. De eso se trataba. De demostrar que si querían podían hacerlo. Que si había una guerra los dos lados podían combatir. ¿Le apetecía apuntarse?

Curly se lo pensó, pero no demasiado. Le apetecía.

Lo único que no le acababa de gustar era eso de que no hiciera falta llegar hasta el final.

Y como no conocía ni a Larry ni a Moe, lo cual quería decir que no se fiaba de ellos, se había hecho el tonto en su compañía y se había mantenido en contacto con Simmonds a sus espaldas. Por eso había recibido aquella llamada hacía cuarenta minutos, y esta vez, para variar, era Albión quien lo llamaba a él, aterrado y con la respiración entrecortada. La palabra que había usado era «traicionado». Se lo había filtrado un contacto del Partido Patriótico Británico. Alguien había «traicionado» la misión. Tenían que salir. Tenían que desaparecer.

Simmonds no pronunció el nombre de Larry. No hizo falta. Si uno de ellos era un espía, tenía que ser Larry, que se las había arreglado para que pareciera que tomaba todas las decisiones.

—¿Hacia dónde?

El pánico iba en aumento en su voz. Curly mantuvo firme la suya:

—Tú sigue conduciendo.

Todavía estaban en el lado sur del río. Pero lo principal era no volver atrás.

Podría haber salido corriendo al recibir la llamada de Simmonds. Podría haber optado por bajar la escalera y salir por la puerta. Los demás no conocían su verdadero nombre. Podría haberse fundido con la vida nocturna de la ciudad en cuestión de minutos, a kilómetros de distancia.

En cambio, se había quedado y había pasado un dedo por la pared mugrienta del cuarto. Se había adaptado al momento para permitir que las nuevas circunstancias se aposentaran. Y luego había salido del cuarto para bajar la escalera y tomar el pasillo hasta la cocina.

El hacha estaba apoyada en la pared como si fuera un utensilio doméstico. Mango de madera, hoja gris y roja, como en los dibujos animados. Curly la había cogido con la mano izquierda al pasar; se la había cambiado a la derecha sin detener el paso. Buen peso. Una sensación suave. Así se sentían los soldados al echarse el rifle al hombro.

En la cocina, Moe, que estaba sentado a la mesa, se había dado la vuelta al oír que se acercaba. Larry estaba apoyado en el fregadero con una lata de Coca-Cola en la mano. Los dos estaban como siempre: Moe con su camiseta negra y aquella perilla estúpida que le hormigueaba en la barbilla; Larry con sus ojos cargados y su cabeza suavemente cubierta de pelusa, la camisa remangada, sus vaqueros elegantes, sus deportivas nuevas. Parecía como si interpretara un papel. Como si fuera un juego, «tampoco es que le vayamos a cortar la cabeza de verdad»: Larry tenía pegada al mentón la sonrisa de superioridad propia de quien se siente al mando. Esa sonrisa se desvaneció al ver a Curly. Intercambiaron algunas palabras.

«Qué.»

«Por qué.»

«Hostia puta.»

A Curly le entraron por un oído y le salieron por el otro: momentos sin importancia, devorados por el asunto que le ocupaba.

Había levantado el hacha en un barrido que casi se atascó en el techo, pero luego recortó con elegancia una rodaja de aire antes de detenerse de golpe en la espalda de su objetivo.

La fuerza del golpe le repercutió con un temblor por todo el brazo.

Moe tosió sangre y dio un golpetazo en la mesa con la cabeza.

Larry siempre llevaba la voz cantante. Pero el que pensaba era Moe.

En ese momento, Curly se dirigió a Larry:

—No conduzcas demasiado despacio. No llames la atención.

Larry, en cuyos labios parecía poco probable que volviera a aparecer la sonrisa de superioridad propia de quien se siente al mando, aceleró.

Curly lo sentía aún en la musculatura del brazo. No el vaivén del hacha, sino su detención abrupta. Se frotó el codo, que parecía emanar calor como una bombilla recién apagada.

En el maletero, atado y amordazado, Hassan apretó todo el cuerpo como si así pudiera retener la vida en su sitio.

En Regent's Park, «abajo» podía significar cosas distintas según el contexto. «Abajo» era donde se conservaban los archivos; «abajo» estaba el aparcamiento. Pero había otro «abajo», mucho más abajo todavía, y en ese contexto el descenso era incluso mayor que la altura del edificio. Ese «abajo» no era un lugar deseado por nadie.

En el centro de Londres hay casi tanta ciudad por debajo del nivel de la calle como por encima. Parte de ese nivel inferior es accesible al público: el metro en sí mismo, claro, y algunos lugares de especial interés, como el búnker de Churchill y varios refugios antibombas. Y luego está todo lo demás. A veces, algún nombre se filtra al dominio público —el bastión, la muralla, la ciudadela, el búnker de Píndaro—, pero quedan más allá de los límites; forman parte de la Fortaleza de Londres, el complejo de pasajes y túneles subterráneos —las «instalaciones para la gestión de crisis»— que existen no tanto para defender a la capital propiamente dicha como para proteger sus sistemas de gobierno. Si ocurre lo peor, ya sea por una desgracia de naturaleza tóxica, nuclear, natural o civil, éstos son los reductos desde los que se restablecerá el control. Son fundamentales para la geografía de Londres y no salen en guías ni callejeros.

Y luego están los demás escondrijos, menos conocidos, como los que se extienden por debajo de Regent's Park.

El ascensor iba despacio deliberadamente. Para quien viajara en él en contra de su voluntad, el descenso largo y lento tenía un efecto debilitador, y el ánimo de quien se diera cuenta se volvía nervioso y vulnerable. Diana Taverner aprovechó el rato para observar su reflejo. Para haber dormido menos de cuatro horas en las últimas treinta, le pareció que tenía buen aspecto. El caso era que solía crecerse en las situaciones de peligro. Incluso cuando las cosas de la vida iban por el carril lento, ella doblaba las esquinas derrapando sobre dos ruedas: un día típico para ella implicaba oficina / gimnasio / bar de vinos / oficina / casa, y dormir nunca entraba entre sus principales propósitos. Dormir era ceder el control. Mientras dormía, podía suceder cualquier cosa.

Su agente, Alan Black, estaba muerto; asesinado por los matones de La Voz de Albión. En cualquier otra operación, eso habría supuesto el fin: todo el castillo de naipes se habría desmoronado. Se montaría una investigación. Cuando moría un agente, se producía un efecto de onda. A veces se formaba un oleaje tan importante que se llevaba por delante alguna carrera.

Sin embargo, todo se había regido según las normas de Moscú, como si se tratara de una operación encubierta en tierra extranjera. Hasta donde se podía saber por el historial de Black, había abandonado la agencia el año anterior, y desde entonces Taverner sólo se había visto cara a cara con él en una ocasión. La Voz de Albión era una banda de fascistas de pacotilla que ni siquiera salían en el radar, formada únicamente por un solo hombre y su perro, hasta que Black se encargó de reclutarla. Ningún detalle de la operación —la dirección del piso franco, los compañeros de conspiración de Black, los vehículos que habían usado— existía en ningún papel o, no lo quisiera Dios, en el éter.

Y el informe para Límites del día anterior había sido más bien escaso en detalles; un «informe de seguimiento» había incumplido su función de vigilancia y no se podía culpar a Taverner si Albión se había escapado de la correa... Era un poco chapucero, pero Taverner había salvado operaciones más ruinosas que ésa. Para conseguir un informe inmaculado había que disponer de muchos recursos.

El ascensor se detuvo. Diana Taverner salió a un pasillo visiblemente distinto de los que había en niveles superiores: era de ladrillo visto y suelo de cemento, lleno de hoyos y charquitos, como si el pavimento fuera provisional. Había goteras. Era una atmósfera que exigía mantenimiento constante. A juicio de Taverner, apestaba a lugar común, pero se habían hecho pruebas que demostraban su eficacia.

Nick Duffy esperaba apoyado en una puerta. La puerta tenía mirilla, pero la mirilla estaba tapada.

—¿Algún problema?

Le bastaba con la mirada para responder, pero quiso decirlo igualmente:

—Absolutamente ninguno.

—Bien. Ahora, ve a buscar a los demás.

—¿Los demás?

—A los caballos lentos. Todos.

—Vale —dijo él. Pero, en vez de ponerse en marcha, quiso añadir—: Ya sé que no me corresponde hacer preguntas, pero... ¿Qué está pasando?

—Tienes razón. No te corresponde.

—Vale. Ya voy.

Se dirigió al ascensor, pero dio media vuelta cuando ella lo llamó:

—Nick, lo siento. La cosa se ha puesto de culo. Supongo que ya te has dado cuenta. —La vulgaridad sorprendió casi tanto a Taverner como a Duffy—. Este asunto del secuestro... No es lo que parecía.

—¿Y la Casa de la Ciénaga tiene algo que ver?

Ella no contestó.

—Ay, joder —dijo él.

—Tráemelos. Por separado. Y Nick... Lo siento. Era amigo tuyo, ¿verdad? Jed Moody.

—Trabajábamos juntos.

—Según el cuento de Lamb, tropezó él solito y se partió el cuello. Pero...

—Pero ¿qué?

—Es pronto aún para saberlo —dijo Taverner—. Pero ocúpate tú mismo de Lamb. Y ten cuidado con él, Nick. Es más tramposo de lo que parece.

—Lo sé todo de Jackson Lamb —aseguró Nick—. Ya se cargó a uno de mis hombres hace tiempo.

—Pues aún hay algo más que debes saber. —Taverner vaciló—. Si tiene algo que ver con este secuestro, en lugar de acudir aquí desaparecerá. Y es un luchador callejero. —Duffy esperó—. No puedo darte una instrucción concreta, Nick. Pero si tiene que haber heridos, prefiero que sean del enemigo, no de los nuestros.

—¿El enemigo? ¿Los nuestros?

—Esto no se lo esperaba nadie. Ve. El departamento de la Reina te dará la localización de sus móviles. Infórmanos enseguida.

Duffy cogió el ascensor.

Mientras aplicaba la yema del dedo al sistema de apertura de la puerta en la que Nick se había apoyado antes, Diana Taverner pensó por un instante en Hassan Ahmed, que ya había dejado de ser una prioridad. A Hassan le podía pasar una de dos: aparecería en cualquier esquina, ileso; o tirarían su cadáver en una zanja. Era más probable lo segundo. Después de matar a Black, no parecía probable que los de Albión dejaran a Hassan con vida. En su lugar, Taverner se habría dado prisa. Pero a lo mejor era cosa de ella. Siempre consideraba muy prioritario tener las espaldas cubiertas.

El detector de huellas zumbó. Se abrió la puerta.

Entró en el cuarto, lista para vencer la resistencia de un caballo lento.

• • •

No se oía nada en el maletero. Habrían vuelto a drogar al chico, pero el que se encargaba del cloroformo era Moe, y si le quedaba más en algún lado no habían sido capaces de encontrarlo. Moe se había encargado de casi todo: escoger la víctima, encontrar la casa, todo el rollo de la web. Larry se creía el jefe, pero el que mandaba era Moe. Puto espía.

—Podríamos dejarlo tirado por ahí —dijo Larry de pronto.

—¿Dónde?

—En cualquier lugar. Podríamos aparcar y largarnos.

—¿Y luego?

—... Desaparecer.

Vale. Pero nadie desaparecía nunca. Simplemente se cambiaba de lugar.

—Sigue conduciendo —le dijo Curly.

La fuerza del golpe todavía le repercutía en el brazo. La mitad de la hoja había desaparecido en la espalda de Moe —parecía que le hubiera brotado una extremidad de más— y después se había llenado todo de sangre y a Curly le había saltado incluso un chorro a los ojos. Larry había abierto la boca y tal vez había gritado, o tal vez no. Era difícil de saber. Probablemente todo había durado apenas unos segundos. Con un estertor, Moe había soltado en la mesa de la cocina lo que le quedaba de vida, y el brazo de Curly había entonado el himno del poder.

Sin embargo, lo de cortarle la cabeza y dejarla allí... ¿Por qué lo había hecho?

Porque era una leyenda.

Fuera, las hileras de tiendas iban pasando en un desfile anodino. Incluso cuando no le sonaba el nombre, parecían imitaciones de las que sí le resultaban conocidas: Kansas Fried Chicken, JJL Sports. Todo se parecía a todo, así era el mundo en el que se había criado. Antes cada cosa era distinta. Gregory Simmonds, La Voz de Albión, lo tenía muy claro. Antes, las cosas eran distintas, y para que los hijos naturales de las islas disfrutaran de los derechos que les correspondían por nacimiento tendrían que volver a serlo.

Curly miró hacia atrás. Ahí estaba todo, en el asiento trasero: la cámara digital y su trípode; el portátil y todos aquellos cables. No estaba muy seguro de cómo funcionaba, pero tampoco le importaba mucho. Lo más importante era filmarlo. Ya encontraría más adelante la manera de colgarlo en la web.

El hacha también estaba allí, envuelta en una sábana. En los vídeos que había visto usaban espadas: grandes espadas cuyos filos rebanaban los huesos como si fueran de mantequilla. Curly tenía un hacha inglesa. Cada pueblo golpea con lo que tiene.

Se le escapó una risita.

—¿Qué pasa?

—Nada. Tú mira hacia delante.

Leyenda. En los pubs y en las casas, en internet, en todos los lugares donde la gente aún decía lo que pensaba sin temor a que la encerraran por decirlo, se convertirían en héroes. Tendrían que vivir en las sombras, siempre con la policía pisándoles los talones. Él sería el héroe conquistador, Robin Hood, famoso por dar aquel golpe poderoso, por demostrar a los fanáticos extranjeros que no eran los únicos capaces de derramar sangre, que no todos los ingleses estaban demasiado asustados para plantar cara. Que había una resistencia. Y que la resistencia iba a ganar.

Miró de reojo y reconoció el miedo que Larry se esforzaba por disimular. Estaba bien. Larry sólo tenía que hacer lo que él le dijera, y lo iba a hacer porque en ese momento era incapaz de pensar por sí mismo.

De lo contrario, se le habría ocurrido pensar que las probabilidades de éxito en la huida eran mayores si uno huía solo.

Pero Larry seguía conduciendo.

14

Aquella oscuridad era más pequeña que la de antes. Hassan volvía a llevar capucha, con un pañuelo embutido en la boca, las rodillas recogidas junto al pecho y las manos atadas. Cuando las movía se le clavaba la cuerda en las muñecas. Pero, incluso si lograba partirla, ¿qué iba a hacer? Estaba en el maletero de un coche en marcha. Seguía en poder de sus captores. Dos captores, porque uno estaba muerto. Habían dejado su cabeza en la mesa de aquella casa.

La había visto allí, encima de la mesa, cuando lo sacaron del sótano. Una cabeza humana. Plantada en un charco de sangre. ¿Qué más podía decir? Era una cabeza, y Hassan había visto filmaciones en las que aparecían cabezas cortadas y se había reído por lo poco realistas que parecían, sin ocurrírsele en ningún caso que no tenía un punto de comparación, una referencia que le permitiera valorar el nivel de realismo. Ahora sí. Y sólo podía pensar que una cabeza cortada de verdad no era demasiado distinta de las cabezas cortadas en las películas, salvo por una diferencia crucial: era de verdad. La sangre era de verdad. El pelo y los dientes eran de verdad. Todo era de verdad. Y eso significaba que lo que le habían dicho —«Te vamos a cortar la cabeza y lo vamos a enseñar en la red»— también era de verdad. «Puto paqui.»

Se había meado encima y el mono se le pegaba a las piernas. Le habría encantado poder quitárselo y secarse. Le habría encantado ducharse, cambiarse, irse a dormir en cualquier lugar que no fuera el maletero de un coche en marcha. Puestos a manifestar deseos, quizá debería empezar por ahí. Mejor desear estar libre y a salvo, y ya se ocuparía de cambiarse los pantalones en otro momento.

La voz del cómico de su cabeza guardaba silencio. Había asuntos que no resultaban aptos para la comedia. Ese razonamiento ardía en llamas cada semana en la sociedad de cómicos estudiantiles; si alguien intentaba defender ese punto de vista, lo acusaban de fascista. La libertad de expresión era más importante que cualquier concepto del buen gusto y la corrección. Hassan Ahmed siempre había estado de acuerdo. ¿Cómo no iba a estarlo? Cuando le llegara la hora y subiera al escenario con un micro en la mano, daría rienda suelta a todo. Un material atrevido, provocador. No se pondría límites. Éste era el contrato entre el cómico y su público: tenían que saber que ibas a desnudar el alma. Lo que pasa es que luego Hassan se había encontrado con una cabeza cortada encima de la mesa de una cocina y había entendido de inmediato que eso no podía ser objeto de ningún chiste. Y aun si pudiera serlo, no sería él quien lo contara. Porque demostraba que la gente que lo tenía secuestrado era capaz de cortar cabezas.

Los golpes y saltos y frenazos no iban a parar. La cuerda que ataba sus muñecas no se iba a deshilachar. Hassan no se iba a liberar; al contrario, seguiría sufriendo hasta que el coche llegara a su destino, y en ese momento también él se enfrentaría al suyo. Era su último viaje.

Entonces, aunque pudiera. Aunque pudiera hacer el mejor chiste de su vida. Aunque pudiera hacer el mejor chiste de su vida con el asunto de la decapitación de humanos reticentes, no sería el mejor chiste de la vida de Hassan porque Hassan ya no iba a volver a contar ningún chiste. Para empezar, tampoco es que hubiera contado demasiados. Porque si debía aplicarse una crítica sin concesiones —si debía contar la verdad, de acuerdo con el contrato entre el cómico y su público—, Hassan tenía que reconocer también lo siguiente: nunca había sido un tipo particularmente divertido. Podía contar chistes, sí. Podía recitar buenas frases en un monólogo. Podía trazar un hilo cómico y dar vueltas con él en torno a los puestos de observación más comunes: los viejos cuando van de compras y los adolescentes chateando y la gente que no sonríe en los autobuses. Pero sólo dentro de su cabeza. En público nunca se había comportado tal como era. Ni lo haría jamás. Eso quedaría para siempre en la lista de cosas que Hassan quería hacer a partir de los veinte años: una lista que ya nunca se alargaría, pero tampoco se iba a abreviar, porque Hassan no iba a pasar de los veinte.

Porque esos tipos no lo iban a soltar. No sin matarlo antes. «Te vamos a cortar la cabeza y lo vamos a enseñar en la red. Puto paqui.»

Se golpeó al saltar el coche en un bache, y trató de encogerse. En su mente, había huido de varias maneras distintas; el cuerpo, en cambio, seguía encerrado en el maletero.

La gente daba por hecho que robar un coche te daba un subidón, pero eso tal vez fuera cierto sólo si no habías visto ya en la misma noche un montón de sangre, armas de fuego y una cabeza cortada. El coche era un Austin traqueteado, robado de un callejón secundario, y River supuso que al enterarse del robo el dueño suspiraría aliviado. No había ninguna copia de la llave detrás del retrovisor, ni en la guantera, pero en ésta sí encontró un móvil que parecía algo así como un antepasado del teléfono de River. Puentear el coche le costó siete minutos, una marca que probablemente superaba el récord oficial en seis minutos y cincuenta segundos. Había desandado el camino para cruzar el puente por Blackfriars y luego había intentado usar el teléfono para llamar otra vez al hospital, pero se había encontrado con que era de prepago y estaba sin crédito.

Eso sí le dio un subidón, pero no de los buenos. Tirar el aparato por la ventanilla habría supuesto un alivio, pero se contentó con maldecir sin mesura. Estaba bien maldecir. Maldecir ayudaba. Le impedía pensar en la posibilidad de que Sid estuviera muerta; también impedía que su mente regresara a la imagen de la cabeza sobre la mesa de la cocina, desgajada del cuerpo de su dueño con aquel corte tan irregular.

Pero... ¿por qué le había resultado familiar?

No quería obcecarse con eso, pero sabía que debía hacerlo... La respuesta estaba enterrada en su subconsciente y tenía que ser capaz de encontrarla. Dejó de maldecir. Se recordó que estaba en plena misión y se detuvo en un cruce para orientarse: estaba en Commercial Road; iba hacia Tower Hamlets, donde tenía que recoger a Kay White. Como se había parado, el coche que llevaba detrás tocó la bocina y lo esquivó. Volvió a maldecir. A veces estaba bien tener un enemigo visible.

Porque bien sabía Dios, pensó River con amargura, lo harto que estaba de enemigos invisibles.

Despejó cualquier pensamiento que tuviera que ver con cabezas cortadas y reanudó el trayecto. Al cabo de un par de minutos encontró lo que buscaba: en la acera de la izquierda había un edificio de ladrillo de tres plantas, reconocible como vivienda de protección oficial porque todas tenían las mismas ventanas, los mismos canalones de desagüe. Unos veinte metros más allá, aparcado en doble fila delante de lo que fácilmente podía ser el portal de Kay, estaba el coche que le había tocado la bocina tres minutos antes: con la luz encendida y el motor en marcha. Una figura quieta tras el volante. River aparcó y desconectó los cables del puente. Se bajó y volvió andando a la calle principal. Tras doblar la esquina, hincó una rodilla en el suelo y se asomó para mirar hacia atrás justo cuando un hombre sacaba a Kay White de su casa y la metía en aquel coche.

No iba esposada, ni la estaban maltratando. El hombre la llevaba del codo, pero cualquiera que no supiera lo que estaba viendo habría interpretado que sólo le prestaba un punto de apoyo. La colocó en el asiento trasero y luego montó él. El coche arrancó. Los instantes en que River podría haber hecho algo para evitar todo aquello habían pasado ya cuando llegó a su altura, y tampoco estaba seguro de cómo podría haberlos aprovechado. La última vez que había intentado intervenir, Sid había terminado en el suelo, en plena calle.

El coche llegó al siguiente cruce, torció y desapareció.

River regresó al Austin y lo volvió a robar.

El principio de la noche de Struan Loy había sido prometedor. Había tenido una cita, la primera en tres años, y la había planeado como si fuera un intento de coronar el Everest usando como campos base un bar de vinos, un restaurante italiano y la casa de la chica. El primer campo base había resultado un éxito por el mero hecho de que ella se había presentado; el segundo ya no tanto, puesto que a media cena ella se había largado; y del tercero ya ni siquiera sabía dónde quedaba. Loy había vuelto a casa para acostarse en su cama deshecha y dormir sólo tres horas hasta que llegó Nick Duffy.

Ahora estaba sentado, parpadeando bajo la luz cruda del sótano. La estancia estaba forrada, con las paredes cubiertas de un material sintético negro que olía a lejía. Había una mesa exactamente en el centro, con una silla a cada lado, una de las dos atornillada al suelo. En ésa le habían hecho sentarse.

—Bueno —preguntó a Diana Taverner—, ¿qué pasa?

Esperaba un intercambio tranquilo, con más o menos el mismo éxito que Gordon Brown.

—¿Qué te hace pensar que pasa algo, Struan?

—Que me han traído aquí en plena noche.

Y efectivamente, pensó Taverner, daba la sensación de que había tenido que vestirse en la oscuridad.

—Te ha traído Nick Duffy porque se lo he pedido yo —dijo—. Estamos en el sótano porque no quiero que nadie sepa que estás aquí. Y no mantenemos esta charla porque hayas hecho nada mal. La mantenemos porque hasta cierto punto estoy convencida de que no has hecho nada mal.

Subrayó el «hasta cierto punto» tanto como hizo falta para que él lo pillara.

—Me alegro de saberlo.

Taverner no dijo nada.

—Porque estoy bastante seguro de que yo no he hecho nada.

—¿Bastante seguro?

—Es una manera de hablar.

Ella no dijo nada.

—Quiero decir, sé que yo no he hecho nada.

Ella no dijo nada.

—Por lo menos, desde entonces, ya sabe.

—Desde que mandaste aquel correo electrónico para sugerir que tu jefe y mi jefa, Ingrid Tearney, eran infiltrados de Al-Qaeda.

—Era por la ropa que se puso ella para salir en *Question Time*, ya sabe, aquella especie de túnica del desierto...

Ella no dijo nada.

—Era una broma.

—Y nosotros tenemos sentido del humor. De lo contrario, no habrías vuelto a ver la luz del sol.

Loy pestañeó.

—Era una broma —dijo ella.

Él asintió sin demasiada certeza, como si por primera vez vislumbrara la poca gracia que pueden tener ciertas bromas.

Diana Taverner miró el reloj, sin importarle demasiado que él se diera cuenta. Sólo le iba a dar una oportunidad de subir a bordo. No era una decisión que pudiera rumiar para darle su respuesta al día siguiente.

—Así que ahora estás en la Casa de la Ciénaga —dijo—. ¿Qué tal va la cosa?

—Bueno, ya sabe que...

—¿Qué tal va la cosa?

—No demasiado bien.

—Pero no lo has dejado.

—No. Es que...

Ella esperó.

—Es que no estoy muy seguro de qué otra cosa podría hacer, para ser sincero.

—Y todavía te preguntas si alguna vez te dejaremos volver al piso de arriba.

—¿Arriba?

—Al parque. ¿Quieres oír algo verdaderamente divertido, Struan? ¿Quieres saber cuánta gente ha hecho el viaje de vuelta de la Casa de la Ciénaga a Regent's Park?

Loy pestañeó. Ya conocía la respuesta. Todo el mundo conocía la respuesta.

Ella se la dijo de todos modos:

—Nadie. Eso nunca ha pasado.

Volvió a pestañear.

—Claro que eso no significa que no pueda pasar —añadió ella—. Nada es imposible.

Esta vez, él no pestañeó. Taverner vio cómo arrancaban a girar las ruedas dentro de sus ojos; las posibilidades iban encajando en su sitio como encajan los pernos en sus ranuras.

Struan no dijo nada, pero cambió de posición en la silla. Se inclinó hacia delante como si, en vez de sufrir un interrogatorio, estuviera manteniendo de verdad una conversación.

—¿Has notado algo raro últimamente en la Casa de la Ciénaga? —preguntó Taverner.

—No —dijo él, con absoluta seguridad.

Ella no dijo nada.

—Creo que no —añadió Loy.

Ella volvió a mirar el reloj.

—¿Raro en qué sentido?

—Actividad. Un aumento de actividad, algo que vaya más allá del curso normal de las cosas.

Struan se lo pensó. Mientras tanto, Diana Taverner cogió su bolso, que había dejado colgado del respaldo de la silla. Sacó del mismo una fotografía en blanco y negro, diez por quince, y la dejó encima de la mesa, entre los dos. Le dio la vuelta para que quedase de cara a Loy.

—¿Lo reconoces?

—Es Alan Black.

—Antiguo colega tuyo.

—Sí.

—¿Lo has visto últimamente?

—No.

—¿Estás seguro?

—Sí.

—¿No lo has visto últimamente en compañía de Jackson Lamb?

—No.

—Vaya, pues eso nos plantea un problema.

Taverner recostó la espalda en el asiento y esperó.

—Un problema —dijo él, al fin.

—Sí, un problema —convino ella—. Dime, Struan. ¿Te gustaría formar parte de la solución?

En los ojos de Struan Loy empezaron a girar las ruedecitas de nuevo.

—¿Y si vamos por detrás?

—¿Se puede ir por detrás?

—Tal vez haya un callejón.

Min Harper y Louisa Guy estaban en casa de Ho; habían aparcado en la última plaza disponible justo antes de que otro coche llegara, frenara y se dirigiera hasta el fondo de la calle para aparcar. Los dos se habían quedado mirando en silencio al hombre que salía de ese coche.

Estaban en Balham, a tiro de piedra del ferrocarril. En Brixton, por donde habían pasado a recoger a Struan Loy, habían fracasado: o no estaba en casa, o había muerto mientras dormía. Como todos los caballos lentos, Loy vivía solo. Parecía una estadística tremenda, y a Min Harper le pareció extraño no haber reparado antes en ella. No sabía si Loy era soltero por elección propia o por sus circunstancias: divorciado, separado, o qué. Esa ignorancia a propósito de sus compañeros le pareció insatisfactoria y pensó en la posibilidad de tratar el asunto con Louisa, pero ella iba conduciendo. Con todo el alcohol que habían bebido antes, parecía buena idea dejar que se concentrara en esa tarea. Bien pensado, tenían pendiente hablar de otra historia, pero eso también tendría que esperar. De la noche a la mañana estaban metidos en una operación. ¿Cómo había podido pasar?

—Entonces...

El hombre al que vigilaban desapareció de la vista.

—Vale. Intentémoslo.

Al cruzar la calle, Min notó que la chaqueta le golpeaba la cadera. El pisapapeles. Todavía llevaba el pisapapeles que había usado para enfrentarse al intruso enmascarado que luego resultó ser Jed Moody. Sin sacarlo del bolsillo, frotó la superficie con el pulgar. No lo había usado para golpear a Moody. No le había hecho falta. Después de caer por la escalera, sólo se había levantado él. Supuso que eso tenía que figurar en algún lugar de su libro de cuentas, en la columna opuesta a la que contenía el dato de que se había dejado un disco en el metro mientras su carrera se iba por un túnel oscuro, tocando la bocina.

Aunque nunca le había caído bien Jed Moody, tampoco le agradaba saber que había tenido un papel instrumental en su muerte. Sospechaba que aún no había llegado al fondo de ese sentimiento. Había pasado todo tan deprisa desde entonces que aún no lo había asimilado.

De momento, déjalo, pensó. Podía circular un rato con ese mantra: de momento, déjalo.

—¿Cómo lo ves?

—Se puede intentar.

Habían encontrado un pasaje estrecho sin pavimentar entre las fachadas traseras de una hilera de casas y las de la siguiente manzana. Estaba lleno de maleza, no había iluminación y ninguno de los dos llevaba linterna, pero Ho vivía sólo cuatro puertas más allá. Louisa iba delante. Los matorrales estaban húmedos y llenos de telarañas. El suelo resbalaba y caminaban tan juntos que si uno de los dos se caía arrastraría al otro. Cualquier otra noche, habría sido un momento muy cómico.

—¿Es ésta?

—Yo diría que sí.

Llegaba algo de luz de un piso alto. Era como si Ho tuviera una especie de galería interior elevada. Escalaron una valla, una estructura endeble de madera, y cuando Min cayó al jardín pavimentado una tabla se partió a sus espaldas, con un ruido parecido a un balazo. Se quedó inmóvil, esperando a que sonaran alarmas o sirenas, pero el ruido se desvaneció en la oscuridad. No se entreabrió ninguna cortina; no se oyeron voces. Louisa Guy saltó a su lado. Esperaron un poco más. La mano de Min volvió al bolsillo de nuevo y el pulgar acarició la superficie suave del pisapapeles. Luego avanzaron los dos hacia la puerta trasera. Al acercarse, a Min le pareció que oía música.

Sonaba algo de música en la habitación de arriba y la luz se elevaba a los cielos por una claraboya. Serían... ¿más de las cuatro? Y Dan Hobbs oía la música desde la calle.

Pensó: si fuera un vecino, le partiría el cuello al enano ese. Le tiraba un contenedor de basura por la ventana para captar su atención y luego lo agarraba del cuello y apretaba hasta que se le pusieran unos ojos como pomelos.

Dan Hobbs no estaba pasando la mejor noche de su vida.

Apretó el timbre.

Después de su encuentro con Jackson Lamb en el hospital, se había despertado en el suelo; no había encontrado ningún rasguño visible, pero tenía la sensación de que lo habían atropellado. La puerta del trastero estaba abierta. River Cartwright ya no estaba. Hobbs se había levantado y había subido a la planta baja, donde se había encontrado con Nick Duffy, recién llegado.

De esa manera aprendió Hobbs que la mierda siempre se desplaza hacia abajo.

—Sólo era un tipo gordo. ¿Cómo iba a saber?

—¿Te acuerdas de Sam Chapman? ¿Sam el malo?

Hobbs se acordaba.

—Sam el malo dijo una vez que no le tenía miedo a nada, salvo a los tipos gordos con mal aliento que llevaban una camisa que no era de su talla. ¿Sabes por qué?

Hobbs no lo sabía.

—Porque muy de vez en cuando uno de ellos resulta ser Jackson Lamb. Y cuando te quieres dar cuenta ya te has quedado sin comida, y has perdido las botas y la mayor parte de los dientes. Y ahora lárgate corriendo a Park, joder.

Un par de horas después ya tenía nuevas instrucciones: otro caballo lento que recoger.

—Se llama Roderick Ho. —Duffy le leyó luego la dirección—. El loquito de la tecnología de la Casa de la Ciénaga. ¿Crees que podrás manejarlo tú solito?

Hobbs tomó aire. La agencia era jerárquica, por decirlo de un modo suave, pero nadie llegaba a formar parte de los Perros simplemente por seguir el protocolo.

—Incluso dormido, joder —dijo a su jefe—. Tú mismo has dicho que ni Sam Chapman era capaz de enfrentarse a Lamb, y encima yo ni siquiera sabía que era él. Déjame en paz, ¿vale?

Siguió un silencio de doce segundos. Luego, Duffy dijo:

—Eres tan útil como un ancla elástica, ¿lo sabías? Pero hasta mi sobrina de cuatro años podría cargarse a Ho, así que voy a confiar en ti.

Esforzándose para que no se le notara el alivio en la voz, Hobbs preguntó:

—¿Le caigo encima con todo el paquete?

—R&R.

Eran las iniciales de lo que los Perros llamaban «recoger y reconfortar». O sea, sin dar motivo de preocupación a quien estuviera mirando.

—Una cosa, Dan... Como la cagues, me cargo a toda tu familia.

No la iba a cagar. No contaba con borrar por completo su historial, pero al menos le permitía regresar a la partida. Y tenía toda la intención de permanecer en ella.

Y la próxima vez que se enfrentara a Jackson Lamb...

Pero se libró también de ese pensamiento. Nada te puede joder tan rápido como pasar cuentas.

Y así había llegado a casa de Ho. Había pensado en entrar por detrás, pero la música lo cambiaba todo. Ho estaba despierto. Era probable que tuviera compañía. Los loquitos tenían vida social. Quién sabía.

Con o sin compañía, nadie acudió a abrir la puerta. Volvió a apretar el timbre y lo dejó apretado.

Como esa noche ya lo habían pillado una vez, en esta ocasión se había encargado de investigar antes, o había pedido a las reinas de la base de datos que lo hicieran por él. El historial de Roderick Ho llevaba ya mucho rato en su Blackberry, y a juzgar por su descripción física parecía claro que de no ser por su condición de loco supremo de la tecnología lo habrían incapacitado para evitar el bochorno de los demás. Parecía uno de esos tipos capaces de llevar una máscara antiniebla en el metro. Y si resultaba que la descripción mentía y Ho era el primo lejano de Bruce Lee, tampoco pasaba nada. Hobbs también conocía unas cuantas llaves.

¿Se había encallado la música? Algo había ocurrido. Sin quitar el dedo del timbre, Hobbs echó un vistazo por una ventana con los cristales de colores. Una figura borrosa se acercaba a la puerta.

Roderick Ho no se había acostado. Roderick Ho solía dormir más bien poco, pero encima esa noche tenía cosas que hacer. Esa noche iba a pagar una deuda.

De camino a casa había comprado dos bolsas de tamaño familiar de doritos y se le habían caído las dos al suelo cuando un mamón en un Lexus le había tocado la bocina en un paso de cebra. Al agacharse a recogerlas se le habían caído las gafas y el mamón del Lexus había vuelto a tocar la bocina para dejar claro que se lo estaba pasando bien, que era una manera de animar el rato muerto que se veía obligado a pasar parado en un cruce, nada menos que por culpa de un peatón, la madre que lo parió. Porque la calle era para los automovilistas. Era para SI 123, según rezaba su matrícula. Ho recuperó las gafas y recogió las bolsas de doritos. Cuando el Lexus arrancó con un rugido, Ho esquivó el chasis por los pelos, sabiendo que a estas alturas ya era apenas un recuerdo para su conductor. Como mucho, era materia para una frasecita graciosa: «Tendrías que haber visto cómo ha saltado el chino.»

Esto era entonces. Había pasado un rato.

SI 123 era Simon Dean, de Colliers Wood, y Ho no estaba despierto a las cuatro porque le hubiera costado mucho descubrirlo, sino porque se estaba ocupando de desmontar la vida de Simon Dean, pieza a pieza. Simon Dean se dedicaba a vender seguros por teléfono, o probablemente creía que aún se dedicaba a eso, pese a que uno de sus últimos actos antes de despedirse del trabajo, según el estricto sistema de seguridad que conservaba copias de todos los correos electrónicos de la empresa, había consistido en mandar una nota de dimisión a su jefe, seguida de un relato detallado de sus intenciones con respecto a la hija adolescente del mismo. Desde entonces, Simon había anulado sus tarjetas de crédito, cancelado cualquier pedido pendiente, transferido su hipoteca a un nuevo beneficiario a cambio de un interés inquietantemente bajo, cambiado de número de teléfono y mandado a todos aquellos que figuraban en su agenda un ramo de flores tamaño boda, acompañado por una nota en la que anunciaba su salida del armario. Había donado sus ahorros al Partido Verde y abrazado la Cienciología; luego había vendido su Lexus por eBay; y dentro de las siguientes cuarenta y ocho horas tanto él como todos los que habitaban en el mismo código postal se iban a enterar de que figuraba en una lista por delitos sexuales. En resumidas cuentas, a Simon Dean no le esperaba el momento más feliz de su vida; en cambio, por ver el lado positivo de las cosas, Roderick Ho estaba más animado que nunca. Y al final resultó que sus doritos no estaban tan destrozados por la caída.

No era sorprendente que, por no ser consciente de la hora, hubiera dejado que siguiera sonando el CD a todo volumen. Lo sorprendente era que, pese al brillo de su ensoñación telemática, se diera cuenta de que alguien reclamaba su atención. Había alguien en la puerta. Podía ser que llevara un buen rato allí.

Joder, pensó Ho. ¿Es que no había manera de disfrutar de un poco de paz? No soportaba que los demás no tuvieran la menor consideración. Apagó la música y bajó a ver quién era el que lo estaba molestando.

A Louisa Guy le estaba entrando dolor de cabeza, tal vez causado por la cercanía de la muerte. Dos muertos en una noche. Colegas suyos los dos, aunque Alan Black había renunciado a esa condición mucho antes que a su cabeza. Louisa había olido la sangre antes incluso de entrar en la cocina; se había dado cuenta de que estaba a punto de ver algo desagradable. Pero había dado por hecho que sería el rehén, Hassan. En cambio, ahí estaba Alan Black. O, mejor dicho, la cabeza de Alan Black. Un hombre en el que no había vuelto a pensar desde que no lo veía. Tampoco es que antes pensara mucho él, a decir verdad.

Al verlo, se había quedado sin respiración. Todo se había vuelto lento. Pero había mantenido el control —no había perdido la cabeza— y no había vomitado como Cartwright. Casi habría preferido hacerlo. Se preguntaba qué revelaba de su personalidad ser capaz de ver algo así sin vomitar. La inesperada vulnerabilidad de Cartwright le había hecho cambiar de opinión sobre él. De hecho, siempre había evitado el contacto con sus colegas, con la única excepción de Min Harper en los últimos tiempos. Estaban juntos por culpa del destino y de sus errores de juicio, y hasta entonces nunca habían funcionado como un equipo. Había una cierta ironía en el hecho de que sólo empezaran a funcionar como tal cuando el equipo había sufrido una merma considerable.

288

Y ya volvía a estar a oscuras, esta vez en el jardín trasero de Ho. Se preguntó cómo podía ser que Ho tuviera un jardín trasero, cuando todos sus conocidos vivían en cajas de zapatos. Pero no tenía sentido preguntarse por qué prosperaban los cabrones. Con Min a su lado, avanzó hacia la puerta trasera de Ho, obligándose a no rechinar los dientes. Había luz encendida y sonaba música. Qué curioso que Ho pudiera ser tan cuidadoso en algunas cosas y tan estúpido en otras. Tanto que se esforzaba por mantener siempre la cabeza protegida tras el parapeto, y en cambio ahora tenía a los vecinos en vilo con un ruido innecesario a altas horas de la noche.

Louisa y Min se miraron y los dos alzaron los hombros a la vez.

Louisa estiró un brazo y golpeó la puerta de Ho.

—¿Qué?

Un tipo gruñón, de hechuras escuálidas, con una camiseta del Che y unos pantalones cortos hawaianos.

Cualquiera de los atributos anteriores le habría bastado para granjearse la eterna enemistad de Dan Hobbs, pero el peor de todos era que no se trataba de Roderick Ho.

—Busco a Ho —dijo Hobbs.

—¿Que busca qué?

—A Roderick Ho.

—Aquí no hay ningún Ho, tío. Son como las cuatro de la madrugada. ¿Estás como una puta cabra, llamando al timbre a estas horas?

La puerta se cerró de golpe, o lo habría hecho de no haberse interpuesto el pie de Hobbs. Estaba verificando mentalmente la información y reafirmando lo que ya sabía: que no se había equivocado; que aquélla era la dirección que le había dado Duffy, confirmada por las reinas de la base de datos. El gruñón abrió la puerta del todo otra vez, con una expresión que sugería que se disponía a protestar. Hobbs le dio un puñetazo, un golpe seco en el cuello. Con los civiles podías incluso llamar primero para avisarlos de que les ibas a pegar, y tampoco les servía de nada. Hobbs cerró la puerta, pasó por encima de aquel hombre y fue a buscar a Ho.

Cuando apenas empezaba a moverse entre los sistemas de la agencia —a él le parecía que habían pasado siglos desde entonces—, Roderick Ho había entrado en sus datos personales para cambiar la dirección. Si alguien le hubiese preguntado por qué, él no habría entendido la pregunta. Lo hacía por la misma razón por la que nunca daba su verdadero nombre cuando rellenaba los datos para una tarjeta de fidelización en un negocio: porque a un desconocido nunca se le cede el carril interior. Sólo había que fijarse en Simon Dean. Maldita matrícula de fanfarrón. Le hubiera dado lo mismo ir por ahí repartiendo tarjetas con la palabra «mamón» impresa justo encima de sus datos bancarios. Por ser justos, a Ho le habría servido cualquier matrícula, pero ¿qué sentido tenía facilitarle tanto las cosas al enemigo? Y en lo que concernía a Ho, el enemigo eran todos los demás mientras no se demostrara lo contrario.

Entonces ¿cómo podía ser que Min Harper y Louisa Guy estuvieran en su patio trasero?

—¿Qué?

—Que si siempre pones música a estas horas de la noche.

—Los vecinos son estudiantes. ¿Qué más da?

Ho se rascó la cabeza. Aún llevaba la misma ropa que al irse de la Casa de la Ciénaga, diez horas antes, aunque el jersey estaba salpicado de trocitos de tortilla mexicana. Él, por su parte, no recordaba qué ropa llevaban aquellos dos antes, pero no tenían pinta de haber dormido desde entonces. Ho no se llevaba bien con los demás porque no le gustaba la gente, pero incluso él era capaz de darse cuenta de que aquellos dos estaban distintos esa noche. Les habría preguntado qué pasaba, pero antes tenía una pregunta más importante:

—¿Cómo me habéis encontrado?

—¿Por qué? ¿Te estabas escondiendo?

—¿Cómo?

—Lamb nos ha dado la dirección.

—El puto Lamb —dijo Ho—. No me cae bien.

—Es posible que tú a él tampoco. Pero nos ha enviado a buscarte.

—Y aquí estamos.

Ho movió la cabeza. Se estaba preguntando por qué sabía Lamb que había cambiado sus datos y, aún más, cómo conocía su dirección verdadera. Y con ese pensamiento llegó otro todavía más inquietante. Todo lo que Lamb sabía del mundo digital se podía meter dentro de un píxel. No había ninguna posibilidad de que hubiese averiguado los secretos de Ho de un modo honrado; por medio de un ordenador. Y eso sugería la horrible posibilidad de que había otras maneras de desmantelar una vida y que a lo mejor ser un guerrero digital tampoco garantizaba la invulnerabilidad.

Pero Ho no quería vivir en un mundo en el que existiera dicha posibilidad. No quería creer que pudiera ocurrir algo así. De modo que siguió negando con la cabeza con la intención de despejar esa idea y mandarla volando por el aire de la noche, que ya empezaba a convertirse, a toda prisa, en el aire de la mañana.

A continuación dijo:

—Voy a coger el portátil.

—¿Qué? —dijo Duffy.

—No está aquí.

—¿Y dónde está?

—No lo sé —respondió Hobbs.

Hubo un silencio, durante el cual Dan Hobbs alcanzó a oír cómo volaban los restos de su carrera por los pasillos de Regent's Park.

Luego, Duffy colgó el teléfono.

15

Como nunca había ido a su piso ni había perdido tiempo en imaginar cómo sería, ver su apariencia no supuso ni una sorpresa ni una confirmación: una manzana art déco en St. John's Wood, de aristas redondeadas y ventanas con marco metálico. Orwell había vivido cerca de allí y era probable que hubiese usado algún detalle local para construir su futuro fascista, pero aquella manzana en particular parecía más bien ordinaria a primera hora de la mañana, con su entrada comunitaria y un sistema de apertura que no dejaba de zumbar. Sólo el cartel que prometía cobertura de circuito cerrado insinuaba un mundo de Gran Hermano, pero el cartel siempre es más barato que las cámaras. La sociedad de Reino Unido debía de ser la más vigilada del mundo, pero sólo cuando el dinero salía de los bolsillos del pueblo, mientras que las constructoras privadas solían preferir la opción más barata de instalar una cámara falsa. A Jackson Lamb le costó un minuto forzar la cerradura, algo menos antigua que el edificio, pero tampoco demasiado. Si no hubiese andado con cautela, las baldosas del vestíbulo habrían resonado con sus pasos. Por debajo de una de las puertas de la planta baja se filtraba algo de luz.

Lamb subió por la escalera: más silenciosa y fiable que el ascensor. Era como ponerse un abrigo viejo. «Normas de Moscú», había decidido al reunirse con Diana Taverner

292

junto al canal. Ella estaba supuestamente de su lado —era, supuestamente, su jefa—, pero había jugado sucio, de modo que se aplicaban las reglas de Moscú. Y ahora, con la partida de Diana extendida ya en todas las direcciones, como en un tablero de Scrabble, tocaba aplicar las normas de Londres.

Si las normas de Moscú servían para cubrirse las espaldas, las de Londres eran para taparse el culo. Las normas de Moscú se habían escrito en la calle, mientras que las de Londres procedían de Westminster y, en su versión resumida, rezaban así: siempre paga alguien; asegúrate de no ser tú. Nadie lo sabía mejor que Jackson Lamb. Y nadie dominaba mejor ese juego que Di Taverner.

Se detuvo al llegar a la planta de Catherine Standish. No se oía nada, salvo el zumbido eléctrico constante que emitía la lámpara. El piso de Catherine era el de la esquina; su puerta, la que le quedaba más a mano. Cuando pegó el ojo a la mirilla no vio ninguna luz. Sacó la ganzúa de nuevo. No le sorprendió descubrir que Catherine había cerrado con llave las dos cerraduras; tampoco que hubiera pasado la cadena por dentro. Estaba a punto de encargarse de ese tercer obstáculo cuando ella habló desde el otro lado de la puerta, abierta ya un par de centímetros.

—Seas quien seas, apártate de la puerta. Estoy armada.

Lamb estaba seguro de no haber hecho ningún ruido, pero eso daba igual: Catherine Standish era muy nerviosa. Probablemente se despertaba cada vez que las palomas sobrevolaban el edificio.

—No estás armada —le dijo.

Hubo un momento de silencio. Luego:

—¿Lamb?

—Déjame entrar.

—¿Qué quiere?

—Ahora mismo.

Nunca le había caído bien Lamb, y él no podía culparla por ello, pero al menos sabía cuándo debía actuar. Retiró la cadena para dejarlo entrar y luego cerró la puerta, al mismo tiempo que encendía la luz del recibidor. Llevaba una botella en la mano. Sólo era de agua mineral, pero de haber sido un intruso de verdad podría haberle hecho mucho daño con ella.

A juzgar por su expresión, parecía que lo consideraba como un intruso de verdad.

—Vístete.

—Estoy en mi casa. No puede...

—Que te vistas.

Con aquella luz inesperada, se la veía vieja; el cabello gris caía suelto sobre los hombros. El camisón parecía salido de una ilustración de un libro de cuentos de hadas. Le llegaba hasta los tobillos y se abotonaba por delante.

Su percepción del contexto cambió por el tono de voz de Lamb. Estaba en su casa, pero seguía perteneciendo a la agencia y él seguía siendo su jefe. Si se había presentado allí en plena noche, sería que estaba ocurriendo algo que no debería ocurrir.

—Espéreme aquí —le dijo, señalando una puerta abierta, y desapareció en su dormitorio.

Antes de descubrir que quien estaba forzando la puerta de su casa era Lamb, por la mente de Catherine habían pasado los pensamientos más obvios: que iban a robarle, o que alguien pretendía violarla. Agarrar la botella que tenía en la mesita había sido una respuesta automática. Y al ver quién era se había llegado a preguntar si tal vez acudía con la intención de ligar con ella. Había dado por hecho que estaría borracho; se había preguntado si estaría loco. Luego, mientras se vestía a toda prisa, se preguntó por qué no había corrido a coger el teléfono en vez de la botella; por qué su primera respuesta a aquel último susto no había sido sólo el miedo. La adrenalina que la había recorrido por dentro le había dado más sensación de tensión que de pánico. Como si llevara años esperando y aquella manipulación nada silenciosa de su cerradura hubiera sido como la última pieza de un rompecabezas que por fin entendía del todo.

La primera pieza la había encontrado al descubrir el cadáver de Charles Partner.

Se puso el vestido que había dejado preparado para la mañana. Se recogió el pelo en una coleta y se miró al espejo. «Me llamo Catherine y soy alcohólica.» Se le hacía raro mirarse al espejo sin que cobraran vida en su mente esas palabras. Durante mucho tiempo se había tenido por cobarde. Le había costado un tiempo entender que dejar de beber exigía valor y que una parte no pequeña de dicho valor consistía en ser capaz de pronunciar esa afirmación en público. Estirar el brazo para coger un arma, en vez de un teléfono, era una manera de poner de manifiesto ese valor. Tras perder todos sus apoyos, le había costado un gran esfuerzo reconstruir su vida; y aunque a menudo no pareciera gran cosa, era la única vida que tenía y no estaba dispuesta a entregarla sin pelear. El hecho de que la única arma a su alcance fuera una botella podía etiquetarse como una de esas pequeñas ironías de la vida.

«Me llamo Catherine y soy alcohólica.» A favor del mantra de Alcohólicos Anónimos se podía decir una cosa: te salvaba del peligro de olvidar lo que eras.

Lista para enfrentarse a su monstruoso jefe, se reunió con él en la otra habitación.

—¿Qué pasa?

Él se había quedado junto a la estantería, acumulando información.

—Luego. Vamos.

Y se dirigió a la puerta sin mirar atrás. Daba por hecho que ella le seguiría los pasos.

A lo mejor pegarle con la botella habría sido la mejor opción.

—Estamos en plena madrugada —le dijo—. No voy a ningún lado si no me cuenta qué ha pasado.

—Bien que te has vestido, ¿no?

—¿Qué?

—Que te has vestido. O sea, que ya estás lista para salir. —A juzgar por la expresión de su cara, a la que ella ya estaba acostumbrada, daba por hecho que Catherine haría cualquier cosa simplemente porque él se lo ordenaba—. ¿Podemos irnos ya?

—Me he vestido porque no tengo ninguna intención de seguir en camisón mientras usted invade mi espacio. Si quiere que vaya a algún lado, ya puede empezar a hablar.

—Joder, ¿te has creído que venía con la ilusión de pillarte en ropa interior? —Sacó un cigarrillo del bolsillo y se lo llevó a la boca—. La mierda ha llegado al ventilador. A lo grande. O sales ahora conmigo, o pronto vendrá a buscarte gente menos amistosa que yo.

—No se lo encienda aquí dentro.

—No, me lo encenderé en cuanto salga, en menos de un minuto. Vienes o te quedas. Tú misma.

Catherine se echó a un lado para dejarlo salir.

Siempre era consciente de la presencia física de Lamb. Ocupaba más espacio del que le correspondía. A veces, Catherine estaba en la cocina de la Casa de la Ciénaga y él decidía que también tenía que estar allí: sin tiempo de darse cuenta siquiera, se encontraba apretada contra la pared, esforzándose por mantenerse fuera de su órbita mientras él rebuscaba en la nevera para zamparse la comida de los demás. Catherine no creía que lo hiciera queriendo. Simplemente, no prestaba atención. O estaba tan acostumbrado a vivir exiliado dentro de su propia piel que daba por hecho que los demás le cederían el espacio.

Esa noche, Catherine era más consciente que nunca. En parte porque Lamb estaba en su casa, oliendo a tabaco, al alcohol del día anterior y a la comida para llevar de la cena; con una ropa que parecía a punto de fundirse; empeñado en medirla con su mirada. Pero había algo más. Esa noche, daba la impresión de llevar mucho lastre a cuestas. Lamb era siempre reservado, pero ella nunca lo había visto con cara de preocupación. Como si su paranoia se cumpliera por fin. Como si hubiera encontrado un enemigo nuevo, aparte de su pasado, que siempre lo acechaba a la sombra de su propio cuerpo.

Catherine cogió las llaves que tenía en un cuenco, descolgó el abrigo del perchero, agarró el bolso, que pesaba más de lo esperado, dio dos vueltas de llave a la cerradura al salir y bajó por la escalera.

Lamb estaba en el vestíbulo con el cigarrillo, aún sin encender, en la boca.

—¿Cuál es el problema? —preguntó Catherine—. ¿Y a mí por qué me afecta?

—Porque eres de la Casa de la Ciénaga. Y a la Casa de la Ciénaga le llega oficialmente, desde esta noche, la mierda al cuello.

Catherine hizo un breve repaso mental de la actividad de los últimos días: no recordó nada particular, más allá de la habitual redacción de listas y revisión de datos.

—No me lo cuente —propuso—. A Cartwright se le ha fundido un fusible y ahora nos tenemos que quemar todos con él.

—No vas del todo desencaminada —reconoció Lamb. Abrió la puerta de un empujón, salió él primero y examinó la zona de aparcamiento—. ¿Estos coches son los habituales?

—¿Se cree que me fijo en eso? —preguntó ella. A continuación añadió—: Sí. Son los de siempre.

Esto le granjeó una mirada rápida de Lamb, que dijo:

—Baker está herida. Moody está muerto. Es probable que estemos todos en busca y captura y yo preferiría no pasarme los dos próximos días respondiendo preguntas estúpidas en los sótanos de Regent's Park.

—¿Sid está herida?

—Y Moody está muerto.

—¿Herida de gravedad?

—Ninguna herida es tan grave como la muerte. ¿Has oído lo que te he dicho?

—Siempre he sabido que Jed Moody acabaría mal. En cambio, Sid me cae bien.

—Estás llena de sorpresas, ¿sabes? —dijo Lamb.

La guió para salir por el patio delantero del edificio, con sus plazas de aparcamiento para vecinos, rodeado por un muro bajo y unos matorrales altos y anodinos. Entonces vio el monovolumen aparcado en la otra acera.

• • •

Al ver cómo reaccionaba Lamb, Nick Duffy dijo:

—Espero que no nos lo ponga difícil.

—¿Tan difícil podría ser? —preguntó Webb.

Lo llamaban James «Spider» Webb; aquel comentario suyo revelaba algo tan evidente como el mote que le habían puesto. Webb tenía menos de treinta años y estaba empeñado en creer que si alguien tenía veinte años más que él podía considerarse afortunado por haber sobrevivido al diluvio universal.

Duffy reprimió un suspiro. Llevaba toda la noche arreglándoselas con el triste material que tenía a su disposición: se había visto obligado a mandar a Dan Hobbs a buscar él solito al loco de la informática de la Casa de la Ciénaga. Eso había acabado bien, con Hobbs dándole una paliza a un ciudadano. Así que Ho había desaparecido y los otros caballos lentos habían tirado los teléfonos, salvo que se hubieran reunido todos en una cloaca, debajo de Roupell Street. Mientras tanto, Duffy se había visto obligado a reclutar a agentes que no pertenecían a los Perros, como en el caso de Spider Webb, para equilibrar la partida.

La parte más positiva era que Lady Di había acertado. Ahí estaba Lamb, recogiendo personalmente a Catherine Standish. O sea que, si no hacía nada especialmente digno de mención, Duffy se anotaría en su columna por lo menos un éxito.

—Te llevarías una buena sorpresa —dijo, en respuesta a Webb.

Se bajaron del monovolumen y cruzaron la calle.

Lamb y la mujer los vieron llegar. No tenían demasiadas opciones, y Duffy lo sabía: podían volver a entrar, lo cual no les iba a servir de gran ayuda; o podían arrancar a correr. Pero si Lamb tenía algunas virtudes escondidas bajo su pinta desaliñada, la rapidez no se contaba entre ellas.

A dos metros ya de la pareja, que esperaba inmóvil, Duffy dijo:

—Qué noche tan ajetreada.

—¿Estás reclamando horas extras? —preguntó Lamb—. Te has equivocado de persona.

—Necesito saber si alguno de los dos va armado —dijo Spider Webb.

—No —respondió Lamb, sin preocuparse de mirarlo siquiera.

—Tendré que comprobarlo personalmente.

Lamb, todavía sin mirar a Webb, dijo:

—Nick, no llevo nada. Ni pistola ni cuchillo, ni siquiera un cepillo de dientes explosivo. Pero si a tu perrito faldero le apetece cachearme, será mejor que cachee antes a mi colega. Porque luego no podrá hacerlo con las dos muñecas partidas.

—Joder —dijo Duffy—. Nadie va a cachear a nadie. Webb, métete en el coche. Señorita Standish, usted va delante. Jackson, tú y yo vamos detrás.

—¿Y si nos negamos?

—Si fueras a negarte no lo habrías preguntado. Venga. Todos llevamos ya demasiado tiempo en esto. Vámonos a Regent's Park, ¿vale?

Más adelante le dio por pensar que Lamb lo había engatusado. ¿Llamarlo Nick? Se conocían, claro, pero no se podía decir que fueran amigos. Y Duffy era el jefe de los Perros, y no era fácil ablandarlo con lisonjas. Pero le convenía no ignorar que Lamb, al contrario que él, había hecho de espía encubierto. Los críos como Webb podían ver en él tan sólo a un tipo quemado; en cambio, los de las generaciones anteriores recordaban cuál era la causa de la quemazón... Joder, pensó Duffy. Le debía de haber parecido tan difícil como darle cuerda al reloj. Pero todo eso se le ocurrió luego, cuando ya estaba en Regent's Park y hacía mucho que Lamb y Standish habían desaparecido.

Montaron los cuatro en el coche y Webb lo puso en marcha.

• • •

Lamb estornudó dos veces, luego sorbió y —Catherine no lo vio; iba mirando hacia delante— hizo un ruido como si se secara los mocos con la manga. Ella se alegró de no ir sentada a su lado.

Se les acercaba un goteo esporádico de tráfico; nada que ver con el torrente, y la posterior inundación, que invadiría esas mismas calles al cabo de una o dos horas. La ciudad aún estaba a oscuras, pero se oían ya los primeros susurros del amanecer y la luz de las farolas empezaba a perder su dominio del aire. Cuántas mañanas había pasado, a horas parecidas, esperando que se colara la luz en su habitación. Los primeros cientos de veces los había pasado intentando no pensar en la bebida. Ya no le ocurría tan a menudo, y a veces incluso lograba dormir hasta que sonaba el despertador, pero eso no cambiaba nada: las horas del amanecer no le resultaban desconocidas. Aunque no solía pasarlas en un coche; y normalmente no estaba arrestada. Porque daba igual cómo lo llamaran: eso era lo que estaba pasando. Lamb y ella estaban bajo arresto. Aunque en realidad tendría que haber sido sólo ella y Lamb tendría que haber estado en otro lugar. ¿Por qué había ido a buscarla?

Detrás de ella, Lamb dijo:

—Ha sido Loy, ¿verdad?

Duffy no contestó.

—Mi apuesta es Loy. Era el más fácil de coaccionar. A Taverner le habrá costado unos tres minutos.

Desde el asiento delantero, junto a Webb, Catherine dijo:

—¿Tres minutos para qué?

—Para conseguir que accediera a todo lo que le dijese. Está reescribiendo el argumento. Todo para meter la Casa de la Ciénaga en la foto.

—Este viaje se nos hará mucho más rápido si posponemos la conversación hasta que lleguemos allí —dijo Duffy.

—¿En qué foto? —preguntó Catherine.

—La de la ejecución de Hassan Ahmed. —Lamb volvió a estornudar. Luego añadió—: Taverner pretende aplicar una política de tierra quemada, pero no le va a salir bien. Al final, lo que te delata siempre es el encubrimiento, Nick. Ella lo sabe, pero cree que va a ser una excepción. Es lo que piensan todos. Y todos se equivocan.

—En mi última visita a Regent's Park, Diana Taverner era la jefa. Mientras eso no cambie, haré lo que me diga.

—Esto les va a sonar muy bien a los de Límites. Joder, creía que eras el jefe de los Perros. ¿Tu trabajo no consiste en asegurarte de que nadie funcione por su cuenta?

Catherine miró hacia el lado. Duffy había dicho que el conductor se llamaba Webb. Le dio la impresión de que tenía la misma edad y tipología que River Cartwright, aunque tenía pinta de ser de esos que meten enseguida un pie en el agua para probar la temperatura cuando les mandan zambullirse. Él vio que lo estaba mirando: apenas un vaivén de los ojos, que permanecían fijos en la calzada. Una sonrisa leve le curvó los labios.

Catherine apenas alcanzaba a vislumbrar lo que ocurría, pero saber de qué lado estaba le brindaba un cierto consuelo.

—Mira —dijo Duffy al fin—. Lo único que sé es que en Park querían verte. Y ya está. Así que pierdes el tiempo al intentar averiguar qué pasa.

—Lo que pasa ya lo sé. Taverner se está cubriendo el culo. El asunto es que está tan ocupada con eso que se ha olvidado de Hassan Ahmed. ¿Te acuerdas de Hassan Ahmed, Nick? —Duffy no contestó—. Taverner prefiere que le corten la cabeza antes que reconocer que todo ha sido por culpa suya. Por eso quería a Loy, que sin duda habrá confirmado su versión de los hechos a estas alturas. Y con Moody muerto, bueno, puede pintarlo todo del color que le dé la gana. Seguro que él no le lleva la contraria.

Delante, Catherine decidió que las calles empezaban a parecer lo que eran: lugares donde se celebraban negocios y la gente se movía libremente en vez de ir dando saltos de sombra en sombra. Se movía como si la calle fuera suya.

—Pero todo se aclarará, Nick. Lo más sensato sería olvidar las normas de Londres que ha establecido Lady Di y concentrarse en encontrar a ese chico antes de que lo maten a él también. Eso, si no ha pasado ya. —Volvió a estornudar—. Joder, ¿lleváis un gato por aquí, o qué? Standish, ¿llevas pañuelos en ese bolso?

Catherine subió el bolso para posarlo en las rodillas, abrió la cremallera y sacó la pistola que Lamb había dejado allí mientras ella se vestía. El seguro se veía con toda claridad y lo desactivó con un chasquido antes de apuntar el arma al blanco elegido.

—Todos sabemos que no te voy a matar de un tiro —le dijo a Webb—. Pero si hace falta te dispararé al pie. Así de paso te borraría esa sonrisita, ¿no?

—Desde aquí podéis volver andando a casa —dijo Lamb—. Si os parece bien.

16

La tumba de Blake queda más o menos a un kilómetro y medio de la Casa de la Ciénaga, en el cementerio de Bunhill Fields. Está señalada con una lápida pequeña, dedicada también a su esposa, Catherine, y queda al aire libre, en un extremo de una zona pavimentada, flanqueada por bancos y protegida por árboles bajos. La lápida no señala exactamente el lugar donde descansa la pareja, tan sólo indica que sus restos no están lejos de ahí. Cerca hay un recordatorio de Defoe; la tumba de Bunyan está a escasos metros de allí. Todos inconformistas. Nadie estaba en condiciones de adivinar si Lamb lo había escogido como lugar de reunión por esto, pero ahí estaban reunidos en cualquier caso.

Como no había conseguido recoger a Kay White, River llegó solo. Escaló la puerta de la verja, cerrada con un candado, y se sentó en un banco, bajo un árbol. Al fondo empezaba a sonar el tráfico. La ciudad nunca dormía del todo; soportaba noches en blanco y sueños inquietos. Desayunaba cigarrillos, café y aspirina, y durante las horas siguientes parecería una muerta recalentada.

El tintineo de la verja significaba que los demás estaban llegando.

Aparecieron Min, Louisa y Roderick Ho, este último con su portátil bien agarrado. Min y Louisa estaban pálidos —tanto como River suponía que debía de estarlo él

303

mismo—, pero caminaban bien erguidos. Estaban pasando cosas. Ellos ya no vivían al margen.

—¿Es verdad que Moody está muerto?

River asintió.

—Vale —dijo Ho.

Se sentó en el banco de enfrente. Abrió el aparato, lo puso en marcha y le insertó una llave electrónica. Nadie le preguntó qué hacía. Si le hubiera dado por sentarse y escuchar, o por proponer una conversación, sí le habrían preguntado; en cambio, que Ho se zambullera en la red les parecía lo normal.

—¿White?

River dijo que no con la cabeza.

—Demasiado tarde.

—No...

—Que no, joder, que no. Justo se la estaban llevando. ¿Y Loy?

Louisa se sentó al lado de River. Min se quedó de pie. De repente, estiró el cuerpo; se alzó de puntillas y abrió los brazos como si lo hubieran crucificado.

—Son los Perros, ¿verdad?

—Eso creo.

—¿Creen que matamos a Jed Moody?

—Creo que creen que matamos a Alan Black. ¿Vosotros lo conocíais bien?

Encogieron los hombros los dos.

—Estuvo por ahí. Pero no hablaba demasiado.

—Aceptémoslo, en la Casa de la Ciénaga nadie habla mucho.

—¿Alguna vez dijo por qué lo dejaba?

—Delante de mí, no. ¿Tú no lo conocías?

—Se fue antes de llegar yo.

—¿Por qué creen que lo matamos nosotros?

—Porque nos están tendiendo una trampa —dijo River—. ¿Esto es un coche?

Lo era. Frenó, aparcó y apagó el motor; todo eso fuera de su vista, detrás de los árboles que señalaban el límite occidental del cementerio. River y Louisa se levantaron. Ho, absorto en la pantalla, no prestó ni la menor atención. Al fondo del camino sonó un tintineo metálico y luego el ruido de un candado al abrirse.

—Es Lamb —anunció River.

—¿Tiene la llave?

—Bueno, eso explicaría que nos haya citado aquí.

Al cabo de un momento aparecieron Lamb y Catherine Standish.

En esto se había convertido el asunto: Curly estaba en un país extranjero, en misión encubierta, en tiempos de guerra. Estaba en su país, pero resultaba que era un extranjero.

Pasaron por delante de una mezquita... Una puta mezquita. Allí, en la capital de Reino Unido. Ni que se lo hubiera inventado.

Durante años, se habían levantado voces de alerta, sin embargo ¿había servido para algo? Para nada. Cualquiera podía entrar libremente y quedarse el país: les hemos dado nuestros trabajos, nuestras casas, nuestro dinero, y si no quieren trabajar les damos dinero igualmente. ¿Estado del bienestar? No nos hagan reír. El país entero es una organización de beneficencia.

Encima, se habían perdido. No tenía ni idea de dónde estaban. Sólo tendrían que haber seguido los rótulos que indicaban el norte. ¿Tan difícil era?

Pero Larry flojeaba. Lo que pasa es que era un cobarde. «Se suponía que sólo le íbamos a dar un susto.» Ya, porque así se libran las guerras, ¿verdad? Los asesinos del 7J no habían abierto las mochilas para enseñar las bombas y decir: «¿Veis lo que podríamos hacer si nos apeteciera?» Se habían limitado a hacerlo. Porque al menos había que reconocerles una cosa: sabían que estaban librando una guerra. Y no se puede librar una guerra si no participan en ella los dos bandos.

No se había fijado en que era una mezquita hasta que estuvieron justo delante, pero ahora que la veía bien se daba cuenta de que no podía ser otra cosa. Brotaba del suelo, como un bulbo, con sus formas extranjeras. Como si se hubiesen salido del mapa para aparecer en el lugar menos conveniente. Lo atenazó el pánico: se le ocurrió que el chico podía saber dónde estaban —lo reconocería por los ruidos y los olores— y empezar a patalear en el maletero. Curly tuvo una visión de una multitud rodeando el coche; balanceándolo de un lado a otro. Liberando al chico y luego... ¿qué? Les pegarían fuego. Los arrastrarían por la calle y los lapidarían. Eran todos de la puta Edad Media. Al fin y al cabo, estaba haciendo lo que hacía precisamente por eso: para que probaran su propia medicina.

Se tragó el pánico. El paqui iba en el maletero. No había posibilidad de que supiera dónde estaban.

Ninguno de los tres sabía dónde estaban.

—¿Tienes alguna idea de adónde pretendes llegar?

—Has dicho que nos alejáramos un poco, ¿no? Estaba...

—No quería decir que nos llevaras a la puta India.

La mezquita quedaba detrás. Todos los edificios eran de hormigón, con rejas en las ventanas. El único atisbo de verde era la verja metálica de una casa de empeños.

—Tenemos que salir de la ciudad.

Lamb se recostó en la barandilla que rodeaba la tumba de Bunyan mientras se comía su bocadillo de beicon. En la otra mano sostenía un segundo bocadillo, envuelto en un papel a prueba de grasa. Los caballos lentos lo rodeaban.

—Taverner reclutó a Black. El secuestro era un montaje. Pero como ahora se ha vuelto real, Taverner está buscando cabezas de turco. —Se detuvo para tragar—. Eso somos nosotros.

—¿Por qué? —preguntó Min.

Catherine dijo:

—Bueno, es que nadie nos va a echar de menos.

—Y ya había reclutado a Black —apuntó Louisa—. O sea, que los caballos lentos ya salíamos en la foto.

—Y él no va a llevar la contraria a nadie —convino Lamb—. Hasta donde sabemos, Taverner ha limpiado bien el rastro. Dirá que Black trabajaba para la Casa de la Ciénaga, no para Regent's Park.

—Se está tomando muchas molestias —opinó River—. Vale, tenemos dos muertos, y parece que para ese chico la cosa no pinta demasiado bien, pero tampoco es que ésta sea la primera operación que se tuerce. ¿Por qué está tan asustada?

—¿Te dice algo el nombre de Mahmud Gul? —preguntó Lamb.

—Es un general —respondió River, de manera automática—. Del directorio paquistaní que se ocupa de las relaciones entre servicios secretos.

Con eso se ganó una mirada.

—Me apuesto algo a que jugabas a los cromos con tu abuelo. Con espías en vez de futbolistas.

Ho tenía el portátil delante, pegado al pecho como si fuera la bandeja de un vendedor ambulante de helados.

—Gul es del Departamento de Inteligencia Conjunta —leyó—. Algo parecido a nuestra Segunda Mesa.

River rebuscó en la memoria algún dato más. No se le ocurría ninguno que no fuera de brocha gorda.

—Es más bien de los de la línea dura.

—Todos lo son, ¿no?

—Al principio de la guerra —apuntó Ho— se creía que había algunos elementos dentro de estos departamentos de coordinación entre agencias que alertaban a los talibanes cuando los iban a bombardear. Gul era uno de los sospechosos. Nunca se acusó a nadie, pero un analista de Regent's Park consideraba que Gul podía pertenecer a cualquiera de los dos bandos.

—Por otro lado, en público siempre ha apoyado a su gobierno —recordó River—. Y cuando se habla de quién podría ser el próximo director siempre se menciona su nombre. —Con eso había agotado todo lo que sabía sobre

Gul—. ¿Qué tiene que ver con todo esto? —Pero antes de que Lamb pudiera responderle añadió—: No. Espera. No me lo digas.

—Ah, fantástico —dijo Catherine—. Ahora jugamos a las adivinanzas.

Louisa la miró. Ese comentario no parecía propio de Catherine. Pero el caso era que Catherine no parecía la de siempre. Tenía la nariz roja por el frío, claro, y los pómulos también colorados, pero en sus ojos había una chispa extraordinaria. A lo mejor estaba disfrutando con aquella aventura. En ese momento, Catherine intercambió una mirada con ella y Louisa enseguida desvió la suya.

Lamb se terminó el bocadillo y eructó agradecido.

—Estaba buenísimo, joder —dijo—. Cinco estrellas.

—¿Dónde ha encontrado algo abierto a estas horas de la madrugada? —preguntó Louisa.

Lamb señaló con un ademán vago hacia Old Street.

—Está abierto las veinticuatro horas. No había que desviarse mucho. He pensado que no os importaría esperar un poco.

—Lamento interrumpir —dijo River—. Hassan Ahmed. ¿Es un hombre de Gul?

—No es un agente.

—¿Seguro?

Lamb exhaló lentamente.

—Vale, o sea... Ay, joder. —La emoción sacudió a River cuando entendió la verdad—. ¿Son parientes?

—Es el hijo de su hermana.

—¿Hemos...? ¿Taverner ha hecho que unos matones fascistas secuestren al sobrino de Mahmud Gul? ¿Qué coño se ha creído?

—Se cree más lista que el hambre. «Considéralo como una operación destinada a fomentar la unión de dos comunidades —recitó Lamb—. Cuando rescatemos a Hassan, ganaremos un amigo.»

—¿Tienen mucha relación? —preguntó Min Harper.

Ho aún seguía repasando el archivo de Regent's Park sobre Gul.

—Los padres de Hassan se conocieron en Karachi, pero él ya vivía aquí. Ella se vino a Inglaterra como novia suya. Y no ha vuelto a Pakistán desde entonces, ni hay constancia de que Gul haya venido a verla.

—Pero él es un espía —apuntó Min—. No podemos descartarlo.

—En cualquier caso —terció Lamb—, podemos dar por hecho que no le encantará que le corten la cabeza al chico por la tele. —Desenvolvió el segundo bocadillo.

El olor a salchicha caliente flotó en el aire.

River hizo un esfuerzo para no reparar en él y dijo:

—Entonces ¿cuál era el plan? ¿Seducir a Mahmud Gul rescatando a su sobrino de una banda de fanáticos?

—De fanáticos nuestros —puntualizó Lamb—. Ésta era la parte importante.

Louisa intervino:

—Así queda en deuda con nosotros. Y luego, cuando se convierta en el próximo director de relaciones entre agencias, es más fácil que se ponga de nuestro lado.

—Brillante —dijo River—. Pero ¿qué pasa si no rescatamos a Hassan? ¿Se le habrá ocurrido pensar en ese factor?

—Por lo visto, no —contestó Lamb—. Y por la pinta que tiene el asunto, dentro de unas veinticuatro horas el servicio secreto británico habrá asesinado al sobrino del segundo al mando de una potencia que es más o menos amiga nuestra.

—Sólo si respetan la agenda prevista —dijo Catherine—. ¿Y por qué habrían de respetarla? Estarán convencidos de que se les ha ido la operación al traste.

—O sea, que van y matan al chico —concluyó Min—. Joder. Por menos que eso se ha declarado alguna guerra.

—Por eso mismo Lady Di hará todo lo que tenga que hacer para echarnos la culpa a nosotros. Si Hassan muere y trasciende que la responsabilidad es de Cinco, representará mucho más que una mancha negra en su currículum. —Se le cayó un trocito de carne que le manchó de mayonesa el pantalón—. Maldita sea. Qué rabia me da que pase esto. —Miró con furia un momento la mancha amarilla, no más grande que cualquiera de las otras que llevaba en la misma pierna, y luego alzó de nuevo la mirada—. A Taverner no la mandarán a la Casa de la Ciénaga con nosotros. Le tocará ver una celda por dentro. Eso si no se la cargan antes.

—¿Cargarse a una Segunda? ¿Eso se puede hacer?

—Es posible que haya algún precedente —respondió Lamb—. ¿Por qué no se lo preguntas a tu abuelo? Mientras tanto, nadie está buscando a Hassan. Taverner sabía desde el principio dónde estaba y no tenía ningún interés en que lo supiera nadie más, así que la policía trabajaba sin información de la agencia. Y los de La Voz de Albión tampoco provocaban ondas en ningún radar hasta que Black se infiltró entre ellos.

—Los radares no detec... —empezó a decir Ho.

—Cállate.

—Si son tan aficionados, ¿qué posibilidades tienen de salir bien parados? —preguntó Catherine—. A lo mejor tropiezan con sus propias...

—¿Pollas?

—Algo de razón tiene —apuntó Louisa.

—En verdad, no. Haber sido siempre unos pringados ha jugado a su favor. Como nadie se había fijado nunca en ellos, ahora nadie sabe de dónde han salido.

—Pero Alan Black los encontró.

—Sí —respondió Lamb—. Parece que sí, ¿no?

River estaba escuchando, pero no del todo; su mente daba vueltas a todos aquellos datos nuevos para añadirlos a lo que ya sabía antes, o a lo que creía saber, o a lo que había olvidado que sabía. Además, se moría de hambre. El cabrón de Lamb podría haber comprado bocadillos para todos; es lo que hacen todos los jefes en todas partes cuando convocan una reunión antes de la hora del desayuno. Esto, suponiendo que a algún otro jefe, en algún otro lugar, se le pudiera ocurrir convocar una reunión en un cementerio antes de la hora del desayuno... River casi no recordaba cuándo había comido o bebido algo por última vez. Probablemente había sido delante de la casa de Hobden, con Sid, cuando ella todavía se aguantaba de pie, en vez de estar tumbada en una cama de hospital o en la camilla del quirófano o con la cabeza tapada por una sábana. Aún no sabía cómo estaba Sid. No había conseguido digerir lo que le había pasado, y mucho menos la información de que la habían destinado a la Casa de la Ciénaga para vigilarlo a él. Se suponía que eso era cosa de Taverner. ¿Qué sentido tenía?

Lamb estaba diciendo algo sobre pollos descabezados y River sintió de pronto que le faltaba energía; necesitaba azúcar. Y algo caliente.

Por Dios, estaba dispuesto a matar por un café.

En lo más hondo de su mente se accionó un interruptor.

Lamb dio un sustancioso mordisco al bocadillo de salchichas. Mientras masticaba, dijo:

—El asunto es que Black era un agente secreto con formación de alto nivel, igual que todos vosotros, lo cual significa que era un desastre. Seguro que ha cometido algunos errores.

—Gracias —dijo Louisa.

—¿Qué más da? —intervino Min Harper—. Está muerto. Los otros dos se cargarán a Hassan a la primera ocasión y luego se enterrarán en el agujero del que han salido, sea cual sea.

—Si fueran a... cargarse a Hassan a la primera ocasión —dijo Catherine—, habrías encontrado su cadáver junto al de Black.

Min pareció pensárselo y luego asintió.

—Desastre o no, Black los ayudó a salir de Leeds la noche del secuestro —explicó Ho—. Las cámaras de control del tráfico estuvieron horas sin funcionar.

—Es probable que eso fuera cosa de Lady Di —dijo Lamb—. Pero ahora se han quedado sin enchufe y ya no tienen a Black para ayudarlos a tomar decisiones. Serán como pollos descabezados y se agarrarán a su plan original, el que fuera. Y podemos dar por hecho que ese plan original lo trazó él. Entonces... —Los miró de uno en uno. Le devolvieron la mirada todos menos River, que estaba contemplando el cielo como si esperara la llegada de un helicóptero—. Eres Alan Black. ¿Qué habrías hecho?

—Bueno, para empezar... —dijo Min.

—¿Sí?

—No me habría involucrado en un follón tan horrible.

—¿Alguna otra idea tan útil como ésa?

—A mí no me caía bien —apuntó Ho.

—¿Quién?

—Black.

—Le han cortado la cabeza hace unas cuantas horas —dijo Lamb—. Y la han dejado encima de la mesa.

—Sólo decía eso.

—Joder. ¿Es lo mejor que se os ocurre?

—Acabo de recordar dónde lo había visto —dijo River.

En toda película de miedo, antes o después llega la escena del pasillo. Un pasillo largo con luces cenitales que se van apagando, una sección tras otra: ¡bum!, ¡bum!, ¡bum! Y entonces te quedas a oscuras.

Que era como estaba Hassan en ese momento.

A oscuras.

El último color que había visto era el rojo brillante e infernal de la cocina, en cuyo centro, en la mesa, estaba plantada la cabeza de Moe como una calabaza de Halloween. Una calabaza en cuyo interior nunca brillaría luz alguna. Para dar brillo a esos ojos haría falta algo más que una vela. Bum, bum. El suelo era un lago carmesí; las paredes estaban salpicadas de vísceras. «Te vamos a cortar la

312

cabeza y lo vamos a enseñar en la red.» Ya había pasado. Y el siguiente era él.

Las luces de su cerebro se estaban apagando.

Incluso sin el pañuelo que le habían metido en la boca, Hassan habría sido incapaz de gritar. No le quedaban palabras. Todo su cuerpo era huesos y líquido.

Bum.

Cada cosa hacía un ruido distinto.

Cuando a Moe le hicieron lo que le hicieron, él estaba debajo de la cocina, pero sólo había oído un ruido confuso que podría haber sido cualquier cosa. No era el ruido que Hassan habría esperado en esa situación. Él habría esperado más bien como un golpe seco, seguido de algo que rueda.

Pero todos esos pensamientos oscuros se le estaban escapando a medida que las luces del cerebro se le apagaban, bum, bum, bum. Y él ya sólo era Hassan en la medida en que todo el mundo tiene que ser alguien; a esa identidad estaba encadenado hasta que se apagara su última luz, bum, bum, bum.

Y luego sería como una maleta.

Bum.

Cuando River terminó de hablar se quedaron todos callados un rato. No muy lejos de allí gorjeó un pájaro. Debía de tener información privilegiada sobre el amanecer. Les llegaba un fulgor multicolor desde City Road y un brillo algo más apagado por el otro lado, todo ello filtrado entre las ramas.

—¿Estás seguro? —dijo Lamb.

River asintió.

—De acuerdo.

Lamb parecía pensativo.

—Esto no nos sirve para encontrar a Hassan —opinó Min Harper.

—Hombre, la alegría de la huerta, ¿eh?

—Sólo era una opinión.

—¿Hay algo abierto ya por aquí? ¿Con wifi?

—Y con desayuno —añadió Louisa.

—Dios —dijo Lamb—. ¿Es que sólo sabéis pensar en vuestros estómagos? —Se tragó el último trozo de bocadillo y tiró el papel parafinado, hecho una bola, a la papelera más cercana—. Hay un chico por ahí que va a morir hoy mismo. ¿Podemos centrarnos un poco? —Sacó los cigarrillos.

—Taverner no puede salirse con la suya —dijo River.

—Me alegro de saber cuáles son tus prioridades —contestó Lamb.

—No hablo de lo que me hizo a mí. Ella está detrás de todo esto. Si queremos salvar a Hassan, la tenemos que apretar a ella.

—¿Nosotros?

—No lo va a hacer nadie más.

—Entonces, ese chico está muerto.

—Podría haber dejado que nos reunieran los Perros —dijo Catherine—. Y no lo ha permitido. ¿Por qué ha hecho eso?

—¿Crees que en el fondo siento una admiración secreta por vuestro talento?

—Lo que creo es que nunca hace nada sin una razón.

—El día que yo permita que Regent's Park me ande jodiendo dejaré de beber —dijo Lamb—. Si los Perros intentaran robarme el sacapuntas, lo escondería. Y eso que no tengo sacapuntas.

—¿Qué es un sacapuntas? —preguntó Ho.

—Muy gracioso.

Ho parecía desconcertado.

—Entonces ¿qué sentido tiene? —preguntó Louisa—. ¿Por qué estamos aquí?

Lamb se encendió un cigarrillo. Por un instante, con el rostro envuelto en humo, parecía como si se acabara de materializar de la tumba en que estaba apoyado.

—No nos engañemos. Los Perros os pillarán antes de que podáis desayunar. Pero al menos sabréis qué está

314

pasando. Taverner tiene a Loy y White, y a estas alturas ya los habrá reclutado a los dos. Jurarán a ciegas cualquier historia que ella les venda como cierta. Y la historia será que todo esto lo planeó la Casa de la Ciénaga. O sea, yo.

—Me alegro de saber cuáles son sus prioridades —dijo River.

—Ya, bueno, la diferencia entre tú y yo es que yo puedo mirar atrás y ver una carrera. Y no voy a permitir que Taverner se mee encima.

—¿Y ya está? —preguntó Harper—. ¿Nos limitamos a esperar que nos atrapen los Perros?

—¿Tienes un plan mejor?

—Hassan sigue por ahí, en algún lugar —dijo Louisa—. A lo mejor no está lejos de aquí. No podemos quedarnos cruzados de brazos, esperando a que encuentren el cadáver.

—Creía que te morías de ganas de desayunar.

—Lo dice para estimularnos, ¿verdad?

—Sí, eso es. Para que descubráis el héroe que lleváis dentro. —Se detuvo—. Mirad, normalmente no digo estas cosas, pero quiero explicaros algo. —Dio una calada—. Sois todos unos putos inútiles.

Todos esperaban un «pero».

—No, lo digo en serio. Si no fuerais tan desastrosos seguiríais en Regent's Park. Si Hassan Ahmed sólo puede confiar en vosotros, espero que sea religioso. —Tiró el cigarrillo y lo enterró entre las hojas húmedas que tenía bajo los pies—. En fin, dado que Cartwright es el único con algo útil que ofrecer, será mejor que venga conmigo.

—¿Adónde? —preguntó River.

—A deshincharle las ruedas a Taverner —dijo Lamb—. Los demás podéis hacer lo que os dé la gana.

Mientras se encaminaban hacia la puerta, con Lamb medio paso por delante, River dijo:

—Lo decía para estimularlos, ¿verdad?

—No —respondió Lamb—. Iba en serio, hasta la última palabra.

—Pero tal vez tenga el efecto de estimularlos.

—Supongo que eso no le haría daño a nadie —dijo Lamb—. Pero tampoco parece probable que sirva de gran cosa.

Sacó una llave y se la pasó a River, que abrió el candado de la puerta y dejó pasar a Lamb para seguirlo luego hasta la acera.

Lamb estaba cruzando ya por la calzada, donde había un monovolumen negro aparcado.

—¿De dónde ha sacado el coche? —preguntó River.

—Asuntos oficiales —respondió Lamb—. ¿Has estado cerca de la Casa de la Ciénaga?

—No he vuelto desde que hemos salido todos.

—Entonces, no sabemos si han pasado por allí los de la limpieza.

Por un instante, River creyó que quería decir sencillamente eso: los de la limpieza. No era consciente de que nadie limpiara en la Casa de la Ciénaga. Entonces se acordó de Moody.

—Han transcurrido unas cuantas horas. Tal vez hayan pasado y se hayan ido ya.

—O tal vez esté dentro todavía. —Se refería al cadáver de Jed Moody. Lamb arrancó el motor—. Vamos a averiguarlo.

Los demás vieron desaparecer a Lamb y Cartwright entre los árboles.

—Qué cabrón —dijo Louisa.

Catherine Standish opinó:

—Nos ha dicho que somos unos inútiles porque quiere que le demostremos que se equivoca.

—No, qué va. Se está cubriendo el culo, nada más.

—¿Y si no? —preguntó Catherine.

—¿Cambiaría algo?

—Significaría que quiere que le demostremos que se equivoca.

—Yo no estoy desesperado por obtener su aprobación.

—Pero Hassan Ahmed igual nos lo agradece.

—Todo el país lleva dos días buscando a Hassan Ahmed —dijo Min Harper—. ¿Cómo se supone que lo vamos a encontrar nosotros?

—Sabemos dónde estaba hace poco. Además, no lo buscamos a él —opinó Catherine—. Buscamos a los que lo secuestraron.

—¿No es lo mismo?

—Sois Alan Black —dijo ella—. Eso es lo que nos decía Lamb antes de que lo interrumpiera Cartwright. Vale, pues somos Alan Black. ¿Qué habríais hecho?

—Tienes razón —dijo Louisa—. Eso nos da un punto de vista.

—¿Tú crees? —preguntó Ho.

—¿Por qué no?

El informático alzó los hombros.

—No recuerdo haber tenido ninguna conversación con él.

—Entonces ¿por qué no te caía bien?

—Siempre estaba abriendo las ventanas.

—Ya me imagino lo molesto que debía de ser para ti —dijo secamente Catherine.

Ho retiró la llave electrónica de su portátil y lo apagó.

—Bueno, aquí no podemos quedarnos. Hace frío y hay mucha humedad. ¿Dónde estaba ese café?

—En Old Street.

—Pues vamos.

—¿Todos?

—Alguien tiene que venir. No he traído dinero. ¿Te has fijado en si tenían wifi?

Louisa miró a Min, y luego de vuelta a Ho.

—¿Quieres intentar buscar a Hassan?

—Lo que sea —dijo Ho, encogiendo los hombros.

—No me digas que buscas la aprobación de Lamb.

—¿Aprobación? Qué va, joder. Lo único que quiero es demostrar que el muy cabrón se equivoca.

El coche se detuvo y el cuerpo de Hassan rebotó contra la tapa del maletero. Casi ni se enteró. Las magulladuras ya le parecían inmateriales.

Al fin y al cabo, lo peor estaba por llegar.

17

Lamb aparcó junto a la parada de autobús, frente a la Casa de la Ciénaga. Uno de los puntos de control de Moody, tal como recordó River: siempre vigilando en busca de merodeadores.

—Bueno. ¿Y qué hacemos? —dijo.

—¿Ves alguna luz encendida?

—En la tercera planta.

—¿Te la has dejado tú?

—No me acuerdo.

—Piensa.

River pensó. No sirvió de nada.

—No me acuerdo. Usted también estaba. ¿Por qué ha de ser culpa mía que la luz se quedara encendida?

—Porque yo tengo otras preocupaciones.

No se veía ninguna figura en la ventana, ni se encendieron más luces. Los limpiadores podían estar dentro, llevándose a Jed Moody. O tal vez ya habían pasado por ahí y se habían retirado, dejando la luz encendida; o quizá no habían ido.

En cuyo caso, podían aparecer en cualquier momento.

Lamb le leyó el pensamiento y dijo:

—Sólo hay una manera de averiguarlo.

—¿Entramos?

—Entrarás tú —le dijo Lamb—. No tiene ningún sentido que nos arriesguemos los dos.

—Y suponiendo que no me pillen, ¿qué debo hacer?
Lamb se lo dijo.

—Total, ¿qué tenemos que hacer? ¿Intentar adivinar qué haríamos en su lugar?

—Imaginarnos cuál sería el plan de apoyo de Black. En el caso de que se descubriera la casa.

—Pero es que el plan de Black consistía precisamente en que se descubriera la casa.

—Ya —dijo Catherine, en tono paciente—. Pero teniendo en cuenta que probablemente no se lo había dicho a los demás por adelantado, cabe la posibilidad de que ellos quisieran saber si había un plan de apoyo.

—Mataron a Black porque descubrieron que era un espía —intervino Louisa—. No me parece muy probable que ahora confíen en sus planes.

—Cierto —la secundó Min Harper—. Sin embargo, por otro lado, son una panda de mamones...

—Pues a Black lo pillaron.

—Ya, bueno, tampoco era James Bond.

—Así no vamos a ninguna parte —dijo Catherine.

Estaban en un café de Old Street: largo y estrecho, con una barra en paralelo al ventanal y mesas contra una pared cubierta por un espejo. Ya les habían llevado los cafés y habían pedido desayunos. Ho tenía el portátil abierto y su rostro lucía aquella expresión familiar: la de cuando el mundo de su pantalla se volvía más real y menos irritante que el que lo rodeaba.

—A lo mejor ya se lo han cargado —dijo—. ¿Qué sentido tiene ahora respetar el plazo?

—Aunque sólo sea por intentarlo —propuso Catherine—, vamos a hacer ver que tenemos una oportunidad de salvarle la vida. Si no, ya nos podemos volver a la cama.

—¿Y los circuitos cerrados? Tenía entendido que todo el territorio de Reino Unido quedaba cubierto. Sobre todo las carreteras.

Ho reaccionó con una mueca de dolor.

—Aparte de todas las demás objeciones posibles, no sabemos en qué coche van.

—¿Y cómo lo averiguamos?

Guardaron silencio.

—No creo que haya usado su tarjeta de crédito —dijo Min al fin.

—Pero habrá dejado algún rastro de papeleo.

—Una huella.

—¿En una operación encubierta?

—Las operaciones encubiertas cuestan dinero. Salvo que Taverner la haya pagado de su bolsillo, habrá...

—Una huella —repitió Ho—. Papeleo no.

—Lo que sea.

—Esto no es una operación encubierta —aclaró Catherine—. Es clandestina. Son dos animales totalmente distintos.

—¿En qué se diferencian?

—Una operación encubierta es la que se puede negar oficialmente. Una clandestina es la que nunca ha existido.

—Entonces ¿cómo va la financiación cuando son clandestinas?

Catherine pensó un momento.

—Una vez me enteré de una operación en la que había que equipar un piso franco. En Walsall, creo. Todos los servicios, los impuestos del ayuntamiento, todo estaba domiciliado. Pero la casa no existía. El dinero iba de Presupuestos a una cuenta, desde la que se financiaba la operación.

—Seguir una pista así sería eterno —objetó Ho.

—No, espera —dijo Louisa. Se volvió un momento hacia Catherine—. Aquel piso franco no existía. Pero nosotros sabemos de uno que sí, ¿verdad?

—Roupell Street —apuntó Min.

Miraron a Ho.

—Lo estoy buscando.

• • •

—Tenemos que salir de la ciudad —dijo Curly.

—Tendríamos que abandonar el coche. Caminar —contestó Larry.

Curly se dio cuenta de que llevaba rato planeándolo. Hasta que las palabras habían empezado a sonarle como un razonamiento indiscutible: «Esto es lo que tendríamos que hacer porque yo acabo de decir que lo es.»

—Hemos matado a un espía —le dijo.

—Lo has matado tú.

—Está muerto y tú estabas allí. ¿Quieres discutir los detalles?

—En un juzgado...

—¿Qué dices? ¿Dónde coño dices?

—Es que...

—Si crees que acabaremos en un juzgado es que eres más mamón de lo que dan a entender estos vaqueros que llevas.

—¿Qué pasa con mis vaqueros? —preguntó Larry.

—Hemos matado a un espía. ¿Crees que nos van a arrestar?

—¿Qué estás diciendo?

—Nos. Pegarán. Un. Tiro. Y punto. Sin arresto ni juicio ni palabras taimadas para explicar que tú sólo mirabas mientras yo le cortaba la cabeza. —Al pronunciar esas palabras notó el pulso de la sangre en el brazo ejecutor. Era como tener una erección que le llegaba hasta las yemas de los dedos—. Un par de balas para cada uno. Bang bang. Dos agujeros.

Larry estaba temblando.

—Así que ni se te ocurra pensar en un juicio. No iremos al juzgado. ¿Te enteras?

Larry no contestó.

—¿Te enteras?

—Me entero.

—Bien. —Y entonces le soltó la correa—. De todas formas, tampoco va a pasar. No nos pillarán.

—Teníamos un espía entre nosotros. ¿Crees que...?

—Ya sé que era un espía. Eso no significa que nos vayan a pillar. ¿Crees que estamos solos? No estamos solos.

El pueblo está de nuestro lado. ¿Crees que nos van a dar la espalda?

—A lo mejor no —dijo Larry.

—A lo mejor no. A lo mejor. Si ésta es toda tu fe, nos podíamos haber quedado sentaditos en el pub, quejándonos de que nos están robando el país. Otro puto quejica sin huevos.

—Aquí estoy. No soy un bocazas. Ya lo sabes.

—Sí, vale.

Curly quería decir algo más, explicarle a Larry lo que les depararía el futuro: que serían héroes, fugitivos, Robin Hoods. Símbolos de la lucha contra el islam. Y cuando empezara la guerra, líderes del pueblo. Pero no lo hizo, porque Larry no estaba hecho de ese material. Larry creía que era un soldado, pero sólo era un cobarde más; encantado de hablar, demasiado asustado para poder caminar. No tenía sentido hablarle de un futuro que sólo pertenecía a Curly.

Algo que Larry aún no sabía, pero estaba a punto de descubrir.

El caso es que la casa de Roupell Street no les condujo a nada.

—Propiedad de la Administración Pública desde los cincuenta —explicó Ho, mientras repasaba los archivos que tenía en la pantalla—. Primero pertenecía a Hacienda, luego a algo que se llama «propósitos colaterales».

—Piso franco —tradujo Catherine.

—Y ahora aparece en un listado de Ventas.

—Que significa exactamente lo que parece. —Catherine negó con la cabeza—. No habrá ningún rastro de papeleo. Ninguna huella, perdón. Lo único que tuvo que hacer Taverner fue buscar una casa vacía en la carpeta de Ventas y usarla.

—O sea que eran okupas.

—Más bien sí.

—Menuda sorpresa se habrían llevado si llega a aparecer un comprador.

—¿Con la que está cayendo?

—Vale, esto no nos lleva a ningún lado. ¿Dónde estamos entonces? —preguntó Louisa.

—Aquí, chupándonos el dedo —respondió Ho—. Y el chico ya es fiambre.

—Cállate —saltó Catherine.

Ho la miró con cautela.

—Métete esto en la cabeza. Mientras no nos conste que está muerto, seguimos buscando. No tenemos ni idea de cuál es el plan. Tal vez quieran atenerse al plazo original porque es, yo qué sé, el cumpleaños de Hitler, o algo parecido. A lo mejor les importa. A lo mejor aún tenemos tiempo.

Ho abrió la boca como si se dispusiera a revelar cuándo era el cumpleaños de Hitler, pero se lo pensó mejor.

—Ninguno de nosotros va a abandonar —dijo Louisa.

Llegaron los desayunos: tres platos rebosantes de desayuno inglés; una tortilla de champiñones. Ho se pasó el portátil al regazo y se metió en la boca una buena *tenedorada* de alubias.

—¿No te enseñaron a comer bien? —preguntó Louisa—. ¿O es que todavía estás en proceso de aprendizaje?

Sin dejar de masticar a toda prisa, Ho asintió como si quisiera señalar que sólo necesitaba unos minutos para darle una respuesta ingeniosa.

—De acuerdo —dijo Min—, la casa la tenían gratis. Pero seguían necesitando dinero. Aunque sólo fuera para conseguir un medio de transporte.

—A lo mejor lo han robado.

—¿Con un secuestrado? Demasiado riesgo.

—A lo mejor tenían coche propio.

—Black era un profesional. Seguro que quería uno nuevo.

Catherine estuvo de acuerdo.

—Y lo pagó en metálico —opinó Min.

—Muy probablemente —convino Louisa.

324

—Y si fue en metálico, ya es historia.

Catherine cortó la tortilla en trozos uniformes. Los demás la miraban fascinados.

Al terminar, se comió dos trozos en silencio y bebió un sorbo de café.

—No necesariamente. Black usaba un nombre falso. Cuando estableces una entidad encubierta, lo primero que haces es conseguir una tarjeta de crédito. Es fácil. Y ya que la tienes, ¿por qué no usarla? Le da verosimilitud.

—¿Le da qué? —preguntó Ho.

Catherine se lo quedó mirando.

—Suena bien —dijo Min—, pero ¿adónde nos lleva? No sabemos qué nombre usa.

—¿Lamb no le registró los bolsillos? ¿No buscó una cartera?

—Yo diría que si hubiera encontrado algo nos lo habría dicho. Más que nada porque sería... O sea, ya sabes. Una pista.

—Demos un paso atrás —sugirió Louisa—. Montas una operación. ¿Qué necesitas?

—Una leyenda —dijo Ho.

—Con un mínimo de tres respaldos.

—¿Respaldos?

—O sea, algo así como las referencias en un currículum. Al menos dos números de contacto, o direcciones, en las que cualquiera que intente averiguar pueda confirmar que eres quien dices ser.

—¿Y eso cómo funciona en una operación clandestina?

—Vas por libre.

Cavilaron todos un poco.

—Cada vez se vuelve más caro.

—Fondo de reptiles.

—Eso está muy controlado desde aquel asunto de Miro Weiss.

Que fue cuando un cuarto de millón de libras, previstas para trabajos de reconstrucción en Irak, se fueron de paseo.

—Vale, ¿cómo lo haces si hay poca pasta?

—Amigos.

—Nadie tiene amigos tan buenos —objetó Ho.

—En tu mundo no —convino Louisa—. Pero habrá gente que le deba algún favor a Taverner. Además, o sea, ¿de qué estamos hablando? Te llama un inglesito cualquiera y te pregunta si puedes avalar a un tal Nosecuántos Black... Te cuesta un segundo decir que sí.

Catherine intervino:

—No. Necesitas una línea de teléfono específica para eso y tienes que estar listo para interpretar el personaje cuando suene. Veinticuatro horas al día, siete días a la semana. En los libros de cuentas, estas cosas las llevan las reinas. Cuando reciben una llamada, el sistema les dice quién se supone que han de ser.

Min recordó entonces que Catherine Standish había sido la mano derecha de Charles Partner. Partner pertenecía a una época anterior a Min, pero era toda una leyenda.

—Bueno... —dijo, pero no siguió.

—Ah, joder —protestó Catherine.

Ninguno de ellos le había oído usar ese verbo hasta entonces.

—Creo que sé lo que hicieron.

Curly dijo:

—Creía que estábamos saliendo de la ciudad.

—Lo estoy intentando.

Pues no lo parecía. Acababan de pasar por otra mezquita, salvo que estuvieran dando vueltas a la redonda y fuera la misma otra vez.

—¿Tan grande es?

—¿Londres? —dijo Larry—. Bastante.

Curly lo miró de reojo, pero no quiso entrar al trapo. Larry tenía pinta de aguantar por los pelos, la verdad. Pinta de que la policía podía darle el alto en cualquier momento para confirmar si le iba a dar un infarto al volante.

—Creía que estabas siguiendo los rótulos.

—Y yo creía que tú me los ibas a señalar.

—¿Hay algún mapa por aquí?

Pero respondió él mismo a su pregunta abriendo la guantera, donde no encontró más que los papeles del contrato de alquiler y un par de manuales.

—Hay eso —dijo Larry.

—¿Qué?

—Eso de ahí —señaló.

—Vale —dijo Curly—. Ahora sí que nos entendemos.

Tras colarse por la puerta, River se detuvo. Le llegaba un brillo tenue de la tercera planta, como una presencia fantasmagórica, pero no se oía nada. Lo cual podía significar que estaba solo. O que si había alguien más en el edificio se estaba esforzando por no hacer ruido.

Bueno, podía quedarse dudando junto a la puerta trasera. O subir y averiguarlo.

Subió el primer tramo de escalones muy despacio, en parte por cautela, en parte por cansancio. Su cuerpo empezaba a notar las horas que llevaba en marcha: subidones de adrenalina; visiones impresionantes. Te quedabas sin fuerzas. «El asunto no es si puedes superar las cosas cuando ocurren. —Palabra del D. O.—. Se trata de superarlas después, cuando ya han ocurrido. Cuando terminan.»

Pero aquello no había terminado. Y River experimentó otro subidón al pensar en lo que le había hecho Taverner.

El segundo tramo fue más fácil; cuando llegó al tercero casi deseaba que hubiera alguien: uno de los limpiadores, uno de los Perros. Unas horas antes había cedido en silencio. Esta vez no lo haría.

Pero allí sólo estaba Jed Moody, frío y muerto en el rellano.

River pasó por encima de él y subió al despacho de Lamb. Había una caja de zapatos en el escritorio, tal como le había prometido Lamb. River hizo lo que le habían encargado y luego bajó con la caja.

Al pasar de nuevo por el rellano de Moody, se agachó junto al cadáver. Se suponía que debía importarle que hubiese muerto, pero lo que más sentía era extrañeza: que Moody, como él mismo, hubiera sido una pieza del tablero de un juego dirigido por otros. Sólo que para Moody se había terminado el juego. Una cosa era jugar a Serpientes y Escaleras. Otra muy distinta matarse en un rellano.

Moody iba armado y no tenía por qué ser él quien abandonara el tablero de juego. De haber estado dispuesto a usar su arma, tal vez River estaría ahora agachado junto al cadáver de Min Harper, o de Louisa Guy, y Moody andaría suelto por ahí, con el fondo de huida de Lamb en el bolsillo.

Pero Moody no había querido dispararles, así que a fin de cuentas algo de lealtad sí había entre los caballos lentos. No eran amigos, o no se habían comportado de manera amistosa antes de empezar aquella noche tan larga. Pero Moody no había sido capaz de forzarse a dispararles.

O, mejor dicho, de disparar otra vez. Aunque lo de Sid había sido un accidente.

Por una u otra razón, River concedió a Moody otro segundo de paz.

Luego quitó la ropa al cadáver.

—Las leyendas nunca mueren —dijo Catherine—. Si no, no serían leyendas. Cuando un agente está encubierto para una operación de largo plazo, lo reconstruyen. Pasaporte, certificado de nacimiento, todo. Tarjetas de crédito, carnet de la biblioteca, todas esas cosas que la gente lleva en la cartera.

—Claro.

—Ya lo sabemos.

—Y eso cuesta dinero.

Ho entornó los ojos. Había participado en más conversaciones esa mañana que en los dos últimos meses, y ya empezaba a acostumbrarse.

—Esto ya había quedado claro. ¿Qué estás diciendo?

—Que lo hacen en plan tacaño.

—Gracias, superdotada. Entonces ¿qué? ¿Pillan una identidad pirata de segunda mano? A lo mejor en Oxfam...

—Cállate, Ho.

—Eso, cállate, Ho. ¿Qué significa «en plan tacaño», Catherine?

—Usan una que ya existía. ¿Black había participado antes en alguna misión encubierta?

Mucho mejor así. Ya tenían una guía.

—A cien metros, gira a la izquierda.

—Es la pájara esa, la pija.

—Todas son pijas.

—Ya sabes a quién me refiero.

—¿Sabes qué? Que no tengo ni idea. De verdad que no. Y tampoco me importa.

Eran las cinco, y eso quería decir que ya llevaban una hora perdidos y no se oía ningún ruido del maletero. Curly se preguntó si el paqui se habría dormido o estaría muerto: de un infarto, o algo parecido. Como para hacerle una pirula a sus verdugos. Pensó si cambiaría algo en el caso de que se vieran obligados a hacerlo con él muerto de antemano, y decidió que no cambiaba gran cosa. Cortarle la cabeza a Moe había sido un asunto muy serio, y eso que ya estaba muerto. Todo el mundo se incorporaría en el sofá y se fijaría bien igualmente.

Soltó una carcajada brusca y repentina que asustó a Larry, y éste dio un volantazo y estuvo a punto de rozar un coche aparcado. Los detalles tenían su importancia. Rozabas un coche, se disparaba una alarma, un policía te daba el alto en plena calle: salga del coche, señor. Por cierto, ¿qué es eso que lleva en el asiento de atrás?

¿Y ese ruido del maletero?

Pero Larry recuperó el rumbo y no hubo choque ni alarma.

—¿De qué te ríes?

Curly ya se había olvidado. Pero la moraleja seguía en pie: que bastaba un segundo para que todo se desmoronara. Un solo error podía estropearlo todo.

Había que olvidarse del ultimátum. Buscar un lugar seguro y hacerlo.

Hacerlo, filmarlo, desaparecer.

Ho abrió los archivos personales de Black, que habían pasado a una categoría secundaria al retirarse él, pero seguían disponibles: un estado diametralmente opuesto del que gozaba el propio Black en ese momento, aunque Ho no lo dijo en voz alta. No le caía bien Black, pero tampoco era para tanto: todos eran caballos lentos, y daba la sensación de que esa mañana eso sí contaba para algo.

—¿De verdad resulta tan sencillo comprobar nuestros datos?

—¿Con los nuestros te sería igual de fácil?

Ho respondió que no a la primera pregunta y que sí a la segunda. Si fuera tan fácil cualquiera podría hacerlo. Pero para él, sí, era pan comido.

—Creía que cambiaban la configuración sistemáticamente.

—La cambian.

El caso era que a Ho le daba lo mismo que cambiaran los códigos a menudo porque él no entraba en la base de datos, sino directamente en los ajustes de seguridad, donde mantenía siempre una trampilla abierta. Era como si cambiaran la cerradura todos los meses, pero se dejaran la puerta abierta.

—Alan Black —dijo—. Ahí está. Trabajó sobre todo en vigilancia de embajadas.

—Un destino cómodo.

—¿Alguna misión encubierta?

—¡Un segundo!

—Perdón.

—No tengas prisa.

—Es que nos ha dado la sensación de que estabas en una pista caliente.

Ho alzó la mirada del portátil y se encontró tres pares de ojos que compartían algún chiste.

—Ya, bueno —dijo—. O sea, que os den, ¿vale?

De todos modos, parecía muy enrollado. Casi como si lo hubieran llamado Clint.

—Ya que estás ahí... —propuso Catherine—. ¿Cómo terminó en la Casa de la Ciénaga?

—Se follaba a la mujer del embajador de Venezuela —explicó Ho.

—¿Lo pone ahí?

—Con palabras un poco más suaves.

Catherine recordó a Alan Black, que sólo había durado seis meses en la Casa de la Ciénaga. No tenía un recuerdo demasiado claro, más allá de aquella frustración a fuego lento porque lo habían pasado a la vía muerta, pero eso lo sentían todos, tal vez con la excepción de Struan Loy. Y ella, por supuesto. Era gordo, de estatura mediana y aspecto corriente: un personaje de lo más común, la verdad. No se lo imaginaba como un adúltero. Por otro lado, tampoco la había cagado del todo; Taverner lo había reclutado para su operación clandestina. Así que era obvio que debía de tener alguna virtud.

Aunque tampoco es que hubiera terminado demasiado bien.

—Vale, ya lo tengo. —Ho alzó la mirada—. Tenía una hipoteca a nombre de Dermot Radcliffe. Clandestino total.

—Si se dedicaba a la vigilancia, ¿para qué necesitaba una identidad falsa?

—La vigilancia puede volverse muy íntima y personal —dijo Catherine.

—Sí, que se lo digan al embajador de Venezuela.

Catherine la dejó pasar.

—Y si trabajas con personal de la embajada se supone que has de tener papeles. Al fin y al cabo, estás en suelo extranjero.

—Es mejor no usar tu nombre cuando estás en plena misión.

—¿Vais a continuar enrollándoos con esto toda la mañana?

—Perdón.

—Vale, ya tenemos la tarjeta de crédito —dijo Ho—. Y un número de cuenta.

—Pero ¿funcionan todavía?

—Como os decía, las leyendas no mueren —dijo Catherine—. No los borran de los registros. Si era un poco listo, seguro que conservó la tarjeta y todo lo demás al irse de Regent's Park. Como resguardo.

—Por si acaso algún día necesitaba cambiar de identidad, quieres decir.

—O por si necesitaba recordar cómo era —añadió Catherine.

—Vamos a ver qué tal va de crédito esa tarjeta del señor Radcliffe, ¿vale? —propuso Ho, con los dedos sobrevolando ya el teclado.

«¿Hassan?»

La voz cortó la oscuridad.

«¡Hassan!»

Sabía de quién era esa voz. Pero no se lo creía.

«Abre los ojos, cariño.»

No quería.

Hassan se estaba vaciando. En su mente, el espacio destinado a los monólogos cómicos se había cerrado; los focos se habían fundido al gris. En su lugar sólo tenía la oscuridad, el ruido del motor y las vibraciones del ataúd metálico en que lo habían encerrado.

«Hassan... ¡Abre los ojos!»

No estaba seguro de poder hacerlo. Otra gente elegía por él. Hassan Ahmed ya no tenía voluntad, ni capacidad, y cada vez era más pequeño. Pronto ya no quedaría ni rastro de él. Sería un alivio.

Sin embargo, aunque pudiera no gustarle, alguien lo empujaba a rastras hacia la luz.

«¡Hassan! ¡Abre los ojos! ¡Ahora!»

No los abrió. No podía. Se resistía.

Pero en lo más hondo de su oscuridad, se preguntó: «¿Por qué me está hablando Joanna Lumley?»

18

Catherine Standish estaba distinta. Eso se dijo Louisa Guy mientras contemplaba a Ho columpiándose en la jungla virtual como un Tarzán de Second Life. Probablemente estaban todos distintos, pero la que había asumido el liderazgo era Catherine. Antes era el fantasma de la Casa de la Ciénaga: revisaba papeleos, chasqueaba la lengua para protestar por el desorden, siempre allí pero virtualmente ausente. Una alcohólica en recuperación, como sabía todo el mundo. Algo en ella hablaba de pérdidas, de una carencia. Una bombilla fundida. Pero a Louisa nunca se le había ocurrido pensar cómo debía de ser Catherine con todos los vatios encendidos. Había sido la mano derecha de Charles Partner, ¿no? Joder, eso la convertía en la señorita Moneypenny.

En todo caso, era mejor que Louisa se concentrara en la faena. Lamb creía que eran unos inútiles. Si lo eran, Hassan moriría. De lo contrario, podía morir igualmente. Las probabilidades no eran muy halagüeñas.

Sin embargo, mientras observaba a Ho, Louisa se dio cuenta de que por lo menos él no era un inútil; podía ser un capullo, pero sabía qué hacer con un teclado. Y mientras él iba hurtando información al éter y luego los miraba por encima de la gruesa montura negra de sus gafas, a Louisa le dio por pensar que no le apetecía nada que aquella mirada de *hacker* se posara en los rincones privados de su vida y su carrera.

Aunque también podía ser que ya lo hubiera hecho, evidentemente.

El edificio de Regent's Park estaba iluminado: unos focos azules lanzaban desde el suelo unos óvalos gigantes hacia la fachada, llamando la atención a propósito de los asuntos importantes que ocurrían ahí dentro. En otros tiempos, poca gente sabía qué era. En esos días, se podían bajar solicitudes de trabajo desde una web adornada con la foto de ese edificio.

Jackson Lamb apartó el monovolumen robado junto a la acera y aguardó.

No esperó demasiado. En quince segundos, el vehículo estaba rodeado.

—¿Podría salir del coche, señor?

No se veía ninguna arma. No hacía falta.

—¿Señor?

Lamb bajó la ventanilla. Tenía delante a un hombre tirando a joven que, sin duda, sabía moverse por un gimnasio: músculos tensos bajo un traje gris antracita. Un cordón blanco en espiral iba de su oreja izquierda a la solapa del traje.

—Bájese del coche, señor —repitió.

—Ve a buscar a tu jefe, hijo —dijo Lamb en tono amable. Y volvió a subir la ventanilla.

—Alquiló un coche —informó Ho.

—Estás de broma.

—Tal cual. Un coche de alquiler de Triple D. En una dirección de Leeds.

—¿Estaba en activo? ¿Y alquiló un coche?

—No. Tiene sentido —dijo Catherine.

El mero hecho de que esperasen a que explicara su idea demostraba en qué medida había cambiado su relación.

—Estaba en activo, claro. Pero no olvidemos que la operación no tenía futuro. Iban a rescatar al chico. Black no tenía que preocuparse de cubrir el rastro.

—Y alquilar un coche era lo más sencillo que podía hacer.

—Claro.

—¿Alguien tiene un teléfono? —preguntó Ho.

—Lamb nos obligó a tirarlos.

—Hay uno de pago al lado del baño —intervino Catherine—. ¿A qué número hay que llamar?

Ho lo leyó en la pantalla y ella lo anotó; al instante se dirigió hacia el teléfono de pago.

—Apenas ha amanecido. ¿Los negocios de alquiler de coches ya están abiertos?

—Triple D ofrece un servicio de veinticuatro horas al día para reparaciones —leyó Ho en la pantalla.

—Un jovencito con una furgoneta y una llave inglesa —supuso Min.

—Diez libras a que la caga.

—Las veo —respondió Louisa.

—Yo también —se sumó Min.

Ho parecía asustado.

—¿Qué ha pasado desde ayer? Todos os comportáis de una manera extraña.

—La Casa de la Ciénaga ha revivido —le dijo Min—. Seguro que Catherine vuelve con algo útil.

—Resulta que a la señora le va la marcha —aseguró Louisa.

James Webb, cuya vana misión en la vida consistía en disuadir a todo el mundo de llamarlo Spider, estaba en su despacho. Cuando Jackson Lamb lo había dejado tirado en la acera con Nick Duffy —después de recuperarse de la impresión de ver cómo le apuntaba con una pistola una mujer de mediana edad: «Te dispararé al pie. Así de paso te borraría esa sonrisita»—, habían vuelto los dos juntos,

Duffy sin abrir apenas la boca. Webb habría querido decirle: «Oye, que no ha sido culpa mía.» El caso es que ahí estaba, otra vez en su choza, y Duffy ya no lo necesitaba para nada.

Pero es que Webb no era uno de los Perros de Duffy. Él había llegado por el canal de los licenciados: había pasado por un rotatorio de dos años; había asistido a seminarios y aprobado los correspondientes exámenes. Había pasado noches en unos cuantos muelles olvidados de Dios, con un tiempo horrible, y había superado ejercicios de evaluación en los que tenía que montar operaciones en un abrir y cerrar de ojos: arrestar a un supuesto terrorista suicida delante de la Tate Modern y tomar el control cuando River Cartwright falló en su propio ejercicio de aquella manera tan espectacular. Con el tiempo, Taverner lo había acogido bajo su ala protectora; por eso era él, y no Cartwright, quien todavía seguía en Regent's Park.

Al contrario que River, él nunca había querido ser un agente de campo. Los agentes eran meras piezas en el tablero; la ambición de Webb consistía en ser uno de los jugadores. Su función en ese momento, entrevistar a los licenciados —Recursos Humanos, lo había llamado River para burlarse—, era sólo un paso en el camino que lo llevaría a ser el guardián de los secretos. Tal vez tuviera menos glamur que el trabajo de calle, pero también tenía menos chaparrones, menos oportunidades de comprobar sobre el terreno si servían de algo aquellas lecciones sobre cómo resistir en un interrogatorio y, teóricamente, menos probabilidades de que una mujer de mediana edad lo apuntara con una pistola. La rivalidad entre los del traje y los de la calle era ya histórica, pero el juego había cambiado a lo largo de los últimos diez años, y el espionaje era un negocio como cualquier otro. Siempre habría campos de batalla en los que se derramara la sangre, pero en los despachos de dirección las guerras de espionaje funcionaban como la que Coca-Cola libraba contra Pepsi. Y Webb se sentía cómodo luchando en esa guerra.

Sin embargo, en ese momento parecía que River estaba en el centro de los sucesos, porque esa noche eran los caballos lentos quienes tenían a todo el mundo en vilo. Sid Baker estaba en manos del cirujano; había muerto alguien más y, según los rumores, Jackson Lamb había orquestado el secuestro de aquel chico de internet. Fuera cual fuese la verdad, había una sensación general de que pronto la mierda llegaría al ventilador. Pero todo eso era interno. No había noticias de ningún ministro. Spider se habría dado cuenta: cuando el ministro entraba en el edificio, las ondas se expandían hacia fuera.

Con o sin traje, Webb sentía que lo habían marginado. A Taverner no le gustaba que se presentara en el centro de comunicaciones sin previo aviso —era el lado negativo de estar bajo su ala protectora; ella no quería que se enterase nadie—, pero tampoco podía quedarse allí sentado demasiado rato, bajo la mirada implacable de ficheros y carpetas, sin empezar a sentirse como si fuera él, y no River, quien había fracasado en una evaluación importante.

O al menos le parecía que no podía. Sin embargo, tras reflexionar unos instantes sobre si le convenía molestar a Lady Di o no, decidió que aún podía esperar un poquito.

—¿Cómo te ha ido?

Catherine Standish respondió:

—Dermot Radcliffe alquiló un Volvo hace tres semanas. Vacaciones familiares, dijo. Quería un maletero muy grande.

Al asimilar ese detalle, Louisa sintió que el corazón le reventaba el pecho a martillazos.

—¿Y te lo han dicho tal cual?

—¿Y por qué no? Soy su hermana y estoy desesperada por dar con él. Nuestra madre está en el hospital.

Catherine se sentó y cogió su taza de café. Estaba fría al tacto. La posó en la mesa y recitó de memoria la matrícula del coche.

—Claro que no nos consta si aún lo están usando.

—Salieron de Roupell Street a toda prisa —dijo Min Harper—. Así que o cogieron ese coche o robaron otro. En cuyo caso, el suyo seguiría por los aledaños y el robado aparecería pronto en alguna lista de denuncias.

—No se puede conducir por Londres sin salir en alguna pantalla de circuito cerrado.

—Eso sería fantástico si estuviéramos en Trocadero.

Se refería al centro neurálgico de los sistemas de vigilancia, con sus hileras gigantescas de monitores que cubrían cada centímetro de la ciudad.

—Pero sólo tengo mi portátil.

—Aun así —propuso Catherine—, podría funcionar.

Tres pares de ojos se volvieron hacia ella.

—Los coches de Triple D llevan GPS.

Joanna Lumley era la salvadora de los gurjas, tratados tan vilmente por los sucesivos gobiernos británicos. Joanna Lumley era una mujer formidable. A los gurjas se les negaba el derecho a vivir en el país al que habían prestado sus servicios durante la guerra, algo que Joanna Lumley consideraba deplorable. En consecuencia, Joanna Lumley, en uno de esos giros prototípicamente ingleses, había puesto patas arriba a todo el gobierno para obligarlo a actuar según su voluntad. Hechizado a la fuerza, el gobierno concedió el derecho de residencia a los gurjas. A cambio, éstos idolatraban a Joanna Lumley como si fuera una diosa.

Así las cosas, ¿a quién se le podía ocurrir que Hassan hiciera caso omiso de sus órdenes?

«Hassan. Abre los ojos, cariño. Eso es, buen chico.»

No quería abrir los ojos.

«No te lo volveré a pedir.»

Abrió los ojos.

No había nada que ver, claro. Pero al menos esa nada estaba allí, al contrario que el vasto vacío inexistente por el que caía apenas un momento antes.

Nada había cambiado. Seguía encogido en el maletero de un coche, aún con la capucha puesta, amordazado y atado. Seguía rebotando como un garbanzo dentro de un silbato. Y seguía oyendo a Joanna Lumley, aunque ella ya no le hablaba; más bien parecía que estaba dando instrucciones a otra persona. «Sigue recto doscientos metros.» Hassan se percató de que debía de estar oyendo un GPS programado con la voz de Joanna Lumley. Más caro que la versión normal, pero había quien consideraba que merecía la pena.

Joanna Lumley no se había dirigido a Hassan en ningún momento.

Por otra parte, al menos por ahora, Hassan había regresado al mundo de los vivos.

Nick Duffy dijo:

—¿Es una broma?

—Te estoy devolviendo el coche. Me preocupaba que te lo descontaran del sueldo.

—Me has apuntado con una pistola.

—No, lo he hecho por delegación. Y ella no te apuntaba a ti, sino a tu chico. —Jackson Lamb, todavía sentado al volante, apoyó un codo regordete en el borde de la ventanilla abierta y susurró en tono burlón—: Llevo la pistola en el bolsillo. Por si acaso te creías que voy empalmado.

—Salga del coche.

—No me harás fusilar, ¿no?

—Aquí, en plena calle, no.

—Bien. Yo sólo quería hablar un poco con Lady Di.

Lamb recostó la espalda en el asiento y apretó el botón que accionaba el cierre de la ventanilla.

Duffy abrió la portezuela y le tendió una mano.

Jadeando por el esfuerzo —una especie de pantomima que Duffy no se creía ni por asomo—, Lamb se puso de pie en la acera y sacó el arma del bolsillo del abrigo. Durante un breve instante, todos los que lo tenían a la vista se pusieron tensos.

Lamb depositó el arma en la mano tendida de Duffy y se tiró un pedo bien fuerte.

—Bocadillo de salchichas —dijo—. Me voy a pasar así toda la mañana.

El joven estirado del traje antracita se coló por detrás de él para ponerse al volante del monovolumen. Con un sigilo que parecía formar parte de una coreografía, sacó el coche de nuevo a la calzada y lo llevó hasta la esquina, donde desapareció por una rampa que llevaba a una pequeña parte del mundo subterráneo de Regent's Park.

—Bueno —dijo Lamb, tras dar por resuelto ese asunto—. Mataría por un café. ¿Entramos, o qué?

—Tuerce por aquí.

—¿Por aquí?

—¿Es que hablo solo?

Larry tomó la salida. Joanna Lumley protestó.

—Cambio de planes, querida —dijo Curly, al tiempo que apagaba el GPS.

—¿Y ahora? —preguntó Larry.

La salida llevaba a una de las carreteras secundarias que rodeaban el bosque de Epping. Si se hubieran dirigido al norte desde el principio también habrían llegado cerca de allí, pero haberse perdido tenía sus ventajas. Curly nunca había estado allí, pero le sonaba el nombre. A todo el mundo le sonaba el nombre. Era un lugar de sepultura, mencionado a menudo en programas de televisión sobre sucesos criminales. Allí enterraban los gánsteres a sus enemigos. O a veces ni se preocupaban de enterrarlos: se limitaban a pegarle fuego al coche en que les habían disparado y luego se volvían silbando a casa, a la jungla de asfalto. Era probable que allí se hubieran producido más muertes que pícnics. Había sitio de sobra para una más. Dos, si hacía falta.

El cielo se ocultaba tras el dosel de ramas de la arboleda frondosa que flanqueaba la carretera. Un coche que llegaba en la otra dirección quitó las largas. Pasó a toda velocidad a su lado y el ruido del motor, a oídos de Curly, sonó como si se originara bajo el agua.

—Cortemos el rollo —dijo.

En el interior de su cuerpo se infló una burbuja que logró escapar con una breve risotada.

Larry lo miró de reojo, pero no se atrevió a abrir la boca.

Nadie daba un gran paso adelante en su carrera por fastidiar a Lady Di, y por lo general Spider Webb solía tomar sus decisiones en función de ese criterio. Pero tampoco hacía falta que entrara en el centro de comunicaciones. Podía quedarse deambulando por abajo. Regent's Park se parecía bastante a cualquier otro edificio de oficinas: los tipos de la recepción eran los primeros en enterarse de todo lo que ocurría. Así que, como cualquier trajeado con un poquito de vista, Spider se aseguraba de llevarse bien con los tipos de la recepción.

Salió de su despacho, avanzó por el pasillo y se escabulló hacia la escalera por la salida de incendios. Al llegar allí se detuvo un momento, distraído por un movimiento que había captado por la ventana. Dos pisos más allá, un monovolumen negro bajaba por la rampa de cemento hacia el aparcamiento subterráneo. Todos los monovolúmenes se parecen, pero...: Webb se preguntó si sería el mismo que había robado Lamb un rato antes. Si lo era, quería decir que habían vuelto a pillar a Lamb, o que él mismo se había entregado. Spider esperaba que fuese lo primero, y deseaba que hubiera ocurrido con algo de brusquedad. Y con aquella mujer también. «Te dispararé al pie.» No tenía intención de olvidar eso enseguida. Sobre todo por la absoluta sinceridad que revelaba el tono de voz de la mujer. El coche había desaparecido ya. Desde donde estaba no había manera de distinguir quién conducía, de modo que quedaba abierta la posibilidad de que fuera Lamb en persona. Como no tenía plaza propia, se suponía que Lamb no podía cruzar la barrera de seguridad, pero Webb había oído contar algunos mitos sobre él. A lo mejor lo de la plaza propia era para otros. En cuyo caso, Lamb podía andar suelto por las entrañas del edificio.

No era muy probable, pero le proporcionaba la excusa que necesitaba para ir a averiguar qué estaba ocurriendo.

Mientras contemplaba una muestra más de las acrobacias virtuales de Roderick Ho, Catherine Standish sintió otro escalofrío de emoción que le recorrió el cuerpo. No tenía nada que ver con Ho. Catherine no sentía una admiración especial por la habilidad tecnológica; resultaba útil que los demás la tuvieran porque así no necesitaba tenerla ella, pero le parecía tan poco definitoria de la personalidad como la posesión de un coche de una marca determinada.

No: la emoción había empezado antes, esa mañana, al sacar la pistola de Lamb de su bolso y apuntar al joven que tenía a su lado: «Si hace falta te dispararé al pie. Así de paso te borraría esa sonrisita, ¿no?» A veces eran los demás quienes sufrían los momentos de pánico.

Min Harper acababa de decir algo, aunque también podía haber sido Louisa Guy.

—Perdón, estaba en otro mundo —se disculpó.

—¿Crees que lo encontraremos a tiempo? —preguntó Harper.

Esto también era una novedad. La miraban como si tuviera respuestas u opiniones que merecía la pena escuchar. Por debajo de la mesa, su mano derecha se cerró como si sujetara de nuevo la empuñadura de un arma.

—Creo que debemos actuar como si nuestro objetivo fuera salvarle la vida a Hassan, no encontrar su cadáver —respondió.

Min intercambió con Louisa una mirada que Catherine no fue capaz de interpretar.

Se iba haciendo de día y el tráfico aumentaba. También crecía el flujo de clientes en el interior del local: gente que pedía cafés para llevar y bocadillos para el desayuno, o que recogía su cena, de vuelta a casa tras salir del turno de noche.

Catherine era madrugadora y dormía mal; todo aquello le resultaba familiar. Pero esa mañana lo veía con ojos nuevos. Relajó la mano. Al enfrentarse a sus adicciones había aprendido que éstas eran muy poderosas, y era consciente de que en aquel momento se estaba aferrando a un recuerdo dañino. Sin embargo, le daba gusto y no podía más que confiar en que aquellas oleadas de emoción fueran invisibles para los demás.

—Ahora hay que esperar —dijo Ho.

—¿Tienes el GPS? —preguntó Louisa.

—Claro. Usan el sistema de RoadWise. Sólo hay que hackear el sistema.

—¿Y de qué nos sirve esperar?

—Me he puesto en contacto con alguien que ya lo ha hackeado alguna vez. Es más rápido que si lo hago yo.

Se inclinó hacia el portátil de nuevo, hasta que el silencio de sus colegas se coló por los muros de su ensimismamiento.

—¿Qué?

—¿Te importaría explicarlo mejor?

Ho soltó un suspiro, pero sonó demasiado teatral.

—Los hackers formamos una comunidad, ¿vale?

—Como los coleccionistas de sellos.

—O los que se dedican a ver pasar trenes.

—O los poetas.

—Un poco, sí —convino Ho, para sorpresa de todos—. Sólo que lo nuestro es mucho más cool. Nosotros hackeamos sistemas por una sola razón: porque están ahí. Hay gente que hace crucigramas o sudokus. —La expresión de su rostro dejó a las claras su opinión al respecto—. Nosotros hackeamos. Y compartimos.

344

—O sea, que habrá alguien que ya haya hackeado... ¿Cómo has dicho que se llamaba? ¿RoadWise?

—RoadWise. Sí, claro. Si existe, seguro que alguien lo ha hackeado. Y alguien tan cool como para hackearlo ha de pertenecer a la comunidad. —Señaló el portátil con una inclinación de cabeza, como si en su interior cupieran muchedumbres—. Y en cualquier momento me va a contestar. —Quizá percibió la duda en sus rostros—. Nosotros nunca dormimos —añadió.

—Hay algo que no acabo de entender —dijo Catherine. Ho se quedó esperando—. ¿Nos estás diciendo que tienes amigos?

—De la mejor clase —respondió—. Con los que nunca te ves. —El portátil emitió un pitido—. Ha llegado mi paquete.

Catherine observó cómo Ho se ponía a trabajar. «Debemos actuar como si nuestro objetivo fuera salvarle la vida a Hassan, no encontrar su cadáver.» No podía darle otro enfoque.

Tampoco estaría mal, pensó, que pudieran acelerar un poquito.

El tiempo no corría a favor de Hassan.

El coche se detuvo y el motor se paró.

Por un momento, el silencio y la quietud fueron peores que el ruido y el movimiento. El corazón de Hassan retumbaba, luchaba por liberarse. No estaba listo, pensó; no estaba listo aún para convertir su plan de huida en una operación, porque no tenía plan de huida. Y no estaba listo porque..., bueno, porque no estaba listo. No estaba listo para que lo sacaran del maletero y le dijeran que iba a morir. No estaba listo.

Con los ojos bien cerrados, intentó invocar a Joanna Lumley, pero ella se negaba a aparecer. Estaba solo.

Y sin embargo no debía de estarlo, porque la tapa del maletero se estaba abriendo y unas manos lo sacaban con brusquedad y lo soltaban en el suelo frío como si fuera un saco de verduras.

Su primera reacción instintiva fue quitarse la capucha; una operación torpe, con las manos atadas, pero lo consiguió. Una vez liberada la cabeza, Hassan miró el mundo como si lo viera por primera vez. Estaba en un bosque. El coche se había detenido en una pista de tierra rodeada de árboles por todas partes, con tocones recubiertos de musgo acechando en los espacios libres. El suelo era de un barro compacto recubierto de hojas secas y ramitas. Se podía saborear el amanecer en el aire. La luz empezaba a hacer notar su presencia; ya silueteaba el trazo fino de las ramas peladas en lo alto.

Como los dos secuestradores que quedaban estaban de pie a su lado, lo primero que vio fue sus botas. Muy apropiado. Pensó que probablemente aquellas botas tenían un nivel de actividad mayor que el de los cerebros de sus dueños. Y ese pensamiento liberó en parte a Hassan. Tenía frío, estaba magullado y sucio, apestaba, pero no estaba en un sótano. Y no era el perrito de aquellos cabrones, dispuesto a levantar la patita cuando se lo ordenaran. Desde cualquier punto de vista que tuviera una mínima importancia, era mejor que aquel par.

Y entonces una de las botas se plantó en su hombro y lo aplastó contra el suelo. Pertenecía al que Hassan llamaba Curly. Desde mucho más arriba, los labios finos de Curly le dedicaban una sonrisa cruel.

—Fin del trayecto —le dijo.

—Me alegro de que hayas tenido algo de sentido común —dijo Taverner.

Lamb no le hizo caso y prefirió repasar a los miembros del equipo de la directora, todos ocupados en sus puestos de trabajo, o en los de sus compañeros, cada uno enfrascado en su tarea al tiempo que todos vigilaban sus movimientos. Los bañaba una luz suave y en el aire se oía un zumbido leve, una crepitación eléctrica que parecía trazar una cortina sonora. Pensó que, incluso sin aquella pared de cristal, nadie habría alcanzado a oír su conversación.

Lo de Nick Duffy era distinto, claro. Nick Duffy estaba con ellos en el despacho de Taverner. Nick Duffy oiría hasta la última palabra.

Si quedaba alguna duda de que Diana Taverner era capaz de leer la mente, se despejó en ese instante.

—Está bien, Nick. Puedes irte —dijo.

A Nick no le gustó nada, pero se fue.

—Buen chico, dale unos azucarillos —dijo Lamb cuando Nick se iba ya.

—¿Te lo resumo? —preguntó Taverner.

—Ay, sí, me muero de ganas, querida.

—Ha aparecido el cuerpo de Black. Era uno de los tuyos. Está claro que tuvo algo que ver con el secuestro de Hassan Ahmed. A ti te vieron reunirte con él a principios de verano, cuando ya hacía mucho que él había dejado la Casa de la Ciénaga. Dos miembros de tu personal han dado testimonio de ello en sus declaraciones firmadas. ¿Quieres que siga?

—Esto es lo único que me mantiene en marcha —le aseguró Lamb—. Estas dos declaraciones. Loy y White, ¿verdad?

—Son testigos creíbles y ambos te sitúan junto a Black. Esto, además de la excursión homicida de Moody anoche, deja la Casa de la Ciénaga en un lugar muy complicado. Si quieres que eso desaparezca, podemos arreglarlo. Pero tendrás que cooperar.

—¿Homicida?

Por un brevísimo instante, una sombra cruzó el rostro de Taverner.

—Lo siento —dijo—. No te habías enterado.

Lamb sonrió, pero no era una sonrisa de verdad; tan sólo un estiramiento de los músculos de la cara.

—Bueno. Otro cabo suelto que se resuelve, ¿verdad?

—¿Así ves a tu equipo? ¿Una colección de cabos sueltos?

—Es que Baker no era de mi equipo, ¿no? Tú la asignaste a la Casa de la Ciénaga, pero no porque acostarse con su jefe fuera un error. Era un topo. Estaba allí para vigilar a River Cartwright.

—¿Qué pruebas tienes?

—Ella misma lo dijo.

—Pero no es que esté a punto de repetirlo. —Taverner mantuvo la mirada fija y añadió—: Te voy a hacer una oferta, Jackson. Algo que nos permita a todos salir limpios de esto. Firma tú también las declaraciones de Loy y White y se acabó.

—No se me dan bien las sutilezas. Me vas a tener que explicar por qué podría interesarme hacer algo así.

—Eres de la vieja escuela, Jackson, y no en un buen sentido. Y no estás en el ajo. Si me presento ante los de Límites con un cabeza de turco, el resultado les importará más que las pruebas. Así se hacen las cosas ahora. Si hay una salida tranquila, Límites la firmará. Hasta podrían considerarlo como una jubilación. Así que no vas a perder tu pensión.

Jackson Lamb metió una mano por dentro del abrigo y se llevó la satisfacción de que Taverner diera un respingo. La expresión de su rostro pasó al asco al ver que lo hacía para rascarse el sobaco.

—Creo que me han picado cuando estábamos en el canal —explicó.

Ella no respondió.

Lamb sacó la mano y se olisqueó los dedos. Luego la metió en el bolsillo.

—Así que tu plan consiste en que tú te acatarras y yo estornudo. ¿Y si no?

—Se arma un lío.

—Ya está armado.

—Estoy intentando encontrar la salida que nos perjudique menos a todos —dijo ella—. Te guste o no, la Casa de la Ciénaga está en el punto de mira, Jackson. Las apariencias cuentan. Os someterán a todos a un escrutinio durísimo. A todos.

—¿Estamos hablando de Standish otra vez?

—¿Creías que me había olvidado?

—Ya me conoces. Nunca pierdo la esperanza.

—Charles Partner la implicó en todo. Dejó una lista pormenorizada de todas sus traiciones, en la que la nombraba como su cómplice. Tuvo suerte de que no la detuvieran.

—Es una borracha —dijo Lamb.

—Esto no es excusa para la traición.

—Ni yo lo pretendo. Por eso Partner creyó que podría salirse con la suya. Por eso la mantuvo cuando se descompuso. Una borracha abstemia sigue siendo una borracha. Como Catherine era leal, la usó y quiso hacer ver que ella le había ayudado a vender secretos. Pero quienes vieron esa... ¿cómo lo llamas? Esa lista pormenorizada, no se la creyeron ni por un segundo. Era su último intento de repartir la culpa, y era pura ficción.

—Y enseguida pasó al olvido.

—Por supuesto, joder. Bastantes problemas tenía ya la agencia. Los delitos de Partner quedaron bien empaquetados desde el principio y la mitad de los idiotas sin personalidad de Límites todavía no se han enterado. Si desentierras todo eso ahora, se armará un buen lío. ¿Estás segura de que quieres tirar por ese camino?

—Encubrir una traición es un delito en sí mismo. Esta vez lo investigarán a fondo.

De entre ellos dos quien se encontraba en mejor forma era Diana Taverner. Y lo sabía. Pero es que Jackson Lamb habría quedado por detrás de ella aunque Diana tuviera un mal día y él estuviera recién salidito de la sauna y con ropa nueva.

—Una vez le encontraste una guarida. De lo contrario, a estas alturas habría muerto en un cuartito alquilado, ahogada en alcohol. Pero no la puedes salvar dos veces. Me estoy ofreciendo a hacerlo yo en tu lugar.

Desvió la mirada, de Lamb al centro de comunicaciones que quedaba a su espalda. Su equipo no se esforzaba demasiado en disimular que estaba contemplando cuanto ocurría al otro lado de la pared de cristal. Recurrió a un tono de voz algo más grave. Era el mismo tono que habría usado si pretendiera seducirlo, Dios no lo quisiera. Un tono que no solía fallar.

—Apúntate a esto. Era un intento honroso de alcanzar un buen resultado y no ha sido culpa tuya que saliera mal. La gente no se va a enterar. Y entre estas paredes serás un héroe.

Se detuvo. Se le daba bien interpretar a los demás. Aunque Lamb era engañoso —había aprendido a ser impenetrable—, se le notaba que estaba sopesando sus palabras. Su mirada sugería que estaba inmerso en algún cálculo: las consecuencias que podía tener una política de tierra quemada, contra el pacto puesto sobre la mesa, que le permitía salir bien parado. Mientras Taverner lo miraba, se sintió como debían de sentirse los balleneros al ver cómo se clavaba el primer arpón: tan sólo una herida, y ni siquiera mortal, pero suficiente para garantizar el resultado final. Sólo quedaba esperar. Y siguió creyéndolo hasta que Jackson Lamb se agachó, cogió la papelera metálica que había al otro lado de su mesa y, con una pirueta sorprendentemente ágil, la lanzó contra la pared de cristal que quedaba a su espalda.

—Lo tengo.

—¿Qué tienes?

—¿Qué estábamos buscando? —Un atisbo del Roderick Ho de siempre: una expresión de desprecio arrogante por las mentes analógicas—. El coche. El Volvo de Dermot Radcliffe.

Min Harper dio la vuelta a la mesa, arrastrando la silla con él, para mirar la pantalla del portátil. Por un instante llegó a creer que Ho estaba a punto de tapársela; de cubrirla con un brazo como cubría los exámenes el empollón de la clase. Sin embargo, se contuvo y hasta fue capaz de girar un poquito el portátil para que Min pudiera verlo.

Si esperaba ver una lucecita roja que parpadeara en un mapa bien dibujado —como, efectivamente, esperaba—, tuvo que llevarse un buen chasco. Al contrario, lo que veía era una fotografía reconocible de las copas de una arboleda, aunque algo desenfocada.

—¿Está ahí debajo?

—Sí —contestó Ho. Luego añadió—: Probablemente.

Catherine Standish dijo:

—¿Te importa explicarlo mejor?

—Ahí es donde estaba, hará cosa de unos cincuenta segundos, el GPS asignado al coche que Dermot Radcliffe alquiló hace tres semanas en Triple D. —Miró a Catherine, al otro lado de la mesa—. Hay un pequeño retraso.

—Gracias.

—Y también puede ser que hayan tirado el GPS, claro. Puede que lo tirasen por la ventanilla hace horas.

—Si damos por hecho que la cabeza pensante era la de Black, es probable que no se les haya ocurrido.

—No los subestimemos —propuso Catherine—. Black está muerto. Ellos no. ¿Dónde está ese GPS, Roddy?

Ho se sonrojó un poco y tocó con un dedo el ratón del portátil. Apareció en la pantalla un mapa del servicio oficial. Dos toques más y su tamaño se multiplicó.

—Bosque de Epping —anunció.

Curly retiró la bota. Hassan se quitó el pañuelo de la boca y lo lanzó tan lejos como pudo. Luego se quedó en el suelo, jadeando para aspirar bocanadas de aire frío y húmedo. No se había dado cuenta de lo vacíos que estaban sus pulmones. De lo asqueroso que era aquel maletero en el que para sobrevivir no tenía más que su propio hedor.

Cuando se incorporó, todos los músculos de su cuerpo protestaron. Larry estaba detrás de Curly: más alto que él, también más ancho, pero en cierto modo más insignificante. Sostenía lo que se le antojó como un manojo de ramitas. Hassan parpadeó. El mundo flotó un instante y luego recuperó la posición. Era un trípode. Y la caja de cerillas de la otra mano... Tenía que ser una cámara.

Curly sostenía algo totalmente distinto.

Hassan adelantó las rodillas, se inclinó hacia delante y pegó las manos a la tierra fría. Tenía una solidez reconfortante, pero al mismo tiempo le resultaba gélidamente ajena. ¿Qué sabía él de la vida al aire libre? Sabía algo de las calles, de los supermercados. Tomó impulso para levantarse, con escaso equilibrio. Me tambaleo, pensó. Me tambaleo. Aquí, en medio de estos árboles gigantescos, soy pequeño, sufro y me tambaleo. Pero estoy vivo.

Miró a Curly y dijo:

—Hasta aquí hemos llegado, ¿no?

Le sonó extraña su voz, como si se hubiera convertido en un personaje interpretado por un actor. Por alguien que, pese a no haberle oído hablar nunca, hubiera deducido cómo podía sonar su voz a partir de una vieja foto descolorida.

—Sí —le dijo Curly—. Hasta aquí.

A Hassan, el hacha que sostenía aquel hombre le parecía salida de la Edad Media. Pero es que en realidad era de la Edad Media: un trozo de madera levemente curvado, con una cabeza metálica de un gris apagado, letal de tan afilada. Usada a lo largo de los siglos porque no solía fallar. A veces se gastaba el mango y había que cambiarlo. A veces el filo se volvía romo.

Hacía rato ya que Joanna Lumley se había callado. El cómico interior de Hassan no había vuelto al escenario. En cambio, cuando Hassan volvió a hablar notó que recuperaba su voz y, por primera vez en siglos, encontró las palabras exactas para decir lo que sentía.

—Puto cobarde.

Curly dio un respingo. ¿Acaso no se lo esperaba?

—Soy un soldado —dijo Curly.

—¿Tú? ¿Un soldado? ¿Esto te parece un campo de batalla? Me has atado las manos, me has arrastrado hasta un bosque y ahora... ¿qué? ¿Me vas a cortar la cabeza? Pues vaya con el puto soldado.

—Es una guerra santa —dijo Curly—. Y tu gente la ha perdido.

—¿Mi gente? Mi gente se dedica a vender muebles.

Una ráfaga de viento sacudió el bosque con un ruido que parecía proceder de un público favorable. Hassan sintió que le volvía a correr la sangre por las venas; sintió que el miedo le inflaba una burbuja en el pecho. Podía estallar en cualquier momento. O tal vez se lo llevara flotando de allí. Miró a Larry.

—Y tú, ¿qué? ¿Te vas a quedar ahí plantado y vas a permitir que él se salga con la suya? Otro puto soldado, ¿verdad?

—Cállate.

—Sí, eso. Y si no, ¿qué? ¿Me cortarás la cabeza? Que os den por saco a los dos. ¿Queréis filmarlo? Fílmame ahora, mientras te digo esto. Sois unos cobardes los dos y todos los miembros del Partido Nacionalista de la Puta Bretaña son unos putos perdedores.

—No somos del PNB —dijo Curly.

Hassan echó la cabeza atrás y se puso a reír.

—¿De qué te ríes?

—¿Te crees que me importa? —dijo—. ¿Te crees que me importa saber quiénes sois? Partido Nacionalista Británico o Liga por la Defensa de Inglaterra o cualquier otra estúpida variante del puto nazismo, ¿te crees que me importa? No sois nadie. Vais a pasar todo lo que os queda de vida en la cárcel. ¿Y sabéis una cosa? Seguiréis sin ser nadie.

—Vale. Basta ya —dijo Larry.

Duffy llegó a toda velocidad, por supuesto. No se había alejado mucho. Se encontró una papelera que rodaba inocente por la moqueta y una pared de cristal sin rastro de violencia. En cambio, Taverner estaba demudada y Jackson Lamb, a juzgar por la expresión de su rostro, había sido la causa de su palidez.

—El líder nunca quema a sus agentes —dijo Lamb—. Es la peor traición posible. Es lo que hacía Partner, usar a Standish como escudo. Es lo que estás haciendo tú ahora. A lo mejor yo soy de la vieja escuela. Pero no voy a quedarme mirando cómo vuelve a ocurrir lo mismo por segunda vez.

—¿Partner? —preguntó Nick Duffy.

—Basta —intervino Taverner. A continuación—: Lamb ha dirigido la Casa de la Ciénaga como si fuera su ejército privado. Montaba operaciones, por el amor de Dios. Llévatelo abajo.

Mientras ella hablaba, Lamb había encontrado un cigarrillo suelto en el bolsillo del abrigo y estaba intentando alisarlo. A juzgar por su semblante, era el problema más importante que tenía en ese momento.

Duffy no iba armado. No lo necesitaba.

—De acuerdo, Lamb —dijo—. Suelte eso y deje caer el abrigo al suelo.

—Vale.

Duffy no lo pudo evitar: miró a Taverner. Ella le devolvió la mirada.

—Pero hay algo que deberíais saber antes.

Ahora miraron los dos a Lamb.

—Ese monovolumen que acabas de meter en el sótano, debajo del edificio... Tiene una bomba en el asiento trasero. Una bomba grande.

Pasó un segundo.

—Es broma, ¿no? —dijo Duffy.

—O tal vez no. —Lamb encogió los hombros. Luego miró fijamente a Taverner—. Ya te lo he dicho antes. No se me dan bien las sutilezas.

A los de la recepción, Spider no les caía tan bien como él creía, pero a todo el mundo le gusta tener información. Alguien había aparcado un coche de la agencia en el patio exterior y había recibido la respuesta habitual: los drones de la agencia y un par de los chicos de Duffy, que acababan de volver de hacer sus recados. Ellos habían mantenido el coche rodeado hasta que llegó Duffy en persona.

—¿Quién era?

—Jackson Lamb —contestó el recepcionista de mayor edad.

—¿Seguro?

—Llevo veinte años trabajando aquí. Tiempo suficiente para reconocer a Jackson Lamb.

La palabra «chaval» alcanzó toda su elocuencia precisamente por no haber sido pronunciada.

Lamb había entrado escoltado por Duffy; estaba arriba, en el centro de comunicaciones. Los monitores de la recepción no mostraban lo que ocurría allí dentro, pero Lamb no había vuelto a aparecer.

Spider se mordisqueó un labio. Fuera cual fuese la intención de Lamb, no incluía a la loca de la pistola. A River tampoco. Balbució su agradecimiento a los recepcionistas y no llegó a ver la mirada que intercambiaban mientras él se encaminaba de vuelta a su planta. Al llegar al rellano se detuvo junto a la ventana. En la calle no pasaba nada. Pestañeó. En la calle pasaba algo. Una furgoneta negra frenó con un fuerte chirrido de neumáticos, y casi antes de que llegara a detenerse del todo, se abrió la puerta trasera y salieron por ella —como humo esparcido en la mañana— tres, cuatro, cinco sombras negras. Luego desaparecieron por la rampa que llevaba al aparcamiento subterráneo.

Eran los Conseguidores, tal como los llamaba todo el mundo. A Spider Webb siempre le había parecido un nombre ridículo; una palabra que se había impuesto en la jerga sin merecerlo. Eran los miembros del SWAT, que se dedicaban sobre todo a extirpaciones y traslados. Los había visto en acción, pero sólo en ejercicios. Y aquello no parecía un ejercicio.

Se preguntó si alguien estaría atacando el edificio. En ese caso habrían sonado las alarmas y se vería mucha más actividad.

Por la ventana volvía a no suceder nada. Apenas pequeñas perturbaciones. Una ráfaga retocaba la disposición de los árboles junto a la carretera; pasaba un taxi. Nada.

Webb negó con la cabeza: un gesto innecesariamente dramático, teniendo en cuenta que nadie lo estaba viendo. Así era la historia de su vida. Lo más gracioso era que la última persona con la que había tenido alguna proximidad era River Cartwright. Algunos cursos a los que habían asistido no se podían superar si no se formaba una alianza; eso que la gente llamaba amistad. En más de una ocasión, había dado por hecho que sus futuros circularían por líneas paralelas, pero algo lo había impedido. Ese algo había sido el proceso que lentamente había llevado a Spider a darse cuenta de que River lo superaba en casi todo; tanto que ni siquiera necesitaba alardear de ello. Y en estos casos las alianzas suelen fracasar.

Siguió subiendo. En el siguiente rellano abrió la puerta que daba a su pasillo y uno de los Conseguidores le plantó una pistola en la sien.

—Basta ya. Yo no sigo. Si quieres hacerlo, tendrás que seguir tú solo.

—¿Te vas?

—Es una mierda. ¿No te das cuenta? Se suponía que sólo le íbamos a dar un susto. Para filmarlo. Para demostrar que íbamos en serio.

—Asustarlo no es ir en serio.

—Para mí es suficiente. Has matado a un espía, tío. Yo me largo. Volveré a Leeds, a lo mejor...

A lo mejor se podía esconder debajo de la cama. A lo mejor al llegar a casa podía confiar en que todo pasaría. Cerrar los ojos bien cerrados y conseguir que todo aquello no hubiese ocurrido.

—Imposible —dijo Curly—. No hay ni una puta posibilidad de que te largues.

Larry soltó el trípode y le tiró la cámara digital. Cayó a los pies de Curly.

—¿Todavía lo quieres filmar? Pues fílmalo tú.

—Y cómo se supone que voy a...

—Me da igual.

Larry se dio la vuelta y echó a andar por el sendero.

—¡Vuelve!

No contestó.

—¡Larry! ¡Vuelve, joder!

—Soldados, sí. Sí que sois soldados.

—¡Cállate!

—A los soldados les pegan un tiro cuando desertan, ¿verdad?

—¡Cierra la puta boca!

—¿O qué? —preguntó Hassan.

La burbuja estalló en su interior. Se había cagado y meado encima, había sudado y llorado de terror durante varios días seguidos. Pero ahora ya estaba al otro lado. Había pasado ya por lo peor de morirse: la conciencia de que iba a ocurrir, la vergüenza absoluta de saber que estaba dispuesto a hacer cualquier cosa con tal de evitarlo. Y ahora asistía al desmoronamiento de los planes de sus asesinos.

—Enséñalo en la red, puto nazi. Ah, claro, no puedes, ¿verdad? Sólo tienes dos manitas.

En un arrebato de pura y ciega rabia, Curly lo golpeó con el hacha.

Les habían recogido los platos y estaban los cuatro sentados en torno a la mesa. Desde el regreso de Catherine, después de hablar por teléfono, y después de que los otros tres confirmaran, como suele hacerse en cualquier grupo pequeño, lo que todos ya sabían —que había llamado a la policía y había explicado quién era, qué sabía y cómo sabía lo que sabía—, nadie había vuelto a tomar la palabra. Sin embargo, Ho había cerrado el portátil y Louisa estaba inclinada hacia delante, con la barbilla apoyada en las manos, rechinando los dientes. Min apretaba los labios de un modo que sugería una inmersión profunda en sus pensamientos. Y a Catherine la alarmaba cualquier ruido repentino, como si cada tintineo de tazas, cada cucharilla caída al suelo, fuese una amenaza de desastre.

Fuera, en Old Street, los coches pasaban zumbando en estallidos administrados por un semáforo cercano.

Min carraspeó como si fuera a hablar, pero se lo pensó mejor.

—¿Sabéis qué? —dijo Ho.

No sabían qué.

—Llevo el móvil en el bolsillo. —Lo sacó y lo dejó en la mesa para que pudieran verlo—. Todo este rato, Catherine ha ido a la cabina de pago cada vez que tenía que hablar por teléfono. Y yo con mi móvil en el bolsillo.

Catherine miró a Louisa. Louisa miró a Min. Min miró a Catherine. Miraron todos a Ho.

Min dijo:

—Viniendo de un genio de la comunicación, menuda mierda, ¿no?

Y luego siguieron esperando.

Un hombre de negro, un Conseguidor, apareció en el centro de comunicaciones. Llevaba una caja de cartón bajo el brazo. Entró con ella en el despacho de Taverner y la dejó en la mesa. Emitía un tictac estridente.

—Doy por hecho que eso no es una bomba —dijo Taverner.

El hombre movió la cabeza, retiró la tapa de la caja y dejó el reloj del despacho de Lamb sobre el cartapacio de Taverner. De madera, con su esfera amable, parecía fuera de lugar rodeado de tanta tecnología.

—Ya me lo parecía —dijo Taverner.

Duffy y Lamb seguían allí. Fuera, en el centro de comunicaciones, el mismo personal se dedicaba a las mismas tareas que antes de que el anuncio de Lamb provocara la intervención de los Conseguidores; o al menos seguían fingiendo que se dedicaban a ellas, aunque con algo menos de verosimilitud. Lo que ocurría del otro lado de la pared de cristal reclamaba su atención por completo.

—Técnicamente, y puede ser que me equivoque, aunque recibo muchos correos de Recursos Humanos sobre este tema, técnicamente, tendrías que haber mandado evacuar el edificio igualmente.

—Que es lo que tú querías.

—O sea, si llega a ser una bomba de verdad habrías metido la pata hasta el hombro.

Duffy se dirigió a Taverner:

—Si este tictac hubiese sonado mientras mi hombre llevaba el coche al aparcamiento, lo habría oído.

El Conseguidor se iba ya, hablando por el micrófono que llevaba al cuello.

Taverner señaló a Lamb.

—No querías que vaciáramos el edificio. Lo que querías era meter a alguien.

Spider Webb entró en su despacho marcha atrás y tambaleándose, tropezó con la moqueta y cayó despatarrado al suelo. River se quitó el pasamontañas de Moody y se guardó el arma de Moody en la espalda, encajada en la cintura del pantalón. Se planteó dar un puñetazo a Spider en toda la cabeza, pero sólo un instante. Salir del maletero del monovolumen, poner la bomba falsa de Lamb en el asiento trasero y subir por la escalera no le había costado demasiado tiempo, pero tampoco iba sobrado. Si Lamb se había ocupado de su parte, los verdaderos Conseguidores debían de estar ya a punto de invadir el edificio como un enjambre.

—El informe de mi evaluación.

—¿Cartwright? —dijo Spider.

—Te quedaste una copia. ¿Dónde está?

—¿Así que se trata de eso?

—¿Dónde está?

—Estás como una puta cabra, ¿no?

River se agachó y agarró a Spider por el cuello de la camisa.

—Esto no es ningún juego.

Iba armado, se hallaba en Regent's Park, más o menos vestido como un Conseguidor. Si llegaban los de verdad, le pegarían un tiro nada más verlo. Todos esos argumentos tenían su peso. Volvió a sacar la pistola de Moody.

—Déjame decirlo así. El informe de mi evaluación. ¿Dónde está?

—No me vas a pegar un tiro —dijo Spider.

River le dio en todo el mentón con la culata del arma y Spider soltó un grito al tiempo que salía volando un trozo de un diente.

—¿Seguro?

—Qué cabrón...

—Spider, te voy a seguir pegando hasta que me des lo que quiero. ¿Lo entiendes?

—No tengo ningún informe de tu evaluación. ¿Por qué iba a tenerlo?

—Normas de Londres, ¿recuerdas? —dijo River—. Lo dijiste tú mismo el otro día. Sigues las normas de Londres. Te cubres las espaldas.

Spider soltó un escupitajo de sangre sobre la moqueta beige.

—¿Cuánto rato crees que te queda? Antes de que tus sesos queden esparcidos por el suelo, junto a mi diente.

River le volvió a pegar.

—Tú jodiste lo de King's Cross y los dos lo sabemos. La que te dio ese encargo fue Taverner, porque quería librarse de mí. Tú no sabías por qué, ¿verdad? Y tampoco te importaba, siempre y cuando pudieras conservar tu bonito despacho y tus reuniones con el ministro y tu carrera brillante. Pero como no eres tonto te quedaste una copia del informe porque sigues las normas de Londres, y sabes que la persona de quien menos deberías fiarte es precisamente aquella a la que acabas de hacer un favor. Así que... ¿dónde está?

—Que te den —respondió Spider.

—No te lo volveré a pedir.

—Dispárame y al minuto siguiente estarás muerto. Y así no lo podrás encontrar, ¿no?

—Entonces, estamos de acuerdo en que lo tienes.

Sonaron unos pasos en el pasillo y Spider abrió la boca ensangrentada para gritar. Pero River le volvió a atizar, y esta vez se aseguró de que guardara silencio.

Hassan debía de haberse desmayado. ¿Y quién no, después de un hachazo? Pero Curly le había golpeado con el lado romo; un golpe rápido y violento con el mango en plena frente. Tal vez había transcurrido un minuto. Lo suficiente, en cualquier caso, para que la escena hubiera cambiado: Larry se había alejado por el sendero y Curly había salido tras él y llegado a su altura; le estaba gritando y sus palabras regresaban flotando en aquel aire frío con sabor a musgo: «imbécil gallina cabrón...».

El hacha pendía de una mano de Curly. Discutían los dos... Bueno, estaba claro que ya no eran Larry, Moe y Curly, Los Tres Chiflados. Eran Laurel y Hardy. El gordo y el flaco. Una vez más, metidos en un lío.

Y ahora venía lo bueno: a veces, un golpe en la cabeza sirve para despejar las telarañas.

Esto no era cierto, pero por un instante Hassan fingió que sí lo era y se preguntó qué haría si lo fuese. Levantarse, decidió. Y eso fue lo que hizo.

Vale. Mejor así.

Mientras se tambaleaba se dio cuenta de que había mucho espacio por todas partes. Un espacio encajado entre los árboles, pero sin muros y con el cielo abierto en lo alto. Por fin lo veía. Las ramas se empezaban a enfocar. El sol estaría por allí. Hassan no recordaba la última vez que había visto el sol.

Echó a andar.

El suelo era esponjoso, le resultaba extraño. En parte se debía a su estado, pero sobre todo a que se hallaba en un bosque. Aun así, Hassan consiguió andar arrastrando los pies, casi pudo echar a correr. El truco consistía en mirar hacia abajo. En ver dónde ponía los pies. Esa visión repentina del suelo le hacía creer que sus pasos eran mucho más rápidos que en la realidad.

Si volvía la vista atrás vería que Curly y Larry dejaban de discutir y salían tras él, Curly con el hacha en la mano. Así que siguió concentrándose en el suelo, en el espacio que iba recorriendo. No tenía ni idea de adónde iba. De si se estaba adentrando en el bosque o iba a salir al aire libre en cualquier momento... Aunque esto último no parecía probable. Todo era demasiado denso y boscoso como para ceder tan deprisa. Sin embargo, eran cosas que Hassan no podía controlar; en cambio, por fin podía controlar sus movimientos. Mientras pensaba en esto, tropezó; puso las manos por delante antes de golpear el suelo y no fue capaz de impedir que se le escapara un chillido cuando un dolor agudo le calcinó las muñecas. El dolor era menos importante que el ruido que acababa de hacer.

De modo que esa vez sí volvió la vista atrás. Había avanzado mucho menos de lo que creía; tal vez la mitad de lo que esperaba. La distancia que lo separaba de Curly y Larry era más o menos la que podía cubrir lanzando una silla. Lo estaban mirando los dos.

Hassan habría jurado que podía incluso oír la sonrisa que se había asomado al rostro de Curly.

Los pasos dejaron atrás el despacho de Webb a toda prisa y River dejó de contener el aliento, al tiempo que aflojaba la presa del cuello de Spider. Éste se desplomó en la moqueta, incapaz de seguir hablando.

River esperó, pero ya no se oyeron más ruidos. Cayó en la cuenta de que, de haber sido los Conseguidores, él ni siquiera los habría oído: aparte de llevar el uniforme de verdad, sabían lo que hacían. Y con eso se le ocurrió una idea a cuya implementación dedicó un par de minutos, antes de iniciar su búsqueda.

Los archivos y las carpetas ocupaban siete baldas de una estantería que llegaba hasta la pared contraria. Habría fácilmente un centenar de cada, y River disponía de tres minutos a lo sumo para encontrar lo que buscaba, siempre suponiendo que estuviera allí y no, por ejemplo, encerrado con llave en un cajón. Así que probó primero los cajones, que contenían principalmente basura. Sólo uno de ellos estaba cerrado. River sacó la llave del bolsillo de Spider, pero en el cajón cerrado sólo había extractos del banco y un pasaporte a nombre de éste. Soltó la llave y se dirigió a la estantería. Un fogonazo de un recuerdo del año anterior le dijo que había entregado su informe provisional en una carpeta negra de plástico, pero al menos había un tercio de los lomos de ese mismo color brillante; los demás eran naranja, amarillos, verdes. Sacó uno negro al azar y vio una etiqueta en la esquina superior derecha: «ENNIS.» Dio por hecho que se trataba de un apellido y buscó por la «C»; encontró un Cartwright, pero no era él. A continuación buscó por la «R», pero no había ningún River. Buscó en la «E» de «Evaluaciones» y encontró unos cuantos, pero no el suyo.

Dio un paso atrás y contempló toda la estantería.

—Spider, Spider, Spider... —murmuró—. Normas de Londres...

Lo había afirmado el propio Webb: eran las normas que seguía. De modo que si Webb había quemado a River en King's Cross siguiendo instrucciones de Taverner, tenía que haber conservado alguna prueba para asegurarse de que él no acabaría siendo el punto de mira. Habida cuenta de la experiencia que tenía Taverner en tirar a sus antiguos aliados a los Perros, era una elección sabia.

—Spider, Spider, Spider...

Había hablado de las normas de Londres, pero también de algo más. Mientras River hurgaba en su memoria se abrió la puerta y se deslizó en el despacho uno de los Conseguidores, uno de verdad, que, pistola en mano, apuntó directamente a la cabeza de River.

No era una sonrisa. Curly se volvió al oír el chillido y gruñó al ver que el chico se había puesto en marcha. Soltó un ladrido a Larry, una mezcla entre amenaza y predicción, y arrancó.

Sabía que Larry se iba a quedar detrás, echando raíces. Encantado de permanecer allí; deseando desaparecer.

«Esto yo no lo hago. Me largo.»

Sin huevos. Con soldados como éste se perdían las guerras. Vaya, ni se llegaban a librar. Mucha historia y mucho palabrerío.

En cambio, Curly estaba en guerra. Si Larry no sabía de qué lado estaba, ya se lo enseñaría él. Lo mejor de las hachas es que no hay que recargarlas.

El paqui arrancó de nuevo. Corría como una niña, con los codos pegados a los costados. En cambio, Curly volaba. Tras días de tensión, de excitación creciente, por fin había llegado el momento.

«Te vamos a cortar la cabeza.»

Llamémoslo declaración de guerra.

En ese momento su pie derecho aterrizó en algo mojado y resbaloso y por un instante estuvo a punto de perder el equilibrio, caer boca arriba con las patas abiertas y soltar el hacha para que saliera volando por los aires... Sólo que eso no ocurrió, no llegó a caerse: su cuerpo estaba bien sincronizado con la naturaleza y el pie izquierdo se apoyó firmemente en tierra sólida; apenas giró un poco la punta para mantener el centro de gravedad y a continuación empezó a moverse más deprisa todavía, mientras acortaba a cada segundo la distancia que lo separaba de su presa.

Ojalá el paqui volviera la vista atrás para mirarlo. Para hacerse una idea de lo que se le echaba encima.

«Te vamos a cortar la cabeza y lo vamos a enseñar.»

Pero el paqui seguía avanzando, correteando como una niña. Asustado como un ratón. Aterrado como una rata.

Curly aminoró la marcha. Era demasiado bueno. Demasiado bueno para ir tan deprisa. Cuando hablaban de la emoción de la caza se referían a esto.

«Te vamos a cortar la cabeza y lo vamos a enseñar en la red.»

Nick Duffy tapó el teléfono con una mano y dijo:

—Lo tienen.

—¿Dónde?

—En el despacho de Webb.

Taverner miró a Lamb y éste alzó los hombros.

—Si mis chicos sirvieran para algo, trabajarían para ti.

—¿Por qué Webb? —preguntó entonces ella. Y luego—: Da lo mismo. —A continuación, se dirigió a Duffy—: Diles que, sea quien sea, se lo lleven abajo. Y dile a Webb que suba.

—Viene de camino.

—Gracias. Sal un momento, ¿quieres?

Sin dejar de hablar por teléfono, Duffy se fue.

—No sé qué acaba de pasar, pero era tu última oportunidad —dijo Taverner—. Espero que hayas disfrutado de esta mañana, Jackson, porque es lo último que te quedaba por ver de la semana. Y para cuando salgas del sótano ya habrás firmado la confesión, así como cualquier otra cosa que te pida.

Sentado frente a ella, Lamb asintió con gesto pensativo. Parecía a punto de decir algo importante, pero sólo consiguió soltar:

—Perdona, pero tu querido Spider no es que sea una gran lumbrera.

La puerta se abrió a espaldas de Taverner.

—Claro que el mío, River, tampoco es que tenga demasiadas luces.

A fin de cuentas, el rato empleado en intercambiarse la camisa con Spider mientras éste permanecía inconsciente no había sido un tiempo perdido. River Cartwright, con la chaqueta y la corbata de Webb, cerró la puerta al entrar con una carpeta negra bajo el brazo.

Hassan no podía mirar atrás. A duras penas podía mirar adelante. Tenía que mirar al suelo, comprobar que no hubiera raíces, piedras u hoyos imprevistos; nada que pudiera torcerle el tobillo y poner un final repentino a su escapada. Para los peligros que llegaran a la altura de la cabeza, confiaba en su suerte.

—¿Te lo estás pasando bien, paqui? —Curly, recortando espacio—. Está a punto de acabarse el recreo.

Hassan intentó ir más deprisa, pero no podía. Toda la fuerza que le quedaba estaba aplicada en un único objetivo: seguir avanzando. No detenerse. Correr hasta el final del bosque e incluso más allá; ir siempre un paso por delante de aquel matón nazi que quería liquidarlo. Con un hacha.

Pensar en el hacha debería haberlo espoleado, pero ya no le quedaban fuerzas.

Estuvo a punto de caer por culpa de un hoyo, pero sobrevivió. Una raíz quiso atraparle el tobillo, pero falló por escasos centímetros. Se había librado por dos veces en otros tantos segundos y ya era demasiado: se le acabó la suerte. Hassan recibió el golpe de una rama en la cara y trastabilló, chocó contra un árbol a una velocidad insuficiente para lastimarse, pero más que suficiente para poner fin a su carrera. No llegó a doblar las rodillas, ni cayó su cuerpo al suelo, pero ya no le quedaba nada que dar. Se agarró al árbol un segundo más y luego volvió el rostro hacia su asesino.

Curly estaba al otro lado del hoyo, jadeando levemente. Una sonrisa perruna le cruzaba la cara y teñía todos sus rasgos, menos la mirada, mientras él balanceaba el hacha con ligereza, como si quisiera demostrar su control absoluto de la misma. No había ni rastro de Larry. Tampoco de la cámara digital; ni del trípode; nada. Hassan, sin embargo, tenía la sensación de que eso no iba a ser óbice para llegar al punto final de la historia. La necesidad de filmar aquel horror era, en la mente de Curly, menor que la de ejecutarlo. Ya sólo necesitaba el hacha. El hacha y la colaboración de Hassan.

Sin embargo, aun sabiéndolo, a Hassan ya no le quedaban fuerzas. No podía dar ni un paso más.

Curly negó con la cabeza.

—Vuestro problema —explicó— es que no os sentís cómodos en el bosque.

Y el vuestro, pensó Hassan... El problema de los que son como tú... Pero los que eran como él tenían tantos problemas que resultaba imposible estar a su altura con una frase graciosa. El problema de la gente como Curly era que incluía a Curly y a otros como él. ¿Hacía falta decir algo más?

Curly dio un paso adelante, metió un pie en el hoyo y salió por el otro lado. Cambió de mano el hacha; dio un saltito con ella para asustar a su víctima; justo en ese momento, la raíz que Hassan había esquivado le rodeó el tobillo y lo hizo caer de plano al suelo. Hassan contempló, fascinado, cómo tragaba Curly un bocado de hojas y barro; estaba tan atrapado por el espectáculo que le costó un segundo entero darse cuenta de que el hacha acababa de caer a sus pies.

En cambio, pese a tener las manos atadas, le costó menos de un segundo recogerla.

«¿Error? Yo prefiero llamarlo fiasco.»

Esto había dicho Spider Webb el otro día.

Habían llegado hasta allí siguiendo las normas de Londres, por cuanto concernía a River. «Yo prefiero llamarlo fiasco.» Gracias, Spider. Era una buena pista.

En la carpeta que sostenía River se leía con toda claridad la etiqueta: «FIASCO.»

—Y por eso —dijo, dirigiéndose a Taverner— usted hizo que Spider me quemara.

—¿Que te quemara?

—Es un crío —explicó Lamb—. Se emociona con la jerga.

—Voy a llamar otra vez a Duffy.

—Como quieras.

Lamb estaba toqueteando de nuevo el cigarrillo y parecía por lo menos tan interesado en él como en lo que pudiera contener la carpeta de River. Aun así, éste esperó a que su jefe le diera permiso con una inclinación de cabeza apenas perceptible antes de proceder.

—El invierno pasado me sometí a mi evaluación para subir de nivel —dijo.

—Sí, lo recuerdo —contestó Taverner—. Destrozaste King's Cross.

—No, eso lo hizo usted. Se encargó de que Webb me informara mal y me pusiera a seguir a un actor falso. El falso de mentira. No el de verdad.

—¿Y por qué haría yo algo así?

—Porque la parte previa de mi prueba consistía en recopilar datos para trazar el perfil de una figura pública —explicó River—. Me habían asignado un gerifalte de la oposición, pero sufrió un infarto la noche anterior y lo hospitalizaron. Así que me ocupé de usted. Creí que así se vería que tengo iniciativa, pero... ¿sabe una cosa? —Abrió la carpeta y sacó un par de fotografías que él mismo había tomado meses atrás, el día anterior a la prueba de King's Cross—. En vez de eso, lo que se vio fue a usted en una cafetería. ¿Buenos recuerdos?

Dejó las fotos en la mesa, a la vista de todos. Estaban tomadas desde fuera de un Starbucks y mostraban a Diana Taverner sentada junto a la ventana, bebiendo de una taza de tamaño medio. A su lado había un hombre con el pelo rapado, vestido con un abrigo oscuro. En la primera foto se tapaba la nariz con un pañuelo y podría ser cualquier persona. En la segunda acababa de bajar la mano y se veía que era Alan Black.

—Debía de estar a punto de empezar su misión encubierta. ¿Fue su última reunión?

Taverner no contestó. Lamb y River vieron en su mirada que estaba calculando de nuevo; como si incluso allí, en un cuarto acristalado, pudiera encontrar una salida en la que ninguno de los dos se hubiera fijado todavía.

—Cuando descubriste lo que había hecho Cartwright diste los pasos necesarios —intervino Lamb—. Lo de King's Cross debería haber supuesto el fin de la partida, dejando a River en la calle. Pero como tenía una leyenda en la familia, lo único que pudiste hacer fue mandarlo a la Casa de la Ciénaga, así que en cuanto arrancó la operación y entró en juego La Voz de Albión, nos asignaste también a Sid Baker, simplemente para asegurarte de que Cartwright no se hiciera el listo. Lo cual, conociendo a su abuelo, era bastante probable, ¿verdad?

Siguiendo el hilo de su pensamiento, Taverner cambió de tema:

—Le dije a Webb que se deshiciera de esa carpeta.

—Ése también aprende rápido.

—¿Qué quieres, Lamb?

—Hay una razón por la que los líderes siempre son ex espías —dijo Lamb—. Es porque saben lo que hacen. No podrías haber cometido una cagada más grande ni queriendo.

—Ya has dejado clara tu opinión. ¿Qué quieres?

—¿Sabe lo que quiero yo? —dijo River.

Ella desvió la mirada hacia River y éste entendió una diferencia fundamental entre los espías y los del traje. Cuando te miraba un agente, si era medio bueno, ni te dabas cuenta. En cambio, cuando te clavaba la mirada uno de los trajeados, notabas que el ardor de su mirada te agujereaba el tracto intestinal.

Aun así, él era el nieto del D. O.

—Si muere Hassan Ahmed —dijo—, no habrá escondrijo posible. Saldrá todo. No sólo aquí, en Regent's Park, sino también en el mundo real. Si el chico acaba muriendo por ese plan suyo tan idiota, la crucificaré. En público.

Taverner hizo un ruido que quedó a medio camino entre una risa y un resoplido. Se dirigió a Lamb:

—¿Le vas a contar cómo son las cosas de la vida, o tengo que hacerlo yo?

—Ya lo jodiste una vez —le dijo Lamb—. Es un poco tarde para darle una lección teórica. Pero te diré lo que voy a hacer.

Taverner esperó.

—Si Hassan Ahmed muere —dijo Lamb—, yo le cubriré las espaldas a Cartwright mientras él hace todo lo que considere necesario.

Allí aprendió River otra diferencia entre los agentes de verdad y los del traje: cuando un agente se quiere hacer notar, lo consigue.

Al cabo de un rato, Taverner dijo:

—¿Y si rescatan al chico?

Lamb le dedicó su sonrisa de tiburón.

—Si ocurre eso, es posible que todo quede entre nosotros. Seguro que hay algunos favores mutuos que podamos hacernos.

La sonrisa dejaba bien claro qué dirección tomarían esos favores.

—Ni siquiera sabemos dónde está —dijo ella.

—Bueno, de eso se encarga mi gente. Así que yo diría que las posibilidades de que esté fiambre son del 60/40. —Miró a River—. ¿Qué opinas tú?

—Que la cosa no está para bromas.

Sin embargo, pensaba: 50/50. Como máximo, estaba dispuesto a concederle a Hassan un cincuenta por ciento de posibilidades de llegar a la hora del almuerzo.

Curly no paraba de soltar un gemido largo y grave; tenía el pie torcido en un ángulo muy peculiar. Tal vez estuviera roto, pensó Hassan. Un tobillo roto contra dos manos atadas: eso equilibraba la batalla. O a lo mejor la habría equilibrado de no ser porque el hacha había pasado a manos de Hassan.

A fin de cuentas, eso le daba cierta ventaja.

Hassan pisó con todas sus fuerzas una mano del cuerpo caído de Curly y le apoyó el filo del hacha en la cabeza, caída también.

—Dame una razón para no matarte —le dijo.

La respuesta de Curly, fuera cual fuese, se perdió entre una bocanada de tierra y un gemido de dolor.

—Que me des una razón —repitió Hassan, levantando el hacha unos pocos centímetros.

Curly echó la cabeza a un lado y luego escupió tierra y hojas.

—*Hueleié.*

—No esperarás que entienda eso, ¿no?

Volvió a escupir.

—Me duele el pie.

Hassan bajó el hacha de nuevo hasta que el filo rozó la sien de Curly. Apretó un poco y vio cómo él cerraba los ojos y constreñía todo el rostro. Se preguntó si el miedo que sentía Curly se parecía en algo al que había sentido él. Como tenía la sensación de que lo había abandonado ya, supuso que sí se parecían. Se preguntó entonces si eso serviría para algún chiste. Si funcionaría con público. Eso de que el mismo miedo que Curly le había hecho sentir en las entrañas hundiera ahora el hocico en su vientre... Pero quizá no lo entendiera todo el mundo. Quizá hubiera que vivirlo para entenderlo.

Al siguiente empujón del hacha salió un hilillo de sangre y bajó por el rostro de Curly.

—¿Decías algo?

Curly acababa de hacer un ruido.

—¿Cómo?

Volvió a hacerlo.

Envolviendo el mango del hacha con fuerza entre sus manos atadas, Hassan se puso de cuclillas. El filo presionó con fuerza el lado de la cabeza de Curly.

—¿Tienes algo que decir? —preguntó, aplicando el mismo peso a todas las sílabas.

—Que lo hagas.

O a lo mejor había dicho: «No lo hagas.»

Hassan esperó, con sus ojos a quince centímetros de los de Curly. Deseó encontrar otro modo de ver qué había en su cabeza; alguna manera de iluminar el interior de la mente de Curly sin tener que recurrir a una cirugía tan brutal. Pero no lo había. Estaba seguro de que no lo había. Por eso se acercó un poco más.

—¿Sabes qué? —dijo Hassan—. Por tu culpa me da vergüenza ser británico.

Entonces se levantó y se marchó de allí.

Caminó de vuelta hasta el coche y luego siguió por el sendero que llevaba hasta la carretera. No tenía ni idea de si quedaba muy lejos. No le importaba. Tenía sed y hambre y estaba agotado, tres cosas malas; tenía frío y estaba mugriento, todo malo también. Pero ya no llevaba las manos atadas porque había cortado la cuerda con el filo del hacha; y el miedo ya no le mordisqueaba las entrañas porque lo había dejado atrás, en pleno bosque. Estaba vivo y nadie lo había rescatado. Estaba vivo por ser quien era.

Y a lo mejor también un poco porque Joanna Lumley había acudido en su ayuda.

Le daba igual no haber visto ni rastro de Larry. Tampoco había visto conejos, ni oído ningún pájaro, y hacía mucho ya que había perdido la noción del tiempo, pero antes de llegar a la carretera se encendieron unas luces delante de él: unos óvalos en llamas que volvieron los árboles azules, y luego azules, y al fin más azules todavía. Y enseguida un montón de gente echó a correr hacia él, en un frenesí de ruidos y movimiento.

—¿Hassan Ahmed?

Le quitaron amablemente el hacha de las manos y alguien lo sostuvo en sus brazos.

—¿Eres Hassan Ahmed?

Era una pregunta bastante sencilla y no le costó demasiado encontrarle respuesta:

—Sí —les dijo—. Sí, lo soy. —Y a continuación añadió—: Estoy vivo.

Se habían alegrado mucho de oírlo, según le contaron mientras lo acompañaban de vuelta al mundo.

19

Ya se han aligerado un poco las obras en Aldersgate Street. El tráfico vuelve a fluir en libertad. Si la pasajera curiosa del autobús a quien hemos conocido antes echara hoy un vistazo a la Casa de la Ciénaga al pasar por delante, tal vez consideraría que el paso era demasiado rápido para una observación atenta, aunque en un autobús londinense siempre queda la posibilidad de un retraso inexplicable. Pero, dejando eso de lado, la nueva distribución apenas permite un atisbo; una breve visión de un joven chino con gafas de montura gruesa ante un monitor, y la Casa de la Ciénaga ya ha pasado. Cabe presumir que allí seguirá teniendo lugar la misma actividad que antes. Las causas del deslucimiento de su pintura, fueran cuales fuesen, permanecen.

Sin embargo, desde aquel primer viaje de nuestra mirona se han presentado nuevas oportunidades. Ahora puede bajarse en la parada de autobús de la acera de enfrente, por ejemplo, y sentarse allí y pasar el día entero mirando la puerta de la Casa de la Ciénaga, que no se abrirá en ningún momento, ni cabrá la posibilidad de que salga Jed Moody para animarla a largarse. Semejante vigilancia, en cualquier caso, tampoco resultaría demasiado entretenida. Además, le esperan otras vistas: al otro lado de la calle, subiendo por la escalera de la estación del Barbican, puede cruzar por el puente peatonal y, tras una corta excursión por la pasarela enladrillada, encontrará —si el tiempo lo permite— un muro bajo enyesado por el que asomarse y quién sabe si encenderse un cigarrillo mientras se regodea ociosamente en lo que desde allí se ve por las ventanas.

Es mucho más que lo que se alcanza a ver desde el autobús, desde luego. Por ejemplo, desde allí queda claro que la torre que se tambalea al lado del joven chino está hecha con cajas de pizzas, y la pirámide metálica del otro lado es de latas de Coca-Cola; también se nota que tiene todo el despacho para él solo. Hay otra mesa, pero tiene la superficie despejada de un modo que casi podría considerarse aséptico. Es como si una limpiadora particularmente meticulosa hubiera eliminado todo rastro del ocupante anterior de ese escritorio; una esterilización que evidentemente tiene sin cuidado a su antiguo colega, ocupado como está en el material que discurre por su pantalla.

Ese orden exhaustivo establece un contraste brusco con el estado del despacho contiguo, que parece recién abandonado tras una alarma inminente. Allí los escritorios siguen llenos de los despojos habituales: diarios abiertos a sucesos del futuro, bolígrafos destapados, un despertador, una radio, un peluche pequeño. Todo ese material, tras la partida brusca del trabajador que ocupa ese escritorio, acabaría normalmente metido en una caja de cartón y enviado a su casa. En cambio, sigue ahí, en una insinuación de que tal vez la pareja que hace poco compartía ese despacho haya encontrado buenas razones para no regresar a él. Acaso sean culpables de algún delito que no sólo los ha convertido en *persona non grata*, sino que además podría incluso acarrearles cierta agresividad por parte de sus jefes.

Pero sigamos adelante y más arriba. Adelante y más arriba. Desde el mirador del Barbican se ofrece una vista de la segunda planta, en la que hay más actividad o, en cualquier caso, por lo menos más gente. En un despacho —el de la izquierda, desde el punto de vista de nuestra observadora— hay un par de trabajadores sentados a la misma mesa; o, mejor dicho, hay una mujer sentada a la mesa y su compañero está apoyado en el borde de la misma, ambos escuchando con atención una radio. Mientras tanto, en la habitación contigua —aquella en cuyas ventanas se leía «W. W. HENDERSON. NOTARIO Y FEDATARIO PÚBLICO»— hay un joven sentado a solas: un joven de estatura mediana, recién salido de la barbería; pelo rubio, piel clara, ojos grises; con una nariz más bien aguileña y un lunar pequeño en el labio superior. Permanece sentado sin moverse, con la mirada aparentemente fija en el escritorio que hay en la otra mitad del despacho. Ésa, como la del despacho de la planta inferior, parece despojada de cualquier efecto personal, como si hubieran dejado en ella tan sólo el omnipresente ordenador, con su teclado, un teléfono y un cartapacio lleno de rasguños que parece absolutamente venido de otra era. Sin embargo, una inspección más atenta revela la presencia de algo más en la superficie de la mesa; un objeto que nuestro observador reconoce: una hebilla, un pasador del pelo, aunque quedaría por saber si esa palabra figura en el vocabulario del hombre que lo contempla. Sin embargo, por ahora al menos reclama su atención por completo: un pasador abandonado en el cartapacio de una mesa desocupada.

Hasta aquí todo está bien, desde el punto de vista de nuestra observadora. Sin embargo, incluso desde la ventajosa atalaya que ocupa en ese momento, la planta de arriba resulta inaccesible; la cortina corrida tras las ventanas garantiza que quien habite en esa planta pueda hacerlo sin ser observado. Entonces, éste debería ser el fin de la historia. Nuestra observadora debería avanzar, pues ya no hay nada que ver. Y sin embargo se queda, como si tuviera en su poder algún medio de observación más sofisticado que le permitiera no sólo estudiar a las personas a través de las ventanas, sino incluso desvelar sus pensamientos. En ese caso, averiguaría que Roderick Ho pasa permanentemente su red de arrastre por las bases de datos secretas de la agencia en busca del secreto que siempre se le escapa; a saber, la naturaleza del pecado que lo mantiene deportado en la Casa de la Ciénaga, pues está convencido de no haber cometido ningún error del que los demás tengan noticia. Y tal vez tenga razón, pero no deja de ser cierto que no busca en el lugar idóneo, pues la razón de su exilio no procede de sus actos, sino de su mera existencia. Porque Roderick Ho cae mal a todo aquel con quien se cruza por la mera razón de que a él le desagradan visiblemente los demás, así que su expulsión de Regent's Park fue el equivalente administrativo del gesto con que nos quitamos de encima una mosca. Y si alguna vez se le ocurre esa explicación a Ho, es probable que semejante iluminación tenga su origen en ese momento en la cafetería de Old Street en que Catherine Standish lo llamó Roddy.

Mientras tanto, en la siguiente planta, Min Harper y Louisa Guy comparten escritorio. Si Min mantiene todavía el hábito de palparse los bolsillos para asegurarse de no haber perdido nada, parece que de momento lo tiene controlado; y si Louisa sigue rechinando los dientes, cabe que haya aprendido a contenerse, o que en ese momento no esté nada estresada. Y si bien quedan algunos asuntos por rematar entre estos dos, lo que reclama su atención ahora mismo es la radio, que les está informando de la muerte de un tal Robert Hobden en un accidente, tras el cual el conductor se dio a la fuga. Hobden, por supuesto, era una estrella caída, pero es evidente que su fallecimiento no pasa inadvertido por la contribución de Peter Judd, un político cuya carrera parece ascender con tanta claridad como descendía la de Hobden. Y qué tiene que decir Judd al respecto: que si bien las actitudes y creencias de Hobden eran, por supuesto, puras monsergas, su carrera no dejaba de tener algunos momentos álgidos. Y su trágica —sí, ésta era la palabra—, su trágica trayectoria debería servir como advertencia sobre los peligros inherentes al extremismo, fuera cual fuese la bandera en que éste se envolvía. En cuanto a sus propias ambiciones, sí, ya que le preguntaban, Peter Judd estaba, de hecho, dispuesto a, o sea, abandonar sus tareas si así se le solicitaba para asumir responsabilidades mayores en aras del bien común, un término tristemente abandonado, pero lleno de resonancias históricas y culturales, si se le perdonaba la digresión.

Dejando a un lado la cuestión de si Guy y Harper tienen un estado de ánimo más o menos indulgente, la atención de nuestro observador se centra ahora en River Cartwright, sólo en el despacho contiguo. Y lo que está pensando River es que el juego favorito de la agencia consiste en reescribir la historia; es un asunto que él podría ilustrar con cientos de ejemplos que le había contado el D.O. a la hora de acostarse, pero del que ha tomado una conciencia mucho más cercana a partir de la ausencia de Sidonie Baker, no ya de la oficina, sino incluso de los archivos del hospital en el que supuestamente murió, tan radicalmente expurgados que superarían con creces las normativas higiénicas del Ministerio de Sanidad. Igual que ahora no está aquí, resulta que nunca estuvo allí. Por supuesto, más allá de los recuerdos de River y de sus compañeros, la única prueba irrefutable que tienen de que en algún momento haya existido es el pasador que River encontró en su coche y que ha dejado ahora en el escritorio. En cuanto a las pruebas necesarias para demostrar que ha dejado de existir, no tiene ninguna. Y eso le permite especular —o tal vez encaje mejor el verbo «fingir»— que lo que él imaginó que le había pasado a Sid no había ocurrido en realidad. También está pensando en que esta noche tomará el tren a Tonbridge y pasará un rato con su abuelo; puede que incluso llame a su madre. Y en que mañana volverá a la Casa de la Ciénaga, donde tal vez ya no esté tan absolutamente garantizado el aburrimiento cotidiano como antes, ahora que Jackson Lamb tiene, de hecho, a la Segunda de Regent's Park metida en el bolsillo.

En lo que concierne a Lamb... Lamb conserva la misma figura de siempre y bastante de su viejo temperamento. Su situación actual es la misma que casi todas las mañanas: está tan recostado en la silla que prácticamente amenaza su estabilidad mientras estudia el tablón de noticias, en cuya cara oculta ha vuelto a enganchar el fondo de huida que por un instante cayó en manos de Jed Moody. River Cartwright conoce ahora la existencia de dicho fondo de huida, por supuesto, pero Lamb tiene otros secretos, entre los que destaca el más importante: que todos los espías acaban bajando al pozo. River se resistiría a aceptarlo si lo oyera, pero Lamb sabe que es verdad: al final todos los espías bajan al pozo y se prostituyen sigilosamente, cada uno por la moneda que prefiera. Entre los últimos caballos lentos, por ejemplo, Sid Baker quería cumplir con su tarea, Struan Loy y Kate White pretendían merecer algún favor y Jed Moody necesitaba sentirse de nuevo en acción. Lamb ha conocido traiciones peores que éstas. Al fin y al cabo, Charles Partner, que antaño fuera el jefe de Cinco, se vendió por dinero.

Hay un movimiento a su espalda y entra Catherine Standish con una taza de té. La deja en la mesa de Lamb antes de volver a salir, sin intercambiar palabra alguna durante la transacción. Sin embargo, Standish, aunque no lo sabe, ocupa un lugar en lo que Lamb, cuando no tiene más remedio, reconoce como su conciencia. No en vano otra lección que ha aprendido, que además no se limita estrictamente a la esfera del espionaje, es que todas las acciones tienen consecuencias que afectan y entrampan a los demás. En una ocasión, a cambio de un favor, Lamb reveló a Roderick Ho el pecado que lo había desterrado a la Casa de la Ciénaga, y esa historia —según la cual había sido responsable de la muerte de un agente— era, como todas las buenas mentiras, cierta; sólo que no resultaba dañina por la omisión de detalles. Por ejemplo, no le contó que la muerte de la que era responsable era la de Charles Partner, una ejecución ordenada por el abuelo de River Cartwright, entre otros. La recompensa que Lamb obtuvo por ese acto fue la Casa de la Ciénaga. Así que Lamb también bajó al pozo en busca de paz y tranquilidad, un santuario en el que entregarse a un irónico desprecio de sí mismo, y el asesinato de su antiguo amigo y mentor ya no perturba sus sueños. Pero el hecho de que fuera Catherine Standish, quien, inevitablemente, descubrió el cadáver de su jefe, lo ha lastrado un poco. Como él también ha descubierto unos cuantos, Lamb sabe que esos momentos dejan cicatrices. No tiene ninguna intención de compensarlo, pero si está en sus manos hacerlo evitará que Catherine sufra daños en el futuro.

Por ahora, sin embargo, contempla opciones más inmediatas. La más obvia es el *statu quo*: la Casa de la Ciénaga es el reino de Lamb, eso no ha cambiado en absoluto con los últimos sucesos. Y si ocurriera algo inesperado, siempre le quedará su fondo de huida. Sin embargo, parece que se sugiere una tercera vía: tal vez no esté tan harto como creía del mundo de Regent's Park y del eterno desgaste de sus lealtades. Tal vez quiso lavarse las manos demasiado pronto. Es cierto que últimamente no había tenido demasiados momentos a la altura de ese en el que vio cómo se daba cuenta Diana Taverner de que él se la había jugado; y si es capaz de jugársela a ella, probablemente podrá encontrar enemigos aún más valiosos. Por ahora, sólo es una fantasía ociosa; algo con lo que llenar el espacio entre esta taza de té y la siguiente. Pero quién sabe. Quién sabe.

Basta. Nuestra observadora apaga su cigarrillo, si es que acaso estaba fumando, y mira el reloj, suponiendo que lleve uno. Luego se pone en pie y desanda el camino: recorre la pasarela enladrillada, cruza el puente peatonal, baja por la escalera de la estación del Barbican y sale en Aldersgate Street. De nuevo amenaza con llover, como ocurre siempre en esa esquina. Y ella no lleva paraguas. No importa. Si camina deprisa podrá llegar a su destino sin mojarse.

Y si en algún momento vuelve a pasar el autobús, siempre podrá tomarlo.